Alpha Joy

Les Nuits du temps

Tome 1 : Ancestral

Éditions Dédicaces

LES NUITS DU TEMPS, TOME 1 : ANCESTRAL,
par ALPHA JOY

ÉDITIONS DÉDICACES INC.
675, rue Frédéric Chopin
Montréal (Québec) H1L 6S9
Canada

www.dedicaces.ca | www.dedicaces.info
Courriel : info@dedicaces.ca

Alpha Joy

Les Nuits du temps

Tome 1 : Ancestral

Préface

La fantasy est un univers aux multiples visages, ou facettes, qui peuvent s'entremêler selon un exercice certes délicat mais toujours possible et même envisageable. C'est sans doute le seul domaine de la littérature où tant de combinaisons restent possibles. Cet exercice, qui peut sembler périlleux, requiert des qualités littéraires très particulières et affirmées.

Alpha Joy possède indéniablement ces qualités. *Les Nuits du temps*, qui plonge d'emblée le lecteur dans l'univers jusqu'ici connu d'un humain vampirisé, débouche finalement sur une extension inattendue du mythe, qui finit par atteindre des sommets assez peu usités jusqu'à ce jour.

En effet, qui aurait imaginé le mythe des vampires aussi intimement lié aux ancêtres de l'espèce humaine ? Un vampire n'est plus un être humain mais un prédateur, depuis Dracula. Cette image est tout d'abord remise en question dans ce roman, qui fait comprendre au lecteur qu'un vampire est avant tout une victime. Par la suite, on assiste à une nouvelle exploration du mythe, qui nous emmène jusqu'aux origines de l'homme. Enfin, la légende du vampire est ici exploitée pour éclairer l'histoire des hommes et de la Terre sous un jour entièrement nouveau, apte à faire découvrir entre les humains, la nature et d'autres créatures des liens tout à fait inédits.

L'art d'Alpha Joy consiste pour ce faire à introduire une nouvelle dimension dans le développement de son intrigue, ce qui la fait déboucher dans « un roman dans le roman », exploité avec différents narrateurs et, par le fait même, différents points de vue qui donnent à cette attachante histoire une étendue que nul ne pouvait lui soupçonner dès l'abord – ceci pour le plus grand plaisir du lecteur.

C'est donc à ce plaisir que je convie tous les futurs lecteurs de cet ouvrage.

Thierry ROLLET
Agent littéraire

« Ce qui est en haut est comme ce qui est en bas »
Hermès Trismégiste

Avant-propos :

Vous vous apprêtez à partir pour un voyage fantastique. Un voyage au-delà du réel, et au-delà du temps, sur la trace d'êtres différents... du moins à première vue. Il est des créatures qui fascinent et qui remuent l'imagination, depuis si longtemps qu'on ne se souvient plus de l'origine, ou bien depuis la découverte plus récente de leur existence. Si les vampires n'ont pas encore révélé leur présence sur Terre, celle des Hommes de Neandertal a été prouvée et expliquée. Il demeure cependant un grand mystère : les raisons et les circonstances de leur disparition. A l'inverse, il est difficile de s'accorder sur la naissance de l'espèce vampirique, tant les mythes et romans à son sujet diffèrent. Ce qui semble pourtant revenir plus souvent est l'origine démoniaque et cela plus précisément dû à leur volonté de se détourner du dieu unique. Pourtant le mythe à fait du chemin depuis le célèbre Dracula, véritable démon. Le regard que nous portons sur nos monstres d'hier se fait plus indulgent, plus ouvert, et même plus tendre. Je partage cette vision. Je n'arrive pas à voir le vampire comme un monstre assoiffé de sang, mais plus comme une âme perdue. Mon cheminement a alors été de lui donner une dimension plus large, en tentant de l'intégrer dans l'histoire, notre Histoire. Si le vampire est dans sa première vie un être humain, peut-être qu'alors la seconde n'est que le prolongement de la première, une nouvelle création naturelle, sans aucun fondement maléfique. Une simple évolution. Comment expliquer ensuite que cette créature n'apparaisse que dans la brume du passé, de manière indéfinie ? A l'inverse, il existe une autre branche de l'humanité dont on a perdu la trace, il y a très longtemps. Vient alors cette idée étrange, celle qui pourrait regrouper les deux bouts laissés en suspens.

Vous ferez dans cette histoire la connaissance d'êtres appartenant à une civilisation très ancienne, dont la langue nous est inconnue aujourd'hui. J'ai donc voulu, pour rendre le récit et les personnages qui le peuplent plus vivants et uniques, mettre dans leur bouche des mots qui auraient pu leur appartenir il y a si longtemps. Cette langue n'existe pas et n'est que le fruit de mon imagination. Pourtant j'espère qu'elle sera, à la fin de votre lecture, naturelle et finalement un peu la vôtre. Pour vous aider à la compréhension, vous en trouverez la traduction à la fin du livre.

Partez à présent librement sur les traces des vampires, et n'oubliez pas qu'au fond, ils sont pareils à nous…

Partie I : Maïa
ou Le réveil

1

— Lil, arrête de faire la gueule, je te raconterai tout dans les moindres détails.

— Je m'en tape de tes détails, moi je veux les vivre.

Lila, ma sœur jumelle, a une jambe dans le plâtre et elle le vit très mal. Sa vitalité est frustrée par l'objet privatif et sa frustration finit nécessairement par m'atteindre car depuis toujours nous partageons la même sensibilité. Mais ce soir je lui laisse sa part de sentiments et récupère la mienne pour me rendre seule à la boîte de nuit où m'attendent mes amis.

— Fais-moi un câlin et calme-toi. Ça ne te fera pas de mal de te reposer ce soir. Et pour passer le temps, je te propose d'essayer de te focaliser sur moi, comme ça tu ne rateras pas tout.

— Si tu veux, j'essayerai. Va t'amuser sans moi maintenant, me souffle-t-elle avec lassitude.

Qu'elle ait accepté de tenter la focalisation me rassure : ça nous fera du bien à toutes les deux et nous aidera à supporter la distance. Même si je suis heureuse d'aller à cette soirée, mon plaisir sera atténué par l'absence de ma sœur dont je ne me sépare quasiment jamais. Les rares fois où nous y avons été obligées, c'était comme si nous avions été chacune amputée d'une moitié de notre corps. On a donc inventé la focalisation pour pallier ce déchirement. Il suffit à l'une de nous de se concentrer sur l'esprit de l'autre, de la visualiser pour la ressentir, la voir dans son environnement et la situer. C'est comme tenter d'entrer dans le corps de l'autre par le moyen de l'esprit, et c'est précisément cela qui est notre but : pouvoir voir par les yeux de l'autre et ressentir ses émotions en même temps qu'elle.

Mais on n'y est pas encore, on manque sérieusement de pratique. Jusqu'à présent tout ce qu'on a réussi à ressentir, c'est la chaleur de l'autre, des fragments d'émotions et un murmure confus, pâle reflet des sons environnants. Malgré tout, cela suffit généralement à nous apaiser, et je mise sur ça pour calmer Lila cette nuit.

— Cette fois, j'y vais vraiment, Lila. Je suis déjà en retard. À demain.

Je l'embrasse et la laisse bouder dans son lit.

La nuit est plutôt douce pour la saison alors je ne regrette pas d'y aller à pied ; j'aime marcher la nuit sous le regard des étoiles comme si rien n'avait d'importance, comme si j'étais totalement libre.

Un léger picotement derrière le front m'apprend soudainement que ma moitié entreprend la focalisation. Elle n'a pas été longue : je lui manque déjà – quel bonheur ! J'essaie à mon tour de lui ouvrir les portes pour mieux la ressentir et je crois percevoir le jaune pâle qui est posé sur les murs de sa chambre et qui l'entoure d'une aura apaisante. Le tout maintenant et de resserrer les sensations sur son corps et… Ah ! Tout est froid à présent, d'où vient cet horrible sentiment ?… Je perds ma sœur… Est-ce qu'elle va mal, se sent mal ? Quelle horreur, c'est douloureux ! Je ne vois plus rien, je ne sens plus mon corps, j'ai l'impression de voler, d'être très légère, de me vider de toute force... Merde ! Et si j'étais en train de mourir ? Et si c'était vraiment ça toute cette étrangeté ? Je dois me reconnecter avec Lila, lui dire adieu, la sentir une dernière fois. Je me concentre, c'est dur. Je réessaye… Là ! On dirait que ça s'arrête, plus rien ne bouge. Lilou, entends-moi ! Lilou…

— Eh, eh ! Tu m'entends ?!

Lil, c'est toi ? Quelle voix grave, non ce n'est pas toi ou alors si différente.

— Allez, ouvre les yeux, mignonne, fais un effort.

Je me concentre sur la voix puis sur la forme qui se détache devant mes yeux. Après quelques secondes, je distingue un homme. Ça doit être lui qui me parle, ainsi ce n'est pas Lila et je ne suis pas morte.

— Ah, te revoilà.

Cette voix est étrange, elle est grave et dure et... on dirait comme un accent ; un étranger. Comment je peux me rendre compte d'un tel détail dans l'état où je suis ? Et être consciente de cette absurdité encore ! Je dois être en train de revenir finalement.

La voix continue à me parler et je sens un bras se glisser sous ma nuque.

— Tiens, bois ça, ça va te faire le plus grand bien.

Violemment un liquide chaud me traverse la gorge et me brûle sur son passage. Je le sens déambuler tout le long de mon corps dont les sensations me reviennent doucement. Le bout de mes doigts, mes pieds, je peux les bouger, mes lèvres peuvent aspirer le liquide. Je le bois sans savoir ce que c'est, ni d'où ça vient, ça me réchauffe et ça me suffit, alors je l'absorbe avidement sans prendre le temps de m'arrêter pour respirer.

Comment savoir combien de temps je reste ainsi sous l'apathique garde des étoiles, à remplir mon estomac sans fond de nectar, à la seule écoute de cette avidité ? Plus rien n'existe en dehors de moi, j'ai glissé dans un non-espace où le temps lui-même n'a pas d'emprise. Plus rien ne vient effleurer ma peau, mes sensations se sont retranchées à l'intérieur, dans chacune de mes veines, dans chaque globule rouge qui s'y déplace, dans chaque parcelle de mes os qui se rigidifient peu à peu, dans les battements de mon cœur qui se raréfient et s'atténuent à mesure que le nectar emplit le palpitant à ras-bord, jusqu'à le faire doubler de volume et faire vibrer de bonheur tous les morceaux de matière qui composent mon corps. L'état extatique que je n'avais jamais ressenti mais que je reconnais immédiatement s'empare de moi puis éjecte mes forces et ma volonté.

J'ai juste le temps de comprendre que je m'effondre.

2

— Maïa, tu me vois ? Est-ce que tu m'entends au moins ?

Lila est penchée sur moi. Son visage chasse l'obscurité qui l'entoure. Tous les bleus de ses pupilles tourbillonnent dans la nacre de ses yeux grands ouverts. Chacun de ses cheveux danse sur sa peau et s'y reflète comme dans un miroir, innombrables traits jaunes, blonds, blancs, brun clair, certains même sont bleutés, à moins que ce ne soit dû à la lumière de ses veines qui transperce sa peau. C'est étrange parce que j'ai l'impression de voir d'autres choses que je ne devrais pas voir. Je distingue les formes rigides de son squelette et, à l'intérieur, la petite outre rouge qui palpite. Mais, en essayant de les effacer en reculant mon regard, c'est une aura floue l'entourant qui m'apparaît.

Perturbant.

Je préfère refermer les yeux et observer les formes chaotiques et chatoyantes qui s'enchaînent sur le fond vide de mes paupières.

— Maïa, ne te rendors pas ! Allez, réponds-moi, s'il te plait.

— Lila… .

Le son rauque qui s'échappe de ma gorge provoque le tremblement de tout mon épiderme, comme un tambour et je sens l'onde parcourir toute la pièce jusqu'à s'évanouir dans les coins, sans pourtant que tout cela ait été ressenti

13

par ma sœur qui m'attrape par les épaules et continue à m'interpeller.

— Alors, tu vas te décider à me répondre ? Comment tu te sens ?

J'imagine qu'il va falloir que je lui obéisse, inutile de la laisser dans cet état d'énervement.

— Lilou, arrête de crier, tout va bien. Laisse-moi juste émerger, j'ai besoin de m'asseoir, et où je suis ? Ah oui, c'est ma chambre ; donc je suis rentrée, mais quand ? Et comment ? Je ne me souviens plus de rien. Je… je suis allée à la soirée ? J'ai trop bu ? Je ne me suis jamais sentie dans un état pareil…

— Écoute, Maïa, je ne sais pas ce que tu as bu, mais ce n'était pas de l'eau.

J'entends son rire qui éclate tout autour de moi, toutes les nuances de sa voix tintent merveilleusement à mes oreilles. Touts ces sons restent suspendus dans l'air pendant ce qu'il me semble être des heures. Ils flottent et s'entrechoquent les uns les autres, créant d'autres sonorités que je n'avais jamais perçues jusque là. Quelle musique fabuleuse : serait-ce cela la voix des anges ? Je respire cette musique profondément pour l'enfouir au fond de moi et laisse les nouveaux mots de Lila parvenir à mes oreilles.

— Visiblement, tu as perdu la mémoire immédiate, dit-elle en se moquant. Alors, je t'explique : papa t'a retrouvée étalée devant la porte à cinq heures du matin. Tu as eu la force de sonner et tu t'es évanouie juste après. Il n'a pas été content du tout de te retrouver comme ça : il a injurié tes copains de ne pas t'avoir raccompagnée et de t'avoir laissée rentrer seule dans cet état. En même temps, ils devaient être dans la même forme que toi. J'espère qu'eux aussi ont réussi à trouver la porte de chez eux !

Elle se remet à rire. Quant à moi je ne comprends rien. Mes souvenirs reviennent peu à peu mais ça ne colle pas à ce que ma sœur me décrit. Je n'ai aucun souvenir de la soirée et, en y repensant, je ne me sens pas comme après une beuverie. Alors, peut-être que de la drogue… mais là, par contre je ne pourrais pas comparer. Pourtant, si c'était bien cela, je devrais au moins me souvenir de ce qui s'est passé avant, du fait que je me suis rendue à la boîte. Mais je n'arrive à revoir que la focalisation, et le visage flou de cet homme, puis toutes ces impressions étranges… !

— Lila, dis-moi quelle heure il est.

— Huit heures, ça fait trois heures que tu dors.

— Alors, laisse-moi dormir encore un peu. On en reparlera après.

— D'accord, bonne fin de nuit.

Un rectangle rouge. Tout ce que j'ai vu dans mon sommeil était un rectangle écarlate. À présent que j'émerge de mon rêve, la vision de cette forme s'estompe pour laisser place à une sensation de chaleur. Le parallélépipède est en fait brûlant. Je concentre mon attention précisément sur lui et je le situe, il est posé sur ma joue, c'est elle qui me brûle.

Je bondis hors de mon lit et plaque ma main sur la douleur pour tenter de l'atténuer. Je la sens disparaître instantanément, peut-être que ce n'était qu'un rêve. Il arrive que certains nous semblent réels. Mais, en regardant mon oreiller, je comprends. Un rai de lumière traverse le volet entrouvert pour terminer sa course à l'endroit où, quelques instants plus tôt, ma tête reposait. Finalement, ce n'est qu'un vulgaire coup de soleil, banalité à laquelle ma peau fragile est habituée.

Mais pour que le soleil soit aussi fort, il faut qu'il soit bien avancé dans le ciel. Il doit être plus de midi. J'ai bien dormi et je me sens loin de l'état dans lequel j'étais cette nuit et plus apte à affronter les foudres paternelles.

— Je vais essayer de ne pas m'énerver avant d'avoir entendu tes explications.

— Papa, sincèrement, je ne me souviens de rien.

— Tu m'étonnes, avec ce qui doit couler dans tes veines, je comprends que ça t'ait grillé le cerveau au passage.

— Écoute, je vais appeler mes amis et leur demander ce qui s'est passé.

— S'ils s'en souviennent !

Mon père est dans une colère noire telle que je n'en ai jamais vu. Rester docile est la meilleure attitude à adopter pour ne pas aggraver mon cas. Je lui fais signe que je remonte dans ma chambre et m'y précipite, talonnée par Lila.

— Tu t'es regardée dans un miroir ce matin ? me demande ma sœur.

— Tu veux parler de mon coup de soleil ? Je suis au courant, ce n'est rien de grave.

— Pas grave peut-être, mais plutôt voyant, rétorque-t-elle en me plantant devant la glace.

Je reste interdite. Ma joue est comme marquée au fer rouge, barrée par le fameux rectangle. Le contraste avec la pâleur de ma peau est saisissant. Et, en y regardant de plus près, la brûlure est plus profonde qu'après un simple coup de soleil. Ça m'étonne que mon père n'ait pas relevé ce détail, mais il devait simplement être aveuglé par la colère. Quoi qu'il en soit, cette blessure me semble bien réelle et rajoute un nouveau mystère à mon affaire.

Lila interrompt ma rêverie, plus intéressée par un autre sujet :

— Oublions ça, dis-moi plutôt ce qui s'est passé cette nuit. Pourquoi la connexion de la focalisation s'est coupée tout à coup, c'est toi qui as fait ça ?

— Je ne peux rien te dire, tout simplement parce que je n'en sais pas plus que toi.

— Tu ne te souviens vraiment de rien ?

— C'est surtout que je ne comprends rien. Écoute, je ne suis pas allée à la soirée. Tu te souviens que tu as commencé la focalisation presque tout de suite après que je suis sortie ? Eh bien, c'est à ce moment là que l'étrangeté s'est produite. Je t'ai sentie et, tout à coup, je ne voyais plus rien, j'ai eu très froid puis juste après je brûlais et je me sentais tellement bien ! Au début, j'ai cru que j'étais en train de mourir, j'ajoute d'un ton détaché.

Lila me dévisage avec des yeux exorbités. Elle doit me croire folle. Ou ne pas me croire du tout. Je décide de ne rien lui dire de plus sachant que ça ne servirait à rien. Mais j'ai besoin de m'assurer que mon récit est bien réel, que je n'ai vraiment pas rejoint mes amis et que je n'ai donc pas pu être droguée. Je fais signe à ma sœur d'attraper mon sac qui traîne à ses pieds et y déniche mon téléphone portable. Sur le cadran est affiché « 5 appels en absence » et le sigle de la messagerie vocale clignote. Lila m'observe sans mot dire écouter ces messages et attend sagement que je lui adresse la parole.

— Les messages sont d'Ursula, elle m'a appelée cette nuit pour me demander où j'étais, ils étaient tous inquiets. C'est bien la preuve que je n'y suis jamais allée, non ? S'il te plait, va le dire à papa pendant que je rassure Ursula.

Elle sort de la pièce et je choisis de n'envoyer qu'un message écrit à mon amie pour ne pas avoir à m'expliquer de vive voix une nouvelle fois. Après avoir jeté mon portable sur le lit, j'enfouis mon visage dans mes mains pour souffler, essaye de vider mon esprit et de calmer toutes ces interrogations. Peut-être que les choses s'éclairciront-elles d'elles-mêmes ; il vaut mieux espérer un miracle qu'imaginer les pires scénarios.

En attendant, le contact de mes doigts sur ma joue me rappelle qu'elle avait hébergé un visiteur malveillant que je ne sens plus à présent, sûrement grâce à la fraîcheur ambiante dans la chambre, les volets étant restés fermés. Machinalement, je me lève pour aller m'observer dans le miroir et j'y découvre une chose que je n'aurais jamais pu imaginer possible avant cette journée mais qui, finalement, me rassure plus qu'elle ne m'étonne : mon visage a repris son aspect normal. Le rectangle a totalement disparu de ma peau, comme s'il n'y avait jamais été alors qu'une demi-heure plus tôt, il y avait tracé un sillon de feu.

— Maïa, tu as vraiment un problème… !

Ma sœur vient de surgir derrière moi et l'air affiché sur son visage me fait comprendre qu'elle a peur.

— Calme-toi, ça ne sert à rien de s'affoler.

— Maïa, la brûlure sur ta joue à totalement disparu, tu t'es évanouie devant la porte sans savoir ce qui t'est arrivé et tu trouve qu'il n'y a rien d'affolant ?

— Je ne comprends rien à tout ça mais ce que je sais, c'est que s'énerver ne clarifiera pas le problème.

— C'est flippant, vraiment. Papa a dit que tu avais sûrement dû te faire agresser, puis peut-être droguer. Il veut que tu ailles à l'hôpital, et après chez les flics. Il t'attend.

— À l'hôpital ? Non !

Ces mots ont jailli de ma bouche avant que je me rende compte que je les prononçais. À la simple évocation de l'hôpital, j'ai senti tout mon corps frémir et mon cœur s'emballer. Ça m'a fait plus peur que les problèmes eux-mêmes.

— Maïa, tu es folle ? Bien sur qu'il faut y aller ! Il faudra aussi qu'ils regardent ta joue.

En disant cela, elle s'approche de moi pour m'agripper le visage et m'observer de près. Je vois son regard passer de ma bouche jusqu'à mon oreille en scrutant attentivement la moindre trace qui aurait pu subsister mais, ne trouvant rien, elle se recule et avec ce geste ses yeux s'abaissent automatiquement. Tout son corps alors se fige dans ce mouvement, le regard fixé sur mon cou.

— Qu'est ce qu'il y a encore Lila ? dis-je agacée. Pourquoi tu me regardes comme ça ?

— Ton cou : il y a encore quelque chose ici.

Elle y appose ses doigts doucement.

— C'est deux petits trous, comme une morsure. On dirait, oui, tu sais, ça ressemble à une… morsure de vampire !

— Oh non, Lila arrête tes bêtises. Tu disjonctes complètement, c'est toi que les médecins devraient voir.

— Bon, d'accord, je dis n'importe quoi, mais c'est à ça que ça m'a fait penser.

— C'est sûrement des araignées, je réponds en observant mon reflet. Il y en a toujours qui se baladent dans les chambres.

— Maïa, Lila !!

Le cri de notre père résonne dans l'escalier. Je me sens à ce moment là à dix mille lieues de la maison, j'ai l'impression de ne plus appartenir à cette famille, je suis déconnectée, comme étrangère. L'envie de disparaître, de m'enfuir loin d'ici m'envahit soudainement. J'ai juste le temps de dire adieu à ma jumelle adorée avant que mon corps n'obéisse à cette pulsion qui l'étreint, et qu'il ne se fraye un passage par la fenêtre pour disparaître de la vue de Lila.

3

— Saleté de peau !

Depuis une heure que je me suis réfugiée à l'ombre du coin le plus dense de la forêt, mon épiderme n'a pas vraiment décoloré. Dès que j'ai bondi hors de chez moi, les rayons du soleil ont brûlé instantanément les parties de mon corps qui n'étaient pas protégées par mes vêtements. J'ai craint que ma peau ne se consume et me laisse abandonnée, monstre écorché gisant au milieu de la ville. Pourtant, elle a tenu bon et malgré la douleur, j'ai trouvé le temps de me mettre à l'abri, loin des regards. En y repensant, je me rends compte que tous mes actes depuis que je me suis enfuie m'ont été dictés ou, plus précisément, ont été accomplis par un instinct que je ne connaissais pas, dont j'ignorais la puissance. Tous les êtres humains se retrouvent face à leur instinct dans les moments de peur, mais dans mon cas, il était d'une force incroyable, totalement animale. Je n'aurais pu m'y opposer même si je l'avais désiré de toutes mes forces. Autrement dit, mon corps a cessé de m'appartenir pendant ma fuite et il a pris ses décisions seul, ce dont je ne peux finalement que me féliciter car je dois ma survie à cet instinct.

Alors, effectivement, je suis toujours vivante après avoir traversé un Sahara sans aucune protection, mais les séquelles sont plutôt gênantes. Ma peau nue est rouge, flétrie, quasiment carbonisée et pas du tout présentable. Heureusement, la douleur a disparu avec sa cause ; la douceur de l'ombre apporte de l'eau fraîche à mon corps sec et calme un peu l'ardeur de mes pensées, qui s'emballent et partent en tous sens. J'essaie de rassembler mes esprits pour comprendre ou deviner ce qui m'est arrivé depuis cette nuit.

Tout d'abord, une chose non-identifiable m'est tombée dessus en pleine nuit dans la rue puis m'a abandonnée devant chez moi. Puis, je me suis réveillée avec la joue brûlée, sous la colère de mon père. La disparition de ma blessure en a ensuite révélé une autre, une morsure cette fois. Mon corps a après pris les commandes pour me mettre en lieu sûr, non sans avoir au passage écorché ma coquille ; et maintenant, me voila seule et perdue, sans aucune explication, à attendre que ma peau, si elle le veut bien, se régénère et me rende mon aspect humain.

De tels événements devraient normalement m'effrayer, m'affoler tout au moins, mais au contraire, à force de trop y réfléchir, et après ces fortes émotions et cette perte d'eau, je me sens surtout éreintée, prête à sombrer sous le sommeil. Mais quelque chose me retient, je ne me sens pas à l'aise ; j'ai tous les sens en éveil. Toutes les odeurs, tous les frétillements du sol, tous les sons me parviennent, décuplés, et j'y perçois à chaque fois un danger ou une attaque qui finalement n'existe pas.

Je devrais me laisser aller, je ne pense pas que ce soient les trois chevreuils qui m'entourent, n'ayant pas encore découvert ma présence, qui pourraient me causer un quelconque préjudice. Le soleil est encore haut dans le ciel et m'empêche de faire quoi que ce soit, je devrais en profiter pour me reposer.

Cette fois, c'est la lueur de la lune, douce et rafraîchissante qui m'accueille à son réveil. Les quelques chevreuils qui paissaient aux alentours il y a une poignée d'heures ont disparu, laissant la forêt dans un silence feutré. Je m'assois sans faire de bruit et respire le bonheur de cet instant à pleins poumons. Jamais encore je n'avais assisté à un tel spectacle. La nature est sereine, profonde et irréelle ; je la sens respirer doucement, intensément, reprenant son souffle après son intense activité de la veille. Combien malheureux sont les humains, animaux diurnes, de ne pouvoir vivre chacun de ses instants de grâce. Et moi je suis là, posée sous la lune, telle une louve sans sa meute, à ne savoir que faire et qui être…

Je sens au fond de moi que je pourrais rester ainsi jusqu'à la fin de la nuit, sans bouger, sans murmurer, sans respirer, s'il n'y avait cet appel. Un cri de mes entrailles, de mon estomac, de mon cœur qui déchire mes tympans si fortement que je ne pourrais continuer à l'ignorer. Je ne visualise pas précisément les détails de cette demande mais je crois que je la comprends dans sa globalité : j'ai faim ! Inutile de rester assise à attendre, la nourriture ne se jettera pas dans ma gorge d'elle-même, je vais devoir m'employer à ratisser la forêt.

En prenant appui sur mes bras pour me lever, je pose le regard sur eux et me revient en mémoire ce que le sommeil m'avait fait oublier : ma peau. Si je n'y pensais plus, c'est qu'effectivement elle n'avait aucune raison de se rappeler à moi, n'étant plus douloureuse. Elle s'est totalement recomposée et guérie durant ma nuit, ne laissant une fois encore aucune trace. Sous mes doigts, ce nouvel épiderme est d'une douceur exquise ; fin, souple, sans aspérité et légèrement parfumé. L'odeur est la mienne, bien entendu, celle que ma peau a toujours exhalée, mais une autre senteur s'y est ajoutée pour l'enrichir. Je l'inspire avidement, ignorant celles que je connais déjà, et explosent alors mille fragrances dans mes narines émerveillées, tourbillonnant, m'étourdissant puis finissant par se dissiper les unes après les autres, sans hâte…

Cette odeur suave et délicate est celle de mon sang.

Mes pas légers et silencieux me transportent d'arbre en bosquet, de rocher en petit fossé, à travers la forêt, jusqu'aux hauteurs, toujours plus touffues et hermétiques. Je marche sans trop savoir ce que je cherche, décidée mais pas pressée. Je dois calmer ma faim sans toutefois me mettre en danger, je sais que je dois toujours rester maîtresse de mon corps, à présent que je me suis reprise en main.

À force d'errer, je finis par reconnaître au loin des formes connues qui semblent convenir à mon état. L'amas de ronces est épais et large et croule sous les baies brunes. Les mûres sont parmi les fruits que je préfère ; à leur vue, ma faim s'attise et mon estomac réclame plus fort son dû. Je repère les fruits les plus gros et les cueille voracement pour les lancer sur ma langue. Je les croque aussi vite, sans réfléchir puis les recrache immédiatement, c'est immonde ! Jamais je n'ai goûté une chose aussi répugnante ! Ça me stupéfie. Comment de la nourriture aussi délicieuse habituellement peut-elle être immangeable ce soir ? J'en ai peut-être choisi des pourries, retentons le coup avec d'autres. Oh non, toujours pareil ! Infect ! Encore une chose étrange à inscrire sur la liste déjà longue des bizarreries qui m'arrivent.

Un bruit ! Derrière moi, j'ai entendu un craquement de brindille… des bruits de pas… un chevreuil. Il vient de m'apercevoir et s'est arrêté, interloqué. Tout à coup, le voilà lancé au galop, zigzaguant entre les arbres, sans faire plus de bruit qu'un lapin. Avant qu'il ne disparaisse de ma vue, je suis partie aussi vite que lui, d'un coup de talon. Je me suis sentie bondir comme une flèche, aussi puissante qu'un cheval au départ de sa course, tous muscles bandés. Je pose mes pieds aux endroits exacts où il a déposé ses sabots, suivant le filet odorant qu'il laisse traîner derrière lui, comme un appel à le rejoindre. Il est quelques mètres devant moi, affolé, et je sais que je le rattraperai en deux bonds mais rien ne presse, je préfère profiter de cet instant, de ces émotions brutes, de l'ivresse qui m'envahit et me propulse. Mes jambes me tirent vers l'avant sans effort, sans fatigue et mes yeux ne quittent pas la bête, sans s'inquiéter du décor, car c'est ma peau hypersensible qui détecte les obstacles et me permet de glisser à côté d'eux sans même les effleurer. Le chevreuil bifurque à gauche dans un souffle, grimpe un amas de rochers que je survole d'un saut, pour se retrouver dans une clairière baignée par une lumière laiteuse et se raviser en risquant un quart de tour vers moi, croyant pouvoir me surprendre. Naturellement, je ne le laisse pas filer et saute violemment dans sa direction ; il commet l'imprudence de tourner le regard vers moi et fourre sa patte dans le creux qu'il n'a pas pu voir.

Après toute cette agitation, il me semble voir cette scène au ralenti, image par image. Je distingue chaque détail de sa chute, les secondes doublant de longueur, dans une lenteur tranquille. J'ai alors le temps de m'approcher de l'animal pour saisir son cou et y planter brutalement mes canines pour me frayer un chemin jusqu'à ses veines.

Les sensations que j'éprouve ne me sont pas inconnues mais la faim est trop grande pour que je prenne le temps d'y réfléchir.

Il a fallu l'odeur du sang et la douleur de la faim pour que ces petits bijoux se manifestent. Je tâte avec un bonheur amusé mes quatre nouvelles canines rallongées de quelques centimètres et surtout si pointues. Elles prennent de la place dans ma bouche mais je devrais m'y habituer assez vite, comme les autres choses. Ça me rappelle que le goût du liquide écarlate m'était familier et naturellement, cela vient du fait que j'en avais déjà bu, la nuit dernière. C'était ça, le nectar. Tout cela ne peut signifier qu'une chose, ce qui m'est arrivé cette fameuse nuit est exactement ce que je viens de faire subir à ce pauvre animal, exception faite de la mort… !

La personne qui s'est repue de mon sang a décidé de ne pas me laisser agoniser, de ne pas tout boire, mais bien de m'en redonner à avaler. Pourquoi faire ça ? Dans quel but ? Je repense à ce que m'a dit ma sœur : un vampire.

Ce serait un vampire qui m'aurait volé mon sang en me mordant au cou puis en me redonnant le sien à boire ? Je crois me souvenir que selon la légende, c'est ainsi qu'on devient à son tour vampire.

4

Un vampire. Je suis un vampire et ça ne m'étonne pas plus que ça. Le sang vampirisé doit contenir des sédatifs pour qu'on ne pose pas trop de questions et qu'on se fasse vite à sa nouvelle nature. Sauvegarde de l'espèce.

Je m'observe pour admirer tous les changements que mon corps a subis. J'ai déjà remarqué les terribles poignards de ma dentition supérieure qui touchent la gencive du bas quand ma bouche est fermée, mais ce ne sont pas les seuls à avoir poussé : les canines du bas se sont également allongées, suffisamment pour avoir transformé ma mâchoire en étau mortel, digne des plus grands prédateurs. Je sens que rien ne pourrait s'échapper du piège de mes dents, même doté d'une puissance dix fois supérieure à un chevreuil angoissé.

La deuxième mutation qui ne m'avait pas échappé est ma nouvelle peau. Visiblement, la légende est également correcte sur ce point : l'épiderme des vampires ne supporte pas les rayons du soleil et brûle instantanément à leur contact. Et je peux imaginer qu'une exposition prolongée ferait bien plus de dégâts, de plus en plus profonds, qui pourraient être irréversibles. Donc, première règle à observer : fuir l'astre solaire. Par contre, le point positif est que la peau, aussi fragile peut-elle être, reste tout autant auto-soignante. Elle se régénère seule, relativement vite, sans douleur et sans stigmate. Elle a beau être fine en laissant apparaître les veines qui l'effleurent, elle me semble très solide et se révèle dure sous mes doigts, comme imperçable. J'ai un instant l'idée d'éprouver sa dureté avant de me raviser, un peu effrayée. C'est étrange de se faire mal à soi-même intentionnellement. Pourtant, c'est la seule solution qui me vient à l'esprit. Si je le fais très vite, je ne sentirais rien et je serai fixée.

Le poignet contre mes lèvres, j'inspire et ouvre la bouche, les quatre crocs prêts à mordre. J'appuie tout à coup sans bien doser ma force et ma mâchoire se referme en claquant bruyamment. Mes dents n'ont fait que glisser sur mon armure sans y faire le moindre dommage, me montrant que je ne suis qu'une débutante incapable de maîtriser mes organes. Il est exclu que j'abandonne, alors je retente le coup en calant bien les pointes de mes dents pour m'assurer qu'elles ne dérapent plus et appuie cette fois crescendo, pour calculer mes mouvements.

Au départ, rien ne se passe, la peau se creuse sous la poussée mais ne se laisse pas le moins du monde transpercer. J'ai pourtant le sentiment de presser fort mais, somme toute, maintenant tout est relatif. Peu à peu, j'augmente la pression et je finis par ressentir un léger picotement de douleur, on dirait que j'y arrive. Et effectivement, en insistant bien, j'ai réussi à creuser des petits trous vermeils et luisants dans mon bras. Cette peau est extraordinaire, quelle protection !

Mais attention : des gouttes suintent à travers les fines plaies, je ne dois pas les laisser filer, elles m'appartiennent. D'un coup de langue, je les récupère et comble les trous de salive rougeâtre qui dévie ainsi le cours du sang. Le mystère de la peau vampirique me semble à présent résolu.

Il me semble par contre qu'il en reste encore un grand nombre à éclaircir et que je n'y parviendrai pas dans une seule courte nuit. Je sais que mes sens ont été affinés prodigieusement et que mes capacités physiques sont démoniaques ; et là aussi il me faudra du temps pour apprendre à les reconnaître précisément et à les maîtriser.

Même si jusqu'à présent, je m'étais donné l'impression de m'être un peu adaptée à ma nouvelle nature, je finis par me rendre compte que tout cela est au mieux absurde, au pire monstrueux. Une sorte d'angoisse me traverse le corps et me donne la nausée à m'en faire tourner la tête et me brouiller la vue. Un ballet kaléidoscopique envahit ma vision, des formes tournent et virevoltent sans limite, sans vouloir s'arrêter, comme sur ordre de mon inconscient, prenant ses aises dans mon esprit. Tout m'échappe depuis le début ; sous l'effet d'émotions je ne contrôle plus rien, je me transforme en poupée de chiffons obligée d'attendre la fin de la folie pour reprendre la barre. Il n'y a que dans les moments de calme que je m'entends, cela m'obligeant dorénavant à retenir mes émotions, à les empêcher de prendre possession de ma carcasse, du moins tant que je n'aurai pas tout saisi.

Assise sur un rocher surplombant la vallée, les jambes croisées à la manière d'un scribe, les yeux à demi fermés, moitié au repos, moitié en alerte, j'observe la nuit. Les souvenirs que j'en ai gardés de ma vision humaine soulignent le changement. À cet instant de la journée, en l'absence de lumière solaire et sous le faible éclairage lunaire, le monde cache pudiquement ses charmes, réduits à de simples silhouettes remplies d'un seul camaïeu de gris. L'œil humain n'y retrouve plus les mêmes repères qu'en plein jour, ce qui lui donne le sentiment d'être étranger à ces temps, et l'espoir de l'aube prochaine. Si je n'avais ces souvenirs, je ne croirais pas être au beau milieu de la nuit tant je distingue chaque détail et sa couleur, et sa matière, et sa constitution. Rien n'échappe à mon œil, je vois distinctement jusqu'à l'horizon, et toutes ces tâches rougeâtres qui parfois se déplacent ou restent, tremblantes, en place, sont comme des auras qui émanent des êtres sanguins. Aucun ne m'échappe, je les vois tous, même à travers leurs murs de protection ; et si je me concentre sur l'un d'eux je peux même ressentir faiblement sa chaleur. Cet exercice est agréable, il réchauffe doucement ma peau et fait bouillir mon sang qui se met à crépiter dans mes veines, et mon énorme cœur s'emballe sous la pression. Tous mes organes, étant complètement imbibés de nectar, sont pour l'instant très peu réceptifs et ne réagissent pas outre mesure, ce qui mettrait toute la machine en branle pour la pousser à partir en chasse. Je suis donc tranquille pour un moment, dont je ne connais pas la durée mais que j'espère assez étirée, et je peux rester sans contrainte à profiter de l'état apaisé dans lequel je suis plongée.

Je reste quelques instants encore à savourer la douceur de cette nuit avant que ne me vienne l'envie de me dégourdir et de découvrir plus précisément ce dont mon corps est capable athlétiquement. Les yeux levés sur les hauts chênes qui me dominent, je me décide. Ma main se referme sur une branche à ma hauteur, l'autre saisit une branche plus haute et, d'un coup de talon, j'entreprends l'ascension. Je pose un pied où ma main vient de s'enlever, pousse fortement et me retrouve au faîte de l'arbre en une demi-seconde, trop ahurie pour avoir le réflexe de m'accrocher. Je tombe en arrière dans un cri, cassant chaque branche sur laquelle je bute et finis ma chute le dos enfoncé dans le sol. Bien sûr, je n'ai rien ressenti, à part l'effet du ridicule. J'ai agi comme un bébé qui apprend à marcher. Seulement, dans mon cas, personne n'est là pour me rattraper et je vais devoir apprendre toute seule.

L'arbre a perdu la moitié de ses attributs mais me domine toujours, comme une montagne infranchissable et moqueuse. Cette fois, je m'élance avec plus de précaution, dosant mes poussées et visant ma destination. En quelques coups de pieds je suis en haut, fermement accrochée et un peu fière. Je me suis rendu compte qu'en observant bien, en maîtrisant mes gestes et ma vision, j'étais capable de décomposer le temps. Comme un peu plus tôt, lorsque le chevreuil que je chassais a chuté et que j'ai appréhendé cet instant au ralenti. Les secondes étaient comme étirées pour tout ce qui m'entourait, excepté pour mon propre corps. J'avais pu moi-même me déplacer à vitesse normale pour rejoindre ma proie.

En grimpant à cet arbre, il s'est passé la même chose ; tout était figé autour de moi, pris dans un brouillard consistant et je distinguais chaque élément dans son entièreté, sa taille, sa grosseur, la distance qui le séparait des autres et surtout de moi, et ainsi combien de temps exactement il me faudrait pour l'atteindre. Temps que je contrôlais et qui me donnait une fois encore la possibilité de tout doser parfaitement. C'est avec cette omniscience que j'ai pu agir dans un souffle, en effleurant les branches. En calculant le temps, je peux me situer précisément dans l'espace et m'y déplacer sans heurt, comme un souffle de vent.

À une dizaine de mètres de moi, un arbre surplombe tous les autres. Je vais essayer de l'atteindre par mes nouveaux moyens. Je retiens ma respiration et me concentre sur lui, puis, je m'élance tout à coup. Je saute de branche en branche, au sommet des arbres, réveillant les quelques oiseaux qui s'y étaient assoupis. Je bondis comme je courais sur le sol dur, sans faute d'équilibre, avant de me jeter sur mon but. De là, toute la forêt s'étend à mes pieds, tapis de feuilles mortes bruissant sous les caresses du vent. Semblant ignorer ma présence, la nature est toujours aussi calme.

Par rapport à mon perchoir, l'horizon est très bas et, je le devine vite, représente un danger relativement imminent pour mon corps de vampire. J'aperçois, encore faibles mais impatientes, les premières lueurs de l'aube qui s'échappent du bout du monde et qui signifient pour moi : retraite forcée. Il est trop tard maintenant pour rechercher le quelconque abri de pierre que j'aurais dû assidûment chercher durant la nuit et que je serais bien en peine de trouver rapidement dans l'immense forêt. Le seul recours qu'il me reste est mon instinct qui jusqu'à présent m'a gardée en vie mais que je voulais malgré tout réduire au silence. Il n'est pas question en ce moment de jouer à l'humaine supérieure si je veux avoir l'occasion de recommencer. Comment faire pour réveiller sur-le-champ mon instinct de survie, afin qu'il me guide ? « *Je dois me cacher ! Je dois me mettre à l'abri, je dois me cacher...* » L'esprit vide, uniquement occupé par ces pensées, ordonne au corps de se mettre au travail. Plus concentré encore, visualisation totale. Il fait chaud, ça me picote tout le long de l'épiderme, je devine une lumière orangée à travers mes paupières closes, j'essaie de me concentrer à nouveau mais c'est trop fort, je cède à la panique qui m'assaille. Violemment, je me retrouve face contre terre à creuser le sol avec mes dents et mes ongles, comme une furie ; mes mouvements sont trop rapides pour même les ressentir, seuls mes yeux sont inertes et assistent à cette débauche de puissance. En quelques instants je me retrouve à deux mètres sous le sol, à reboucher le trou de l'intérieur, ramenant toute la terre à moi, sur tout mon corps, pour le protéger. Quand tout s'écroule sur moi et dévie les rayons lumineux, je me retrouve dans le noir et le froid que je commence à adorer tels des dieux. Dans une telle position, je ne me vois pas d'autre choix que de dormir en attendant le crépuscule suivant et finalement, après toutes ces émotions, je me rends compte que c'est bien tout ce dont j'ai envie.

Heureusement que la pluie n'est pas tombée sur ma couverture de terre et qu'aucun groupe de randonneurs n'est passé dessus pour la tasser, ainsi elle est restée meuble et je peux sans peine m'y frayer un chemin. Il fait à nouveau nuit sur cette partie du monde, et depuis peu visiblement. Je dois encore féliciter mon merveilleux instinct pour tout ce qu'il a fait pour moi, comme me garder en vie et me réveiller à la bonne heure. Je vais finir par tout apprécier chez moi quand je me serai parfaitement domestiquée. Étant donné que je suis réglée comme une horloge, je sais que réveil signifie repas et j'aurais du mal à l'ignorer, mon estomac associé à mon cœur me tiraillant inlassablement. Cette fois, je pense être plus efficace à la chasse qu'hier en utilisant au mieux toutes mes capacités les plus utiles pour ce travail. Je décide de commencer par observer panoramiquent la forêt pour y repérer l'aura brûlante qui saura m'indiquer la présence d'un porteur de sang chaud. Des oiseaux perchés aux arbres et quelques écureuils courant sur le sol arrêtent mon regard mais je ne peux décemment pas me nourrir d'aussi petits animaux ; il m'en faudrait tout un arbre généalogique. Je pense plus à un chevreuil ou éventuellement un sanglier, dans l'espoir que je sois assez forte pour l'affronter – ou assez maligne. Non, réflexion faite, je ne vais pas tenter le diable et me contenter du cervidé que je distingue au loin et qui ne se doute encore de rien. À pas de loup-garou, je réduis la distance qui nous sépare, épiant la moindre de ses actions et son éventuelle dérobade. Quand je me retrouve à moins de quatre mètres de lui, j'ai l'idée de grimper sur l'arbre le plus proche pour atteindre celui qui surplombe l'animal. De là, je mesure mon coup et me laisse tomber sur son dos. Avant qu'il n'ait pu comprendre quoi que ce soit, j'ai planté mes quatre crocs saillants dans son encolure, et dès l'instant où le sang jaillit, je l'aspire dans un râle de satisfaction. La bête finit par ne plus bouger, me laissant la vider entièrement pour remplir mes veines plus qu'asséchées et hypertendues.

Reposée, repue, consciente et en sécurité, je ne ressens plus le besoin de rester errer au milieu des arbres. En y réfléchissant, il y a peu d'options qui s'offrent à moi. Je pourrais partir à l'aventure, mais pourquoi faire, pour aller où ? Peut-être chercher des congénères pour en apprendre plus et comprendre. Avec un peu de chance, celui qui m'a fait ça traîne encore dans les parages ; c'est lui que j'aimerais trouver, il a des explications à me donner… !

Mais avant de même réfléchir à la manière dont je vais bien pouvoir établir un contact avec un vampire, j'aimerais me rendre à un endroit où je suis certaine de trouver une personne à qui je voudrais parler. Je vais passer rapidement chez moi pour lui dire adieu, ce ne sera pas la peine de s'attarder.

5

En quittant les bois, je ressens un petit pincement au cœur. Je me sens vulnérable en dehors de la protection sylvestre et sauvage qui m'est désormais plus familière que le monde dur et lourd dans lequel je vais pourtant devoir reprendre mes marques.

Peu à peu, la lumière lointaine des étoiles se laisse dévorer par l'éclairage de la ville, plus violent à mes yeux et plus chaud sur ma peau. À pas feutrés, je pénètre entre les hauts murs, dans une rue déserte, endormie, où seul un couple de pigeons, lové entre deux volets refermés sur lui par un coup de vent, roucoule doucement. Au moins la transition se fait en douceur, personne n'est là pour me regarder d'une manière que je n'imagine pas autrement qu'agressive, reflet de mon nouveau comportement et de mon image. J'aurais aimé avoir un chapeau ou une écharpe pour dissimuler au moins mon visage mais je n'ai malheureusement sur moi que t-shirt et pantalon. Je vais être obligée d'assumer ma figure et de me diriger promptement vers mon but, sans me laisser déstabiliser. De plus, si cela arrivait, je sais que je ne me contrôlerais plus et que tout scénario serait alors possible. Mieux vaut rester calme et distante, et ne pas traîner.

Je rassemble mes forces et me remets en marche, laissant ma mémoire me montrer le chemin. Les deux rues que je traverse sont encore vides mais je sais qu'au prochain tournant, il y a toujours du monde. D'ailleurs, en me concentrant, j'arrive à percevoir des lueurs rouges à travers les bâtiments. Ils sont là et il n'est plus question de faire demi-tour. Des voix me parviennent enfin et quand je me retrouve face à l'allée je repère deux hommes en train de parler et deux petits groupes de personnes qui se déplacent, dont l'un dans ma direction. Sans ralentir ma marche je continue à avancer, l'air détaché mais le regard inquisiteur. L'un des deux hommes tourne sa tête vers moi dès qu'il m'aperçoit et, par simple réflexe, reste ainsi deux secondes qui me paraissent une éternité, avant de s'intéresser à nouveau à son interlocuteur. L'étonnement m'assomme un peu, il n'a pas du tout réagi comme je le redoutais. Visiblement, je n'ai rien de remarquable à ses yeux, rien qui me rende différente. Je me suis monté la tête pour rien, je suis toujours Maïa, tant mieux.

Au moment où je passe à côté des deux hommes, le groupe qui venait vers moi nous croise aussi, par la gauche. Je me retrouve alors assaillie par des porteurs de sang chaud. Les lueurs de leurs cœurs s'enflamment devant mon champ de vision, les tambours des pulsations résonnent dans ma tête, je me sens tout à coup enfermée dans une bulle qui vibre bruyamment et empeste le sang. Tout ce qui m'entoure est devenu un immense garde manger et réveille immanquablement la faim qu'il me semblait pourtant avoir assouvie. Je me sens partir, mes crocs me démangent mais il ne faut pas ! Je plaque mes mains sur mon crâne pour faire taire la douleur et la force qui risquent de me dominer, et tout à coup, tout s'est évaporé ! La bulle a éclaté, je suis libérée. Mais qu'est-ce qui l'a provoquée ? En me retournant, je comprends. Le groupe est passé sans s'apercevoir de rien et, quand il s'est éloigné, la folie s'est estompée. Mais elle aurait dû persister si les hommes à ma droite n'avaient pas bougé ; or, ils se sont reculés de plusieurs pas, effrayés par ma réaction. Ils sont toujours en train de me dévisager, me prenant sans doute pour une folle. Je me sens ridicule mais finalement, tout cela vaut mieux, il ne s'est rien passé de grave.

Sans perdre un instant je m'éloigne et continue ma route tout en reprenant mes esprits. Je devrais éviter les gens du bout de la rue en prenant une déviation, tant pis si c'est plus long mais il est hors de question de retenter l'expérience. Je vais devoir repérer toutes les lueurs vermeilles pour ne pas me retrouver sur leur chemin et me débrouiller malgré cela pour atteindre ma maison.

Finalement, après maints détours, me voilà devant mon immeuble. La tête levée, les pieds attachés au sol, j'observe la vive lumière qui encadre les volets fermés de la chambre de Lila. Je savais qu'à cette heure-là, elle ne dormirait pas encore et je n'ai pas besoin d'être voyante pour deviner qu'elle se morfond à mon sujet. Et pourtant je reste là, plantée comme un chêne centenaire, incapable de me décider à surmonter mes appréhensions et à prendre mon destin en mains. J'ai peur, je n'ose pas y aller, la regarder dans les yeux et lui dire la vérité, quel cauchemar ! Elle va me haïr. Toutes ces années si proches pour finir séparées aussi brutalement, aussi différentes…

Du sol un fumet étrange s'élève. C'est fort, âcre et ça ne m'est pas étranger. Forcément puisque c'est l'odeur du chien de la voisine, un Yorkshire dont j'ai oublié le nom qu'il partage pourtant avec tant d'autres. Ce chien m'a toujours horripilée, son unique passe-temps étant d'aboyer sur tout ce qui l'entoure, vivant ou non. Ce qui m'étonne ce soir, c'est qu'il est resté depuis que je suis arrivée, si silencieux que je ne l'ai même pas remarqué ; l'aura de ses veines ne m'est même pas parvenue, si ridicule est sa taille. Et autre chose étrange, il est dehors tout seul. J'imagine que sa maîtresse a dû le laisser sortir pour finalement l'oublier. Et maintenant, il est figé comme une statue, à me dévisager de son regard peu avenant, parvenant presque à me mettre mal à l'aise. Qu'est-ce qu'il me veut, à part me faire perdre mon temps ?

Puis, sans prévenir, d'une brutale pression de l'abdomen, il pousse un cri sec et puissant. Je suis tellement surprise que j'en sursaute et le regarde, ébahie. Cette petite créature ose me crier dessus, comme s'il était le maître des lieux ! Et malgré mon regard assassin, il continue à aboyer, totalement excité et énervé contre moi, toutes dents dehors et poils dressés. L'atmosphère s'imprègne peu à peu de notes canines, s'éteignant aussi soudainement qu'elles arrivent, courant autour de moi en ronde en cherchant l'entrée de mes oreilles. J'entends tous ses cris deux fois plus clairement dans ma tête qu'à l'extérieur : ils résonnent bruyamment et ricochent sans fin, trop heureux de pouvoir s'exprimer. Comme un peu plus tôt dans les rues de la ville, je sens une bulle qui naît et ceint ma tête pour m'isoler et me contrôler ; mes canines se mettent à vibrer à l'unisson des aboiements et mes muscles, impatients, se contractent, dans l'attente d'un ordre. Je ne vois plus qu'une chose, la seule qui existe pour moi à cet instant et qui m'excite plus qu'une lionne à l'affût : ce maudit chien qui s'époumone. Dans moins d'une seconde, quand je l'aurai supprimé, il sera vidé de son sang qui se retrouvera dans mon estomac. Cette pensée me fait saliver : ça me plait, c'est ça que je veux faire ! Alors, sans plus réfléchir, je fonce sur la bête qui ne réalise même pas. En tout cas, il s'est calmé, je peux boire tranquillement.

En deux secondes, tout est fini, je l'ai vidé. Insuffisant, trop petit : à ne retenter que s'il n'y a pas de choix. Et tout juste bon, je préfère de loin le nectar de chevreuil. Enfin, tant pis, ce n'est pas pour ça que je suis venue. Le temps de me remettre les idées en place, je lève lentement les yeux et découvre la voisine dans l'embrasure de sa porte. Elle semble épouvantée et prête à crier ; je dois lui dire de ne pas faire de bruit.

– AAAAAAAHH !

Trop tard. Elle va alerter tout le voisinage, quelle poisse ! Moi, qui voulais me faire toute petite… Sans attendre plus longtemps, je me jette sur elle et l'assomme avant de l'entraîner chez elle pour la coucher sur son canapé. J'espère qu'à présent je vais avoir la paix. À l'extérieur, en fermant la porte, j'entends enfin une voix agréable :

— Maïa, susurre ma sœur. Qu'est ce qui se passe ? Monte vite !

Je ne me fais pas prier et lui obéis, passant d'un bond à travers la fenêtre. Sans retenue je la serre contre moi, savourant l'instant, oubliant tout.

— Lila, il faut que je te raconte tout, je lui glisse à l'oreille.

Sans vraiment me rendre mon étreinte, elle me répond sèchement :

— Qu'est ce que tu as fais ?

Je me sens assommée par le ton de sa voix, je ne l'avais jamais entendue me parler de cette manière, si triste et si distante. Je ne reconnais plus ma sœur et je lis dans ses yeux que cela est réciproque. Mon cœur est comprimé par une douleur que je n'aurais jamais cru ressentir un jour ; elle me débarrasse de ma peau et me pousse à l'autre bout de l'univers, sans ménagement. La solitude m'a mordue et je reste là, sans défense, sous le regard de ma sœur jumelle. Incapable de répondre, je me laisse tomber à terre, à ses pieds et me retrouve assise, comme une enfant fautive.

Presque une minute s'écoule ainsi, sans que personne ne bouge, ne sachant que dire. Me voyant désolée et atterrée, Lila fini par consentir à ouvrir une discussion.

— Je n'ai pas du tout compris ce qui t'arrive. Papa croit que tu as fugué. Il a failli prévenir la police mais je lui ai dit que tu finirais par revenir. J'ai réussi à le convaincre pour ne pas t'attirer d'ennuis parce que je sens bien que tu n'es pas nette. Et en même temps, je savais que tu reviendrais. Tu ne m'abandonnerais pas. Je te signale que j'ai réessayé la focalisation mais j'ai eu l'impression de me heurter à un mur. J'imagine que tu n'as rien ressenti ?

— Rien, effectivement. Laisse-moi t'expliquer.

Elle consent à m'écouter jusqu'au bout, sans broncher, sans rien exprimer. Je sens bien qu'elle a du mal à me croire – qui le pourrait ? Mais je ne la laisse pas me déstabiliser, il faudra bien qu'elle se rende à l'évidence. À la fin de mon récit, je me tais et la fixe. Je la vois réfléchir et s'interroger, parfois fronçant les sourcils ou serrant les lèvres. Quand son visage se détend, elle m'annonce :

— Je veux bien te croire, après tout j'ai toujours cru aux contes de fées et aux mythologies mais tu devrais te voir : tu es transfigurée, j'ai presque du mal à te reconnaître. Je vois bien ma sœur, mais il y a quelque chose par-dessus, comme une enveloppe ; ça me fait un peu peur, finit-elle par m'avouer dans un souffle.

— Ne t'inquiète pas je t'en prie. Jamais je ne te ferai du mal, ni à papa. Je ne suis pas un danger pour vous. D'ailleurs, depuis que je suis ici, je me sens différente, calme, comme je l'ai toujours été.

— Qu'est ce que je vais dire à papa ? On ne peut quand même pas lui raconter ça ? s'effraye-t-elle.

— Non, certainement pas. Je crois que je sais, m'entends-je annoncer brusquement. Je vais lui écrire une lettre lui annonçant que je pars vivre à l'étranger avec quelqu'un.

Ma sœur est déstabilisée, sous le choc elle ne sait que dire. Je continue sur ma lancée :

— Après tout, je suis majeure, j'en ai le droit. Ça va le choquer mais il faudra qu'il s'y fasse. Je compte sur toi pour lui dire que tout se passe bien et que je suis heureuse. J'essaierai de vous écrire, enfin, si je vais à l'étranger.

— Maïa, c'est fou tout ce que tu me dis ; je ne pourrai jamais m'y faire, tu comprends ça ? Et papa ? Jamais il ne comprendra.

— Je ne comprends pas tellement plus que toi. Et, comme toi, il faudra que je m'adapte. Faisons tous un effort.

— N'importe quoi, Maïa, si tu t'entendais… !

Ma sœur est assommée et, malgré ce qu'elle dit, je mesure parfaitement les effets de toute cette histoire ; je lui laisserai tout le temps pour s'y faire puisque je vais la quitter. Il ne me reste plus qu'à lui expliquer. Mais d'abord, je vais écrire la lettre pour mon père en insistant bien sur les mots « heureuse » et « ne pas s'inquiéter ».

Lila me regarde sans mot dire me mettre à son bureau. Elle est assise sur son lit, à tout mélanger et à gamberger. Je sens sa chaleur qui, depuis le début, envahit la pièce, nage sur ma peau et la réchauffe. J'inspire avidement sa douce odeur qui volète en fins fumets jusqu'à mes narines. Elle ne sait pas à quel point elle m'est plus proche en cet instant qu'à n'importe quel autre. Toutes les sensations que m'envoie son corps me transpercent de part en part, agréablement, et se fondent dans ma chair, comme si ma sœur était moi-même. En réalité, une telle chose s'est déjà produite avant que nous ne soyons violemment séparées corporellement, et cela dans le ventre de notre mère. À ce moment-là, nous étions ensemble, corps séparé en deux, consommant le même air et la même nourriture. C'était la plus belle période de notre vie, j'avais ma sœur pour moi seule et je n'étais qu'à elle.

— Tiens, ma préférée, voilà la lettre. Tu devras encore mettre en marche tous tes talents de persuasion pour qu'il y croie et ne s'inquiète pas trop. Je compte sur toi.

Je l'ai fait sortir de sa torpeur, elle nageait dans un autre monde. Le temps qu'elle revienne à moi, je lui glisse le papier entre les doigts et m'assois à ses côtés. Doucement, elle tourne sa jolie tête vers moi et me demande péniblement :

— Qu'est ce que tu vas faire maintenant ?

Son air triste me mord le cœur. Je n'ai que la force de tendre ma main sur sa joue avant de lui expliquer :

— Je vais partir à la recherche de celui ou de celle qui m'a fait ça. Je dois comprendre. Et quand je l'aurai retrouvé, je reviendrai te voir pour tout te dire. D'accord ?

— Mais tu sais où il est ? Comment tu comptes le trouver ? Il est peut-être en Chine maintenant, tu ne le débusqueras jamais !

— Ne t'en fais pas, j'ai l'intuition qu'il n'est pas loin. J'y arriverai. Maintenant, je vais te laisser, dors bien et n'oublie pas la lettre.

D'un bond je me lève puis me penche pour l'embrasser. J'ai un pincement au cœur en revoyant son plâtre auquel je ne faisais plus du tout attention. Elle est comme emprisonnée alors que je m'apprête à parcourir la Terre, libre comme l'air. Le destin à réellement voulu nous séparer.

— Adieu, Maïa, fais attention à toi. N'oublie pas que je t'aime.

Ces derniers mots résonnent en moi alors que je cours dans le silence de la nuit, plus légère qu'un chat, plus triste qu'un bébé abandonné.

6

Encore un jour passé à dormir sous terre, quelle misère ! L'image ridicule d'un vampire SDF me passe devant les yeux et m'arrache un ricanement. Je ne sais pas ce que font d'habitude les vampires, quelles sont leurs préférences en matière de refuge... Est-ce qu'ils logent toujours au même endroit ou déménagent-ils régulièrement pour effacer leurs traces ? Je suppose qu'il en va de même pour nous que pour les humains : chacun ses préférences... !

En tout état de cause, dans mon cas, elles sont tout établies : je refuse de rester plus longtemps dans ce bois, à croupir sous la terre froide et humide et à survivre avec du sang animal. Ma nouvelle nature m'ouvre de nouvelles portes, je vais m'y ruer.

Je sais que je peux me permettre toutes les choses qui n'étaient même pas envisageables avant, je peux agir sans limite et sans gêne. Tout ce qui doit me guider est la recherche du vampire. Même si je n'ai aucune idée de la marche à suivre, par où commencer et où aller, j'ai une carte en main : son odeur. Quand j'arrive à me concentrer sur cette nuit, en remontant dans mes souvenirs avec ma nouvelle acuité, je peux revoir chaque couleur, réentendre chaque son et ressentir chaque odeur. Tout s'éclaire dans mon esprit aussi clairement qu'un film. J'imagine que je serais aussi capable de remonter plus loin, le long de mes souvenirs humains, peut-être même jusqu'à ma naissance, ou bien avant. J'adorerais voir Lila à peine ébauchée, nageant avec moi dans le ventre de maman. Mais pour cela, j'aurais certainement besoin de beaucoup plus de temps et de concentration, la mémoire humaine étant nettement plus limitée et sélective. Mes premières impressions et ressentis en tant que vampire sont naturellement bien nets dans ma tête, et je peux sans peine retrouver ce que je cherchais : l'odeur du vampire. Je n'ai malheureusement aucune image de lui mais le parfum qu'il dégageait est un début de piste suffisant. Même les vampires doivent laisser une piste odorante derrière eux. Il me suffit de retrouver la sienne, puis de le pister.

J'ai donc déterminé ce à quoi je vais m'adonner cette nuit : chasse à l'homme et au vampire !

Le nectar n'attend pas.

Il faut aller à lui quand il vous appelle. Et ce soir j'ai très faim, un banal chevreuil ne me satisferait pas ; même si c'est contre tout principe moral, j'ai décidé de goûter au vrai nectar : celui des Hommes.

En chemin pour la ville, je lâche la bride de mon instinct pour qu'il me choisisse le meilleur porteur de sang chaud, je veux me faire plaisir. Je sais que si je veux du choix ; c'est vers la mer que je dois me diriger, vers les quartiers marchands et les restaurants. En contrepartie, ça implique plus de lumière, un endroit très dégagé et surtout plein de tentations. Pour éviter les écarts, qui seraient très malvenus, je dois faire mon choix de loin et ensuite ne me focaliser que sur lui. Je suis sûre que je peux y arriver, la dernière fois que j'ai été en contact avec une proie humaine, je n'y ai pas touché, j'ai su résister sans mal. Sans parler du long moment que j'ai passé au côté de ma sœur. Je suis sur la bonne voie, j'apprendrai vite à être totalement maîtresse de moi-même et à passer inaperçue.

Comme un serpent je déambule le long des rues, furtive et silencieuse, animée d'un seul but. Sans avoir attiré une seule fois l'attention, je me retrouve vite à mon point d'arrivée, assaillie par l'odeur salée et fraîche de la mer, les oreilles assourdies par le tintement des mâts venant du port et le brouhaha humain surgissant de part et d'autre du quai. J'avais vu juste, l'endroit est bondé. Je vais pouvoir tranquillement partir en quête de mon dû. Du muret longeant le port, j'aurai une vue d'ensemble et je passerai facilement pour une jeune fille appréciant la fraîcheur du soir.

À vrai dire, c'est plutôt agréable de se retrouver dans son environnement habituel, au milieu de tous ces gens normaux qui essaient de vivre heureux, catégorie à laquelle j'appartenais encore il n'y a pas si longtemps et parmi laquelle il était naturel pour moi de vivre. J'ai un pincement au cœur en réalisant que plus jamais je ne serai la même et n'appartiendrai plus à ce monde.

Une odeur délicieuse me tire soudain de mes pensées. Je me rends compte qu'elle émane d'un homme qui vient de s'asseoir non loin de moi, sur le muret. En un battement de cils, j'ai enregistré son image puis ai tourné la tête pour qu'il ne s'étonne pas de mon intérêt et réagisse d'une manière qui fausserait mes plans. C'est donc un homme d'une quarantaine d'années, de taille moyenne, à peine plus grand que moi, mais assez costaud. De plus sa peau et son sang sentent bon, il est clairement en excellente santé, bien-être qu'il entretient visiblement par une bonne hygiène de vie. Voilà exactement ce qu'il me faut. Un porteur sain donne un nectar sain et forcément délicieux.

Je ne sais pas encore comment je vais me débrouiller pour le boire au milieu de cette foule ; mieux vaut prendre le temps d'analyser et d'y réfléchir. La précipitation ne serait certainement pas efficace ici.

En attendant, je peux étudier l'homme plus en détail. Il n'a pas l'air pressé de s'en aller, ce sera facile. J'avais déjà noté que ses yeux étaient d'un mélange marron et orange, très lumineux quand les rayons du lampadaire y pénètrent – j'imagine ce que cela peut donner quand il s'agit des rayons du soleil. Son visage est plutôt commun, ses traits particuliers étant l'arête du nez déviant légèrement sur la droite, du côté où, sous l'œil, une fine cicatrice apparaît, si fine qu'un œil humain ne doit probablement pas le percevoir. Ses cheveux brun foncé sont coupés courts et ses vêtements sont tout aussi nets. Et cela parce qu'il s'agit d'un costume, certainement pour son travail, dont il doit à l'instant sortir, du reste. Il a dû venir ici pour se ressourcer après une longue journée. À moins qu'il n'attende quelqu'un pour aller dîner. J'espère terriblement que ce n'est pas la seconde solution. Mais en regardant plus attentivement, il ne donne pas l'impression d'attendre. Il est calme, bouge à peine – à part ce petit tic qu'il a à la jambe et qui la fait palpiter presque imperceptiblement –, j'entends son pouls battre doucement et il fixe un point sur le mur d'en face, comme plongé dans ses pensées. À cet instant, j'aurais aimé avoir le pouvoir de lire dans les esprits, à compter que ça soit possible. À quoi peut bien penser une proie qui ne se doute en rien de son avenir proche ?

Finalement, j'ai la confirmation qu'il n'attend personne, le voilà qui se lève et s'en va. Il ne se rend pas compte de la chance qu'il vient de me donner, il finira par se retrouver dans un coin isolé ou à proximité, et je n'aurai plus qu'à me servir. Mais, pour l'instant, il se contente de suivre le port, en jetant un œil aux bateaux, distraitement, le pas lent. Mettant mes pas dans les siens, je prends mon mal en patience, essayant pour me distraire de deviner où ses pas vont le mener. J'imagine qu'il rentre chez lui, où sa femme et peut-être ses enfants l'attendent.

Ils ne le verront pas rentrer ce soir.

Pour mon plus grand bonheur, il finit par quitter le quai pour s'engouffrer dans une rue plutôt calme. Mais pas assez. Je commence à grincer des dents. Va-t-il falloir que je l'entraîne moi-même là où je veux qu'il aille ?

Et le voilà qui s'arrête devant une vitrine. Je ne peux réprimer un grognement. C'est un magasin de jouets. Heureusement, à cette heure il est fermé, ça l'empêchera de s'y attarder. En tout cas, cela veut dire qu'il a des enfants. Je vois son regard orangé s'arrêter sur une poupée blonde attifée d'une robe à volants bleue. Il y a donc une petite fille qui va regretter son papa. Je me sens tout à coup un peu triste en pensant à cela. Qu'est ce que je m'apprête à faire ? Suis-je un monstre ?

Il me suffit d'un regard sur le palpitant cramoisi pour me faire à l'idée que la réponse est négative et que je meurs de faim. S'il ne dépêche pas, je vais lui sauter dessus…

Je ne m'étais pas rendu compte que je m'étais tant approchée de lui. Il vient de tourner la tête vers moi, interrogateur, et doit certainement se demander pourquoi la fille près de qui il était assis il y a quelques minutes l'a suivi jusqu'ici et se tient face à lui, deux mètres plus loin. Je dois donner le change, je ne voudrais surtout pas me mettre à parler avec lui ou le voir se méfier. La seule idée qui me vient est de continuer à observer la vitrine, l'air intéressé, les bras croisés et les jambes détendues. J'espère qu'il croira que je me tiens aussi loin de la vitrine parce que, d'habitude, les étrangers ne se collent pas les uns aux autres quand ils ont de la place. Heureusement, ça à l'air de marcher, il finit par ne plus prêter attention à moi et délaisse les poupées pour s'intéresser au reste des jouets. J'ai l'intuition qu'il serait capable de rester ainsi des heures. Moi, non plus, je ne me lasserais jamais d'observer le flux du nectar dans ses veines et les battements sourds de son cœur, si seulement je n'avais pas aussi faim !

Il est inutile pour moi de m'attarder ici, je ne suis pas crédible et j'ai la sensation que ma présence le gène. Il désire certainement être seul, enfin, autant qu'on peut l'être au milieu des gens qui vont et viennent. D'ailleurs, il serait temps que tous ces gens rentrent chez eux et vident les rues. Je commence, moi, à être gênée par cette attente qui s'allonge, sous la chaleur des lampadaires qui devient sérieusement incommodante.

D'un pas traînant, j'entreprends de m'éloigner un instant de ma proie pour aller l'attendre, cachée, au prochain tournant. Mon corps se relâche, j'évacue les tensions et libère mes muscles : je m'étais complètement tendue depuis mon entrée dans la ville. Cette petite bouffée d'air est bienvenue, ça me remet les idées en place et apaise mon énervement. Je laisse ma tête basculer en arrière, projetant mon regard vers l'espace obscur. Les étoiles… Je les ai toujours adorées, elles sont magnifiques et si énigmatiques… C'est dommage d'être sous les lampadaires, je les perçois moins bien. Enfin, de toute façon, il me reste l'éternité pour les admirer. Du moins je l'espère. C'est vrai que je suis loin de tout savoir sur la vérité vampirique. Je ne sais que peu de choses, à travers les mythes et les histoires. Et si justement, ce n'était que des mythes ? Non, après tout, c'est improbable, il y déjà plusieurs choses qui se sont avérées réelles. Quant au reste, on verra bien, comme dans tout mythe, il y a forcément une part de vrai et une bonne dose d'imagination, j'apprendrai à découvrir lesquelles.

L'homme a enfin terminé son observation et se décide à venir dans ma direction. Le dos collé au mur, j'attends qu'il me dépasse et choisisse une direction, si possible à gauche : ce serait parfait, il n'y a pas un chat.

On dirait que ma bonne étoile s'est enfin réveillée : l'homme m'a dépassée sans me voir et a tourné à gauche, le pas plus rapide que précédemment. Il est pressé de rentrer. Sans un bruit, je le suis de loin, arrêtant même ma respiration. S'il se retournait maintenant et me voyait, il trouverait ça vraiment louche cette fois-ci. Pas la peine de lui donner l'occasion d'appeler à l'aide.

Il continue sa marche sans se douter de rien pendant une quinzaine de mètres et finit par ralentir le pas pour mettre la main dans sa serviette, à la recherche de quelque chose… Ses clés ! Il les tient à la main, prêt à les mettre dans la serrure d'une porte vieillie, au numéro 6.

C'est le moment ou jamais.

Allongeant le pas jusqu'à la course, je suis bientôt sur lui, et il l'a remarqué. Il a lâché ses clés et son attaché-case et reste pétrifié, ses yeux orange pleins de terreur. En un instant, je devine que je ne ressemble plus du tout à la vieille Maïa pour lui arracher ce regard-là. La dernière image qu'il aura vue sera celle d'un monstre en furie.

D'un bond je me projette à un mètre au-dessus de sa tête, les crocs hors de ma bouche, les doigts comme des serres d'aigle. Tout autour de moi se fige comme à chaque fois, je vois chaque mouvement de ma proie, décomposé lentement. J'ai tout le temps de repérer sa carotide et d'y plonger mes canines. La peau craque délicieusement sous la pression, ouvrant le passage jusqu'aux veines et à leur précieux liquide…

Enfin le réconfort que j'ai tant mérité !

Gorgée après gorgée, mes veines se remplissent et se détendent, tout mon corps vient à s'apaiser. Je reviens alors peu à peu à moi et une image traverse mon esprit. Une petite fille blonde, habillée dans la même robe que la poupée du magasin, allongée sur le lit, pleurant toutes les larmes de son corps. Ça ne peut être que mon imagination, je n'ai jamais vu la fille de cet homme, et il est impossible de voir l'avenir.

Qu'importe, mon instinct de monstre s'est envolé pour me laisser seule avec mes remords. Je ne peux pas tuer cet homme, c'est monstrueux ! Retire tes crocs, Maïa ! Arrête ça ! Une force extraordinaire me pousse en arrière, me laissant face à ma création. L'homme gît à terre, évanoui, tandis que le liquide rouge sort des trous que j'ai creusés et s'épanche sur ses vêtements.

Je dois stopper ça. Une main collée à la blessure, j'appuie fort pour contenir le flux. Après trente secondes, je retire la pression et l'écoulement sanguin reprend de plus belle. Que faire ? La seule idée qui me vient à l'esprit est de me pencher pour lécher la plaie. Le goût du nectar me provoque un frisson contre lequel je dois lutter. À force de laper, j'en sens de moins en moins le goût sur ma langue. Se pourrait-il que j'aie réussi ? Un coup d'œil à la blessure m'indique que oui. Ma salive, qui n'est au final que du sang, s'est infiltrée dans les trous puis y a séché, créant un bouchon.

J'ai pu me nourrir sans tuer ma proie, quelle belle performance ! Bien sûr, l'homme n'est pas sauvé, il lui faut impérativement une transfusion de sang – mais naturellement, pas du mien !

Pendant que je remets l'homme dans une meilleure position, je pense à une chose... Oui, je pourrais le faire ! Il me suffit de quelques minutes. Sans en perdre aucune, je me précipite vers le magasin de jouets. Évidemment, la porte est verrouillée. Mais je n'ai aucune envie de briser la vitre, je ne peux pas mettre un vol sur la conscience de ma victime, il faut que cela passe inaperçu. Il m'est impossible de passer par une cheminée, il y a encore quatre étages au-dessus, de plus je ne saurais pas laquelle est la bonne. Je ne sais absolument pas comment crocheter une serrure, donc cela est aussi à oublier. Il ne me reste plus qu'à passer par la fenêtre. J'ai remarqué quelle est très ancienne et les carreaux ne doivent pas y être fermement accrochés. Peut-être qu'avec une pression adéquate, je pourrais en détacher une sans la briser…

Ça y est ! D'un geste extrêmement rapide, je rattrape la vitre qui bascule de l'autre côté. J'ai cassé le contour du côté intérieur de la fenêtre mais j'espère que personne ne le remarquera. En tout cas, je peux maintenant passer mon bras à travers le trou pour attraper la poupée à la robe bleue sans problème. Même si je n'ai jamais vraiment aimé les poupées, je dois avouer que celle-ci est très jolie. Son petit visage est très finement taillé et délicatement orné de deux brillants yeux bleus, qui me rappellent étrangement quelqu'un d'autre. Je comprends qu'il ait choisi celle là, je suis sûre qu'elle plaira à sa fille, autant qu'à moi.

Je ferais mieux de ne pas traîner et de finir tout ça au plus vite. Tout d'abord, replacer la vitre. J'ai eu une idée tout à l'heure, j'étais sûre que ça marcherait. Maintenant je la trouve un peu étrange et osée. Est-ce que je présume de mes pouvoirs ou vais-je vraiment pouvoir me débrouiller ainsi ? La meilleure manière de le savoir étant de mettre en pratique, je pose mes mains à plat sur le verre et soulève délicatement. La vitre reste collée à mes paumes et ne semble pas du tout avoir envie de tomber. Il ne me reste plus qu'à la mettre à la verticale et la reposer à sa place en tirant vers moi. La glace s'encastre à nouveau dans son cadre avec un petit bruit sourd. Doucement, je retire mes mains-ventouses pour vérifier la stabilité. J'ai alors l'idée, pour plus de sûreté, d'apposer de la salive-sang sur les contours du carreau. Comme pour la blessure de l'homme, elle va se mettre à sécher et former une sorte de glu. Du moins je l'espère.

Le délit réparé au mieux, je peux retourner sur mes pas, jusqu'à ma victime qui n'a visiblement pas été découverte. Je pose la poupée contre la porte avant de tourner le regard vers un objet qui gît au sol : l'attaché-case. J'ai envie de regarder quelque chose… À l'intérieur, je trouve des pochettes pleines de paperasses, des objets personnels sans importance pour moi, un téléphone portable… et ce que je cherchais : un portefeuille. Je ne veux absolument pas tomber sur ses papiers d'identité, je ne veux pas connaître son nom. Par contre, j'y trouve des éléments qui pourront m'être très utiles ; plusieurs billets de banque. Et une grosse somme. Que faisait-il avec autant d'argent sur lui ? Peu importe, je suis bien contente de trouver tout ça.

La dernière chose que je fais avant de partir est de sonner plusieurs fois à tous les étages de l'immeuble, pour que quelqu'un le trouve, puis, je pars en courant, dans un souffle de vent.

7

L'eau qui glisse sur ma peau comme sur celle d'un dauphin me semble brûlante. Peu à peu, mon corps se réchauffe et se détend, forçant à chaque fois moins les mouvements de brasse.

Depuis dix minutes, je nage entre deux eaux, rasant le sable pour m'y frotter comme un crabe ou suivant en zigzag les bancs de poissons effrayés. En nageant sur le dos, j'aperçois, déformée par les vagues, la lune qui brille dans cet autre monde bien au-dessus de moi. La mer est immense, calme et si vide. Il y a tant d'espace libre pour s'y mouvoir à volonté, de tous côtés, de bas en haut, en défiant les lois terrestres. J'ai l'impression de voler dans l'espace, hors du temps. Pas même besoin de respirer. Toute cette liberté est trop belle pour me sembler réelle. Mais même si ce n'est finalement qu'un rêve, ça n'aura été que plus beau que tout ce que j'ai pu vivre avant cela.

À force d'avoir tant nagé, je ne sais même plus où je peux bien me trouver, à quelle distance du rivage. En face de moi, tout est noir et vide ; même mes nouveaux yeux ne parviennent à discerner la moindre trace d'existence. Si je me retourne, je vois des milliers de petites taches rougeâtres qui virevoltent de part et d'autre, et l'eau y est plus claire. Je rebrousse alors chemin, me propulsant avec mes jambes, dans des mouvements lents mais puissants. La différence de température entre l'eau et mon corps a eu raison de ma vitalité : je me sens un peu moins efficace, plus lourde. Mais qu'importe, j'ai tout mon temps et aucun danger ne rode dans les environs. J'ai bien vérifié : aucun requin ni plongeur.

J'ai donc le temps de réfléchir à ce que je vais faire une fois sortie de l'eau. Où vais-je dormir ? Avec l'argent que j'ai trouvé sur l'homme, je devrais pouvoir m'offrir une nuit dans un hôtel de luxe. Pourquoi s'en priver ? C'était l'idée qui me trottait dans la tête depuis le début de la nuit. Comme toute première idée, c'est celle qui reste ancrée le plus profondément. C'est décidément ce que je veux. Il ne me reste plus qu'à choisir l'hôtel.

Hors de l'eau, après avoir vérifié qu'il n'y a personne dans les parages, je me sèche le corps dans le sable et enfile mes vêtements restés frais sous le vent nocturne. Ma température redescend tout à coup, me redonnant toutes mes forces.

Les billets sont toujours dans ma poche, j'espère avoir l'air présentable malgré mes cheveux mouillés. Peut-être que si je les attachais, cela se verrait moins. Ils sont assez longs pour tenir tous seuls en un chignon. Parfait. Direction les bâtiments qui longent la plage.

Mes pas me guident automatiquement vers cet hôtel. Le plus somptueux de la ville. Devant les portes je m'arrête et respire profondément. Même si je sais bien à présent que l'air ne me sert plus à rien, ça a toujours l'effet de calmer mes nerfs. C'est seulement après que je pénètre dans le hall.

L'endroit est immense, très haut de plafond et éclairé de part et d'autre comme en plein jour. Le choc est si brutal pour mes yeux qu'il leur faut une longue minute pour ne plus en souffrir et pouvoir se remettre à admirer. Tout est démesuré et je parie que les gigantesques escaliers qui me font face mènent à des suites non moins grandioses. Je me sens presque gênée d'être ici, intruse. Jamais je n'étais entrée dans un endroit pareil, je ne savais pas même à quoi cela pouvait ressembler. Jusqu'à présent, bien des choses m'étaient inconnues et inaccessibles – comme au commun des mortels d'ailleurs. Seulement, je ne fais plus partie de cette catégorie. J'ai accès au niveau supérieur.

D'un pas assuré et lent, pour me donner une contenance, je finis par me diriger vers l'accueil, coupant court à mes rêveries. L'homme qui se dresse devant moi et le tableau des clés esquisse un demi-sourire, ne sachant pas à quoi s'attendre : la fille d'un riche homme d'affaire ou une simple fille disposant, on se sait comment, d'assez d'argent pour oser se présenter ici… ou autre chose encore. Je lui rends son sourire en forçant un peu plus le trait, et lui demande une chambre. Avant qu'il ait pu répondre quoi que ce soit, j'ai déposé devant ses yeux ébahis ma liasse de billets.

La chambre est magnifique ; tout ce que j'espérais, même si la décoration n'est pas vraiment à mon goût. Être là me donne le sentiment de le retrouver hors du temps, hors de tout. Assise sur l'un des sofas, après avoir fait le tour du propriétaire, je me mets à penser. À ma sœur que j'ai laissée derrière moi, à ce vampire que je dois trouver, à ce brusque changement de situation. Tout cela est si étrange, si soudain. Si on m'avait proposé cette mutation au lieu de me la faire subir, je ne suis pas certaine que j'aurais accepté. En bien des points cela semble attrayant, mais en réalité ça reste effrayant. Je ne vois rien au devant de moi qu'un noir abyssal, spatial, un trou noir. Je veux trouver ce damné vampire pour lui faire payer et regretter son acte.

Mes pensées s'arrêtent soudain, laissant mon esprit aussi vide et silencieux que l'espace-temps qui devrait flotter autour de moi. Aucun de mes muscles ne bouge, ma respiration qui, malgré ma transformation est restée automatique, s'est en cet instant mise en pause et mes paupières restent en place, à mi-chemin sur mes yeux. J'imagine qu'une personne qui me regarderait actuellement serait persuadée de ma mort. Le temps lui-même étant absent de cette pièce, je ne me rends pas du tout compte du nombre de minutes qui se sont écoulées pour le reste du monde.

Abandonnant ma posture de statue de cire pour tourner ma tête vers l'horloge, je réalise qu'il me reste beaucoup d'heures avant l'aube. Autant en faire quelque chose.

Il me reste quelques billets qui n'ont pas servi pour payer la chambre. L'envie me prend de les utiliser pour acheter de quoi manger. De quoi manger comme les humains. J'ai oublié le goût que ça peut avoir, la sensation que ça procure. J'aimerais une dernière fois y toucher pour m'en souvenir à jamais, comme d'un paradis perdu.

Je passe commande à l'accueil des mets les plus chers et les plus variés, accompagnés d'une bouteille de champagne. Puis, pour patienter, je m'engouffre dans un bain d'eau glaciale pour me rincer de la désagréable texture et de l'odeur du sel marin qui, en fine couche, est resté agrippé dans les rares plis de ma peau et le long de mes cheveux.

Quelques minutes plus tard, j'entends venir de l'ascenseur le chariot et perçoit à travers les murs la douce lueur du cœur de la personne chargée de me satisfaire. En une pulsation de son palpitant, je suis séchée et habillée, puis ai posé la main sur la poignée, prête à ouvrir la porte dès qu'elle arrivera. Elle n'a même pas le temps de toquer que je me présente devant elle, lui glisse des billets dans la main et tire le chariot à l'intérieur. J'entends un faible merci au moment où le battant se referme.

Toute cette nourriture sous mes yeux ! De la viande, du poisson, des légumes et fruits, des plats cuisinés et la bouteille ! Toutes leurs odeurs m'emplissent les narines sans pourtant me donner faim ou même l'envie d'y goûter. Je suis un peu déçue de voir que ces fumets ne me causent aucun plaisir gastronomique. Ce serait comme renifler de l'herbe pour un humain. Tant pis ! Peut-être que je serai plus chanceuse avec le goût.

Je commence par tester la viande, pensant que cela sera pour moi le plus digeste et le plus proche de mes nouveaux goûts. La première chose qui saute sur mes papilles est, sans grand mystère, le sang qui s'écoule sous la pression de mes dents. Puis, doucement mais de plus en plus nettement vient s'ajouter le goût âcre de la chair, si différent de ce que je connaissais. C'est étrange mais pas si repoussant. Cette découverte me donne la curiosité de tester tous les autres aliments. Plat par plat, j'avale des bouchées de toutes ces nouvelles senteurs, redécouvrant d'une manière différente cette nourriture qui a été la mienne toute ma vie.

Tout le contenu du chariot se retrouve dans mon estomac, les assiettes sont libérées, je finis même par lécher le mélange de jus et sang qui luit dans les plats des viandes. Je n'avais pas faim avant de commencer à manger, à présent je me sens à la limite de vomir. Jamais je n'avais ingurgité autant de nourriture, et si je l'avais fait du temps où j'étais humaine, j'aurais certainement terminé à l'hôpital. Pourquoi ai-je fais ça ? J'étais comme guidée par un appétit dévorant, et pourtant sans avoir faim. Juste l'envie de manger ces choses. Ce stupide instinct animal qui prend le dessus sur ma volonté va finir par me causer des ennuis.

Mon ventre est énorme, tendu et me tiraille affreusement de l'intérieur. Le peu de champagne que j'ai avalé comparé à tout le reste peine à ramollir l'énorme amas dense et pâteux de la nourriture solide.

Il m'est impossible de rester plus longtemps debout, mes jambes commencent à flageoler, ma tête à tourner et mon ventre à peser sérieusement. À grand-peine et d'une façon plutôt ridicule, je me traîne jusqu'au lit, après avoir vérifié que tous les rideaux sont bien tirés. Puis, je sombre.

Cette nuit a été un cauchemar. J'ai à peine fermé l'œil, me tournant et me retournant sur moi-même, le ventre enserré dans mes bras dans des gémissements pareils à ceux d'un chien apeuré. En quelques heures, les aliments n'ont pas même un peu changé de consistance. Ils se sont mélangés encore et encore sous l'effet des contractions de mon estomac mais n'ont pas le moins du monde été digérés.

J'aurais pu m'en douter…

Un vampire ne se nourrit plus de nourriture solide, le sang absorbé s'injectant directement dans les veines. Ainsi, les sucs gastriques et tout le processus de digestion disparaissent définitivement de l'organisme.

Cette damnée nourriture a finalement trouvé son chemin hors de mon estomac. J'en ai vomi tout le contenu par-dessus le lit. Je ne me rappelle pas m'être déjà sentie aussi ridicule et répugnante… !

À présent, la douleur s'apaise enfin. Je suis en sécurité entre quatre murs, protégée du soleil qui est déjà haut dans le ciel, je vais pouvoir essayer de me reposer.

Au dehors, dans le couloir, une voix fredonnant se fait de plus en plus claire. Après avoir claqué la porte d'à côté, je l'entends se rapprocher de la mienne. Une clé tourne dans ma serrure, puis le léger grincement de la poignée et le frottement de la porte le long du sol me parviennent. J'ouvre péniblement les yeux pour voir ce à quoi je m'attendais : la femme de chambre. Après avoir fait un pas, elle s'arrête, étonnée. Les volets sont fermés, ses yeux doivent s'habituer à la pénombre et, cela fait, elle se fige dans un masque de dégoût. Elle vient de sentir l'odeur qui émane d'à coté de mon lit. Pour y échapper, elle court jusqu'à la fenêtre dans l'idée de l'ouvrir pour aérer, mais je suis incapable de bouger pour l'arrêter dans son geste : mon corps reste aussi lourd qu'une pierre tombale. Je veux lui crier « stop » mais il est trop tard : d'un geste prompt, elle sépare les rideaux et le seul son qui sort de ma bouche est un hurlement de douleur. Mes membres se convulsent sous l'effet des morsures solaires et la femme, malgré sa frayeur, comprend vite la cause de ma réaction. Elle referme les tissus aussi sec et accourt vers moi.

— Mademoiselle, Mademoiselle, calmez-vous, qu'avez-vous ? Je cours prévenir un médecin !

Non, surtout pas ; arrêtez ! Mais ces mots restent dans mon esprit et ne franchissent pas mes lèvres. J'entends cette maudite femme partir en courant sans pouvoir rien y faire.

Je suis perdue !

J'ai beau commander à chaque partie de mon corps de bouger, je n'obtiens que de faibles tressaillements le long de mes jambes et dans mes doigts. À travers les rideaux que la femme n'a pas soigneusement clos filtre un fin rayon de lumière qui s'étend sur le bord du lit, quelques centimètres au dessous de mes orteils. Sa chaleur parvient jusqu'à mon épiderme, finissant par devenir si désagréable que mon esprit reste focalisé dessus, incapable de penser à autre chose. Je transforme alors cette douleur imaginaire en douleur effective, lui donnant de l'importance qu'elle n'a pas.

Avec la course du soleil, le rai se déplace lentement, très lentement, je le sens, mais vers moi. La chaleur sur ma peau s'amplifie d'autant plus. Avec la volonté d'une proie qui refuse de mourir, je commande une dernière fois à mes jambes de réagir, imaginant leur mouvement dans ma tête. Elles se mettent alors, dans un sursaut, à se replier, provoquant ma surprise autant que mon soulagement. Mon moral remonte en flèche, je vais pouvoir y arriver !

Mais trop tard : au moment même où j'allais me concentrer sur mes bras, trois personnes entrent en trombe dans la chambre et l'une d'elles se précipite à mon chevet.

— Mademoiselle, je suis médecin, pouvez-vous parler ?

Damnation ! Je n'ai pas pu lui échapper. Je ne vais jamais pouvoir me concentrer sur mes mouvements si cet imbécile me parle. Voyant qu'aucune réponse ne viendra de ma part, il me colle un stéthoscope sur la poitrine et écoute le tambourinement de mon cœur. Avec toute cette excitation, celui-ci s'est totalement emballé et bat deux fois plus vite que le ferait celui d'un humain dans la même situation. Le médecin n'attend pas longtemps, il est stupéfié et comprend naturellement que quelque chose ne tourne pas rond. Lâchant son instrument, il prend ma tête entre ses mains et observe mes yeux au regard furibond, puis l'intérieur de ma bouche. Les deux pouces sur mes lèvres, ce n'est plus de la stupéfaction qui sort de ses yeux. Son visage est devenu blême. Le temps s'est arrêté pour nous deux. Il décolle lentement ses mains de mon visage pour les ramener vers lui tandis que mon regard a totalement fondu. Je me sens aussi terrifiée que lui, le regardant de la manière la plus piteuse et implorante dont je suis capable, le priant silencieusement de tout oublier. Sans un mot et sans détacher ses yeux des miens, il se lève, ramasse ses affaires et sort de la pièce, faisant signe à la femme et à l'homme qui l'accompagnaient de le suivre. La femme de chambre, qui est la cause de tout cela, ferme délicatement la porte après m'avoir jeté un regard furtif et plein d'interrogations.

Ça a été rapide. Me voila dans de beaux draps ! Non, plus exactement, de sales draps. Je viens de me rendre compte que ma peau suinte, non pas de transpiration, mais bien de très fines gouttes de sang. J'ai dû en imbiber le lit. Tout ça n'arrange pas mon cas. Je ne sais pas quelle va être la suite des événements ici mais je ne veux pas en être l'actrice principale. Mieux vaut me faire oublier.

Pas de temps à perdre : je reporte toute mon attention sur mon corps. Bouge, bouge, bouge… ! Je sens que ça vient, il se décide à réagir. La lourdeur et la rigidité de mes muscles s'évaporent, je peux remuer mes doigts, puis mes genoux…

Du bruit dans le couloir ! Non, c'est deux étages plus bas, dans le hall… Bon sang, quel boucan ! Un groupe d'hommes aux pas lourds court et se dirige vers l'ascenseur. Et si c'était… ? Dans un grognement, tout le haut de mon corps se relève, je suis assise, enfin ! Je n'ai besoin que d'un bond pour me retrouver devant la fenêtre, sur mes deux jambes.

Mais pourquoi la fenêtre ? L'espace d'un instant, j'ai oublié que dehors, c'est le jour. Je suis damnée. Et perdue.

De l'ascenseur, je perçois des voix masculines et des cliquetis métalliques. Les voilà à mon étage. La porte automatique s'ouvre.

Tous mes sens à nouveau au maximum de leurs possibilités, une chose bien plus agréable me parvient… aux narines : l'odeur du sang hors du corps ! Puis, le clapotement de gouttes qui s'écrasent sur la pierre. Il y a du sang qui coule derrière ma fenêtre. Contre toute sécurité, j'ouvre en une fraction de seconde les rideaux et les referme instantanément, juste le temps pour mes yeux de vérifier. J'avais raison : des gouttes de sang s'écoulent du toit. Ou je suis folle ou c'est un signe. En tout cas, c'est ma seule issue.

Les hommes armés sont à deux mètres de ma porte. Sans plus penser, j'ouvre les rideaux, me cramponne au mur pour y grimper, sans oublier au passage de laper la coulée de sang pour effacer cette trace.

Très rapidement, je suis sur le toit, essayant de ne pas crier sous la monstrueuse douleur qui me consume la peau. Jamais je n'ai eu aussi mal ! J'ai le sentiment d'être écorchée, d'avoir les os à l'air. En un temps quasi-incalculable, j'ai repéré un abri – très étrange, une cabane en bois – et m'y suis réfugiée. Quatre murs, un toit et une porte me protègent de tout danger solaire. L'effet post-stress s'abat sur moi et me fait sombrer…

Je me réveille sous une fraîcheur délicieuse. Ma peau s'est remise de ses attaques, redevenant souple et froide. Visiblement, mon repaire n'a pas été découvert, je suis toujours dans cette improbable cabane de planches. Aucun bruit au dehors, hormis celui des voitures, bien plus bas et quelques cris humains. Je peux me risquer à pousser la porte. Ma cabane trône fièrement au milieu du vide du toit… Non, en fait, le toit n'est pas si vide : à quelques mètres de moi gît une forme que je n'avais pas remarquée hier, trop occupée que j'étais à sauver ma peau. Et je comprends très bien ce que c'est : un corps sans vie. C'est répugnant… et effrayant ! Cette vision me conforte dans ma satisfaction d'avoir laissé ma proie humaine en vie. D'ailleurs, j'espère que l'homme va bien. Mais j'ai autre chose à faire que de divaguer à son sujet. Qu'est ce que c'est que ce cadavre ? Depuis quand est-il là ? Depuis peu, à mon avis. C'est donc de lui que s'écoulait le filet de sang.

Est-ce que c'est pour moi qu'il est là ? C'est improbable. Et pourtant, j'imagine qu'une vampire ne peut qu'être responsable d'un corps vidé de son sang sur le toit de l'hôtel dans lequel elle dort…

Je ne vais pas rester plantée là à espérer des réponses qui ne viendront pas sans les chercher. Essayant de surmonter mon dégoût, je tente un pas vers le corps, puis un autre, jusqu'à le surplomber. Je n'ose pas regarder son visage mais, malgré ça, je peux noter que c'est un homme plutôt âgé. Je remarque également que le sang s'écoulait de quatre trous en disposition carrée, sur son cou.

J'ai obtenu une première réponse : c'est bien l'œuvre d'un vampire. Et visiblement, ses deux dents du haut ne lui suffisaient pas, il a planté toutes ses canines. Envie soudaine ou marque de fabrique ? Si c'est la dernière option, alors il ne s'agit pas de « mon » vampire : sur moi, il n'a utilisé que deux dents.

Je laisse cette question en suspens après avoir remarqué un détail qui m'avait échappé au premier regard. Sur le torse de l'homme, derrière sa chemise entrouverte, apparaît une marque rouge. Je cherche désespérément autour de moi un quelconque instrument qui pourrait me servir à ouvrir la chemise sans avoir à utiliser directement mes doigts ; malheureusement, il n'y a rien de tout ça dans les environs. Il faudrait que je casse une des planches de l'abri, mais je n'ai pas le temps d'être ridicule.

Je bloque ma respiration pour ne rien sentir et me penche, le bras tendu. J'attrape entre deux doigts un bout du vêtement que je tire de toutes mes forces. Je tombe alors stupidement, n'imaginant pas que les boutons n'étaient pas attachés. Les deux bouts étaient seulement reposés l'un sur l'autre. Moi, qui ne voulais pas toucher le corps, je suis maintenant allongée de tout mon long sur lui ! Sa peau est encore plus froide que la mienne et tellement plus dure. Je suis écœurée !

Enfin, à présent, après m'être relevée, je peux distinctement voir ce que je voulais dévoiler : un étrange signe est tracé avec du sang sur tout le corps de l'homme :

Qu'est ce que ça peut bien signifier ? Je n'ai jamais vu ce signe auparavant. Est-ce qu'il existe réellement d'ailleurs ou n'a-t-il été créé que pour l'occasion ? J'essaierai de le trouver dans des livres ou sur Internet – donc, pour ce faire, je dois l'imprimer dans mon esprit. Il n'est pas bien compliqué, je devrais pouvoir m'en souvenir.

Cela fait, je pense que je ne peux pas laisser le corps ici : s'il est découvert, il me sera probablement attribué. Maintenant que je me suis étalée dessus, je peux bien le prendre dans mes bras. Je le jette sur mon épaule, heureuse de voir qu'il ne pèse pas lourd. Mais, en le soulevant, je découvre en dessous une mare de sang, poisseuse et évidente. Je ne peux pas non plus laisser ça.

En deux secondes, j'ai reposé le corps, léché tout le sang, nettoyé le sol, repris le corps et disparu du toit.

8

Jamais je n'aurais pensé être obligée de retourner dans cette satanée forêt. Mais c'est le seul endroit où je peux tranquillement enfouir le corps et être sûre qu'il ne sera jamais trouvé. Après avoir creusé un trou assez profond, j'y ai jeté le pauvre homme et rebouché le trou par-dessus.

Me voilà maintenant avec un nouveau mystère sur les bras. Seulement je n'ai pas plus envie qu'avant de dormir sous la terre…

J'ai gâché ma carte hôtel de luxe, malgré tout il m'en reste une pleine main. Les hôtels de toute catégorie sont légion, ainsi que les maisons laissées inhabitées par des gens en voyage. Sans compter toutes les portes qui peuvent s'ouvrir pour une jeune fille en détresse.

Comme j'ai utilisé tout l'argent volé pour payer ma précédente nuit, mon but immédiat est de m'en procurer de nouveau et, si possible, en plus généreuse quantité encore. Pourquoi ne pas puiser directement à une source plutôt que de jouer à pile ou face sur une personne choisie au hasard ? La première fois, j'ai été chanceuse, cela ne veut pas dire que ça va se reproduire. J'ai tout intérêt à frapper juste en un seul coup.

Les derniers clients viennent de fouler les pavés humides et sombres de la rue chichement illuminée. La petite pizzeria, bien que située dans une rue retirée et peu fréquentée en ce samedi soir, est à court de tables disponibles. On y sert visiblement de l'excellente nourriture humaine. Mais la seule chose qui m'intéresse pour le moment est ce qui vient de passer de mains en mains au-dessus du comptoir. À en juger par le nombre de portefeuilles présents cette nuit, le tas de papiers imprimés et froissés doit être conséquent. Et il va bientôt être mien…

Le serveur est en train d'enfiler son manteau, tout en parlant avec le cuisinier qui donne également l'impression d'être prêt à finir son travail. La patronne va et vient dans la pièce, nettoyant les tables, replaçant les chaises, chantonnant pour elle-même, éreintée mais heureuse du résultat de la soirée.

Je suis toujours plantée de l'autre côté de la rue, sentant la pluie dégouliner le long de mon corps et alourdissant mes habits, quand les deux hommes se décident enfin à passer la porte. La femme, qui a cessé de traverser la salle, s'arrête un instant pour inspirer. C'est le moment que je choisis pour agir.

Après avoir poussé la porte et arboré une figure souriante et exagérément confuse, je m'adresse à la patronne qui, d'un geste du bras, la bouche entrouverte, s'apprête à m'annoncer que son restaurant est fermé.

— Pardon, Madame, je ne veux pas vous déranger longtemps, je suis un peu perdue. Je cherche *l'hôtel Royal*, il doit être dans le coin et pourtant je n'arrive pas à le trouver.

— Je suis désolée mais il n'y a pas d'hôtel de ce nom ici. Le plus proche est *l'hôtel de la Colombe*, il est au bout de la rue. Venez, je vais vous montrer.

Elle fait quelques pas en direction de la porte, réduisant alors la distance entre nos deux corps. Sans réfléchir et hésiter, sentant juste le moment propice, j'attrape d'une main son bras, de l'autre sa nuque, puis, avant qu'elle ait pu réagir, j'ai planté mes quatre crocs à travers sa peau.

Cette fois, encore, je ne dois pas tout boire !

Rapidement, dès que le corps de la femme devient amorphe, je retire mes dents, pose ma proie à terre, casse la caisse à coups de poing, récolte tous les billets, les fourre dans ma poche puis termine en décrochant le téléphone pour prévenir les secours. Cela fait, je m'évanouis vite dans la nuit, sous la pluie torrentielle.

Tout cet argent sous mes doigts, c'est trop facile. Mais cette fois, je vais laisser le luxe de côté, sachant que je risque d'être recherchée ; mieux vaut faire profil bas. Et pour commencer, changer de ville. Je vais longer la côte vers l'est et, pourquoi pas, traverser la frontière. Le but que je dois poursuivre dès à présent est le déchiffrage du signe laissé par le vampire.

Mes pas me conduisent à ce petit village calme, perché au-dessus de la mer, entouré de tout l'espace boisé dont j'ai besoin pour chasser en paix. Je me suis arrêtée à un petit hôtel qui dispose d'un accès à Internet. Un ordinateur est installé dans le hall et je suis assise devant depuis le crépuscule, c'est-à-dire depuis environ trois heures. Le réceptionniste, derrière son comptoir à l'autre bout de la salle, commence à s'agiter. La famille qu'il attendait en retard vient d'arriver et de gagner sa chambre, il peut à son tour rentrer chez lui. Toute la soirée, il a gardé un œil sur moi, plus parce que je me suis trouvée être la seule constamment présente dans la salle que par réel intérêt, mais qu'importe, j'ai détesté ça. Normalement, être épié par quelqu'un est très désagréable mais, dans mon cas, quand on cherche à passer inaperçu, cela devient fortement embarrassant... !

— Alors, Mademoiselle, vous comptez rester encore longtemps devant cet ordinateur ?

Il s'est finalement déplacé vers moi, le sourire aux lèvres, l'air de rien et se tient maintenant juste à côté de moi, l'œil passant de mon visage à l'écran.

— Ça doit être passionnant ce que vous faites, pour y être restée toute la soirée.

— En effet, ça l'est. Qu'est ce que vous voulez au juste ?

Je lui réponds sèchement, lui intimant en sous-entendu de libérer le plancher, mais il refuse de saisir le message et continue de plus belle :

— Je vais fermer l'hôtel, j'ai fini mon service. Je voulais juste vous prévenir qu'il est tard et que vous devriez peut-être aller vous reposer.

— Vous êtes vraiment très gentil, mais je travaille et, de toute manière, je n'ai besoin que de très peu de sommeil.

L'homme campe sur ses positions, il n'a pas l'air de vouloir s'en aller. Par contre, je sens mon sang commencer à bouillir et à rugir, provoquant un bourdonnement dans mes tempes. Je sens que la bulle va se reformer si je n'agis pas. L'homme n'a rien remarqué et continue à parler, usant de mots dont le sens ne m'atteint pas car ils se transforment en bourdonnement dans ma tête, comme un essaim d'abeilles furieuses. Le seul moyen de m'en sortir est de penser à autre chose qu'à ce porteur de sang chaud qui reste négligemment et sans défense posté à mes côtés. En me concentrant sur ses mots, je devrais réussir à oublier le reste et revenir à mon état normal, pour le bien de tous…

J'écoute et regarde le bavard comme s'il parlait une langue étrangère, tentant de discerner chaque mot, uniquement focalisée sur eux, les traits du visage crispés, le regard bloqué. L'autre se rend à l'évidence que quelque chose n'est pas normal chez moi.

— … .allez bien, Mademoiselle ? Qu'est ce qui vous arrive ?

Dans un soupir de soulagement je réponds vivement :

— Je vous remercie, tout va bien. Vous ne m'avez pas dit que vous rentriez chez vous ? Bonne nuit alors, nous nous verrons demain.

Avec l'air de celui qui a manqué le début d'une blague, il me souhaite en retour une bonne nuit et disparaît derrière la grande porte d'entrée. Enfin tranquille pour décortiquer mes trouvailles et essayer d'en tirer quelque chose !

J'ai fait des recherches sur tous les symboles que j'ai pu trouver, des sociétés secrètes aux signes religieux. Ce que j'en ai retiré est que tous ont des formes plus ou moins simples, parfois uniquement composées de deux traits, cela dans un but évident d'efficacité. Tous ne sont faits que de signes – jamais ou presque de lettres – qui symbolisent des éléments le plus souvent spirituels. Mais bien souvent aussi j'y ai vu la forme du corps humain ou bien des éléments qui composent la planète. J'ai retrouvé des symboles que je connaissais déjà, comme la croix chrétienne – le corps du Christ –, le pentagramme – tête du diable ou corps de femme –, le yin-yang – représentation de la dualité qui compose la vie – ou encore le triskell – les trois éléments celtes : eau, air et feu.

Seulement, mon signe, en plus d'être introuvable sur la toile, ne ressemble à aucun de ceux-là. Tous semblent faits de traits imbriqués les uns dans les autres, entremêlés dans un sens qui ne va nulle part ou plutôt partout à la fois, dans toutes les directions. Le mien est fait de deux traits qui ne se touchent pas et vont l'un vers le haut, l'autre vers le bas, dans une position désespérément horizontale. En y regardant bien, c'est à la croix chrétienne qu'il ressemble le plus ; elle aussi tend vers le haut, vers Dieu. Est-ce que ce serait aussi le cas du signe mystérieux ? Il tendrait vers une divinité ? Ou bien il représenterait le corps ou les éléments… mais quels éléments ? Lesquels ont un rapport avec le vampirisme ? L'eau, certainement pas, on n'en boit plus et nous n'avons en réalité aucun besoin de nous baigner. L'air ? On ne le respire plus et nous ne volons pas plus, du moins pas à ma connaissance. Le feu ! Est-ce que le feu peut réellement détruire les vampires ? Si c'est le cas, je ne vois pas pourquoi on le glorifierait dans un signe. La terre alors ? Je suis bien placée pour savoir que nous avons un bon rapport avec elle. C'est certainement cet élément qui nous est le plus proche.

On dirait que j'ai un début de piste. Voyons si je peux trouver autre chose. J'ai parlé du corps humain qui se retrouve souvent, d'une manière très simplifiée : en gros, la direction des membres. J'ai beau chercher, je ne trouve rien de semblable dans ce signe, aucune droite qui représenterait le bras ou les jambes. La seule chose qui me fait penser à une partie humaine est le cercle central, qui pourrait être une tête – mais alors pourquoi au milieu ? Et que serait cette petite courbe qui va vers le haut et qui me rappelle fortement la queue d'un chat ? Oui, décidément, ce symbole aux formes arrondies me rappelle surtout le monde animal...

J'arrête ici les spéculations, qui n'éclairent rien du tout et m'apportent au contraire plus de questions que de réponses. De plus, je ne vois pas comment la compréhension de ce signe m'aiderait à trouver les vampires, s'il n'est présent nulle part ailleurs.

Ma tête est sur le point d'exploser, cela fait trop longtemps que je suis enfermée ici les yeux rivés à l'écran, à réfléchir sans fin. Avant d'éteindre l'ordinateur, j'efface les traces de mes recherches sur Internet et sors dans la rue. Le vent frais et délicat qui se rue sur moi une fois la porte franchie est une bénédiction. La différence de température me rafraîchit instantanément et me détend. Je prends une longue bouffée d'air et part en direction des arbres pour dîner. Sur le chemin, je croise un couple qui, visiblement, rentre d'une promenade, et bien que je veuille tout faire pour éviter de croiser leur regard, je ne peux m'empêcher de remarquer celui de la femme. Je n'ai pas eu le temps comprendre ce dont il s'agissait, mais il y avait en lui quelque chose d'étrange... Je ne sais pas si je vais un jour réussir à m'habituer à cette nouvelle vision qui déforme à ce point les choses...

La nuit est claire, c'est la pleine lune et sa lumière est si vive dans mes pupilles que j'y vois distinctement jusqu'à l'horizon. Je n'ai même pas besoin de prêter attention aux lueurs sanguines des animaux, il me suffit de me focaliser sur leurs silhouettes, comme un regard humain, comme ce que j'avais l'habitude de faire.

Ce soir, je suis chanceuse : les cervidés pullulent. Serait-ce l'effet de la pleine lune ? Je n'ai qu'à faire tranquillement mon choix parmi les bêtes en meilleure santé, dont le sang sera plus vif. Mais après tout, pourquoi ne pas essayer quelque chose d'un peu différent ? Je ne pense pas à un autre animal : boire du sang d'écureuil ne me tente toujours pas. Mais du faon ? Leur sang est peut-être à l'image de leur viande, plus tendre ? Décidé !

En une dizaine de bonds, je me suis rapprochée du groupe le plus proche, contenant un petit. Il suit docilement sa mère qui avance çà et là pour cueillir de fines pousses d'herbes. Lentement, je me mets en position, les jambes arquées, les bras en balancier, le regard scotché à la proie ; un, deux, je m'élance. Au moment où je vais toucher le faon qui a tout juste eu le temps de réagir, j'ai la tête qui cogne brutalement un objet. Est-ce que je n'aurais pas remarqué une branche dans ma précipitation ? Sous le coup violent, ma vision se brouille et mes jambes s'emmêlent, me faisant tomber à terre lourdement. J'entends une cavalcade qui s'éloigne de moi, mes proies s'enfuient. Mais je n'ai pas le courage de les suivre, ma tête est encore douloureuse et je me sens comme déconnectée de la réalité...

Je commence à reprendre mes esprits quand un grognement sourd s'élève, visiblement pas de ma tête. Il vient d'une masse qui se tient juste devant moi. Je suis toujours à quatre pattes et cette chose me domine de toute sa hauteur. Je n'arrive pas à distinguer ce que c'est. Je ne peux que remarquer que c'est entièrement noir, certainement pas vivant car aucune lueur rouge n'en émane ; peut-être l'arbre que je viens de heurter... ?

Un arbre qui pousse des grognements !

Lentement, sans aucune brusquerie, j'élève le regard le long de cette chose, jusqu'à sa limite supérieure. Sans grande surprise, je découvre un chien ou un loup. Un énorme canidé au long museau pointu et oreilles triangulaires. Une fourrure abondante et sombre qui ne protège aucun flot sanguin. Comment est-ce possible ?

La bête ne me laisse pas l'occasion de me poser plus de questions car elle part tout à coup dans la direction opposée, en poussant un jappement qui me fait penser à celui d'un chiot. Re-sautant vite sur mes jambes, je pars à sa poursuite, essayant de réduire la distance que ce chien intrigant a mise entre nous. Avec ses quatre puissantes et longues pattes, il ne serait pas difficile pour lui de me semer et pourtant, je tiens facilement la distance, parfois me rapprochant et d'autres fois perdant quelques mètres à cause des obstacles. J'en viens néanmoins à la conclusion qu'il veut que je le suive et non pas me semer.

Nous courons ainsi durant de longues minutes, lui ne montrant aucun signe de fatigue, contrairement à moi qui, peu habituée aux longues courses, manque plusieurs fois de me retrouver face contre terre, mes jambes finissant pas ne plus soutenir la cadence.

Au bout d'un moment qui me semble interminable, il finit par ralentir le pas, au loin et par s'arrêter au milieu d'une clairière. Là, je le vois qui pose le museau à terre, comme pour flairer quelque chose, lève la queue puis repart de plus belle, à une vitesse cette fois bien trop rapide pour que je le suive. Sa silhouette rétrécit peu à peu avant de disparaître derrière l'horizon. Pendant ce temps, sans m'en rendre compte, je me suis arrêtée. Mes muscles me tiraillent un peu, gentiment ; je ne pensais pas que ça pouvait être possible.

À pas lents cette fois, prenant mon temps, je m'approche de cette clairière pour tenter de comprendre ce que le chien est venu y faire et ce qu'il y a reniflé. J'y découvre quelque chose auquel je ne m'attendais pas – et auquel pourtant j'aurais dû. Le signe est cette fois tracé non pas avec du sang mais simplement à l'aide d'un bâton, dans la terre. Et à côté, je distingue autre chose, il y a un deuxième dessin. On dirait des pointes ou des vagues. Et encore à côté, une flèche qui pointe en direction de la côte. C'est évident, les vagues représentent la mer.

C'est donc ma prochaine destination.

9

La nuit dernière s'étant heureusement terminée par un festin, j'ai pris la journée suivante pour me reposer. Mon argent dans la poche, je suis prête à continuer mon périple. Je quitte mon petit hôtel de village, où le réceptionniste semble attristé de me voir partir, pour retourner vers la plage.

Là, je découvre encore une fois le symbole, tracé dans le sable, exactement à l'endroit où je me dirigeais, comme s'il venait tout juste d'être dessiné pour se trouver sur mon chemin. Le vampire est donc dans les parages, en train de m'épier et certainement de se moquer de moi. Je le maudis de ne pas oser se présenter devant moi.

Cette fois, la flèche à côté du signe pointe tout doit en direction du large. Vers le vide de la mer. Est-ce que c'est ça que je dois faire : traverser la mer ? Est-ce que la suite de l'aventure se trouve au fond ou de l'autre côté, sur l'autre continent ?

Au fin fond de la grande bleue, le silence est total, la lumière est presque absente. Depuis une poignée d'heures, je me faufile à travers les gouttes salées, sans rencontrer d'autres obstacles que des milliers de bancs de poissons excités. Parfois, au-dessus de ma tête, des familles de baleines, majestueuses, sont passées en glissant. D'autres fois, c'était des bataillons de requins, trop éloignés pour me remarquer, à mon plus grand soulagement. Je rasais les algues pour ne pas me faire remarquer et ralentissais légèrement la cadence, réduisant les chances d'arriver au plus tôt de l'autre côté, mais aussi celle de me retrouver impliquée dans un combat avec un porteur de plusieurs rangées de dents acérées !

Mais qu'importe, je ne regrette pas le voyage. C'est trop fantastique pour être gâché par un constant sentiment de peur. Le panorama sous-marin et l'ambiance de ce milieu sont les plus belles choses auxquelles j'ai pu assister.

Le décor devient de plus en plus sombre alors que la texture du sol passe du mou des algues et du sable à la dureté et la rugosité de la roche. Je finis par ne plus avoir sous les yeux qu'un désert rocheux, brisé de part et d'autre par une longue fissure aussi large qu'une ville. Un frisson me traverse quand je réalise que je dois traverser ce trou béant. Je n'ai aucune chance de le contourner ou alors, en perdant un temps non négligeable et surtout la piste que je suis. Depuis que j'ai plongé dans l'eau, j'ai nagé toujours dans la même direction, en ligne parfaitement droite pour être certaine d'aller au plus vite dans la direction du signe et donc vers la terre ferme. Si je m'éloigne de mon chemin je risque de perdre mes repères et d'errer très longtemps, trop longtemps dans l'immense étendue marine...

Je n'ai donc pas le choix : il me faut nager au-dessus de cette fracture. Après tout, je n'ai aucun risque de tomber dedans, alors qu'est-ce que je crains ? Je crois que j'ai peur de ce trou noir comme j'avais peur de l'ombre sous mon lit étant petite. C'est stupide, en principe je n'ai rien à craindre.

Autour de moi, rien ne bouge. Je suis le seul être vivant dans les parages. Bon ou mauvais présage ? C'est vrai que l'endroit est désert, il n'y a rien à manger pour aucune bête, rien pour se cacher ou vivre, il est donc normal que rien n'y rode. À part une vampire à moitié effrayée... !

Dès que je franchis la frontière entre plein et vide, là où le sol s'effondre tout à coup si profondément qu'on n'en voit pas la fin, un courant froid me glace sur place. La température elle aussi descend prodigieusement. Mais cela ne m'arrête pas, après ce choc inattendu, je me remets d'aplomb et repars de plus belle, ondulant comme un dauphin et chantonnant pour remplir ce silence oppressant.

La traversée se passe finalement sans problème : je l'ai parcourue en regardant de bout en bout droit devant moi, parfois un peu vers le haut, pour échapper à la vision des ténèbres sous-marines que je surplombe. Puis, juste au moment où je parviens au bout, de l'autre côté, et m'apprête à reprendre contact avec les rochers saillants, un long et lourd bruit, semblable à un grognement, s'échappe des profondeurs. Une demi-seconde plus tard, je suis happée par les pieds par une force incroyable, puis attirée vers le bas plus vite que si je tombais, les pieds et jambes brûlant avec une douleur aiguë. Aussi incapable de crier que de comprendre ce qui m'arrive, j'observe sans rien faire les ténèbres happer peu à peu la faible lumière dans laquelle je me trouvais un peu plus tôt.

Soudain, tout s'arrête. L'attraction cesse et me laisse flotter au milieu de ce rien, de nulle part. Sans perdre un instant, je bats du mieux que je peux de mes bras et mes douloureuses jambes pour remonter et sortir de là. La volonté me procure des forces inouïes : en un clin d'œil j'ai parcouru à l'inverse la moitié du chemin et je retrouve la lumière et avec elle les détails de la roche.

Je prends alors le risque de m'arrêter pour regarder vers le bas. Tout à coup, de l'ombre surgit une autre ombre qui fonce vers moi. Ce que je vois me fige sur place.

La chose qui me poursuit est un gigantesque et monstrueux requin. Je ne vois pas même le bout de son corps, caché derrière sa gueule immense, ouverte et prête à se refermer sur moi. Cette fois, c'est la frayeur qui me pousse, me projette vers le haut, me permettant de garder un mètre entre ses mâchoires tranchantes et mes pieds sanglants, dont il a déjà testé le goût et auxquels il ne renoncera pas. J'arrive pour l'instant à tenir la distance mais je sais que bientôt, comme lors de la course avec le chien-loup, je vais perdre mes forces et être obligée de ralentir, pour me retrouver à sa merci. Si je peux trouver un groupe d'animaux assez gros pour le distraire, comme des baleines ou d'autres requins, je suis sauvée. Dans le premier cas, je me faufile entre elles et disparais car le monstre se satisfera certainement plus d'elles que de moi et, dans le deuxième cas, ils seront bien trop intéressés à s'entretuer qu'à s'occuper de moi. Du moins c'est ce que j'espère car c'est le seul choix que j'entrevois !

Plus que deux mètres et je sors de la crevasse, je vais pouvoir scanner la mer pour y trouver ce que je recherche. Arrivée en haut, je bifurque horizontalement, suivant la ligne du sol, dans l'espoir de le dérouter. Il est si gros qu'il ne pourra pas tourner aussi aisément que moi. Je n'ose pas me retourner pour vérifier, mais je sens un tourbillon derrière moi qui se rapproche et m'emporte. Les vagues me faisant tourner plusieurs fois sur moi-même, je perds toute prise et ne peux rien faire d'autre que planter mes yeux sur le monstre qui, après avoir fait un virage en tonneau plusieurs mètres plus haut, redescend en piqué vers moi, toujours aussi décidé. Par contre, j'ai beau essayer de me concentrer pour voir le plus loin possible, il n'y a aucun être vivant qui nage dans mon champ de vision. Je suis perdue, je ne peux même pas remonter à la surface à la recherche d'un bateau, les rayons du soleil brillent en kaléidoscope à la surface de l'eau.

Ma frayeur est si forte qu'elle vient à bout de ma volonté. Dans un dernier soupir, je ferme les yeux et relâche tous mes muscles, laissant mon corps flotter sans résistance. Si je ne peux rien faire, autant que ça se finisse vite. J'entends et je sens les vibrations des vagues le long du corps du requin qui se rapproche à une vitesse inimaginable. Lui est dans son élément : non seulement l'eau n'est pas un obstacle mais c'est une aide naturelle.

...Les éléments. L'eau n'est pas l'élément du vampire mais la terre si ! La terre... le sable !

Plus vite que je n'avais jamais réagi, je me contorsionne comme une anguille pour me rediriger vers le sol qui n'est qu'à quelques mètres de moi, tout comme le poisson tueur. En un éclair, mes mains pénètrent dans les milliers de grains dorés qui s'écartent sous ma poussée. Je me mets alors à gratter furieusement, y rentrant un peu plus de mon corps à chaque fois. Mes épaules sont à présent dans le trou, tandis que je creuse de plus belle, avec une force d'enragée.

Tout à coup, la douleur que j'avais aux pieds mais que j'avais effacée de mon esprit reprend de plus belle, terriblement aiguë. Je n'ai même pas le temps de me poser des questions que je suis happée en dehors de mon trou et, après une demi-seconde passée en suspension, deux mâchoires se referment devant mes yeux, me laissant dans le noir.

Je suis dans la gueule de la bête ! Il ne m'a même pas croquée, tellement je suis petite, mais je vais finir dans son estomac pour... Ah ! Dans un soubresaut de sa langue, je suis projetée en l'air, vais taper contre sa mâchoire supérieure et mes doigts, crispés de peur comme les serres d'un aigle, se coincent dans sa peau gluante. Je suis accrochée par une main tandis que tout mon corps résiste à l'attraction produite par la déglutition. C'est si puissant que j'ai l'impression que mon corps va se couper en deux, et ma main glisse, lâchant peu à peu sa prise. Luttant de toutes mes forces, je réussis à plaquer ma seconde main contre la paroi vivante et à y planter mes cinq derniers doigts. Ma tête dans ce mouvement vient heurter la bouche de l'animal, me donnant l'occasion de découvrir mes crocs pour m'offrir une autre prise.

Je suis collée à la mâchoire du requin, attendant patiemment qu'il cesse d'avaler, pour redonner à mon corps toute liberté d'agir. Quant cela est fait, je claque mes deux mâchoires entre elles, emprisonnant et arrachant ainsi un morceau de chair du poisson géant. Puis, avec l'aide de mes ongles, je coupe d'autres lambeaux, creuse un trou dans sa joue qui va en s'agrandissant, de plus en plus profond, jusqu'à ce qu'un filet d'eau salée en jaillisse.

Mon hôte se met soudain à se convulsionner brutalement, venant de ressentir la douleur : je ne dois pas traîner ! J'arrache rapidement les derniers morceaux de chair qui me bloquent le passage et me fraie un chemin vers l'extérieur, entre ses yeux et ses immenses branchies. Tout à coup, dans une contorsion aussi vive que puissante, je suis propulsée hors de son corps et manque de justesse de me faire assommer par son énorme nageoire caudale.

Du sang s'épanche tout autour de l'animal furieux qui, de soubresaut en soubresaut, arrive péniblement à retrouver son chemin jusqu'à sa crevasse. Je vois son corps de requin banal mais si gigantesque que je serai incapable d'en estimer la longueur, s'éloigner dans son trou. Sa belle robe noire et blanche disparaît alors de ma vision, j'espère à jamais.

Mais qu'est-ce que c'était que ce monstre ? Je n'ai jamais vu de requin blanc en vrai mais je suis sûre que ce n'en était pas un. Il est plus grand encore qu'une baleine. Il faut dire que, s'il est seul à vivre dans ces grands fonds, il a toute la place pour grandir à volonté !

Il me revient en mémoire un documentaire que j'avais regardé à propos des animaux préhistoriques. Il y parlait entre autre d'un immense requin qui vivait il y a bien longtemps et qui aurait à présent disparu. Naturellement, je ne peux m'empêcher de faire le rapprochement. Comment s'appelait-il déjà ? Mega quelque chose. Oui, mega, évidemment.

Megalodon.

10

La fin de la traversée s'est passée sans nouvel incident. J'ai continué à nager tout droit, aussi vite que mes jambes et bras en étaient capables, croisant à nouveau des légions de petits poissons et de plus gros, avec de longues dents aiguisées, mais leur taille ridicule ne m'a plus fait trembler. À vrai dire, aucune bête n'a plus fait attention à moi, à part ces cinq dauphins qui m'ont invitée à une danse ; j'ai pu voyager tranquillement.

Le soleil est retourné de l'autre côté de la planète quand j'ai atteint à nouveau le sable sec. Excellent timing. Même si cette balade sous-marine a été époustouflante et terriblement excitante, je remercie le sol sec d'être sous mes pieds, le vent léger de sécher mes habits et les étoiles de m'accueillir à nouveau dans leurs bras.

Maintenant que j'ai atteint le but que le vampire m'avait fixé, j'imagine que je dois chercher la suite. Un autre signe sans doute. À moins que ce ne soit la fin du voyage, mais alors, il devrait y avoir quelque chose, la chose ou la personne que je dois trouver. Et pourtant, autour de moi, rien d'autre que les milliards de grains de sable et le bruissement des vagues. Au loin sur les terres, je discerne des constructions assez nombreuses, une petite ville sûrement. Peut-être que le prochain indice est par-là. Je me rends compte que je suis bien contente d'avoir à aller vers ces habitations, tout ce temps passé sous l'eau, loin de toute réalité et des choses qui ont été mon quotidien depuis toujours m'ont manqué : des gens tout autour, parlant, criant, parfois pleurant, des murs et des fenêtres, des inscriptions partout, si nombreuses qu'on passe son temps à lire sans s'en rendre compte, le bruit insupportable du trafic routier et la métamorphose négative des gens au volant. La jungle urbaine est si étourdissante que, hors d'elle, on se sent vidé de tout, seul, face au moi-même dont on se complait à ignorer l'existence. Enfin, c'est ce que j'ai ressenti. Les poissons n'ont pas beaucoup de conversation.

Plus j'avance, plus l'ombre se fait chasser par la douce lueur des lampes. Peu à peu, ce bruit si familier monte à mes oreilles : des gens discutent ou s'expriment bruyamment, quelques crissements de chaises et claquements de portes se font entendre. Des lueurs viennent de s'élever de part et d'autre de moi qui continue à marcher d'un pas tranquille. Au fur et à mesure que je dépasse des groupes de personnes assis à la terrasse d'un café ou sillonnant la rue, les visages se tournent vers moi, fugitivement, s'arrêtant quelques instants pour me fixer, puis repartent dans toutes les directions. Encore une fois, je me fais remarquer, cette fois certainement parce que je ressemble à une Vénus sortie des eaux et égarée. Derrière mon passage se forme une traînée humide d'eau salée, qui va en se rétrécissant, mais qui ne me donne pas l'air le plus présentable. Mais qu'importe, ils sont à cent lieues de connaître la vraie raison.

Je crois que, si j'étais toujours normale, oubliant le fait que je ne me serais jamais retrouvée ici dans cet état, j'aurais adoré m'offrir un verre, tranquillement assise sur une chaise à l'extérieur d'un café. Seulement, je n'en ai plus l'utilité et je crois que je vais me contenter de me poser sur un des bancs que j'aperçois là-bas, à l'abri des arbres. De là, je peux observer le monde sans l'être à mon tour. À côté de moi, deux vieux hommes parlent entre eux dans des mots que je ne comprends pas mais leurs voix sont graves et mélodieuses et sonnent comme une musique à mes oreilles.

Je les écoute quelques temps, le regard absent, juste décontractée, loin pour l'instant de tout danger.

— Tu es la fille qui cherche un homme ?
— Pardon ?

Un jeune garçon d'une dizaine d'années s'est planté devant moi et me regarde de ses grands yeux curieux. Sa question m'a fait sursauter, je ne l'avais pas du tout entendu s'approcher, je devais être perdue dans mes pensées, loin d'ici. Les deux hommes d'à côté sont également partis sans que je m'en rende compte. Voyant que je ne comprends pas, le garçon continue :

— C'est toi qui viens de la mer pour rencontrer cet homme étrange, je le sais.

— Oh ! Eh bien oui, j'imagine que c'est moi, je corresponds à cette description, dis-je d'un air mi-moqueur mi-étonné. Et toi, qui es-tu ?

— Je m'appelle Elias. L'homme m'a dit de t'attendre pour te conduire à lui.

— Qui est cet homme ? Et me conduire où ? Et pourquoi n'est-il pas là s'il veut me voir ?

— Je ne sais pas, il m'a juste payé pour te conduire là-bas, sur la montagne, répond-il en pointant l'obscurité hors de la ville.

— Est-ce que tu le connais ? À quoi ressemble-t-il ?

Le garçon est amusé par mes réactions, il me répond en riant :

— Il m'avait prévenu que tu poserais plein de questions mais que je devais te conduire sans y faire attention.

Indignée, je réplique :

— Sympathique, ton bonhomme ! Et il croit que je vais lui obéir aveuglément, juste parce qu'il l'a décidé ? Il rêve !

— Il a dit que, puisque tu as fais la moitié du chemin, il faut bien que tu ailles jusqu'au bout et que, de toute manière, tu ne parles pas notre langue, alors tu serais vite perdue.

Là-dessus, il se met à éclater de rire, de son rire d'enfant, plus joyeux que moqueur.

— Excellents arguments, désagréable personnage, mais je dois dire qu'il a malheureusement raison.

Dans un soupir, je baisse ma garde et lance :

— Très bien, tu gagnes. Allons-y, passe devant.

Elias m'a conduite jusqu'aux portes de la ville où un cheval gris bridé mais non sellé attendait. Tous les deux sur le dos de l'animal, le garçon tenant les rênes, moi derrière tenant la lampe qu'il a sortie du sac posé sur les épaules de la monture, nous voilà en chemin, sous la garde de la lune.

— Maïa ? ose d'une petite voix Elias.

— Oui, qu'y a-t-il ?

— Il y a une couverture dans le sac pour toi.

— Oh ! C'est gentil, c'est vrai que je suis toujours mouillée mais je n'ai pas vraiment froid.

— Mais moi si, tu commences à me mouiller aussi.

— Mille fois pardon, j'aurais dû y penser !

Prestement, je tire la couverture et la pose sur ses épaules, entre nos deux corps.

— Mais dis-moi, tes parents savent ce que tu fais ? Est-ce qu'ils t'autorisent à conduire des étrangers à cheval en pleine nuit ? Je n'avais pas réalisé mais…

— Ne t'inquiète pas, Maïa, me coupe-t-il. Mes parents vivent dans ton pays, ici je vis avec mon oncle et ma tante qui sont bergers. On vit à l'extérieur de la ville. Et moi, je suis toujours en balade avec le cheval, c'est normal.

— Ah bon ? Très bien alors…je bafouille alors, par forcément convaincue que ce soit une bonne excuse.

— Mais je ne leur ai pas dit que je serais dehors toute la nuit avec une étrangère, rajoute-t-il d'une voix malicieuse.

— C'est pas vrai, me voilà responsable d'un gamin fugueur ! J'imagine que tu as fais ça pour l'argent ? J'espère qu'il te paye beaucoup.

— Oui, il m'a donné beaucoup d'argent mais, si je le fais, c'est parce que cet homme me fait un peu peur, il est bizarre.

— Comment ça bizarre ? je lui demande sans avoir vraiment besoin de savoir.

Elias prend le temps de réfléchir à sa réponse puis m'annonce :

— Eh bien, c'est qu'il parle ma langue mais on dirait un étranger.

— On parle ta langue dans beaucoup d'autres pays, il pourrait donc très bien être étranger.

— Non, ce que je veux dire c'est « vraiment » étranger. Comme étrange, tu vois ? On dirait que ce n'est pas une vraie personne, comme toi et moi.

Je me racle la gorge.

— Quand je le regardais dans les yeux, au début, il avait une drôle d'expression, presque méchante. Il me faisait si peur qu'après, je ne l'ai plus regardé en face. Alors, je n'ose pas lui désobéir.

— Je comprends.

Malgré ma curiosité, quelque chose me retient de demander plus de détails à Elias. Je ne veux pas l'obliger à se remémorer les instants qu'il a passés avec le monstre – qui l'ont visiblement marqué pour le reste de sa vie – et je ne voudrais pas non plus me gâcher la surprise. Et je dois m'avouer qu'au fond de moi, les mots du jeune garçon m'ont touchée, au point de faire grandir l'appréhension d'une éventuelle rencontre avec le vampire en une peur un peu plus vive. Après tout, je ne sais pas s'il est bien intentionné à mon égard et je me sens peu capable de me défendre contre un vampire expérimenté. Un animal, aussi grand soit-il, est toujours plus prévisible qu'un monstre humain.

Le reste du voyage se poursuit dans un silence uniquement troublé par les claquements des sabots du cheval qui avance bravement sur le sol pierreux qui, de plus en plus, s'élève vers le ciel, le long de la montagne. Mon jeune guide, qui semblait si joyeux, reste concentré sur son chemin, moins évident à déceler dans les ténèbres tandis que, perdue dans mes rêveries, je tiens la torche à bout de bras, projetant la lumière au-delà des sabots du cheval.

Au bout d'un long moment, au cours duquel j'avais fini par trouver naturel d'être sur le dos d'un cheval, le garçon tire sur les rênes et m'annonce qu'on est arrivé. En face de nous se dresse une pancarte tout en hauteur, sur laquelle sont inscrits le signe au-dessus d'une flèche désignant le sol.

— Oui, c'est le bon endroit, merci Elias, dis-je en sautant à terre.

— Je te laisse ici Maïa, adieu.

Je n'ai même pas le temps de me retourner pour lui rendre son salut qu'il est déjà reparti au trot, reprenant le chemin de la ville. Interloquée et livrée à moi-même, je le regarde s'éloigner avant de me retourner vers mon nouvel indice. Encore une fois, le vampire n'est pas au rendez-vous, je me demande même s'il a jamais eu l'intention de se montrer. Peut-être ne veut-il que jouer avec moi ; et moi je n'ai d'autre choix que de me laisser faire, cela étant ma seule piste, ma seule chance d'avoir des réponses.

Cette fois, la flèche ne me désigne pas une lointaine destination mais ce qu'il y a juste sous mes pieds. Après l'épreuve de l'eau, celle de la terre. Devenue une experte en trous, je devrais considérer ça comme une partie de plaisir...

Ça aurait pu l'être si le trou ne faisait pas plus de dix mètres de profondeur ! Je suis encore en train de creuser, me demandant si je suis même au bon endroit. Pourtant, je suis juste au pied de la pancarte, qui trône fièrement telle une pierre tombale à dix mètres au-dessus de ma tête, dans l'axe exact de la flèche. Même si je me sens extrêmement en colère, je ne peux pas sortir du trou et tout quitter, je n'ai pas fait tout cela pour abandonner avant la fin. Les mots du vampire... Avec la rage du désespoir, je me remets au travail, tous ongles dehors.

Ce n'est que peu de temps après que mes doigts se prennent à crisser sur un objet dur qui, différent de la pierre, attire tout de suite mon attention et remplace ma colère par une soudaine excitation. On dirait que je viens de trouver quelque chose. Redoublant d'efforts, je rejette toute la terre superflue pour découvrir ce que je m'attendais à trouver et qui n'est pas une surprise plusieurs mètres sous terre : un squelette.

Celui d'un humain probablement, mais j'aurais besoin de le déterrer entièrement pour pouvoir l'affirmer. Pour l'instant, seule une partie de son crâne et du haut de son corps est sortie de terre ; avec de la délicatesse je dois m'affairer à tout libérer. Les gros morceaux de terre, loin des os, sont éjectés rapidement tandis que la matière qui, depuis je ne sais combien de temps, est accrochée au squelette, a presque fait corps avec lui, si bien qu'elle doit être retirée avec précaution, sans les ongles, seulement du bout des doigts…

Si, au début, je n'ai pas été surprise de découvrir un squelette, à présent, après avoir fait place nette, je le suis complètement. Deux squelettes gisent l'un au-dessus de l'autre, les os entremêlés dans une posture qui n'est certainement pas celle d'origine et qui les fait ressembler à un monstre à corps double.

Toujours au fond de mon trou, je reste perplexe face à ces deux anciens êtres vivants, si profondément enterrés, comme si l'on voulait qu'ils ne soient jamais découverts. À moins qu'ils ne soient si anciens que toute la terre au-dessus d'eux est celle qui s'est agglomérée au fil du temps.

J'aimerais transporter les squelettes hors du trou un peu étroit et très sombre mais je risque de les détruire et, de plus, je ne vois pas comment escalader la paroi granuleuse avec un si fragile et encombrant fardeau. Je suis obligée d'identifier ces personnages sur place dans une pénombre trop dense pour que mes yeux attrapent chaque détail.

Maudissant ce manque de lumière, je me souviens que, pour venir jusqu'ici, Elias m'avait mis dans la main une torche électrique qui, si elle ne m'était d'aucune utilité sur le trajet, le serait grandement à présent, tout au fond de mon trou. Laissant pour quelques instants ma découverte, je rejoins la surface en grimpant à la manière d'un lézard et repère rapidement l'objet que j'avais laissé tomber en descendant de cheval. J'avais craint qu'elle ne soit plus là, car je me souviens bien avoir vu Elias repartir éclairé, mais visiblement, et heureusement, il en avait une autre et a dû penser que j'en aurais autant besoin que lui pour me repérer dans le noir. Sa candeur m'épargne finalement de perdre mon temps à tâtonner du bout des doigts, les yeux plissés, et je l'en remercie mentalement. Il ne me reste plus qu'à redescendre et mettre à jour le mystère.

La première tête que j'éclaire s'avère être celle d'un animal et, sans aucun doute possible, d'un carnivore. J'ai face à moi les restes d'une bête d'environ deux mètres, pourvue d'une tête féline se terminant par des crocs d'une longueur effrayante, au niveau de la mâchoire supérieure. Je ne crois pas qu'un animal actuel arbore de telles dents. Par contre, ce squelette m'en rappelle un autre, que j'ai admiré dans une galerie remplies d'os d'animaux de la préhistoire, et il s'agit du tigre à dents de sabre. Ou c'est une plaisanterie ou je suis un aimant à monstres vieux de plusieurs milliers d'années. Mais je dois dire qu'après le megalodon vivant, je ne suis presque pas surprise et même plutôt rassurée d'avoir déterré cette fois un *smilodon* mort. Puis, ces premières émotions passées, je me rends compte dans un sourire que j'ai découvert un véritable trésor qu'en d'autres temps, je me serais empressée de partager avec le monde. Mais aujourd'hui, il semblerait que ce soit plus une affaire personnelle qu'internationale, bien que je ne perçoive pas encore le rapport qui nous unit.

Au niveau des pattes du fauve gît la deuxième tête, celle que j'ai déterrée en premier et qui m'était apparue comme humanoïde. En observant le squelette dans son entièreté, je supprime le doute et me rends à l'évidence : c'est un *Homo Sapiens*. Mais que peuvent faire deux chasseurs d'espèces différentes enterrés ensemble ? Est-ce qu'ils seraient tout simplement morts tous deux dans un combat ou bien l'animal était-il une sorte de trophée à emmener dans l'au-delà ? En réfléchissant à d'autres possibilités, je cherche à comprendre le rapport qui pourrait exister entre un homme préhistorique, un smilodon et une vampire. Entre l'homme et le vampire, à part les évidences, je n'entrevois rien de particulier, par contre le fauve s'avère être également très proche de ma constitution. C'est évident, nous sommes tous deux des chasseurs à longs crocs, anormalement longs… !

Il me vient alors une suspicion à propos de l'autre être. L'Homme. Celui que je n'ai pas étudié plus précisément, trop sûre de mon jugement. Sa tête, qui est tournée plus volontairement vers le sol, ne m'est pas entièrement cachée, même si elle l'était suffisamment pour comprendre à quelle espèce elle appartient – ou appartenait. Je dois la prendre délicatement entre mes mains pour la tourner vers moi, de façon à voir directement sa face et la zone plus précise de la bouche. Tout devient alors parfaitement clair : la bouche de l'homme est ornée de quatre canines dépassant de loin les autres dents en taille et en tranchant… !

Cette sépulture est celle d'un vampire préhistorique et de son animal de compagnie !

Je suis stupéfaite de cette découverte : qui aurait cru que les vampires soient aussi vieux ? Aussi vieux que les humains ou plus. Les deux races ont toujours vécu en cohabitation, l'une ignorant pour la plus grande partie l'existence de l'autre. Cette découverte-ci est finalement bien plus intéressante encore que la première. J'ai l'impression d'avoir découvert l'existence de Dieu et d'être la seule à le savoir, comme supérieure à la masse, au reste du monde. En fait, étant données les circonstances, je pourrais même me prendre pour Dieu lui-même, maître des Hommes. Cette nuit est la plus merveilleuse de mon existence, et pour la terminer en beauté, j'aurais adoré m'offrir un festin. Malheureusement, je sais qu'il n'y a pas âme qui vive, humaine ou animale, en dehors du trou. Même le petit Elias et sa monture sont loin à présent, peut-être même de retour chez eux. Maintenant que j'ai pensé à cela, je vais devoir redoubler d'efforts pour calmer mes veines palpitantes et oublier ma faim, puis faire retomber toute cette excitation.

11

L'espace est si gigantesque, les étoiles si nombreuses, le vide interstellaire si conséquent... C'est à se demander pourquoi notre planète est si petite et nos vies si courtes. Une vie humaine ne permettra jamais de visiter l'univers entier alors à quoi bon tout ça, tout cet étalage de grandeur ? Mais s'il s'avère que je suis réellement immortelle, je pourrai peut-être y arriver, à découvrir tous les recoins de la création ; peut-être que le vrai destin d'un vampire est plus flamboyant que cette piteuse vie de moustique démoniaque... ?

Cette nuit est si belle, si calme, si pleine que j'aimerais qu'elle s'éternise, que le soleil ne revienne jamais et qu'il me laisse étendue sur le sol, les yeux plongés dans la Voie Lactée. Mais en fait de lumière solaire, c'est un son étrange qui vient briser ma rêverie et le silence profond, se faisant de plus en plus distinct, de plus en plus assourdissant. À chaque instant où ce battement de tambour se fait entendre, le sol vibre avec lui, tout le long de mon échine. La peur m'oblige à abandonner ma posture pour me mettre debout et chercher à comprendre d'où vient cette menace, pour être capable de fuir dans le sens inverse. Mes yeux décèlent une masse en mouvement, grossissant peu à peu en se rapprochant de l'endroit où je me tiens. Quand j'ai enfin réussi à mettre une image connue sur cette forme, je reste ébahie, incapable de bouger, incertaine de ce qui doit suivre. L'énorme loup de la forêt est une fois encore sur mes traces, à me pourchasser. Mais que me veut-il ? Et que faire ? Je n'ai aucune chance de lui échapper à la course, je le sais et tout combat est perdu d'avance. Toujours indécise et de plus en plus proche des crocs du monstre, dans la position d'une biche prête à la course, je me range à cette option, la seule raisonnable, et détale à la plus grande vitesse dont mes jambes sont capables. Je regarde bien où je pose mes pieds pour ne pas risquer une chute ou une perte d'équilibre qui me perdrait définitivement. Nous courons ainsi, le chasseur et la proie, sur plusieurs dizaines de mètres, l'écart entre nous se réduisant considérablement à chaque foulée, et ma frayeur augmentant proportionnellement avec lui. Soudain, j'entends un sifflement derrière moi, comme un souffle de vent et, en un instant, une masse énorme m'écrase contre terre. J'ai été stoppée net dans ma course par le démon canin qui étale tout son poids sur mon dos au travers de ses pattes avant. Puis, je sens son souffle brûlant sur mon coup avant d'entendre un long grognement, semblable à un feulement.

— Stop !

Une voix humaine vient d'interrompre le grognement et d'ordonner implicitement au chien de se détacher de moi. Cela fait, je tente de me remettre debout mais, sous la poussée d'une longue langue rugueuse, je me retrouve à nouveau bloquée à terre. La bête me lèche bruyamment de partout, me laissant humide de salive et incapable de bouger pour me dépêtrer. Après m'avoir coursée comme un fauve enragé, le voilà qui se comporte comme un chiot excité.

— Enok, laisse-la tranquille. Au pied !

Cette voix m'est étrangement familière, je reconnais ces intonations et cet accent bizarre. Pourtant, toujours à terre, dos au chien et à la voix, je reste ainsi sans bouger, sans oser me retourner, plus rigide qu'une statue. Sans bruit et sans précipitation, c'est l'homme qui vient se présenter à mon regard, le pas léger et la posture conquérante. Le chien va se coller à ses jambes et le suit dans chacun de ses mouvements, s'asseyant à ses côtés quand son maître se poste devant moi, les bras croisés, le visage souriant et légèrement moqueur.

Face à moi se tient le vampire qui m'a transformée et que j'ai pisté à travers terres et mer, le maudissant et espérant malgré tout retrouver sa trace. Maintenant que je l'ai devant les yeux, j'ai peine à croire que c'est l'homme auquel je pensais. Je ne sais pas vraiment comment je l'imaginais, si j'ai même essayé de me l'imaginer, mais en tout cas, je suis un peu déroutée par ce que je découvre. C'est un homme de taille moyenne, loin du géant monstrueux auquel j'ai pensé, il a la peau de la couleur exacte de ses yeux, un brun transparent qui devait être originellement un peu plus foncé mais qui est sous mes yeux comme mélangé à la couleur du sable, plus clair, plus lumineux. Ses yeux sembleraient disparaître, se confondre avec le reste de son corps s'il n'y avait cette lueur, cet éclat le long de sa pupille qui les rend comme translucides. Le reste de son visage est une découverte pour moi : même dans les plus sublimes peintures, cette perfection y est absente. Ses traits sont très marqués, son visage n'est pas parfaitement dessiné selon la symétrie et les proportions adéquates et pourtant, même arborant un sourire railleur, cette face est la plus belle que j'aie jamais admirée. Tout y règne en paix, tout est perfection et beauté. Et puis, il y a ces marques, comme des cicatrices qui se torsadent tout le long de son visage en de magnifiques arabesques. Ça ne peut pas être dû à des combats, ça ressemble plutôt à un ornement.

Autour de ce visage, que je ne peux observer indéfiniment, tombent de part et d'autre de longs cheveux épais et noirs comme le vide de l'espace, qui se terminent au niveau de ses côtes et flottent en liberté, encadrant un corps épais façonné par de très longues années de vie certainement sauvages et animales.

La seule chose qui me semble normale sur ce corps est ce qui le recouvre. Ses habits sont simples et occidentaux. Et c'est ce qui me ramène à la réalité et me redonne mes esprits.

— Ainsi, c'est toi ?

Il a fallu que je m'adresse à lui pour lui faire quitter sa face rieuse et sa pose victorieuse. D'un léger balancement des épaules, toujours décontracté et après avoir marqué une pause, il me répond de sa voix grave :

— J'imagine que tu mourais d'envie de me voir enfin.

Désespérée par cette attitude moqueuse provocatrice, je fais mine de vouloir partir, lui tournant le dos pour entamer un pas. Prestement, il m'attrape le bras et me retient, levant l'autre main en signe d'accord.

— Tu as raison, j'arrête de jouer avec toi. Après tout, tu en as bien assez fait, et tu t'en es d'ailleurs très bien sortie. J'avoue que je ne m'attendais pas à ce que tu y arrives aussi vite, je suis impressionné. Avant que tu ne me tues avec toutes tes questions, commençons par le commencement. Je suis Moïse.

— Moïse ? Drôle de nom, est-ce que tu serais « le » Moïse ? Non, je plaisante ! Moi, c'est Maïa.

— Et tu parles de prénom bizarre !

— Mon prénom n'est pas bizarre du tout ! C'est… c'est celui d'une déesse.

— Une déesse et un prophète, eh bien, quel duo !

Là-dessus il se met à rire et je reste interloquée devant lui, ne sachant pas comment réagir et surtout, comment agir avec lui. Est-il réellement aussi amical qu'il en donne l'air ?

— Maïa, détends-toi, pourquoi es-tu crispée comme ça ? Tu crois que je mords ? Remarque, là-dessus, tu n'aurais pas complètement tort, mais je n'ai pas l'intention de te faire du mal.

— Est-ce que tu peux arrêter les blagues douteuses et m'expliquer tout… ça ?

— Bon, c'est vrai qu'il y a beaucoup de choses à dire et l'aube va bientôt se lever. Pendant qu'on parle, on va se diriger vers là-bas, j'y ai un abri.

— Très bien. Alors, tout d'abord je veux que tu me dises pourquoi tu as fait ça.

Avant de me répondre, il se met en marche, moi à ses côtés, et baisse le regard un instant, comme hésitant.

— Ça va être difficile à entendre pour toi, Maïa, mais en réalité je n'ai aucune raison valable. Le soir où je t'ai croisée, j'avais faim et tu étais seule dans la rue, tu te souviens ? J'ai commencé à boire et j'ai alors ressenti une gêne, une retenue que je ne pourrais pas expliquer. Je ne voulais juste pas te laisser gésir sur le pavé à agoniser. Alors, je t'ai transformée. Ensuite, je t'ai déposée devant la porte de la maison que je t'ai vue quitter et voilà pour le début.

— Tu es en train de me dire que tu as fais de moi un monstre par simple lubie ?

Je suis effondrée et me suis arrêtée net, le regardant fixement de mes yeux catastrophés.

— Un monstre ? Attends, Maïa, tu ne sais pas ce que tu dis. Personne ne t'oblige à agir comme un monstre et, considérant les améliorations plutôt conséquentes que tu as gagnées sur ta vie d'humaine, je trouve ta réaction un peu exagérée. Tu devrais me remercier toute l'éternité pour ça.

— L'éternité… alors, c'est vrai ?

— Je peux témoigner. Ne me demande pas mon âge mais, au vu de celui des deux créatures que tu as déterrées, ça devrait te donner une idée.

— Quoi ! Je réagis en criant, abasourdie. Tu veux dire que tu les connaissais, que tu vivais avec eux ? À la Préhistoire ?

Il me répond en riant :

— La Préhistoire, oui, selon les mots des hommes modernes. Effectivement, je connaissais personnellement ce vampire : c'était mon frère.

— Ça fait beaucoup de révélations extraordinaires aujourd'hui ! Je ne sais pas si je vais tenir le coup. Mais attends, on ne retourne pas au trou ? je demande soudain. Il n'est pas rebouché, des gens vont le trouver…

— Ne t'en fais pas pour ça, je m'en suis occupé pendant que tu jouais à chat avec Enok.

— En parlant d'Enok, qu'est-ce qu'il est exactement ?

— Enok, dit-il en ramenant l'intéressé à lui et en l'offrant à mes caresses, est, de son premier nom, Enn. C'est ainsi qu'on désignait le loup de mon temps et dans ma langue. J'ai changé son nom il y a quelques siècles, après avoir entendu l'histoire du ravissement d'Henok, *« qui marcha avec Dieu trois cents ans. »* J'ai trouvé ça drôlement à propos !

— Intéressant. Tu es donc en train de me dire que c'est un loup-vampire ?

— Tu n'avais pas encore remarqué ? Les loups ont toujours été nos amis les plus proches, les fauves en général, mais eux en particulier. Enn a toujours été avec moi, comme l'était Tar, le smilodon de mon frère Kri.

Les deux noms qu'il prononce sonnent bizarrement à mes oreilles, c'est une langue que je n'avais jamais entendue, comme personne d'autre d'ailleurs ou plus ou moins. Une langue préhistorique… Voilà qui explique son étrange accent.

Le voyant baisser son regard et fermer son visage, je m'empresse de le relancer sur notre discussion pour ne pas le laisser tomber dans ses pensées et une éventuelle morosité.

— Mais même en étant vampire, comment est-il possible pour lui d'être totalement vidé de son sang ? L'autre nuit, dans la forêt, j'ai cru que c'était un arbre car je n'ai pas pu déceler la moindre lueur dans son corps.

— Tu sais, depuis le temps qu'on vit, on a eu l'occasion de s'adapter et d'être patient. On peut sans problème s'abstenir de boire pendant des mois et notre organisme s'assèche peu à peu, devenant indécelable, même à nos yeux. Je voulais qu'Enok soit invisible aux tiens, c'est pourquoi je l'ai mis à la diète.

— Oh ! Le pauvre !

— Bah ! Il n'a jamais été glouton, ce n'est pas vraiment un problème pour lui. Et puis, il s'en est remis depuis !

Jetant un coup d'œil au cœur du loup, je me rends compte que c'est effectivement vrai car il brille de mille feux. Je me sens rassurée pour lui, je ne voudrais pas avoir à me priver de nectar.

— Pour en revenir à notre histoire, reprend le vampire, je t'ai fait déterrer mon bien-aimé Kri pour que tu voies par toi-même et comprennes. Tout vampire doit connaître l'histoire de son peuple et, en tant que ton créateur, c'est à moi de t'instruire.

— Et tu avais besoin de me faire traverser la mer à la nage pour ça ? je m'écrie, à moitié en colère.

— Allons, tu n'aimes pas t'amuser ? C'était tellement plus drôle comme ça !

— Drôle pour toi, espèce de monstre ! J'ai failli me faire avaler par un megalodon, sans parler de la police quelques nuits plus tôt à l'hôtel !

— Tu es en train de me dire que tu as croisé un megalodon ? Fascinant ! Ça fait bien longtemps pour moi, je me demandais même si, comme le disent les humains, ils n'avaient pas réellement disparu en fin de compte... Il faut dire qu'aucun vampire de ma connaissance ne s'amuse à bourlinguer au fin fond des océans. En tout cas, tu vas devenir une experte en animaux préhistoriques, bienvenue dans le groupe ! Tu as eu un aperçu de ce qu'était le quotidien d'un Originel, enfin à peu de...

— Originel ? Qu'est ce que c'est que ça ?

— Ce sont les premiers vampires, comme moi et mon frère. Tu ne veux vraiment pas écouter mon histoire, hein ?

— Mais si, pourquoi tu dis ça ? Raconte-moi.

— Tu me coupes tout le temps. Bon, fais attention maintenant. Je te le fais rapide. Kri et moi sommes donc des Originels, on a pour ainsi dire toujours existé, depuis le début. On vivait à cette époque en cohabitation, forcée, avec les Sukr'in – les humains.

Il continue sans prêter attention à mon sursaut de stupéfaction.

— Et en ce temps là, ils étaient totalement au courant de notre existence. On était ennemis. Nous, Kalii'Enn, faisions tout pour éviter de croiser leur chemin et d'avoir affaire avec eux, mais certains des leurs cherchaient constamment la guerre. Un jour – le pire de tous – trois hommes ont réussi à prendre mon frère par traîtrise dans son sommeil, l'ont attaché et laissé sur une aire dégagée. La nuit suivante, après l'avoir cherché partout, je n'ai retrouvé de son corps que son squelette, et celui de Tar. Ces ignobles Sukr'in avaient détaché leurs chairs et n'avaient laissé que leurs os afin que je les découvre. Finalement, j'ai eu de la chance dans mon malheur, sinon je n'aurais jamais retrouvé sa trace et j'aurais erré pour l'éternité à sa recherche. Je les ai enterrés tous deux à l'endroit où tu les as trouvés.

D'une voix lourde, je lui dis :

— Je suis terriblement désolée… Quelle histoire atroce, quelle tristesse !

— Merci, avec le temps, ça fini par s'apaiser… même ma haine pour les Sukr'in, heureusement.

— Mais il y a une chose que je ne saisis pas. Si vous viviez ici, comment se fait-il que le compagnon de Kri ait été un tigre à dents de sabre ? Je croyais qu'ils ne vivaient qu'en Amérique.

— Oh ! Mais en fait, tu es déjà une experte en animaux préhistoriques ! Tu m'impressionnes de plus en plus. Tu as raison, en effet, mais les petits détours qu'on a faits sur cette planète ne doivent pas t'être si étrangers que ça ; comment as-tu fait pour venir jusqu'ici ?

Comprenant tout d'un seul coup, je pousse un *Ah* et me sens un peu stupide de ne pas y avoir pensé avant.

Bientôt, devant nous, vient se dresser un petit abri fait de pierre et de bois, perdu au milieu du désert, loin de tout ; une retraite parfaitement tranquille. Moïse ouvre ce qui fait office de porte et m'annonce :

— Bienvenue chez moi ! Enfin, c'est une retraite générale pour tout vampire qui passe par-là, mais c'est moi qui l'ai construite, alors je continue à la considérer comme la mienne, je suis un peu sentimental.

— C'est charmant, je réponds, moqueuse mais heureuse d'être arrivée à destination.

— Comme je me suis douté que tu aurais un peu faim, je me suis permis...

Pour conclure sa phrase, il tend son bras en direction d'un petit tas de poils posé contre le mur du fond, que j'identifie immédiatement comme étant une chèvre. Sous le coup de la suspicion, je lui demande :

— Ne me dis pas que c'est une chèvre de la famille du petit Elias !

— Ne t'emballe pas, je lui ai payé cette chèvre, pour qui me prends-tu ? Je l'ai payé gracieusement d'ailleurs pour le petit service qu'il m'a rendu. Alors, tu devrais plutôt me considérer comme un homme bon au lieu de m'agresser, m'objecte-t-il dans un rire dont il a la spécialité.

Le repas consommé et le feu des questions brûlant dans ma tête ; je m'étends aux côtés de Moïse et m'endors dans la seconde, protégée de l'aube qui point.

12

Nous continuons à marcher, de nuit en nuit, à travers des paysages déserts de pierres et de sable, parfois traversant des villages et nous y arrêtant pour la journée, vers une destination que je ne connais pas et qu'il m'importe peu de connaître. Ce que me raconte Moïse me garde tout entière dans l'instant présent et m'empêche de m'égarer dans d'autres pensées. Et le fait d'avoir enfin découvert un vampire et d'être à ses côtés m'enlève pour le moment tout souci du lendemain.

J'ai appris que les vampires sont à l'origine – ils s'appellent eux-mêmes les Originels – des hommes préhistoriques. Plus exactement des Neandertal qui ont évolué différemment des Homos Sapiens. Ils ont donc effectivement toujours existé du point de vue de l'Humanité. Ce ne sont donc pas les créatures du diable mais des créations de la nature. Cette révélation a été un véritable choc, la vérité est bien loin des clichés, que j'avais d'ailleurs moi-même à propos de ma propre nature. J'ai des milliards de questions à poser à Moïse, pour mieux comprendre, pour tout savoir, mais celui-ci ne veut pas entrer dans les détails et préfère rester à la surface, me laissant sur une faim de savoir dévorante.

— Tu penses bien que je ne peux pas te raconter plusieurs dizaines de milliers d'années en quelques nuits. Je t'explique les faits rapidement, pour te mettre au parfum comme tout nouveau vampire, mais tu auras tout le temps plus tard de poser des questions à chaque Originel. Moi, je ne suis pas très bon pour raconter les histoires, et je n'en ai pas vraiment la patience. Ce que je peux te dire de plus, c'est que notre nom d'origine n'était naturellement pas « vampires » comme tu peux t'en douter mais « Kalii'Enn », qui signifie « hommes… »

— …loups, finis-je, me souvenant de la leçon de langue.

— Très bien, et dans le langage moderne, ça se dirait « Kaliens ». C'est un peu comme notre nom secret, connu de nous seuls, que les humains ignorent. On s'en sert parfois pour faire passer des messages à leur insu. C'est toujours plus discret que « vampires ». Parfois, certains Sukr'in se sont attardés sur nos messages, intrigués, et ont fini par déduire que nous devions être une secte. Je crois que jamais ils ne comprendront, l'humanité oublie de plus en plus ses racines et cherche à mettre au placard les choses qu'elle considère comme « fantastiques », « irréelles ». Elle veut se persuader qu'il n'y a qu'une seule vérité : la sienne.

— Et qu'est ce que c'est que ce signe ? J'ai cherché partout mais je n'ai rien trouvé qui pourrait m'éclairer.

— Le Krakell ? C'est le signe Kalien tout simplement. Celui qui nous représente et sert à nous faire passer des messages entre nous. Si tu aperçois le Krakell, où qu'il soit, cherche à remonter jusqu'à l'auteur, il l'aura tracé pour réunir les vampires du coin vers lui, pour n'importe quelle raison. Ça pourrait être un appel à l'aide, c'est déjà arrivé.

— D'accord, en fait c'est ce que tu as fais pour moi. Mais qu'est-ce qui se serait passé si je n'avais pas réalisé que c'était pour moi ?

— Tracé avec du sang sur un cadavre ? Tu crois qu'il y a des chances qu'un seul vampire ne saisisse pas que ça lui est adressé ?

— OK. Tu as donc mis le paquet pour que ce soit évident. Et je dois dire que c'était efficace. Peut-être même trop, je rajoute en le regardant lourdement, me souvenant de mon expérience à l'hôtel. Que signifie le graphisme du … Krakell ?

— C'est Guillaume qui l'a créé. C'est d'ailleurs lui qui a eu l'idée d'en inventer un. Guillaume est notre artiste, depuis toujours. Il est le premier à avoir utilisé la peinture dans notre hakn – à l'origine, comme tu le sais, c'était des peintures murales le plus souvent à l'abri dans les grottes. Depuis, il a touché à toutes les formes d'arts et été l'élève, l'ami, ou même le maître de presque tous les grands artistes de l'humanité. Son savoir est immense. Je me sens toujours un peu petit à côté de lui. Mais pour en revenir au Krakell et à son design, la spirale représente pour le haut, le ciel, l'immortalité, les dieux, et le cercle, c'est nous. On vit dans un non-temps et sommes pourtant dédiés à suivre l'éternité. La courbe en dessous, c'est la terre. Dans tous les sens. Celle de laquelle on est issu : notre planète, notre première déesse ou encore, suivant les idées religieuses, la boue avec laquelle les dieux nous auraient façonnés, et pour finir, celle qui est notre abri naturel. Enfin, quelque chose comme ça. Tu n'auras qu'à demander à Guillaume plus de précisions : après tout, c'est sa création.

— Tu expliques très bien, maintenant tout est plus clair. Mais j'étais presque sur la bonne voie, j'avais bien pensé à l'élément terre.

— Ça ne m'étonne pas, tu m'as l'air bien maligne et débrouillarde. Je ne regrette pas totalement ta transformation.

— Pas totalement, qu'est-ce que tu entends par là ?

Le Kalien ne me répond pas et se contente d'esquisser un large sourire, tout en accélérant la marche. Je n'ai d'autre choix que de suivre la cadence, et je commence à me poser des questions sur la destination et le temps qu'il nous reste à marcher. J'en fais part à Moïse qui me rétorque simplement d'être patiente. Tentant de lui obéir, je me mets à repenser à tout ce qu'il m'a dit pour essayer de mieux comprendre, en liant les choses entre elles, en tirant des conclusions et de nouvelles interrogations. En un mot, je me familiarise avec tout ça.

C'est dans un silence religieux que nous arrivons au but de notre voyage. Moïse n'a même pas eu besoin de me l'annoncer, je l'ai compris dès que j'ai vu. À l'horizon pointent vers le ciel trois immenses triangles, reconnaissables entre mille. Les pyramides protégées par le Sphinx. Ce dernier trône fièrement à côté d'elles, dans son rôle de gardien millénaire, patient et impressionnant. En réalité, je ne sais pas quel est le rapport exact entre les Kaliens et cet endroit, mais il existe un lien implicite entre eux, l'Égypte ancienne ayant eu une philosophie très axée vers l'au-delà, associée à cette incroyable capacité à rendre les corps aussi immortels que les âmes. Peut-être que ce sont les Kaliens qui leur ont appris l'art de l'embaumement. Non, ça n'a pas de sens, après tout, les vampires ne connaissent rien de la mort.

— Ma chère Maïa, nous voilà rendus. Je pense que ta curiosité va être satisfaite, tu t'apprêtes à pénétrer dans un des hauts-lieux Kaliens.

— Il… il y a d'autres vampires ?

— C'est un peu pour ça que je t'ai amenée ici ; tu vas faire la connaissance des Originels –enfin, pour ceux qui seront là – et de bien d'autres des nôtres. Et surtout, d'Aurore.

— Qui est-elle ?

— Notre chef à tous, notre relk, notre reine, notre impératrice, le terme que tu voudras.

À cette pensée, mon cœur se serre d'appréhension et d'hésitation, qui finissent par envenimer tout le reste de mon corps. Je me sens devenir pesante et raide, tel un bout de métal qui ne peut se frayer un chemin à travers le sol sableux mou et granuleux, et finit par s'y planter, aspiré vers le bas. Moïse, dans un mouvement d'impatience modérée, revient sur ses pas pour m'agripper par le bras et me tirer doucement derrière lui.

À mesure que les tombeaux royaux s'agrandissent, s'étendent vers le ciel loin au-dessus de nos têtes, je sens que ma cadence ralentit pour laisser à mon regard le loisir de découvrir, se baladant le long des pierres, s'arrêtant quelques instants sur un détail pour repartir de plus belle sur les endroits non découverts afin d'embrasser l'entièreté de ces merveilles. Je finis par totalement m'arrêter, subjuguée, alors que Moïse continue sa course, soit n'ayant pas remarqué mon arrêt, soit habitué à ce comportement face aux géants millénaires et donc peu enclin à partager chaque nouvelle fois l'ébahissement d'un autre. Pour ne pas échauffer jusqu'au point d'explosion sa patience, je consens à abaisser le regard et à me remettre en mouvement, d'un pas vif pour regagner le terrain perdu, et me retrouve collée à ses chaussures, le suivant fidèlement comme son ombre.

Quelques minutes plus tard nous nous retrouvons aux pieds de Khephren, mais au lieu d'en chercher l'entrée pour y pénétrer, Moïse me mène à quelques pas de la structure et, d'un geste vigoureux, se met à creuser. Peu à peu, ses bras, puis sa tête, puis enfin ses épaules disparaissent, absorbés par le sable. Il ne me faut pas longtemps pour réaliser qu'il se fraie un chemin sous le sol et que si je tarde à l'imiter, il va être totalement immergé et suivre sa trace deviendra assez ardu. Comme j'ai déjà tenté de plonger dans ce type de terrain, je sais à quoi m'attendre et cela réduit mes craintes. Je me jette alors prestement à terre et creuse avec mes bras à la cadence qui me permet de garder un contact visuel avec ses pieds, tout en m'évitant de me retrouver perdue au milieu de cet environnement exempt de points de repère. Nous nous enfonçons le long d'un angle de quarante-cinq degrés pendant une vingtaine de mètres. Soudain, mon guide s'arrête puis sans me laisser le temps de m'enfoncer comme une pierre, m'agrippe par la main et me tire fortement vers le haut. Ne sachant pas où je vais me retrouver, je ne peux préparer ma réception et le rire moqueur de Moïse emplit mes oreilles quand, même encore soutenue par lui, je perds l'équilibre et chute sur un sol dur et chaud. Puis, la poigne puissante du vampire me tire de l'autre sens pour remettre mes pieds en dessous de mes épaules. Debout, et oubliant le ridicule qui finit par ne plus avoir d'effet sur moi, je peux tout à mon aise découvrir l'endroit où j'ai été menée. C'est une toute petite salle, juste assez grande pour trois personnes, carrée et pavée de multiples rectangles d'argile. Sur l'un des côtés, une porte donne accès à quelque chose que je ne peux qu'essayer de deviner. Quant au sol, il est percé au centre d'un trou donnant sur la mer de sable. C'est donc par-là que nous sommes entrés, par cette entrée souterraine. J'en devine très aisément l'utilité : impossible pour un humain de pénétrer ici. Quand mes yeux ont terminé leur inspection des lieux, c'est sur Moïse qu'ils finissent par se poser. Celui-ci a quitté son sourire dérangeant et son visage affiche plus simplement une sérénité propre à celui qui se retrouve chez lui, à l'abri. Remarquant qu'il a à présent toute mon attention, il m'annonce que je m'apprête à entrer dans le cœur du quartier général des Kaliens.

— Le mastaba, tel qu'on l'appelle communément.

— Je suis impatiente, allons-y.

Sans attendre de réaction de sa part, je me suis élancée à travers l'entrée pour passer cette porte qui me sépare de mon nouveau monde et de toutes ses réponses. Malheureusement, ma curiosité est malmenée par ce que je découvre ensuite. En fait d'un endroit rempli de vampires – de Kaliens –, ce qui se déroule devant mes yeux est un long corridor étroit, décoré de part et d'autre par des bas-reliefs égyptiens.

Au fur et mesure que je m'avance, les images semblant à première vue classiques en tant qu'icônes de l'ancienne Égypte se dévoilent dans les détails et me prouvent définitivement que j'ai pénétré dans un sanctuaire vampire. Avec les quelques connaissances que j'ai de l'art graphique égyptien, je repère les formes et arrive plus ou moins aisément à les classer, à les comprendre. Je sais que ces grandes figures représentent d'ordinaire les dieux ou les puissants, dominant les gens ordinaires, réduits quant à eux à des tailles d'animaux domestiques. Évidemment, ici il ne s'agit pas de dieux ou de pharaons mais bien de démons à formes humaines, dotés de dents exagérément longues, parfois pointant un doigt crochu au-dessus des têtes des lignes humaines en prière devant eux, parfois tenant dans leurs mains des paniers d'où dépassent, comiquement et sinistrement, des membres humains et d'où coulent des lignes rouges…

J'ai aussi remarqué des sculptures montrant une histoire plus ancienne, figurant des animaux improbables aujourd'hui et des êtres humains aux formes courtaudes et épaisses, tranchant avec la grâce longiligne des personnages « à l'égyptienne ». Si je n'étais pas aussi pressée de traverser le couloir, j'aurais adoré prendre le temps nécessaire pour lire et découvrir tout cela. J'espère avoir l'occasion de revenir.

Moïse m'apprend que c'est Guillaume qui a créé tout cela, sous la direction de Nefer. Sans me laisser le temps de demander qui est Nefer, il poursuit en me disant ce que j'avais remarqué par moi-même, c'est-à-dire qu'il s'agit de l'histoire de notre espèce. Puis, sans rien ajouter, il pointe son doigt vers un bas-relief devant lequel je m'arrête pour tenter de comprendre. La sculpture montre deux formes humaines à la peau recouverte de stries multicolores, de profil, se tenant par une main et l'une devant l'autre, marchant dans la même direction. L'homme de devant, arborant une longue chevelure blonde, cache l'arrière-train d'un smilodon qui se tient à ses côtés, légèrement en avant, de manière à être vu sur l'image. Quant au deuxième homme, aux cheveux longs et noirs, il est suivi de près par un loup aussi foncé que la nuit. Mon intuition me dit que la scène représente le départ à la chasse. Mon intérêt s'arrêtant sur les deux formes que je connais personnellement, je dis à mon guide que j'aimerais moi aussi un jour apparaître sur ces murs. D'une voix pleine de mystère, celui-ci me répond :

— Pourquoi pas, Maïa, pourquoi pas ?

Nous arrivons finalement au bout du couloir, dont l'ouverture vers le reste du mastaba est masquée par une fine tenture pourpre que Moïse balaye d'un revers de bras, disparaissant instantanément de l'autre côté, me laissant seule face à mon appréhension. Comme je ne désire pas rester indéfiniment dans l'antichambre, je dois balayer les émotions qui me submergent en expirant vivement et laisser ma main attraper le rectangle de tissu pour laisser passage à mon corps.

13

Juste derrière le rideau, Moïse m'attendait et, quand il se déplace pour me laisser passer, il dégage la vue qui me parvient alors.

Du sable s'écoule des fines fissures d'entre les briques du toit et vient former sur le sol un doux tapis jaune rendu à moitié vivant par les innombrables scarabées qui y grouillent. La chaleur y est étouffante et l'air ne doit probablement pas se renouveler, ce qui finalement n'est ni étonnant ni même vraiment gênant dans une « tombe ». Je pense que je finirai par m'y habituer et par ne plus y penser, comme Moïse qui ne semble pas du tout incommodé. Il me précède de quelques mètres, marchant d'un pas rapide et léger, comme quelqu'un totalement familier des lieux. Quand des coulées de sable lui tombent sur les épaules et le long des cheveux, il donne un petit coup de tête de droite à gauche et la poussière d'or s'envole de tous côtés, retombant devant mes pieds ou heurtant dans une mélodie de clochettes ma peau ramollie par la chaleur, sur laquelle elles restent collées quelques instants avant de se détacher et de finir leur course vers le sol.

Nous descendons l'escalier d'une dizaine de marches pour poser le pied sur le premier étage inférieur de la construction. L'immense salle rectangulaire semble n'avoir pas de fin, la longueur encore plus accentuée par les lignes de colonnes qui marquent la perspective. Leurs ombres tremblantes, créées par les lampes à huile pendant du plafond dansent sur les peintures murales, leur donnent un mystère plus profond encore et une aura presque effrayante. Les nombreuses statues, même celles de taille modeste qui trônent dans toute la salle, placées ici et là dans une position visiblement aléatoire, participent également à cette atmosphère impressionnante, écrasante et pourtant si intimiste. Dès que j'y ai posé le pied, que mon corps s'est imprimé du décor, j'ai ressenti la chaleur et le confort que l'on éprouve dans un endroit fait pour soi, comme s'il était normal que je sois là.

Plantée aussi droite que les statues qui m'entourent, je me suis laissée submerger par l'endroit, le laissant imprimer sa trace sur moi aussi bien que je l'ai fait sur lui, échangeant, mélangeant nos odeurs, nos formes, nos couleurs, nos chaleurs, les sons que l'on crée et que l'on répercute, jusqu'aux textures qui nous façonnent. Quand l'alchimie est faite, la connaissance achevée et que j'ai été acceptée et autorisée implicitement à faire partie de ce lieu, mon esprit revient à la réalité, se repose sur le flot du temps qui s'était pour moi un instant figé et je me rends compte qu'une paire d'yeux inconnus me fixe à travers une des fentes du mur qui servent de portes. Deux pupilles jaune-orangé, aussi brillantes et brûlantes que les feux provenant des lampes flottant au-dessus de nos têtes, barrées par des iris tout aussi opaques, semblent transparentes et vivantes, vibrent à travers la pénombre directement dans ma direction. À force de les fixer, je sens mon corps chauffer de l'intérieur, bouillir peu à peu jusqu'à en devenir insupportable. D'un balancement de tête de droite à gauche, je me libère de son emprise et reprend le contrôle de ma température. J'entends alors le léger bruissement de pieds qui se posent pour se soulever du sol, faisant craquer les milliers de minuscules grains de sable déposés sur les dalles. La créature tapie dans l'ombre amorce une lente approche vers moi, quelques pas, puis s'arrête, se figeant dans une pose détendue et pourtant un brin formelle, froide, comme quelqu'un qui est dérangé sur son propre sol. En une seconde, mes yeux ont fait le tour de sa silhouette et, de ce fait, ont offert une relâche à mes nerfs qui s'étaient crispés sous l'effet d'une légère frayeur animale, me prouvant que le danger est minime.

En face de moi, dans cette attitude négligente, se tient une femme comme je n'en ai jamais vu. C'est la première Kalienne qui s'offre à mon regard une nouvelle fois ébloui, comme lors de ma rencontre avec Moïse, et le choc est encore une fois brutal.

À peine plus grande que Moïse, elle est dotée de la même puissante musculature, non pas tout en force mais semblable à celle d'un félin, belle et souple, qui donne à son corps fin une impression effrayante d'agressivité et de violence tout juste contenue, prête à être libérée. Ce sentiment est doublement accentué par la rudesse des traits de son visage. Une mâchoire aux côtés saillants, cisaillés, terminée par un menton pointu et volontaire soutient une bouche aux lèvres charnues, plissée par une contraction volontaire, affichant clairement le refus de s'ouvrir où même de seulement se détendre. Comme pour donner un peu d'air à ce visage, juste au-dessus de cette bouche boudeuse vibrent les ailes d'un nez court aux larges narines. Malgré le fait que l'oxygène soit inutile à l'organisme vampirique, je me doute que cela dénote un tic d'énervement ou de frustration et le feu brûlant dans ces yeux cernés du noir des ombres créées par les arcades renforce ce sentiment. La vampire n'est clairement pas ravie de ma venue. Moi, au contraire, je suis fascinée par elle et par ce magnifique visage tout en violence – lui aussi marqué par le même genre d'étranges cicatrices que Moïse –, encadré par d'épaisses tresses rousses terminées par de longs tubes en or. Et le reste de sa personne n'en est pas moins remarquable. Tout son corps est drapé dans une superbe tunique en lin beige clair et bleu ciel dans une coupe rappelant à la fois les modes antiques grecque et égyptienne. Sa poitrine est enserrée dans deux larges triangles dont les pointes se rejoignent derrière la nuque tandis qu'un long ruban beige est attaché en soutien par-dessus les côtes et laisse pendre ses extrémités le long du ventre de la Kalienne. La pièce de lin collé au corps, affiche ses plissures verticales jusqu'au chevilles, où elle se termine obliquement, en deux parties formant un triangle, comme le décolleté, mais cette fois en négatif, la pointe rentrant dans le vêtement, entre les deux jambes et se dessinant vers le haut à la mode traditionnelle égyptienne. Des bandes grises enfin contrastent avec le bleu du vêtement, le long des arêtes.

Quant à ses pieds, à mon grand étonnement après ce déballage de beauté vestimentaire et décorative, ils sont tout simplement nus.

Comme pour m'intimer l'ordre de cesser de l'observer et de balader mon regard le long de sa personne, la Kalienne déplace à ce moment là ses deux pieds, les disposant selon une autre pose, comme l'eût fait un cheval qui changerait d'appui.

Ce petit mouvement, banal mais significatif, me ramène à moi-même et m'oblige à reprendre une contenance, en oubliant le visage ouvertement béat que je dois très probablement afficher.

Alors, Moïse prend la parole pour briser la tension que nous avons laissée se créer et entame sur un ton enjoué :

— Maïa, regarde-la attentivement parce qu'il se pourrait bien que tu ne la revoies jamais.

Cela dit, il jette un clin d'œil à la femme qui répond en esquissant un sourire en coin.

— Cette Kalienne est Lu'Rii. La seule fille de sa fratrie – des triplés –, et fille du couple relk, une sorte de petite princesse quoi.

— Tais-toi ! Ne lui dis pas n'importe quoi : qu'est-ce qu'elle va s'imaginer après ? dit Lu'Rii sur un ton plus amusé qu'autoritaire, auquel je ne m'attendais pas le moins du monde.

Puis, se tournant vers moi, les traits du visage quelque peu détendus, elle ajoute :

— En effet je m'appelle Lu, et avec mes frères, nous sommes tout le temps sur la route. On ne revient que rarement ici. La dernière fois, dans mon cas, c'était il y a deux siècles, à peu près. Aurore n'approuve pas vraiment, mais au bout de plusieurs millénaires, on se lasse un peu des règles et autres traditions.

— Oui, cette fille est une vraie rebelle, une graine d'anarchiste. Je suis sûr que c'est elle qui a inspiré toutes les révolutions à travers le monde, rajoute Moïse dans un sourire railleur.

Cela, par contre, ne la fait pas rire et elle reprend son regard sombre et piquant avant de me demander mon nom, me causant un léger frisson dans le dos.

Je lui réponds d'une voix timide, osant malgré tout planter mon regard dans le sien, comme hypnotisée.

Mais ce n'était que le début de mes surprises. À la suite de Lu'Rii apparaissent d'autre Kaliens, certains aussi étranges qu'elle, et d'autres me semblant plus « normaux ». Aux côtés de beaucoup d'entre eux se tiennent des loups, tels Enok, si grands et plus effrayants que nature. Tous me regardent avec un air plutôt placide et curieux. Ayant attendu quelques instants, Moïse prend alors la parole :

— Kaliens, voici Maïa, qui vient d'arriver dans notre hakn. Soyez délicats avec elle, elle n'aime pas les surprises.

Mais qu'est ce qu'il raconte ? Toujours en train de se moquer. Et qu'est ce que c'est que ce… hakn ? Mais je n'ai aucune occasion de lui demander parce que tous me saluent de loin, ou viennent se présenter et m'offrir leur main. Tous ces noms et ces visages qui défilent devant moi, je ne pense pas pouvoir me les rappeler en une seule fois. Je peux juste remarquer qu'il y en a de toutes les origines : toutes les couleurs de peaux, tous les styles vestimentaires, venus parfois de temps immémoriaux, des noms totalement inconnus et d'autres plus classiques, comme Ernest. Est-ce qu'on peut être un vampire et s'appeler Ernest ?

Puis, la dernière à se présenter est une femme, grande et incroyablement belle, dont je connais parfaitement les traits depuis longtemps. Il y a une statue dans un musée en Allemagne qui la représente. Je comprends maintenant à qui Moïse faisait allusion en parlant de Nefer :

— Nefertiti.

— En effet. Enchantée, Maïa. Est-ce qu'Aurore la connaît ? ajoute-t-elle à l'adresse de Moïse.

— Non, pas encore. Elle est en bas ?

— Oui, elle médite.

— Alors, viens, Maïa.

Moïse me fait signe de le suivre vers l'escalier, à l'autre bout de la salle. En levant les yeux je remarque une chose qu'étrangement je n'avais pas encore vue : il y a une énorme horloge analogique accrochée sur le mur en face qui donne à la fois l'heure d'ici, celle dans les principales capitales du monde et, détail amusant, affiche un petit soleil ou une petite lune à côté de chaque heure. Les vampires sont modernes, ils vivent avec leur temps !

L'escalier qu'on doit prendre est descendant, il y a donc encore un étage en dessous, c'est immense. Mais c'est bien ce qu'il faut pour accueillir autant de Kaliens. Dans la descente, on croise encore deux personnes, un homme, et une femme, qui ne me semble, cette fois encore, pas inconnue…

Moïse fait les présentations :

— Maïa, ma nouvelle création. Diego et Cléopâtre. Tu peux l'appeler Cléo.

— Quoi ?

Ma surprise est tellement énorme que je l'affiche tout haut sans pouvoir me retenir. Je n'arrive pas à y croire : deux reines égyptiennes sont des Kaliennes ! La femme aux cheveux noirs devant moi s'amuse de ma réaction, dont elle doit avoir l'habitude :

— Tu as donc réellement cru à cette histoire de serpent ? On fait vraiment avaler ce qu'on veut à des

Sukr'in, à partir du moment qu'on utilise des métaphores. Tu as déjà entendu parler du serpent d'Eden, d'Ouroboros, d'Apophis ou encore d'Ananta ?

— Pour me préserver d'une crise cardiaque, dites-moi tout de suite si je dois m'attendre à voir débarquer Toutankhamon ou même Marie-Antoinette, dis-je, à moitié vexée.

— Tu es amusante. Je ne vais pas t'annoncer des choses fausses, mais sache que oui, tu peux t'attendre à d'autres surprises, mais d'un autre ordre…

Sur ce, elle me laisse après avoir posé sa main sur ma joue et m'avoir souri plus gentiment. En bas, il y a une salle aussi grande que la précédente, soutenue également par des piliers, mais cette fois, emplie à ras bord d'étagères de livres. Il y en a de toutes sortes et ceux dont je m'approche pour en lire la tranche sont écrits dans une langue parfaitement inconnue et illisible.

— Toute la connaissance du monde est ici, annonce Moïse, en ouvrant les bras en grand. Les Sukr'in seraient étonnés d'apprendre qu'on en sait plus qu'eux sur leur propre compte.

— Est-ce que tu as tout lu ?

— Presque. Il faut dire qu'il y en a certains que j'ai moi-même écrits…

Puis, soudain, semblant venir de nulle part, une voix se fraye un chemin entre les livres de la bibliothèque pour questionner Moïse :

— Devant qui est-ce que tu te vantes d'une chose qui n'est qu'en partie vraie ? Écrire un unique livre de magie, ce n'est pas plusieurs…

— Ikon'en, est-ce que tu es en train de me décrédibiliser devant ma propre enfant ?

— Amène-la ici.

Après avoir dépassé un certain nombre d'étagères pleines à craquer, on se retrouve face à une femme qui me paraît – je ne pensais pas que ce fut possible – plus fascinante encore que Nefer, Cléopâtre et Lu'Rii réunies. Pourtant, en dehors de cette allure étrange doublée de ces cicatrices qui sont siennes et identiques à celles de Moïse et Lu'Rii, il n'y a pas grand-chose dans son physique qui soit différent. Elle est très belle, à de longs cheveux blonds épais et des yeux profonds, mais le plus remarquable chez elle, c'est cette aura si puissante que j'ai l'impression d'être emprisonnée par elle. Il y a quelque chose dans cette femme que je n'ai jamais vu et que je n'aurais jamais cru pouvoir exister.

— Quel est ton nom ?

Difficilement, toujours sous son emprise, ou croyant l'être, je lui marmonne mon prénom.

— Bienvenue parmi nous, Maïa. Moïse t'a emmenée comme c'est l'usage à notre réunion, afin que tu sois présentée aux tiens et que tu apprennes ce que tu dois savoir, les règles, les membres qui composent notre hakn, notre histoire. Évidemment, tout le monde n'est pas ici, je leur laisse la liberté d'assister à la réunion qu'ils veulent, aussi tu en as déjà vu quelques-uns, dont des Originels.

— En effet, et ma capacité à assumer la surprise est mise à rude épreuve…

— Je comprends, c'est le cas de tout nouveau Kalien. Mais tu dois vite te reprendre ; tu as le droit d'être surprise quand tu es avec nous, mais prend garde car cela est une faiblesse face aux Sukr'in, et a déjà piégé nombre de nouveaux. Bien, à présent, puisque tu es la seule nouvelle, je crois que nous pouvons commencer.

— Commencer quoi… Aurore ?

— Eh bien, ton éducation. Pour comprendre qui tu es, tu dois apprendre d'où nous venons. Et nous venons de très loin.

— J'ai cru comprendre…

— C'est bien, ainsi tu as les bases, tu tomberas de moins haut.

Moïse s'éclipse car il doit aller prévenir les autres qu'Aurore va commencer. Je ne sais pas s'ils devaient tous y assister car après tout, ils doivent bien connaître tout ça.

— Viens ici, installe-toi confortablement.

Elle me fait entrer dans une pièce attenante que je comprends être son repaire. Il y a des livres ouverts un peu partout, des dessins et des cartes accrochés au mur qui s'étalent en âge, allant de vieux parchemins jusqu'à des feuilles imprimées. Comble d'anachronisme, un ordinateur est même posé dans un coin de la pièce. Par terre, il y a des nattes sur l'une desquelles Aurore m'invite à m'asseoir.

Peu à peu, d'autres Kaliens pénètrent par la porte et viennent s'installer autour d'elle, prêts à l'écouter.

Après être revenue de ses pensées et avoir quitté son air mystérieux, la Kalienne à l'aura pénétrante se met à raconter :

Partie II : Aurore
ou L'origine

14

« C'était il y a bien longtemps. En ce temps-là, il y avait deux espèces humaines qui se partageaient la planète. Mais cela, comme tu le sais, n'allait pas durer éternellement. Il y avait nous, les Néandertaliens, qui étions les plus anciens, et les Sapiens, dont tu es issue. »

Cela dit, elle me jette un regard que je trouve un peu trop appuyé, qui provoque en moi un rapide mais réel malaise. Je décide de ne pas relever et de retourner immédiatement dans le fil de l'histoire.

« J'étais très jeune la première fois où ils nous ont attaqués. Jusqu'à ce moment, notre hakn – notre clan comme nous disions alors – n'avait jamais eu affaire avec les Sukr'in, nous les évitions et eux ne cherchaient pas à nous rencontrer. En réalité cela était plutôt aisé, puisque les endroits que nous habitions, selon les époques de l'année, étaient tous modestes et dans des places reculées ou peu aisées d'accès, qui de toute façon n'auraient jamais présenté un intérêt pour un large hakn, mais qui suffisaient à faire vivre le nôtre, qui ne comptait qu'une dizaine d'individus. Nous vivions de notre côté essentiellement de la pêche, et des fruits et baies que nous allions cueillir le long des prairies jusqu'aux flancs des montagnes.

Cette saison-là, la pluie avait tardé à venir, rendant le sol anormalement sec, en conséquence les récoltes furent terriblement minces. Cela nous obligea à nous aventurer chaque fois plus loin, plus haut dans les montagnes pour réussir à dénicher quelque chose. Pourquoi en ce jour ma mère avait décidé de rester plus longtemps à la cueillette, allant à l'encontre des règles basiques du hakn – qui ne pouvait naturellement pas se permettre de perdre de manière trop récurrente ses membres – qui nous obligeaient à rester toujours groupés ? Pourquoi avait-elle fait ça, je ne le saurai jamais. Elle a voulu rester errer entre les arbres, continuer à dénicher des fruits, qu'elle posait dans mon sac en feuilles, que je portais fièrement au-dessus de ma tête, prenant cette activité quotidienne comme un jeu et une occasion d'être seule avec ma mère, loin de l'agressivité récurrente du relk. Cet homme était le plus fort du hakn, et comme nous n'en étions pas un particulièrement belliqueux, - aucun des autres membres n'avait un caractère emporté ou soumis à la violence – cet homme avait eu sans aucune résistance accès à la tête du hakn. Je ne comprenais pas vraiment pourquoi il était sujet à un tel caractère, quand tous les autres étaient aussi dociles et pacifiques.

Je ne sais pas pourquoi je te raconte tout ça, ça ne fait que remonter des souvenirs lourds. Je crois que je radote. Je ne peux pas m'empêcher de repenser à tout ça, même à lui. Quelle misère, après tout ce temps, d'être incapable d'oublier un homme haineux. »

Le regard d'Aurore devient l'espace d'un instant aussi blanc que sa peau, avant qu'elle se reprenne :

« Quand ma mère a décidé que nous étions suffisamment chargées, nous avons entamé le chemin du retour d'un pas sûr mais quelque peu ralenti de mon côté par la lourdeur de mon chargement que Mo'An, ma mère, ne m'aurait certainement pas aidée à transporter – les adultes, à cette époque, poussaient les enfants à devenir forts et capables le plus tôt possible – et ma génitrice avait elle-même son propre chargement, enfoui dans la chaleur de son ventre.

C'est sous une Rana se couchant – la déesse soleil comme tu dirais, notre appellation pour eux étant « Malak » –, que nous nous sommes retrouvées au campement. Ou du moins à l'emplacement où il se tenait encore quelques heures plus tôt.

Devant nos yeux s'étalait à présent un amas de bois, d'os et de peaux, gisant sur le sol comme des débris refoulés par la rivière. Plus rien n'était resté comme on l'avait quitté, et ce n'était pas dû à un déménagement improvisé. En levant les yeux vers Mo'An, j'ai compris que cela n'était rien comparé à ce qu'elle observait. En regardant plus attentivement, j'ai remarqué les multiples tas de fourrures foncées et tachetées abondamment de rouge. Les membres du hakn. Touts les autres cueilleurs étaient rentrés plus tôt que nous et gisaient là, au milieu du campement, sans qu'aucun souffle ne soulève aucune poitrine. Certains avaient dans leurs ventres ou leurs épaules des lances plantées, qui pointaient terriblement vers le ciel assombri. Ceux-là me faisaient penser aux animaux morts que les chasseurs ramenaient parfois de la chasse, les piques brisées laissées en trophées dans la chair trouée, de laquelle coulait sans fin un filet de sang.

Pourtant, ici, il n'était pas question de se réjouir, les êtres morts étaient notre famille, notre force et notre sécurité. Ma mère, plus rapidement que moi, avait réalisé que nous étions à partir de ce moment à la merci du monde. Une femme enceinte encombrée d'une enfant était une proie d'une faiblesse délectable.

Les traces des Sukr'in tueurs loin derrière nous, les ombres des montagnes loin devant, et tout autour le couvert des arbres de la forêt, Mo'An ouvrait le chemin, lentement, l'œil alerte et les deux oreilles guettant le moindre bruit déplacé. Moi, toujours encombrée de mon butin végétal, que pour pouvoir transporter plus aisément nous avions empaqueté dans un morceau de peau que je portais fermé par une main, balançant au bout de mon bras ou jeté par-dessus mon épaule, je suivais sans bruit ma mère, mettant mes pas dans les siens, trop effrayée pour oser les poser ailleurs que sur un sol non consacré et sécurisé. Si ma mère souffrait de la lourdeur de son ventre et de la fatigue que cela pouvait lui imposer tout au long de la marche, elle ne le montrait pas, ni ne le laissait interférer sur notre fuite. Elle était responsable de trois personnes et, en l'absence d'un relk, c'était à elle de porter le flambeau de meneur.

Ce n'est qu'à la nuit tombée, alors que nous nous tenions couchées, enlacées sous le couvert de deux gros rochers entre lesquels un creux couvert de mousse nous servait de couchette, qu'elle m'a adressé pour la première fois la parole depuis la macabre découverte.

— Horre, arrête de trembler, tu vas attirer les *enn*[1].

Sa voix était rauque et lasse mais Mo'An utilisait malgré tout un ton de douceur qui se voulait rassurant et toucha son but, malgré les mots employés :

— Nous ne resterons pas seules longtemps, ne t'inquiète pas, nous allons trouver un autre hakn.

— Je n'ai pas peur, Mo'An, ai-je répondu, me mentant à moi-même.

Je voulais prouver à ma mère que j'étais aussi forte qu'elle, et surtout que je ne serais pas un fardeau qu'il lui faudrait abandonner si le danger devenait trop grand. Je ne voulais en aucun cas me retrouver toute seule au milieu de ce monde terrifiant.

Sur ces pensées je me suis endormie d'un sommeil agité, hanté par des rêves violents dont je me souviens encore aujourd'hui. Les rêves des premiers humains avaient

[1] Vous trouverez en dernière page un lexique des animaux en langue kalii.

quelque chose d'autrement plus sauvage et terrifiant que ceux qui visitent les esprits de tes anciens congénères. »

Je lis dans les yeux de l'Originelle que ce genre de rêves « sauvages » sont encore les visiteurs de ses nuits. Son esprit doit être le repaire de tous les cauchemars et monstruosités du monde. Y a-t-il parfois une lueur qui vient disperser, ne serait-ce que quelques instants, cette brume chaotique ? Pour la première fois depuis ma naissance, j'ai réellement rencontré un monstre. Cette personne à l'apparence humaine est certainement la créature la plus inhumaine qui ait foulé le sol de cette planète, et cela n'est pas seulement dû au fait qu'elle a été la majeure partie de sa vie un genre de zombie. Est-ce que c'est ça l'enfer ?

« Le lendemain, continue Aurore, à cause de cette mauvaise nuit et de l'éprouvante journée qui l'avaient précédée, je me suis réveillée la tête lourde et les muscles durs. Après m'être étirée et avoir mangé quelques baies, je me suis sentie plus apte à affronter ce nouveau jour. Mo'An a mangé une double ration, affamée par la chose qui grossissait dans ses entrailles puis entreprit de se mettre debout si péniblement que j'ai dû la pousser et la tirer pour qu'elle parvienne à se retrouver sur ses deux jambes. À l'instant même où cela à été fait, l'incertitude de ses membres s'est évaporée, sous la volonté inaltérable de ma mère qui a pris ensuite ma main dans la sienne, le sac de baies dans l'autre, et entamé la marche qui allait nous conduire, avec de la chance, vers un endroit plus sûr.

15

« Du haut de sa falaise, un surplomb rocheux haut de quelques mètres, Mo'An ramassait quelques baies et herbes, pendant que je me trempais dans le ruisseau. L'eau m'arrivait aux genoux et était suffisamment claire et calme pour me laisser apercevoir les myriades de poissons, petits et grands, qui voyageaient le long du cours d'eau. J'étais descendue pour profiter de la fraîcheur de l'eau et offrir à mes membres un instant de repos, échappant ainsi à la corvée de cueillette, mais en voyant toute cette nourriture à nageoire, mon estomac m'a rappelé à quel point j'avais faim. J'ai vite laissé de côté mes jeux aquatiques pour rassembler dans mon esprit toutes les leçons de pêche que m'avaient apprises les adultes du hakn. Les deux jambes écartées et bien plantées dans le sol et les bras à moitié dans l'eau, je laissais les poissons naviguer inconsciemment entre mes membres, attendant le moment où l'un d'eux passerait exactement entre mes deux mains. J'étais dotée d'une très grande patience et le fait de voir tous ces poissons se tortiller et refléter Rana sous l'eau, et de les sentir doux et gluants contre ma peau me faisait délibérément rater plus d'une occasion. Même une nature aux règles impitoyables ne changera pas l'esprit des enfants. Animaux ou humains, ils ne résisteront jamais à l'appel du jeu.

Mais soudain, alors que j'étais absorbée par un gros poisson aux reflets rouges, l'eau de la surface s'est brouillée sous le passage d'un long santek qui a remonté le courant prestement, en passant entre mes jambes. Courbée, j'ai passé la tête sous mon bras pour découvrir ce qui avait effrayé l'animal sans pattes et qui faisait à présent un bruyant clapotis derrière mon dos. J'ai alors crié si fort qu'il s'est arrêté net sous la surprise. C'était un bébé frola, trempé et joueur qui n'espérait probablement qu'une chose, qui était de me joindre dans mon activité. Mais si j'aurais également apprécié avoir un compagnon de jeu, j'aurais certainement été mieux servie avec un petit de mon espèce. Le petit frola me semblait immense, une masse de poils brune qui, le moment d'incertitude passé, s'était mis à courir vers moi, sautillant d'un air pataud à travers le ruisseau.

Mo'An aussi avait entendu mon cri, par bonheur, car c'est elle qui a réussi à me procurer un instant de répit en jetant des pierres en direction de l'animal, ce qui ne l'a pas fait partir mais au moins l'a ralenti.

Propulsée par la terreur, je me suis jetée sur la pente qui me séparait de ma mère et, en plantant mes ongles dans la terre caillouteuse, j'ai entrepris l'ascension. Mais la terre était trop granuleuse et ne faisait pas mieux que s'émietter dans mes poings. J'ai finalement réussi à agripper une pierre enterrée solidement, qui m'a permis de me hisser suffisamment pour me retrouver au-dessus du frola. Seulement, il était devenu excité par le jet de pierres et ne considérait plus cela comme un jeu. C'est à coups de griffes acérées qu'il essayait de m'atteindre, ponctuant ses efforts par des grognements gutturaux qui me rendirent encore plus terrifiée et pourtant toujours incapable de monter plus haut pour me mettre en sécurité. J'avais noté que ma mère avait cessé de lancer des cailloux, probablement pour éviter de me toucher, mais alors j'étais totalement seule à la merci du monstre. Mo'An avait, elle aussi, cédé à la panique et, ne sachant plus que faire pour me venir en aide, s'était mise à hurler, recouvrant les bruits du frola par ses cris stridents et hystériques. Peu longtemps après pourtant, elle s'arrêta. De l'autre côté de la rivière, un frola bien plus grand et effrayant se tenait sur ses pattes arrières, sans bouger, l'attention toute entière tournée dans notre direction. Le petit a senti sa présence et s'est retourné pendant que je restais fermement agrippée à mon rocher, la figure pleine de larmes et le dos et les jambes en sang. Nous sommes tous restés ainsi quelques secondes sans bouger ni crier. Alors, la frola s'est reposée sur ses quatre pattes et a émis un son rauque, pourtant dénué d'agressivité. C'était certainement pour rappeler son petit car celui-ci a aussitôt abandonné la falaise pour retraverser la rivière en courant. Ce n'est que lorsqu'ils ont tous les deux disparu derrière les arbres que j'ai pu lâcher prise et me suis laissée glisser le long de la pente. Là où j'étais, je me suis évanouie de peur et de douleur.

Quand je me suis réveillée, j'étais allongée sur le dos, la peau recouverte de boue claire et d'herbes. C'était frais et ça sentait bon. Sous l'effet anesthésiant que ça procurait, je ne sentais pratiquement plus mes blessures, ce qui n'était pas le cas de mes muscles et os. J'étais si lourde et tendue que j'aurais été incapable de me mettre debout.

Je me retrouvais partagée entre la culpabilité de l'arrêt prolongé que je nous infligeais, et le besoin irrépressible de céder à la fatigue. Malgré toute ma volonté, c'est ce dernier qui l'a emporté.

À mon deuxième réveil, je me sentais significativement mieux. L'argile sur mon corps avait séché et était tombée. Les griffures, qui avaient commencé à se refermer, ne saignaient plus. Après m'être soulevée du sol et assise sur mes genoux j'ai avec surprise découvert qu'un toit et des murs m'entouraient. Mo'An avait construit un abri. Il était petit et fait de peu de branches généreusement recouvertes de feuilles, mais cela suffisait à me procurer un agréable sentiment de sécurité, qui était le bienvenu après ces quelques jours d'inquiétude intense.

Posé à côté de moi était un petit tas de baies que je ne mis pas longtemps à ingurgiter. Dehors, j'ai rejoint ma mère qui était occupée à tailler en pointe le bout d'une branche droite et solide, semblant presque aussi grande que moi :

— Tes blessures vont mieux. Mais nous ne repartirons pas d'ici avant que tu ne sois totalement rétablie , m'a dit Mo-An.

À l'entendre parler ainsi, je me suis sentie soulagée mais me suis bien gardée de le laisser paraître.

— Mo'An, qu'est-ce que tu fais ? Tu vas partir à la chasse ? » lui ai-je demandé dans une moue curieuse.

—Non, nous avons suffisamment de fruits pour plusieurs jours. Ceci est pour toi, m'a-t-elle annoncé en me tendant l'objet fini.

La lance était petite mais pointue, promettant d'être une aide précieuse dans l'hypothèse d'une nouvelle rencontre indésirable avec un animal aux griffes acérées.

Absolument ravie du cadeau de ma mère, je me suis empressée de m'entraîner à le manier, à cisailler et trancher l'air, jusqu'à ce que mon corps se remette à me faire souffrir. Mo'An m'avait tout ce temps observée avec un masque sérieux et grave sur son visage mais se détendit quand je me suis arrêtée pour la regarder, l'air vaguement inquiet. Assise à ses côtés, puis couchée sur ses jambes, je me suis une fois de plus abandonnée à la fatigue.

Le jour suivant, j'ai aidé Mo'An à reconstruire le toit de feuilles qui n'avait pas résisté aux violentes pluies tombées la nuit précédente. Elle allait récolter les végétaux et les déposait en tas près de moi, qui n'avais qu'à les disposer délicatement sur les branches de l'abri. Cela fait, nous avons disposé le surplus sur le sol boueux pour l'assécher et le rendre moins inconfortable. Le reste de la journée, je l'ai passé non loin de l'abri et du regard protecteur de ma mère, à observer le flot continu de la rivière et des animaux qui venaient tour à tour s'y abreuver. J'étais fascinée par toutes les sortes de créatures que je voyais, pour la plupart familières mais certaines encore inconnues. Et pourtant, même ces nouvelles espèces si étranges ne me fascinaient pas autant que le prédateur que je connaissais bien : l'enn. Un large hakn vint s'abreuver à la tombée de la nuit. Je les ai contemplés sans bruit pendant qu'ils buvaient, et ne pouvais m'empêcher, à observer leur comportement, de repenser à mon propre hakn. Tous ces enn étaient soudés, proches, les adultes si protecteurs envers leurs petits. J'étais sûre que si l'un de ces enn se retrouvait avec ses petits face à un danger, il les défendrait tous crocs dehors. Comme ma mère.

Quand le soir, sous le couvert de l'abri j'en parlais à Mo'An, elle me répondait en me racontant une histoire du hakn :

— Lorsqu'un matin Atiri, l'ancêtre de notre hakn, partit à la chasse, il croisa la route d'un grand enn noir. Il aurait pu le transpercer de sa lance avant même que l'enn ne l'attaque, mais il ne l'a fait pas. Il avait lu dans les yeux de la bête foncée que celle-ci ne lui voulait aucun mal. Au contraire, elle continua sa route tranquillement. Atiri suivit l'enn car il était intrigué. Les enn et les Kalii avaient toujours été ennemis. Un peu plus loin, il vit le prédateur s'arrêter, puis détaler à la poursuite d'un amil. Il l'attrapa et continua sa marche, notre ancêtre sur ses traces. Quand l'enn s'arrêta pour la troisième fois, c'était pour pénétrer dans une grotte où une ombre l'attendait. Atiri s'approcha et découvrit que c'était une enn cachée à l'ombre du rocher. Il regarda le grand noir et comprit qu'il pouvait s'avancer. C'est ce qu'il a fait. Il vit alors, accrochés aux tétines de la femelle, deux petits enn gris avec entre eux deux, un petit Kalii rose. Depuis ce jour, Atiri partit chaque fois avec le mâle à la chasse pour revenir nourrir la femelle et voir grandir le bébé, qui était en réalité une petite fille. Il vécut plusieurs années avec le hakn et lorsque Enné, la fille-enn, fut assez grande, il l'emmena avec elle pour construire son propre hakn. »

16

« J'ai été réveillée au petit matin par un son rauque, puis par la chaleur d'un souffle contre la peau nue de mon visage. Mo'An allait me secouer quand j'ai posé mes yeux alourdis sur les siens, ronds et sauvages. Elle prit juste le temps de me dire entre deux respirations hachées que des Sukr'in arrivaient. Elle était incapable de me porter mais la peur lui donna malgré tout la force de m'enserrer dans ses bras et de me faire sortir de l'abri. Chaque fois que les pointes de mes pieds touchaient le sol, je me propulsais de toutes mes forces pour alléger de mon mieux le fardeau de ma mère, puis rapidement et presque sans le moindre bruit, nous nous sommes retrouvées suffisamment éloignées pour être cachées d'eux mais en ayant également un œil sur eux et la cachette.

Ces Sukr'in étaient les premiers que je voyais d'aussi près. Les fois précédentes je ne les avais vus que comme des points minuscules passant au loin dans la plaine, toujours loin du campement. Ceux-là étaient visiblement tout un hakn en mouvement. Je ne pouvais à chaque fois que rester ébahie devant le nombre qu'ils représentaient. Mon hakn ne comptait pas même dix membres quand les Sukr'in étaient toujours par groupes deux ou trois fois plus conséquents. Il m'a semblé à ce moment-là voir autant de nos ennemis que d'arbres dans la forêt. Beaucoup d'enfants se trouvaient parmi eux, rassemblés au centre du convoi, mais entourés de tant d'adultes en armes que j'ai dû m'agripper à ma mère pour résister à l'envie de fuir qui me vint en les imaginant déployer leur groupe, tel un essaim d'oiseaux affolés qui s'envolent sous un jet de pierres. Je savais pourtant qu'il n'y avait aucune raison qu'ils s'étalent pour couvrir plus de terrain, bien au contraire, et que nous étions bien trop en retrait pour avoir la malchance de nous retrouver sur leur chemin.

Ce qui n'était pas le cas de notre cabane. Dès qu'ils l'ont repérée, deux de leurs mâles s'en sont approchés en courant, des couteaux dans leurs mains levées au ciel. Parvenus devant, ils ont crié chacun des mots dans leur langue étrange et se sont jetés sur les branchages, cassant, piétinant tout jusqu'à ce que tout soit éparpillé sur le sol et qu'ils se soient rendus à l'évidence qu'il n'y avait personne dessous. Ils ont eu l'air étonnés et, rejoints par d'autres, ils ont soulevé les débris, comme pour se persuader encore une fois que l'abri était bien abandonné, puis ont jeté leurs regards perçants tout autour d'eux pendant que le reste du hakn restait sur place, les observant silencieusement et attendant l'issue.

Quant à moi, c'était mon cœur qui s'était arrêté un instant pour repartir deux fois plus vite qu'avant, vibrant dans mon corps plus fort que le sol sous les pas d'un hakn de kluka au galop. J'étais certaine qu'il ne nous restait que quelques instants à vivre, que ces étrangers à la peau sombre et aux corps si allongés qu'ils me donnaient l'impression de pouvoir plier à chaque instant, allaient nous repérer et nous transpercer de leur lances, comme des oliop, comme les gens de mon hakn. J'étais sidérée de ne pas sentir de réaction dans le corps de Mo'An : « Les Sukr'in ne savent pas renifler, finit-elle par me chuchoter. Calme-toi. »

J'ai eu du mal à croire une absurdité pareille, jusqu'à ce que je découvre, abasourdie, que les étrangers aux nombreuses peaux abandonnaient la recherche et continuaient leur chemin. Ils n'avaient pas du tout essayé de retrouver notre trace à l'odeur pourtant si fraîche, en suspension dans l'air.

Le temps que leur interminable convoi ait disparu au loin, mangé par la forêt, les palpitations de mon cœur se sont calmées et c'était surtout l'excitation d'avoir vu en détail ces grands êtres aux faces aplaties qui me gardait fébrile. Ma mère, elle, était plutôt submergée par la colère non seulement parce qu'ils avaient croisé notre route mais surtout parce qu'ils avaient osé détruire notre cabane. Je ne pouvais qu'être d'accord avec elle : ils avaient causé notre malheur et s'acharnaient sur nous. Et même s'il ne s'agissait probablement pas du même groupe, j'ai découvert à ce moment à quel point ils étaient tous dans leur globalité, haïssables.

En se rendant sur les débris que les Sukr'in venaient de créer, nous avons dû nous rendre à l'évidence que cet abri-là ne pourrait pas être réparé. Les branches étaient toutes brisées et les feuillages trempaient dans la boue. Un bout de bois pointu attira mon regard. En le sortant de la terre humide, j'ai reconnu ma lance et m'en suis voulu terriblement de n'avoir pas été digne du présent de ma mère en ne l'ayant pas utilisé quand je l'aurais dû. Après tout, une arme sert à tuer les proies ou les créatures qui vous prendraient pour l'une d'elles. La main de Mo'An s'est posée sur ma tête avant que j'aie pu lever mes yeux vers elle et lire le regard de déception qu'elle devait à coup sûr afficher, et doucement elle me tira vers elle en m'invitant à la suivre.

Je devinais qu'il nous faudrait à présent trouver un autre lieu pour s'abriter et également pour se nourrir, car nos provisions n'avaient pas échappé au sort de l'abri. Je me sentais vidée de toute force, physiquement et mentalement. Deux faibles créatures perdues dans ce monde inamical avaient peu de chances de survivre longtemps. Combien de jours allions-nous tenir avant d'être débusquées par d'autres Sukr'in, ou lehn? Comment pourrais-je, même avec mon arme et mon désespoir, venir à bout de créatures plus grandes, plus fortes et mieux armées que moi ? Même les petits amil'ap qui passaient à ce moment-là au-dessus de nos têtes me paraissaient plus en sécurité que nous. Alors, peut-être était-ce cela la solution : vivre dans les arbres, en hauteur. Si ça ne protégeait pas contre les lehn, au moins cela le ferait contre les frola, les vrali, les wonna... Je me suis rendu compte alors que la plupart des prédateurs vivaient les pattes sur la terre. Pour leur échapper, il faudrait être ailleurs.

Les pieds dans les pas de ma mère qui suivait un itinéraire aléatoire, plus par désespoir que par réel manque d'idées, j'étais perdue dans mes pensées et ne prêtais pas attention à la démarche tremblante de Mo'An qui vacillait de plus en plus dangereusement et avait fini par se laisser tomber face contre terre. Le temps que je réagisse, elle avait déjà levé sa tête pleine de boue, se soulevant en poussant sur ses bras. En l'aidant à se relever, je lui ai demandé, paniquée, si elle allait bien. C'est dans son regard que j'ai lu ce que je croyais être la réponse, mais en réalité la cause de la terreur dans ses yeux venait d'ailleurs.

Quand elle a reniflé convulsivement, j'ai compris qu'elle avait repéré quelque chose. En tournant la tête m'est apparue une forme noire qui se faufilait d'arbre en arbre et qui m' figée sur place. Instinctivement, je me suis mise aussi à renifler car, même si l'intrus était loin, le vent envoyait des bribes de son odeur vers nous. Et ce que nous avons senti a apaisé considérablement nos craintes. Même si des risques demeuraient, une rencontre entre Kalii de hakn différents n'était pas synonyme de danger. Pourtant, l'étranger, quand il s'approcha, n'a pas abaissé ses mains armées et, au lieu d'un salut, a dardé sur nous un regard suspicieux. Il n'en a pas fallu davantage pour réveiller ma colère : retroussant mes lèvres au-dessus de mes dents, j'ai laissé sortir un long feulement, gardant le cri aigu pour le cas où il ne réagirait pas comme je l'attendais. Heureusement, l'homme ne m'en a pas donné pas l'occasion. D'un geste vif, il s'est redressé pour relâcher ses muscles, laissant ainsi retomber ses bras ballants. Il s'est alors approché d'un pas trottinant jusqu'à se retrouver à une distance d'environ trois mètres, avant d'annoncer :

— Je suis Tro'Hi, du hakn Ike'Atraín.

Quand on se présentait, on donnait toujours le nom de son hakn. Un Kalii sans hakn n'est pas plus qu'un wonna errant. La honte de notre situation empêchait ma mère d'être aussi explicite que Tro'Hi :

— Mo'An, et ma fille Horre. Les membres de notre hakn ont été tués par des Sukr'in.

À ces mots, l'homme a laissé échapper un cri pareil à un jappement :

— C'est à cause d'eux que je suis là. Un de leurs groupes a traversé le territoire des Ike'Atraín. Je devais les suivre pour être sûr qu'ils s'en aillent.

— Nous venons de les croiser. Ils ont détruit notre abri.

— Maintenant que je suis sûr qu'ils sont sortis de nos limites, nous pouvons rentrer au campement.

Je sentais que ma mère était notablement rassurée d'avoir rencontré Tro'Hi. Bien sûr nous aurions fini par rentrer sur leur territoire et les croiser mais le temps commençait à devenir très précieux. La chute qu'elle venait de faire témoignait de la faiblesse dans laquelle elle se trouvait et, sans l'aide d'un homme pour la porter, nous n'aurions pas pu aller bien loin.

Nous avons marché une demi-journée sous le couvert de la forêt pour nous retrouver face à un immense mur rocheux. Connaissant son chemin, Tro'Hi nous a dirigées le long de la paroi quelques temps encore, à un pas plus rapide car ma mère s'était sentie plus forte et n'avait plus eu besoin de s'appuyer. J'ai pourtant gardé mes yeux sur elle tout au long du trajet, l'imaginant à chaque instant reperdre pied. Mais elle a tenu bon jusqu'au bout, jusqu'à cette clairière remplie d'hommes et femmes au travail. Douze adultes entourés de quatre enfants en bas-âge s'affairaient autour de la dépouille d'un grand oliop. Celui-ci venait juste d'être ramené au campement par les chasseurs encore lourds de la sueur qui leur coulait sur la peau. Bien que l'animal n'ait pas d'odeur réellement plus appétissante que celle de la mort fraîchement trouvée, je me suis immédiatement sentie tiraillée par la faim qui ne s'était pourtant pas manifestée depuis l'incident du matin. J'avais réussi à y faire abstraction tellement j'étais obnubilée et impatiente de retrouver un hakn des nôtres. Ma mère, quant à elle, avait mis de côté sa douleur jusqu'à ce moment précis de libération où je l'ai vue tomber comme une branche morte à mes côtés. Tro'Hi s'est jeté à son aide, et une vieille femme du hakn s'est approchée de nous. Les autres membres avaient tous les yeux fixés sur nous, leurs gestes immémoriaux de rituels d'après la chasse, figés dans une attente étonnée. Moi, j'avais saisi un des pieds de Mo'An évanouie pour aider de mon mieux notre sauveur à la porter jusqu'à la grotte. Cela fait, nous l'avons allongée sur une peau d'uiom fatiguée d'avoir vu passer tant de dos. Puis, la vieille femme a disparu dans l'un des nombreux couloirs de l'immense grotte ; elle est revenue quelques instants plus tard, les bras chargés d'un petit pot de terre séchée et de paniers tressés remplis à ras-bord de plantes. Elle a déposé le tout à côté du corps de la malade et a entrepris de sélectionner des herbes pour les déposer dans le pot de terre. Une fois le choix effectué, elle a ramassé une petite pierre pour écraser le contenu du pot jusqu'à ce qu'il forme une fine poudre.

— Tro'Hi !

Sa voix rocailleuse qui s'était élevée tout à coup du silence pesant m'avait fait vibrer plusieurs secondes.

—Va dépecer un fin morceau de viande de l'oliop.

Après un court arrêt, elle a rajouté « Lu'Rii !» et je restais interdite jusqu'à ce que je me rende compte que de n'était pas moi qu'elle appelait ainsi, mais l'un des enfants qui s'étaient approchés sans bruit, fascinés par les étrangers que nous étions. La dénommée Lu'Rii était une petite fille au visage dur et sérieux, dont les longues mèches rousses tombaient devant des yeux au regard étonnement profond. À l'audition de son nom, elle se redressa comme un piquet, dans un flamboiement de cheveux roux.

— Dépose quelques gouttes d'eau dans ce pot, ma petite.

La jeune fille a pris délicatement le pot de terre, s'est dirigée dans un coin de la grotte pour se pencher au-dessus d'un creux naturel rempli d'eau. Elle y a trempé ses petits doigts puis a laissé le liquide s'égoutter sur la poudre de plantes. Quand elle a remis le récipient à l'ancienne, Tro'Hi est revenue au même moment avec son bout de viande. En réalité, il en avait deux lamelles, dont l'une était pour moi. Reconnaissante et la bouche pleine, je recommençais à fixer, fascinée, les gestes de la guérisseuse. Je l'ai vue d'abord mélanger le contenu du bol pour en tirer une patte molle, pareille à de la boue, puis avec des mouvements lents et solennels, elle en a enduit, du bout des doigts, d'abord le front de Mo'An, puis, en un cercle large se refermant progressivement, le tour du ventre gonflé. Je me suis rendu compte seulement après, le silence revenu, qu'elle avait pendant tout ce temps marmonné des paroles inintelligibles. Qu'avait-elle bien pu dire ? C'était étrange, car, même si je n'avais pas pu saisir le sens des mots, j'avais senti l'atmosphère autour de moi se réchauffer et mon corps se détendre.

La dernière chose que l'ancienne a faite a été de frotter de nouvelles plantes contre la lamelle de viande restante, et la déposer dans mes mains.

— Quand ta mère se réveillera, tu lui donneras ça à manger.

Ceci dit, elle s'est doucement relevée, a pris ses paniers et est repartie les poser là où elle les avait pris un peu plus tôt. Quand je l'ai vue disparaître à nouveau dans l'obscurité, je me suis retournée vers l'extérieur de la grotte pour voir que Tro'Hi avait rejoint les autres et qu'ils étaient tous affairés à découper la bête. Même les enfants s'étaient lassés et étaient allés s'asseoir autour des adultes, en quête d'un morceau de viande à chiper. Moi, je m'effondrais peu à peu sous le poids de la fatigue et, malgré ma lutte volontaire, j'ai fini par m'endormir contre les flancs de ma mère.

17

« Mo'An avait fini d'ingurgiter sa part d'oliop et, me voyant frétiller, s'est forcée à se lever pour s'avancer vers les autres. Les hommes s'étaient dispersés, ne restaient autour de la carcasse que les femmes. La peau venait d'être tannée et étendue au soleil. L'odeur de la viande découpée me parvenait par filets, chaude et agréable. Il restait encore quelques quartiers accrochés au squelette, le reste ayant déjà été entreposé à l'abri à l'intérieur de la grotte. Les femmes nous ont adressé un regard bienveillant, puis l'une d'elle, à la demande de ma mère, lui a tendu un couteau. Je me suis assise un instant, le temps d'observer les gestes lents de Mo'An trancher le long de l'os une belle tranche de chair. Cela fini, je me suis offerte pour la transporter jusqu'à la réserve. En repassant devant le trou d'eau, je me suis rendu compte que ma bouche était sèche, principalement à cause de la faim, mais je me sentais bien incapable d'oser chaparder de la nourriture. Dans mon hakn, les enfants ne résistaient que rarement à la tentation, mais quand nous étions pris sur le fait, c'était le relk lui-même qui nous punissait en nous battant de toute la force de ses deux bras. C'est drôle car cette punition ne suffisait pas à nous faire réfléchir à deux fois avant de recommencer – bien au contraire pour certains de mes cousins. Ça avait fini par devenir un jeu pour contredire le violent Rimn. Pour ma part je préférais me faire offrir une part du larcin plutôt que risquer trop souvent les coups. Alors, à ce moment-là dans la grotte, je me suis contentée de laper la surface de l'eau pour humidifier ma bouche et alourdir un peu mon ventre. Puis, en ressortant, j'ai découvert ma mère en pleine discussion avec un homme puissant aux longs cheveux noirs rayés de mèches grises, entouré de toutes les femmes.

— *C'est la première fois que j'entends dire qu'un hakn des nôtres a été complètement anéanti par des Sukr'in.*

La voix grave de l'homme sonnait comme un grognement. Elle est montée dans les aigus quand il a continué :

— Nous ne serons plus jamais en sécurité près de ces animaux dangereux. J'espère que ceux qui sont passées parlà vont continuer leur chemin sans se retourner et qu'aucun autre de leurs hakn ne viendra s'aventurer dans les parages. Malgré tout, nous devons nous montrer prudents et contrôler nos frontières tous les jours.

— Il faut se préparer à les combattre et à les repousser !

Cette voix était celle d'une femme que je n'avais pas vue auparavant. Elle s'était approchée de notre regroupement à pas lourds, alourdie par le fardeau de l'âge. Sur sa poitrine flottaient de longues tresses couleur de Rana se couchant. Tous l'observaient en silence s'avancer, dans le respect que nous avions des plus anciens. La lueur dans son regard était là pour exprimer la force à la fois physique et mentale de cette femme.

Quand elle n'a plus été qu'à quelques pas de nous, elle a été stoppée net dans son élan. Le vent venait de tourner et soufflait à présent de notre groupe vers elle. Elle a inspiré d'abord rapidement puis plus profondément. Sa réaction à ce qu'elle venait de découvrir s'est soldée en une vilaine crispation des muscles de son visage, que j'ai identifiée comme une moue d'horreur. Et l'origine de tout cela m'était évidente : qui, à part ma mère et moi pouvait être suffisamment nouveau pour provoquer une réaction aussi vive ? En un instant, je me suis convaincue qu'il s'agissait de l'odeur des Sukr'in, puis, je me suis

131

détrompée : de toute évidence, ceux-ci ne nous avaient jamais touchées ni même approchées.

— *Emi, pourquoi cette figure ? Ces deux femmes sont à présent des nôtres. Elles n'avaient plus de hakn.*

Sans répondre à l'homme, Emi s'est adressée directement à Mo'An de sa voix lente et posée :

— Ainsi, tous les membres sans exception de ton hakn ont été tués ?

— Absolument tous.

La voix de ma mère vibrait mais je l'ai vue redresser le buste pour contenir ses émotions. Emi l'a fixée droit dans les yeux pendant un long moment, puis m'a jeté un regard rapide et je jurerais qu'à ce moment, j'ai aperçu un rictus de joie dans le coin de ses lèvres !

— *Rejoins Fraé pour l'avertir de tous cela Bi'Har. Il faut qu'il prenne des mesures.*

Sous l'ordre d'Emi, qui était sa compagne, le puissant Bi'Har nous a quittés et a disparu entre les arbres.

Après cela, nous avons fait connaissance avec tous les membres de notre nouvelle famille et j'ai pu partir jouer avec les enfants. Lu'Rii était la sœur des deux garçons, le blond Parr et le rouquin Aa. Ils étaient de la même portée et m'ont immédiatement semblé inséparables, formant un groupe presque inaccessible. Ro'Tto, plus jeune fille aux cheveux noirs était plus ouverte. Nous nous sommes tout de suite appréciées.

Certains jours, nous partions toutes les deux dès le lever de Rana pour échapper aux corvées du hakn qui ne nécessitaient pas les bras de tous. Un matin, j'étais seule et occupée à déterrer des fourmis de leur trou à l'aide d'une brindille pour les fourrer dans ma bouche, quand j'ai repéré les triplés s'éclipser à pas de daal hors du camp. J'ai lâché ma brindille et les ai suivis de loin, sans bruit. Lu menait le groupe, ses deux frères étaient à la queue leu-leu quelques pas derrière elle. Parfois, pour jouer, l'un des deux essayait de doubler leur sœur, l'air de rien, et récoltait un coup ou une bousculade. C'était drôle pour eux, juste une occasion d'embêter leur triplette, mais elle prenait son rôle très au sérieux. Elle me rappelait tellement l'impérieuse Emi. Évidemment, puisqu'elle était sa petite-fille ; mais à cette époque, ces notions-là étaient relativement floues. Maintenant, Lu parle d'Emi comme sa Grand-Ma, et je sais qu'elle aurait voulu avoir avec elle le même genre de relation que les Sukr'in ont développé plus tard entre membres de la même famille.

Enfin, je suivais le trio et le voyais faire toutes sortes de cabrioles, grimper aux arbres, et chasser les insectes. Aa avait réussi à attraper un elm gros comme son poing et à l'envoyer voler dans la tête de Lu'Rii, qui lui a lancé un bâton en retour. Tout de suite après, elle s'est jetée sur son frère pour lui reprendre le bout de bois qu'il avait rattrapé en vol. Elle est sortie des replis de sa tunique un éclat de silex et a entrepris de tailler l'extrémité du bâton. Tous ont fini par s'asseoir pour se concentrer sur cette tâche. J'ai fait de même, dans mon coin, cachée par un buisson. Tout autour de nous était calme, seuls les bruits de fond de la forêt, et au loin de la plaine, se faisaient entendre. Le vent léger, le grincement des branches, les cris des oiseaux... Un instant, j'avais cru apercevoir une large forme passer entre les troncs, fugace. Cela n'avait pas échappé non plus à l'oreille fine de Parr qui s'était instantanément retourné. Ce garçon avait une âme de chasseur. Quand ils ont vu sa réaction, les deux autres ont tourné leurs têtes pour découvrir à leur tour le pandra'ki. Immense, si sombre qu'il en était presque noir, à part une tache claire sur la gorge, l'animal nous fixait de loin, une patte soulevée, prêt à s'enfuir au galop si besoin. Sans même se concerter, mus par un seul esprit, les trois enfants se sont mis sur leurs pieds dans le mouvement le plus lent dont ils étaient capables. Une fois debout, ils ont amorcé une série de pas, et stoppé dès qu'ils ont vu l'animal frémir. Celui-ci avait bandé tous ses muscles mais ne savait pas encore si les trois petits êtres qui faisaient mine de s'approcher pouvaient ou non être une menace pour lui. De mon côté, pendant qu'il avait le regard fixé sur eux, j'en profitais pour le contourner en rampant. Un murmure m'avait confirmé que les autres m'avaient repérée. J'espérais qu'ils en profiteraient pour tenter quelque chose. Toujours immobile, le vent derrière lui, le pandra'ki ne m'a pas repérée. Une fois dissimulée derrière un arbre, j'ai fait signe aux trois autres. Lu, avec sa branche taillée dans une main, et sa pierre coupante dans l'autre, a entamé de nouveaux pas. Les garçons se sont mis en vol de muari à sa suite, attentifs à ses signes. Totalement immobile et pourtant prête à bondir, l'immense bête continuait à les fixer. Ses muscles se tendaient de plus en plus, jusqu'à ce que ses longues pattes se replient légèrement, puis que son poids se déplace imperceptiblement vers son arrière-main. J'observais ses mouvements sans réagir, prête toutefois à bondir dès qu'il le faudrait. Et ce ne fut pas long. Mes compagnons avaient continué leur marche lente et se trouvaient à présent trop prêt du pandra'ki à son goût. Il s'est décidé à bouger en bondissant du côté opposé de ses attaquants. Si je le laissais faire, il aurait vite fait de disparaître loin de notre vue ; jamais nous n'aurions pu le rattraper à la course. Les cris de rage des garçons ont rompu la tension et, du coin de l'œil, je les ai vus se désorganiser. J'étais alors la seule à pouvoir faire quelque chose en sortant de ma cachette pour tenter de le rabattre. Tel un ishti en furie, j'ai donc bondi de derrière mon arbre dans un fracas de cris et de coups sur le sol. La réaction du pandra'ki a été immédiate : d'un bond, il s'est propulsé loin de moi mais, soit aveuglé par la peur, soit dans un élan de désespoir, il n'a pas tenté de sortie vers une direction libre, mais il est revenu au contraire sur ses pas pour débouler dans la direction de ses trois autres assaillants. J'avais eu le temps de voir Lu et Aa se jeter sur le côté avant que l'animal fou ne bouscule Parr qui, lui, n'a pas eu le temps de s'écarter, face à la surprise… !

Dans un nuage de poussière, notre proie disparut aussi sec au-delà de la plaine.

Le temps que les tremblements quittent mes membres, je restais inerte tel un arbre. Aa lui aussi reprenait ses esprits tandis que sa sœur avait immédiatement accouru au secours de Parr. Celui-ci gisait à terre, les bras autour de sa jambe, sans aucun cri. Il n'aurait pas laissé percer sa douleur.

Un léger vent frais se leva dans la plaine puis vint s'engouffrer entre les arbres, emportant avec lui toute la tension de l'atmosphère. Cela détendit mes muscles et emporta un peu de ma peur : ce qu'il me fallait pour me remettre à remuer.

Nous étions tous autour du blessé qui avait retiré ses bras pour nous laisser apprécier l'ampleur des blessures. Sa peau était vermeille sur la longueur d'une main au niveau de la cuisse où le sabot du pandra'ki l'avait heurté. Sur l'autre jambe, le sang s'écoulait bien cette fois. En tombant, Parr s'était ouvert sur une pierre tranchante. La plaie était trop mince pour nous alarmer. En revanche, elle saignait beaucoup. Lu'Rii a eu la première le réflexe de lécher la plaie pour la nettoyer et essayer de stopper le flux. Sous le regard impuissant d'Aa, je faisais marcher mes méninges pour trouver quelque chose d'utile à faire. J'ai immédiatement pensé à utiliser des plantes, comme ma mère ou Oro'Rin l'ikon'en le faisaient. Seulement, je n'y connaissais pas grand-chose. Effrayée, je regardais tout autour de moi, par terre, le long des arbres, et quand je me suis rendu compte que tous m'observaient dans l'attente, je pris une décision. Si les porteurs de sabots en mangeaient, ça ne pouvait qu'être bon pour la santé. D'un geste vif, j'ai arraché une touffe d'herbe à mes pieds, l'ai roulée un peu entre mes paumes pour en faire sortir le jus et rendre les brins collants, puis je l'ai posée sur la plaie de Parr. La moitié des brins est restée accrochée contre le sang, mais il allait falloir autre chose pour tout faire tenir.

— Lu'Rii, pose ta main ici, lui ai-je dit en lui montrant ma prise. Maintenant, Aa, aide-moi à cracher sur cette terre.

À deux, nous avions vite fait d'humidifier une poignée de terre qui s'est agglomérée suffisamment pour, une fois apposée au-dessus des brins d'herbe, y rester collée et tenir le tout sur la plaie de Parr.

— Tu ne dois plus bouger maintenant, Rana va faire tout sécher, et ta blessure devrait arrêter de saigner.

Parr était allongé sur le côté, appuyé sur le coup de sabot qu'il avait reçu, ce qui n'était pas agréable, mais il ne devait plus toucher à son autre blessure sous peine de la rouvrir. Tout au long de l'opération, j'avais senti son regard brûlant ; à présent que j'avais mes yeux dans les siens, je voyais qu'il me détestait. Je n'ai pas osé soutenir son regard, trop rongée par la honte. Je n'espérais qu'une chose, c'était que sa blessure guérisse vite et bien. Je me suis rendu compte ensuite que ce n'était qu'une coupure sans gravité, mais pour les gamins insouciants et effrayés des remontrances que nous étions, c'était comme si notre monde s'effondrait. Enfin, jusqu'à ce que Lu'Rii décide que tout allait bien, et qu'elle nous propose une course…

— Toi, Parr, tu restes là. Nous, on grimpe en haut de cet arbre. Le premier qui y arrive sera le meilleur. »

On a juste eu le temps d'entendre les protestations de notre blessé avant de se ruer sur l'arbre immense. Aa a été le premier à passer ses bras autour du tronc. Il était très agile et commençait à nous distancer avant que sa sœur ne s'agrippe à ses jambes puis à sa tunique pour lui grimper dessus et prendre la tête. Je ne voulais pas être en reste, alors je me suis propulsée de toutes mes forces. L'envie de me racheter aux yeux de la fratrie m'en donnait plus encore. J'ai fini par dépasser Aa, puis avec Lu nous nous sommes gênées en posant nos bras et jambes au même niveau, chacune de notre côté du tronc. Une branche s'est alors retrouvée sur mon chemin et m'a permis de me hisser plus rapidement que les autres jusqu'au sommet, en sautant de branche en branche. Finalement, nous nous sommes tous les trois installés sur les bras de l'arbre. Lu'Rii me fixait intensément.

—Tu es plutôt forte. Et tu sais soigner. Emi m'avait dit de ne pas trop m'approcher de toi, mais tu n'es pas si mal que ça. »

Aa a pris le relais :

— Tu vas peut-être pouvoir arrêter de nous suivre à présent. On veut bien que tu restes avec nous.

Parr a bougonné quelque chose d'en bas qu'aucun de nous n'a saisi. Lu a pris une poignée de feuilles et les a laissées tomber sur son frère.

— Tais-toi et mange !

Aa en a cueilli à son tour et les a enfournées dans sa bouche. Nous avons fait de même. Les petites feuilles étaient tendres et juteuses quand on en écrasait plein sur la langue.

— On ferait bien de ne pas parler de ça aux adultes et d'attendre un peu avant de rentrer , a annoncé Lu'Rii.

Nous étions tous d'accord. Pour passer le temps, on faisait tomber des poignées de feuilles vert doré sur Parr, qui luisaient sur sa chevelure blonde. Il a fini au bout d'un moment par cesser de les grignoter et s'est endormi. Aa lui aussi s'est lassé de ce festin. Quant à la rouquine, elle s'est mise à confectionner des bijoux avec les feuilles qu'elle entremêlait et s'est ensuite amusée à les disposer dans mes cheveux. Ça semblait tellement l'amuser qu'elle ne s'est arrêtée que quand j'en ai eu entre chacun de mes cheveux en bataille et dans chaque recoin de ma tunique.

— On ferait peut-être mieux de rentrer maintenant.

Aa avait le regard figé sur l'horizon. En me concentrant, j'ai pu repérer entre les arbres ce qui l'inquiétait.

— Des enn !

— Ils ne sont pas très nombreux. Et ils sont loin, a rajouté Lu.

— De toute façon, avec la blessure de Parr, on n'ira pas vite. Alors, autant prévoir de rentrer plus tôt pour y arriver avant le coucher de Rana.

— Tu as peur de la nuit, Aa ? s'est moquée Lu'Rii.

— Tais-toi idiote, toi aussi tu devrais avoir peur. Toutes les grandes dents vivent la nuit... et les elirha sombres aussi ! » a-t-il ajouté dans un souffle.

Je n'avais pas pensé à cela jusqu'à ce moment, et le fait de l'avoir entendu m'avait un peu secouée. J'étais moi aussi pressée de rentrer.

De retour sur le sol, on a réveillé Parr et entamé le chemin du retour. Le garçon marchait plus vite que ce à quoi on s'était attendu, mais je suis sûre qu'il ne nous avait pas entendus parler. Il avait le même genre de volonté et de fierté que ma mère.

Un peu plus tard, nous avons croisé une oliop et son petit. J'ai repensé au grand pandra'ki, puis aux enn, et j'ai espéré très fort qu'aucun d'eux ne soit dans les parages... !

Avant de quitter le couvert des arbres pour la clairière du camp, j'ai fait arrêter Parr.

— Je vais retirer tout ce que je t'ai mis, voyons si ça s'est refermé.

— Tu ne veux pas que les adultes découvrent ta bêtise, hein ? a répliqué Parr sur un ton sarcastique et dur.

— S'ils l'apprennent, on sera tous punis, Parr, tu le sais bien, dit sa sœur.

Ce n'était pas forcément vrai mais j'ai intérieurement remercié Lu'Rii de prendre ma défense. Je me sentais suffisamment fautive pour ne pas vouloir en porter publiquement le blâme de surcroît. Sous la couche de boue que j'ai enlevée en grattant, la blessure était comme un long trait rouge mais le sang ne coulait plus. Nous pouvions faire bonne figure, à condition que Parr se taise.

— Je ne dirai rien, mais tu me le devras...

18

« Horre ! »

« La voix venait de derrière la pique soutenant le crâne du wonna, totem gardien du hakn.

— Oui, Ro'Tto ?

Son visage était las.

— Pourquoi tu ne m'as pas emmenée avec toi ?

— Tu dormais.

— Tu aurais pu me réveiller.

— Le temps m'a manqué. Les triplés étaient en train de partir et je voulais les suivre. Tu n'as jamais voulu être avec eux ? Moi, je voulais savoir ce qu'ils pouvaient bien faire.

— J'ai toujours voulu jouer avec eux, qu'est-ce que tu crois ? D'ailleurs, quand on était plus petits, tous les enfants jouaient ensemble. Mais en grandissant, les triplés ont préféré rester entre eux. Ils se prennent déjà pour des relk. Et maintenant, Inal, Moo et Tro'Hi sont trop grands.

J'ai eu pitié pour elle. Sa nature trop délicate était écrasée par celle trop déterminée des enfants de la relk. J'ai alors souri à mon amie et l'ai laissée pour aller retrouver Lu'Rii. Celle-ci avait rejoint les jeunes adultes pour leur montrer son impressionnant bâton taillé. Inal et Moo'Ni étaient occupées à parer leurs longues chevelures chatoyantes.

— Superbe, Lu, tu devrais le montrer à Moono, elle te prendra comme apprentie !

— Je n'ai pas envie de tailler les outils, je préfère chasser.

—Je crois que Moo'Ni plaisantait, ma petite, riait la brune Inal. On te connaît assez bien !

Je m'étais assise à côté d'elles mais faisais moins attention à leur discussion qu'à tous les objets de décoration étalés par terre : fleurs de toutes sortes et couleurs, plumes d'oiseaux de toutes tailles, touffes de poils soyeux, griffes et dents, petits os, récipients de terres colorées, ainsi que tendons et longues herbes comme attaches.

Inal avait remarqué mon regard et m'a tendu une plume et un tendon. J'ai pris le tendon mais échangé la plume contre du poil. Après quoi, j'ai pris l'arme de Lu'Rii et j'ai entrepris d'y attacher en bas du manche la touffe de poils. Lu a souri quand je la lui ai rendue, en comprenant l'allusion au pandra'ki.

—Merci. La prochaine fois je ferai en sorte qu'elle touche son but.

—Tu y arriveras probablement si je ne suis pas dans les parages.

Nous avons éclaté de rire, heureuses de nous libérer un peu de la tension de la journée. Les grandes n'ont pas compris notre manège et se sont vite désintéressées puis remises à leurs occupations.

— Lu, je voudrais te demander quelque chose. C'est pour Ro'Tto.

Elle m'a immédiatement arrêtée :

— Si c'est pour qu'elle se joigne à nous, c'est hors de question. Non, n'insiste pas, la seule raison pour laquelle tu fais partie de notre groupe, c'est parce que tu as fais tes preuves. Ro'Tto est trop faible, elle doit rester avec les adultes.

Face à cette évidence, je n'ai pas su quoi répondre. Je serais bien restée auprès des filles pour participer aux parures mais j'avais repéré ma mère un peu plus loin, appuyée contre la roche encore chaude de la falaise. En conversation avec Moono et Tro, elle paraissait radieuse. Ses longs cheveux étalés sur ses épaules brillaient sous l'éclat du soleil, et sa peau blanche semblait être de pierre, lisse et dure. Son visage, quant à lui, vibrait sous l'intensité des forces qu'elle avait reprises.

— C'est comme si nous avions deux couples de relk. Emi et Bi'Har sont encore très puissants malgré leur âge. Leur expérience vient toujours en renfort des décisions de Fraé et Kiisi. Nous sommes tous très heureux de leur vigueur, c'est la force du hakn Ike'Atraín.

J'avais rejoint ma mère, et m'étais blottie contre ses jambes, reposant ma tête sur son ventre bombé. Dans une oreille m'arrivait la discussion des adultes, et de l'autre les gargouillis du futur enfant de Mo'An. J'avais l'impression alors qu'il remuait, que je pouvais suivre ses mouvements. C'était étrange.

Mo'An avait écouté les dernières paroles de Moono et avait pris un instant pour y réfléchir. Elle a alors demandé :

— Mais ni Fraé ni Kiisi ne contestent cette place de puissance que gardent la mère de Fraé et son compagnon ? »

—Il est vrai que ça ne se voit pas dans tous les hakn, mais le plus souvent c'est pour la simple raison que les anciens relk sont morts ou bien trop faibles pour continuer à prodiguer leurs conseils. Mais les anciens sont toujours vénérés et écoutés, alors pourquoi en serait-il autrement ?

Nouveau silence de ma mère, avant de reprendre :

— Dans mon ancien hakn, tout était différent...

Elle voulait ajouter quelque chose, puis s'est retenue. Finalement, c'était mieux, je ne voulais pas réentendre parler d'avant.

— Tu sais, Emi a toujours eu une place forte dans ce hakn, a continué Tro. Elle était la femme la plus puissante, une redoutable chasseresse. Elle nous a bien plus défendus contre les Sukr'in que quiconque. Et puis, elle a sauvé la vie de son fils, notre relk. Elle a combattu un énorme wonna. Fraé, quand il n'était qu'un enfant, était parti seul loin du camp, et s'était retrouvé face au wonna. Emi l'avait vu partir et l'avait suivi, comme si elle se doutait de quelque chose. Elle a alors bondi sur la bête et lui a planté sa lance dans le crâne. Fraé porte toujours la peau du wonna autour de lui depuis, et son crâne trône ici et nous protège tous.

J'avais écouté ce récit attentivement et m'étais rendu compte que j'avais même retenu ma respiration tout le long. C'était très impressionnant. J'avais déjà surpris des wonna de loin, ils paraissaient immenses. Les enn, à côté, étaient des ishti.

Le bébé a soudain violemment bougé contre ma tête, m'envoyant un coup de pied dans l'oreille, avant de s'évanouir dans un bouillonnement d'ondes liquides. Je me suis laissée bercer par le silence de cet étrange univers.

« Horre… .Horre ! »

À travers la fine ouverture de mes yeux, j'ai découvert Ro'Tto qui m'appelait et me secouait. Sous ma tête, le sol dur ; ma mère s'était levée.

— Ro… quoi ?

— On prépare le repas, viens nous aider.

Le feu avait déjà été allumé dans son foyer, les deux sœurs Inal et Moo'Ni s'affairaient autour, à déposer des pierres, puis entre elles des branches, pour que ça forme un pont au-dessus des petites flammes. Pour les jours ordinaires, on ne créait que des petits feux, suffisants pour chauffer les pierres ou dorer la viande posée sur les branches.

Ro'Tto et moi avons alors rejoint les triplés pour sélectionner les morceaux que nous allions mettre à cuire.

— Prenez ça, les petites, nous dit Tro'Hi, occupé à trancher dans les épais morceaux de plus fines parts.

Ma mère se trouvait au fond de la caverne, entourée d'Oro'Rin et de son fils Ulis, en train visiblement de se faire appliquer des potions sur le corps. Quand elle m'a vue, elle m'a adressé un sourire.

Au contraire, Parr, qui repassait pour transporter la viande, a soufflé de dédain près de ma figure. Ro'Tto et son grand frère ont remarqué ce geste et s'en sont étonnés, sans rien dire. J'ai fait mine de n'avoir rien remarqué, et suivi le boitillant garçon jusqu'au foyer. Au bout de la clairière, la femme Tro, mère de Ro et Tro'Hi, a posé ses yeux sur Parr et les y a figés. Celui-ci a déposé son butin sur les pierres en train de grésiller, puis j'ai fait de même. Après le dépôt de Ro, la quantité était suffisante, et Inal nous a renvoyés, elle allait s'occuper du reste. Elle n'avait pas besoin de mon aide, mais après avoir dormi, je me sentais grelottante et ne voulais plus quitter les alentours des flammes, si bien que je me suis assise non loin pour planter mon regard dans la chaleur dansante.

Si mon regard était absorbé tout entier, mon ouïe, elle, était suffisamment libre pour percevoir ce qui se passait dans tout le camp. La voix perçante de Tro m'est arrivée informelle, je ne saisissais pas les mots, mais j'ai bientôt entendu la réponse de la personne à qui elle parlait. Emi appelait Parr de sa voix puissante, sur un ton qui ne laissait pas l'incertitude planer. Un instant plus tard, c'est mon nom qui a transpercé l'air de la clairière. Rechignant à quitter ma retraite agréable, mais néanmoins obligée de répondre à l'appel d'Emi, je me suis levée.

Les pupilles de l'ancienne vibraient d'une manière effrayante dans l'ombre de ses larges arcades. Quant à ses dents, elles m'ont semblé l'espace d'un instant s'allonger en pointes acérées. Elle a paru à ce moment être la réplique exacte du crâne du wonna qui trônait devant l'entrée de la caverne. Une bête furieuse.

— Qu'est-ce que tu as osé faire ? Mettre en danger la vie de tes frères et sœur ! De quel droit oses-tu tenter la chasse en dehors de la supervision des adultes ? Tu crois que la vie de ta nouvelle famille ne vaut pas celle de l'ancienne ? Tu essaies de te venger ?

Les mots filaient à une vitesse déroutante d'entre ses crocs, sans aucun espoir de se tarir. Tout le monde s'était figé, ébahi, et moi je subissais l'assaut sans oser ni lever les yeux ni prononcer le moindre mot. Parr en face de moi n'en menait pas plus large. Notre aînée continuait à laisser exploser sa colère :

— Jamais tu ne gagneras ta place ici si tu agis de la sorte ! Tu risques plutôt de la perdre !

À ces mots, un souffle de stupeur traversa le hakn. Le bannissement était la pire chose qui pouvait arriver à un Kalii. Et cela ne s'était jamais vu appliqué à un enfant. J'étais pétrifiée, prête à pleurer, quand une personne s'est approchée de notre groupe. La douce Kiisi, notre relk, a arrêté Emi d'un geste.

— Mère, tu ne peux bannir Horre, qui est notre fille. Sa faute n'a pas été assez grave pour une telle punition. Et les enfants sont trop précieux.

—Justement Kiisi, elle a mit en danger trois autres vies d'enfants, en plus de la sienne. Elle est dangereuse.

— Plutôt inconsciente. Rien qui ne se surmonte. Elle apprendra à se dominer, et nous fixerons des limites aux enfants. De toute façon, cela a déjà été décidé avec Fraé, pour nous protéger des Sukr'in.

— Qu'a décidé mon fils en ce sens ?

— Ma mère, nous allons vous dire tout au cours du repas. En attendant, pardonne à Horre et fais-lui promettre de ne plus rien tenter de dangereux pour le hakn et pour elle-même.

Tous autour de nous se sont alors remis à bouger, et ont suivi Kiisi jusqu'au foyer, où les attendait la viande préparée par les deux jeunes sœurs. Emi a pris le temps de ravaler sa fureur avant de s'adresser de nouveau à moi :

— Tu es excusée pour cette fois, et tu as entendu notre relk. Va maintenant.

— Parr et moi ne nous sommes pas faits priés pour nous éloigner. En rejoignant le groupe, on a échangé un regard, plutôt neutre. Plus d'animosité pour ce soir.

Oro'Rin, qui avait assisté à tout cela depuis la caverne avec Mo'An, a appelé Parr pour le faire venir vers elle. Un peu plus tard, ils sont venus tous les deux s'asseoir autour du feu. Les cuisses de Parr étaient badigeonnées d'une crème fine, probablement plus efficace que la bouillie que j'avais osé lui appliquer un peu plus tôt.

Le garçon est allé s'asseoir entre sa sœur et son frère. Kiisi a aidé notre ikon'en à s'installer à ses côtés. Au milieu des conversations, je n'ai pas entendu ce qu'Oro'Rin glissa à la relk, mais j'ai surpris leur regard glisser une ou deux fois dans ma direction. J'ai ensuite vite oublié cela car Ro'Tto a accaparé mon attention.

À la fin du repas, Fraé s'est levé pour être vu de tous et nous a annoncé ce que Kiisi et lui avaient prévu.

— Avec le prochain réveil de Rana, la moitié du hakn partira avec moi pour la carrière. Moono n'a plus de réserve de pierre. Mais nous n'irons pas uniquement pour cela. Nous nous arrêterons chez nos amis les Poho'La pour leur proposer une alliance effective contre les Sukr'in.

Il a marqué une pause pour nous survoler de son regard. Il n'a vu qu'attente passionnée dans les nôtres.

— L'idée est que nos deux hakn envoient un éclaireur chacun à leur tour, autour de nos deux territoires, qui pour le coup n'en formeront plus qu'un, fermé à nos ennemis. Nous fabriquerons également plus d'armes et nous nous entraînerons plus durement.

De nouveau le silence. Puis, Ulis a pris la parole :

— C'est un très bon plan. As-tu décidé qui t'accompagnera ?

— Toi, ainsi que ta compagne, Moono. Olor, et Bi'Har également. Je voulais que les enfants de ma compagne viennent aussi.

Les triplés laissèrent éclater leur joie.

— Seulement, Parr est blessé : alors son frère le veillera. Il n'y a que Lu'Rii qui nous suivra.

Le visage de la jeune fille a brillé plus encore que les flammes. Quant aux garçons, ils ont boudé tout le reste de la soirée. De mon côté, je n'osais pas me l'avouer, mais j'étais en réalité un peu déçue de ne pas être de l'aventure. Heureusement la déception n'a pas duré longtemps ; à la fin du repas, alors que j'avais rejoint ma mère, Emi nous a abordés pour annoncer à Mo'An sans détour :

— Ta fille a trouvé un moyen d'être utile au hakn ; elle sera l'apprentie ikon'en d'Oro'Rin et apprendra les plantes et à dialoguer avec les elirha.

Mo'An a acquiescé devant Emi qui s'est retirée, puis m'a jeté un regard plein de fierté. Je rayonnais avec elle.

— Lu, quelle chance tu as d'accompagner l'expédition !

— Oui, Fraé et Kiisi estiment que je suis grande à présent. Il était temps !

Je ne pouvais que sourire devant ce caractère impatient et bouillonnant. Et j'étais moi aussi trop contente de mon sort pour ne pas émietter le bonheur de Lu.

—Je vais être ikon'en !

—Vraiment ? Oro'Rin va tout t'apprendre ? C'est merveilleux, tu as beaucoup de chance toi aussi.

— Contrairement à nous ! a grondé la voix d'Aa qui venait de se joindre à nous, accompagné de Parr.

— On apprendra le combat après être revenus, soyez patients ! a tempéré Lu'Rii.

Poussée par mon état extatique, j'ai osé surmonter ma crainte d'adresser la parole aux deux garçons pour demander au blessé comment il se sentait.

— Mieux, grâce à Oro'Rin… a-t-il lâché dans une moue.

Le soir, exténuée, j'ai vite rejoint ma couche, me suis étalée sur la douceur des peaux, avant d'être rejointe par le trio et Ro'Tto. Cette dernière s'est blottie contre moi pour se mettre au chaud et pouvoir discuter avec moi.

— Ro, je vais apprendre avec Oro'Rin ! lui ai-je soufflé.

— J'ai entendu. C'est très bien. Tu vas devenir aussi importante qu'une relk, Emi ne pourra plus te rabrouer.

— Je crois que j'ai enfin trouvé ma place dans un hakn.

— Qu'est-ce que tu veux dire ? Tu penses à ton ancien hakn ?

— Oui...

— Raconte-moi.

Nous nous étions mises à chuchoter très bas, comme si nous racontions des secrets, enfermées dans notre bulle, à côté des triplés endormis. Je lui ai répondu dans un murmure :

— Il n'y avait qu'un seul relk dans notre hakn : Rimn, le compagnon de ma mère. Et nous n'avions pas d'ikon'en, c'était ma mère qui s'occupait du mieux qu'elle pouvait des blessés. Rimn ne voulait pas que quelqu'un d'autre ait le moindre pouvoir ; il était assez fort pour protéger le hakn à lui seul... il faisait peur à tout le monde.

Ma voix s'est peu à peu éteinte à mesure que je me souvenais ; Ro'Tto ne me forçait pas à continuer, elle n'était pas curieuse et ne s'intéressait certainement pas aux choses négatives. Elle a pris alors la suite, et s'est mise à me parler de notre hakn, d'avant que nous arrivions avec Mo'An. Elle me parlait des gens, me contait des histoires, jusqu'à ce que les adultes viennent peu à peu combler les vides de la grotte et que, bien au chaud, nous nous soyons endormies.

Au milieu de la clairière dorée par les premiers rayons de la journée, les adultes mettaient les derniers préparatifs pour l'expédition de la moitié du hakn. Moono, la tailleuse de pierre, faisait le tour de ses compagnons pour vérifier qu'ils disposaient de suffisamment d'armes, et que le groupe avait un équilibre de lances, bolas, gourdins et couteaux. Elle distribua en même temps les dernières armes qu'elle avait confectionnées. Je m'amusais de loin à suivre Lu'Rii des yeux, qui, voyant son aînée faire, s'est mise en devoir d'engager une tournée de vérification à son tour. Elle vérifiait le tranchant des lames, jetait un œil dans les ventres des sacs que les adultes lui présentaient en riant, jouant le jeu. Fraé la regardait faire, les yeux rieurs, un air de fierté à propos de cette enfant si vive qui ferait un jour une relk parfaite. Il avait toujours ressenti pour la fille de sa compagne une tendresse particulière, et trouvait de plus en plus à mesure qu'elle grandissait qu'elle lui ressemblait en beaucoup de points. Et cela le troublait un peu.

Quand les sacs ont tous été remplis de nourriture, les gourdes gonflées d'eau, les armes coincées entre les lanières des habits et besaces, Olor et Moono ont pris chacun une extrémité de la grande tente mobile, puis tous ont fait leurs adieux avant de s'engager sous le couvert des arbres. Nous les enfants les avons accompagnés quelques minutes, courant et riant autour du groupe, avant de leur adresser de grands saluts, finalement rappelés par les mères.

J'ai ressenti un léger pincement au cœur en les voyant partir, et particulièrement Lu'Rii qui, après tout, n'était pas tellement plus âgée que moi. Je sentais que j'aurais parfaitement pu les accompagner et leur être utile.

Mais en croisant le regard de Mo'An je me suis rendu compte que cette pensée était égoïste. Ma mère avait besoin de moi, je devais rester près d'elle, et la soulager de ses douleurs. Ce matin-là, en la rejoignant pour me blottir dans ses bras, je l'ai trouvée très fatiguée et pourtant un sourire franc illuminait son visage.

— Tu vas commencer ta première journée auprès de l'ikon'en, comment te sens-tu ?

— Le départ de l'expédition m'avait fait oublier ce détail, et pourtant c'était au moins aussi excitant que de partir visiter un autre hakn. En fait, maintenant que ma mère me l'avait rappelé, je me sentais heureuse à nouveau, et impatiente de rejoindre Oro'Rin.

— Impatiente, Mo'An. Mais j'ai un peu peur aussi.

Mo'An continuait de me caresser les cheveux, d'une main légère.

— Tu vas devoir être très attentive, et obéissante aussi. Ce n'est pas un jeu.

L'apparition de l'ikon'en à l'entrée de la caverne m'a fait relever la tête. Après m'avoir repérée, elle m'a fait signe d'approcher.

19

« Ramasse ce qui te semble intéressant. »

« Oro'Rin m'a de nouveau envoyée aux alentours du camp découvrir les choses par moi-même, et voir comment je pouvais m'en sortir sans aide. J'aurais eu envie cette fois de proposer à Ro'Tto de m'accompagner car nous ne nous étions guère croisées depuis que je passais mes journées avec l'ikon'en. Les soirs, avant de s'endormir, elle me posait toujours des questions sur mes activités et je m'intéressais en retour à ce qu'elle avait pu faire. Je sentais bien qu'elle était déçue d'avoir trouvé une nouvelle compagne de jeu pour la perdre aussitôt. Mais je devais rester concentrée sur ma tâche, et je n'étais pas vraiment censée partager ce savoir avec quelqu'un d'autre : même si Oro ne m'en avait pas ouvertement défendue, je connaissais les règles.

En cette journée, le temps s'était dégradé. Nous nous étions peu à peu rapprochés de la période froide, qui était là toujours un peu plus tôt année après année. En levant les yeux au ciel, je me heurtais au plafond gris et humide des nuages. Une fine goutte glissa de l'un deux pour venir éclater sur ma joue. D'un regard, j'ai estimé que ça ne devrait pas se dégrader pendant ma sortie, le ciel étant encore léger et lumineux, suffisamment pour me garder sèche le temps de récolter quelques plantes.

Dans ma grande besace en peau d'oliop, j'ai décidé de déposer un peu de mousse décollée d'un tronc d'arbre. L'écorce rugueuse d'en dessous m'a semblé tout à coup différente, comme si je voyais pour la première fois les capacités guérisseuses qu'elle pouvait receler. En fait, mon œil à ce moment, où qu'il se posât, estimait qu'il y avait des secrets cachés dans toutes les choses qu'il rencontrait. Tout, potentiellement, avait un pouvoir, Oro'Rin me l'avait dit.

Je me suis mise alors frénétiquement à piocher des échantillons de tout ce que voyais, des herbes jusqu'à la terre. Mes pas m'ont lentement menée au ruisseau, où une fraîche atmosphère régnait, qui annulait un peu la lourdeur de l'air. J'en ai profité pour me désaltérer et prendre un peu de ces petites algues moelleuses qui glissent entre les doigts.

Les sommets des arbres au-dessus de ma tête se sont mis à onduler doucement, comme la surface du ruisseau. Un vent froid avait pénétré dans la forêt, qui m'avait dissuadée de trop m'attarder. Soupesant puis vérifiant en jetant un œil dans le ventre de ma besace, j'étais satisfaite de ma récolte. J'espérais qu'Oro'Rin le serait aussi, ce qui était très probable au vu de son caractère agréable, si opposé à celui de l'autre ancienne. Non, j'ai préféré secouer ma tête dans tous les sens pour faire sortir toute pensée relative à Emi ; aucun intérêt de lui donner trop d'importance.

Puis, tout à coup, toute pensée s'est envolée car un bruit m'a fait revenir à la réalité. Un bruissement de feuilles suivi d'un roulement de pierres. Non loin de moi se tenait une bête noire s'abreuvant au ruisseau. J'ai tout de suite pensé que ce petit enn ne m'avait pas repérée mais il m'a semblé ensuite que son attention était toute fixée sur moi. Pendant qu'il lapait avidement, ses petites oreilles pointues épiaient chacun de mes bruits, que je m'efforçais de réduire au maximum.

Ce bébé en lui-même ne m'effrayait pas réellement, mais j'étais terrorisée dans l'attente du reste de son hakn, qui allait surgir d'un moment à l'autre. Pourtant, cet instant n'arriva pas. Le jeune enn, ayant fini de boire, a levé sa belle tête vers moi. Sa robe était étrange, très foncée sur le corps, avec cette tête plus claire, presque blanche, aux yeux brillants comme Rana.

J'ai réalisé que l'animal était une femelle et qu'elle était tout aussi effrayée que moi. Nous nous fixions toutes deux, jaugeant l'autre chacune de notre côté de l'eau, la curiosité prenant peu à peu la place de la peur. Peut-être que nous serions restées encore longtemps immobiles si la petite enn n'avait pas réagi à une autre présence : une ligne d'enn glissait au loin derrière les broussailles. J'avais pensé un moment que la petite avait perdu son hakn, comme moi, entièrement chassé par les Sukr'in. Mais, même si j'aurais été ravie d'ajouter un nouveau poids aux horreurs de mes ennemis, j'étais finalement soulagée de voir qu'elle avait toujours une famille.

Les adultes se sont arrêtés un instant pour lui permettre de les rejoindre, certains d'entre eux me fixant de leurs regards brûlants, indécis quant à la conduite à tenir à mon égard. Ils ont décidé au final de continuer leur route sans m'accorder d'importance.

Depuis l'entrée de la clairière, je voyais l'attroupement des gens devant la caverne. Ils étaient disposés en cercle, comme autour de quelque chose d'attirant à ne pas toucher. Arrivée à leur hauteur, j'ai découvert, allongée sur une peau, ma mère, le corps noyé de sueur. Autour d'elle, Inal et Oro'Rin. L'une lui déposait ses mains mouillées sur le front pendant que l'autre préparait des plantes. Sans perdre un instant, j'ai jeté ma besace contre le mur et me suis glissée entre Moo et Ro'Tto pour rejoindre ma maîtresse. En me voyant, elle a eu un regard étrange puis rapidement l'a effacé et m'a fait signe de m'asseoir près d'elle avant de me tendre son bol et son pilon. J'ai pris la suite de ses gestes et ai écrasé du mieux que j'ai pu les herbes mélangées à l'argile humide qu'Oro'Rin venait d'ajouter. Celle-ci a entrepris ensuite, quand la crème a été prête, de libérer de son habit le ventre énorme de Mo'An. Sous la peau, des bosses se formaient violemment puis disparaissaient. Le petit s'agitait. Sous la

152

direction de l'ancienne, j'ai pris une poignée de crème pour l'étaler sur le ventre vivant. Oro'Rin m'a montré qu'il fallait faire des cercles lents et larges avec mes mains sans s'arrêter jusqu'à ce que la pâte disparaisse. Peu à peu, le bébé s'est apaisé et ma mère a relâché ses muscles tendus, sa respiration devenant enfin plus calme.

20

— Toutes ces herbes sont utiles sur les blessures. Certaines sont plus efficaces que d'autres. Elles se placent directement dans l'ouverture.

Oro'Rin avait placé le résultat de ma récolte sur le sol. Je lui avais d'abord exposé ce que j'imaginais quant au pouvoir de chacune des plantes, me fiant à leur odeur, leur aspect, leur texture, ou bien tout simplement à mon instinct. Elle m'a souvent détrompée ou, parfois, ajouté des précisions avant de les répartir chacune sur des tas séparés puis d'y inclure une à une celles de sa réserve. Nous nous sommes finalement retrouvées avec un tapis d'herbes de toutes sortes que je devais apprendre à reconnaître et auxquelles je devais peu à peu associer des idées et des gestes.

Toutes les plantes sont passées les unes après les autres en revue, mais une est restée de côté, volontairement, car j'avais reconnu en elle une plante interdite et ne savais pas pour quelle raison ni en quoi elle pouvait être utile.

— Et celle-ci ? m'a alors demandé l'ikon'en.

Je me suis mise à froncer les sourcils et à prendre un air grave.

— Personne n'a le droit d'y toucher. Je ne sais même pas son nom.

D'un geste lent et large, Oro'Rin a dirigé son bras vers l'objet de notre discussion, pour ensuite la parcourir délicatement, presque tendrement de ses doigts dansants, dans un silence accompagné d'un sourire, pendant que je l'observais, curieuse et patiente.

— Que sais-tu des elirha ?

D'abord surprise de ce changement de sujet, j'ai ensuite pensé qu'Oro avait ses raisons pour me mener sur cette nouvelle voie. Et puis, nous n'avions encore jamais parlé des Etres Invisibles, et cela me ravissait qu'on en vînt enfin à aborder le sujet.

— Je... Je sais que la Malak Rana est leur mère, comme la Malak Akra est la nôtre. Ils y a ceux qui vivent dans toute chose, comme le vent, les pierres, l'eau ; et ceux qui vivent dans les êtres qui grandissent, comme les Kalii, les enn ou les plantes.

Ces paroles étaient sorties de ma bouche, incertaines et timides pendant qu'Oro me fixait attentivement de ses yeux laiteux. Après un court instant, elle m'a répondu :

— Tu penses que les elirha des enn sont les mêmes que ceux des Kalii ?

J'étais stupéfaite, que voulait-elle dire ?

— Que deviennent les Kalii quand ils meurent ? m'a-t-elle demandé pour me mettre sur la voie.

— Et bien... des elirha ; lorsque le corps est totalement absorbé par Akra, celle-ci offre l'elirha à Rana qui l'adopte et le place dans une chose.

Oro'Rin eut un sourire mystérieux.

— C'est plutôt correct, à part pour la toute fin de ton raisonnement.

Incompréhensible : où d'autre pourraient-ils bien aller ?

Alors qu'elle m'avait parlé des propriétés des plantes par le menu, m'expliquant rapidement mais précisément chaque chose, elle restait volontairement floue au sujet des elirha.

Sans rien ajouter, elle a détaché une feuille large et foncée de la tige qu'elle avait gardée entre ses mains et je l'observais, ébahie, la frotter entre ses doigts puis la porter jusqu'à son nez pour en renifler profondément l'arôme libéré. Ses yeux se sont alors fermés et brusquement, un frisson a parcouru tout son corps. Un court instant s'est passé pendant lequel l'air autour de moi se chargeait d'une légère tension, bloquant mes muscles et ma respiration. Oro'Rin a fini par rouvrir les paupières pour me présenter la feuille froissée.

— Analap. C'est son nom. Renifle, puis mâche et avale.

Effrayée mais sous le joug d'un ordre de l'ikon'en, j'ai obéi. La bouffée d'odeurs qui pénétra mes narines a parcouru en une seconde toute la longueur de mon corps et l'a fait trembler brutalement au passage. J'ai immédiatement posé la plante sur ma langue tant que j'en avais encore le courage pour être sûre de ne pas m'arrêter en chemin et risquer de perdre la confiance d'Oro.

Après l'avoir suffisamment mâchée, je l'ai déglutie.

Un instant pendant lequel le temps et l'air semblaient suspendus est alors passé, avant de s'accélérer violemment, sans sembler vouloir s'arrêter. J'ai préféré laisser faire, n'ayant pas la force de tout stopper, ni même l'envie. Peu à peu, ce sont les formes et les couleurs qui ont changé : tout ce qui était devant mes yeux s'étirait pour disparaître derrière d'autres images, dansantes et filantes. Parfois semblaient surgir des flots de couleurs des visages flous qui s'estompaient très rapidement. J'ai voulu ralentir la course des images pour mieux discerner ces faces de Kalii qui m'échappaient. Péniblement, j'ai pu forcer mon esprit à se focaliser sur ce que je voulais voir plus précisément, et alors des formes normales ont fini par m'apparaître, moins mouvantes, qui disparaissaient parfois quelques secondes avant de réapparaître plus nettes. Il y en a une qui m'a particulièrement intéressée. Elle était petite, rose et noire, recourbée. Un enfant de dos.

J'ai eu alors l'impression que je me tenais debout et pouvais avancer vers cette image, pas à pas, légère comme le vent. L'enfant m'a entendue approcher car il s'est retourné brusquement. L'effet qu'il m'a fait m'a figée sur place : entre les longues mèches noires emmêlées m'apparaissait le visage souriant de Pou'Ni, mon ami. Celui de mon ancien hakn, qui avait rejoint Rana, comme tous les autres. Il continuait de me fixer en souriant pendant que j'essayais d'approcher mon bras de son visage, péniblement. Mon corps était redevenu soudainement lourd et semblait m'échapper. Pourtant, je parvenais presque à toucher Pou'Ni, il ne restait que quelques centimètres, mais une autre image est alors instantanément apparue devant mes yeux, balayant celle du garçon. La nouvelle apparition a repoussé ma main d'un geste rageur avant de se matérialiser clairement devant mes yeux. Le visage en furie qui me fixait à me pétrifier, surplombant un corps massif prêt à se jeter sur moi, était celui de Rimn.

« Horre, reviens à présent. »
La voix d'Oro'Rin me parvenait faiblement tandis que je ressentais à nouveau la pleine lourdeur de mon corps, écrasé contre le sol, ma tête brûlante refroidie par ce qui semblait être de l'eau.
— Tu viens de voir les elirha'kra.
Ce furent les dernières paroles d'Oro'Rin que j'entendis avant de refermer les yeux, épuisée.

« Debout ma petite… »
La voix lointaine et douce de ma mère m'a ramenée peu à peu du pays des rêves. Je me suis rendu compte progressivement qu'on m'avait bougée pendant la nuit, du recoin de grotte de l'ikon'en jusqu'à ma couche, contre la paroi de la large entrée de la grotte. Les rayons ardents de Rana qui cognaient contre ma rétine m'apprenaient que la matinée était déjà bien avancée.
— Oro'Rin m'a dit de te laisser reprendre des forces. Tu étais épuisée hier soir.

Je sentais dans le ton de sa voix qu'elle s'interrogeait sur ce qui avait bien pu provoquer cette fatigue, mais elle n'avait pas le droit de poser la question ou de chercher à savoir.

— Mo'An, tu vas bien ?

— Oui ma fille, pourquoi cette question ?

Son visage depuis quelques jours s'était durci, comme si elle résistait à une douleur constante. Et pourtant elle n'avait pas requis auprès de l'ikon'en la moindre aide pour être apaisée. Je me suis rendu compte ce matin-là que je m'inquiétais.

— Ikon'en, ma mère Mo'An ne se sent pas bien, mais elle refuse de t'en parler.

— Je ne peux pas soigner quelqu'un contre sa volonté. Chacun est relk de sa vie.

— Mais elle porte un enfant, tout le monde à le devoir de tout mettre en œuvre pour qu'il voie le jour !

— Qui t'a dit ça ?

Les propos d'Oro'Rin me figèrent sur place.

— Dans mon ancien hakn, on devait préserver les vies les plus importantes : le relk, les chasseurs les plus forts et les enfants.

— Mais c'est ce que tout hakn doit faire, seulement, on ne peut pas sauver quelqu'un contre lui-même. Ton ancien relk avait imposé ces règles car vous étiez un tout petit hakn, et que si vous perdiez un membre, vous vous retrouveriez très affaiblis. Il est vrai qu'un nombre de plus en plus important de hakn ont adopté ce genre de conduite car, les saisons passant, emportent toujours plus de Kalii avec elles. Nous nous affaiblissons sous le nombre des Sukr'in, c'est vrai.

— Mais pourquoi tout laisser faire alors ? m'indignai-je. On ne peut pas laisser les nôtres mourir, pas plus qu'on ne doit laisser la place aux Sukr'in !

L'ancienne m'a laissée parler tout en me fixant d'un regard grave et presque entendu. Je sentais à ce moment-là qu'elle savait quelque chose d'important. Mais j'oubliais vite car elle changeait déjà de sujet, pour m'apaiser.

— Nous allons concocter pour ta mère une tisane qui calmera un peu ses douleurs. Va faire bouillir de l'eau.

— Horre ! Tu es enfin sortie de la grotte ! Regarde ce que j'ai fait.

Dans les mains de Ro'Tto pendait une sangle de cuir attachée en cercle.

— C'est une ceinture, Emi m'a donné des bouts de cuir pour que je m'entraîne. Regarde, dit-elle en l'attachant autour de mes hanches, il y a plusieurs attaches pour y coincer des couteaux, ou des bâtons. Là on peut y attacher une besace, là une gourde par exemple. Qu'est-ce que tu en penses ?

Que c'est très astucieux. Et que ça pourrait m'être bien utile quand je vais en forêt.

— Alors, je te le donne.

— Oh, vraiment ? Merci beaucoup Ro'Tto… c'est très gentil.

Devant ma gêne, la fillette aux cheveux d'apk se mit à rire, et finit par me demander à qui était destiné le breuvage que je transportais.

— Oh, j'avais presque oublié ! Je devrais me dépêcher avant qu'il ne soit devenu complètement froid. C'est pour ma mère, elle ne se sent pas très bien.

— Viens, elle est avec Emi et Kiisi, à coudre les peaux. Tu te rappelles le lehn tué par Tro'Hi ? Eh bien, sa peau va servir d'habit à Aa et Parr, pour qu'ils se remettent de la déception de ne pas avoir accompagné Fraé. Ils sont déjà tout fiers ! Si tu les avais vus ces derniers jours, tous les deux à ronchonner et traîner des pieds… Ils ont tout juste réussi à trouver la motivation pour s'entraîner avec moi au tir de lance. Enfin, c'est des garçons ! Et tes journées à toi se passent bien ? Tu dois apprendre plein de choses...

Elle s'est arrêtée de parler quand nous sommes arrivées près des femmes affairées. Kiisi s'est adressée à moi d'un ton enjoué :

— Eh bien, Horre, que transportes-tu là ?

— C'est pour Mo'An. »

Ma mère a penché sa tête d'étonnement puis a fini par me sourire en me tendant les bras pour accepter le bol tiède, qu'elle a bu doucement, gorgée après gorgée.

Les autres femmes n'ont pas relevé mais se sont mises à parler de l'enfant à naître.

— Il sera bientôt là. Ton ventre Mo'An est plus gros qu'un pandra'ki ! a dit Emi.

— Ce n'est plus qu'une question de jours. Tu seras bientôt délivrée, et nous aurons enfin un nouveau petit. Les naissances malheureusement se font de plus en plus rares.

— Je t'ai déjà dit Kiisi à quel point il devient primordial d'unir les filles, et d'en accueillir une pour Tro'Hi.

— Fraé et moi en avons parlé, Emi, ne te tourmente pas.

— Avec Ro'Tto, nous assistions à la scène, debout et muettes attendant que Mo'An ait fini de boire. Puis, ma mère m'a tendu le bol.

—Merci' Horre.

Je lui ai rendu son sourire puis j'ai tourné les talons, suivie de mon amie.

— Ro'Tto, ça te dirait de partir à la cueillette avec moi ? J'en ai assez d'être toute seule. Enfin, il faut qu'Oro'Rin soit d'accord, évidemment.

—Avec le sourire et le regard que j'ai reçu en guise de réponse, j'ai compris que Ro serait plus que ravie. Il fallait alors en parler à l'ikon'en.

—Pourquoi pas ? Ça te fera du bien de te changer les idées, après tout tu es jeune et je ne dois pas t'accabler de travail. Mais je veux quand même que tu fasses quelques réserves, n'oublie pas la fougère.

Au bout de la clairière, Ro'Tto et moi avons croisé les deux frères, occupés à viser un tronc d'arbre avec des pierres.

— Où est-ce que vous allez, les filles ? s'enquit Aa, arrêtant son geste de balancier un instant.

— On va en forêt pour la cueillette.

—Vous voulez qu'on vous accompagne, pour vous défendre, si besoin?

J'ai jeté un coup d'œil en coin vers Ro'Tto pour voir ses joues se teinter de rose, avant de répondre, amusée :

— Vous ne pouvez pas. Oro'Rin n'a permit qu'à Ro de m'accompagner. Et puis, on a nos couteaux pour nous défendre, merci.

— Tant pis pour vous, vous ne verrez pas ce que c'est qu'un vrai chasseur en action ! fanfaronnait Parr.

Je me suis mise à rire et suis partie en tirant Ro par le bras puis en saluant les frères de ma main libre, les laissant au milieu de leurs cailloux de lancer, un peu dépités.

— Tu ne les trouve pas adorables ? a lancé Ro quelques mètres plus loin.

— Je les trouve surtout très sûrs d'eux. Mais je les aime bien quand même.

— Moi, c'est Lu'Rii que je trouve hautaine. En plus je suis sûre qu'en rentrant, elle se sentira supérieure parce qu'elle a été choisie avec les chasseurs.

— Elle doit être fière, et elle a raison, mais nos rôles à nous sont tout aussi importants.

— Tu l'aimes beaucoup, hein ?

—C'est vrai, elle est forte et je me sens bien avec elle. Mais je t'adore toi aussi.

—Tiens regarde ! De la fougère. Combien il t'en faut ?

Prestement, elle a cassé plusieurs tiges pour les rassembler en un bouquet qu'elle a fourré délicatement dans la besace.

Tout ce temps je ne l'avais observée que d'un œil, car un son louche avait attiré mon attention, alors qu'il avait échappé à Ro, trop bruyante. Quand elle a croisé mon regard, elle s'est figée.

— Qu'est ce qui t'arrive ?

— Ne bouge plus.

Quelques secondes ont passé pendant lesquelles seul le souffle froid du vent et le craquement des branches parvenait à nos oreilles. Puis, soudain, à travers les fougères, une ombre s'est faufilée. Nous avons instinctivement retenu notre souffle jusqu'à ce que l'ombre prenne une forme reconnaissable.

— Oh !

J'ai lâché un petit cri de surprise en reconnaissant ma petite enn à tête blanche. Celle-ci avait fini par se figer aussi, son regard planté dans le nôtre, indécise. Au bout de quelques secondes, c'est elle qui s'est décidée à animer le tableau en s'approchant lentement de deux pas vers nous. Ro'Tto à côté de moi était pétrifiée, je ressentais sa peur. Quant à moi, j'encourageais du regard le jeune animal à s'approcher, et à ne pas avoir peur. Ça a eu l'air de marcher un instant mais brusquement elle s'est raidie à nouveau, puis avec un bond sur le côté, est partie en courant et a vite disparu sous les hautes fougères.

— Où est le reste du hakn ? a murmuré Ro'Tto, inquiète.

— Ils n'ont pas l'air d'être là. Mais ne t'en fais pas, je les ai déjà rencontrés et ils m'ont ignorée.

— Comment ça ?

—J'étais au ruisseau, la petite enn y était venue boire, et les adultes sont arrivés un peu plus tard puis sont partis avec elle, sans rien me faire.

— C'est terrifiant ! Comment ça se fait que des enn traînent si près d'un campement kalii ? On doit prévenir les adultes.

— Non ! Non Ro, je t'en prie, gardons ça pour nous, j'ai la conviction qu'ils ne nous feront aucun mal.

—Peut-être, mais même dans ce cas, ils tuent et éloignent notre gibier.

—Le gibier est assez nombreux ici, surtout le gros, qui vit dans la plaine, là où les enn ne s'aventurent guère.

— Je ne sais pas pourquoi tu les défends, mais au nom de notre amitié, j'accepte de ne rien dire.

— Merci, Ro. Viens maintenant, nous avons encore quelques plantes à cueillir avant de rentrer.

21

— Après avoir offert ma cueillette à l'ikon'en celle-ci l'a inspectée rapidement, m'en a remerciée puis m'a envoyée rejoindre l'équipe de préparation des repas, me demandant de la retrouver après avoir mangé.

Les garçons, autour du feu, avaient été rejoints par Ro'Tto, tous trois étant supervisés par l'imposante Tro.

—Aa, sois plus mesuré dans tes gestes, tu vas te retrouver avec plus de baies en dehors du bol que dedans.

Il était occupé à piler les mûres et framboises afin d'obtenir une pâte onctueuse qu'on appliquerait ensuite sur de fines lamelles de viande pas trop cuites. Au contact de la chaleur, ça se mettrait à imprégner la viande et à couler dessus. Il s'agissait d'un des plats préférés du hakn. Je l'avais moi-même rapidement adopté.

Ma mission, donnée par Tro, était de placer sur les pierres brûlantes autour des flammes appauvries, les fines lamelles de viande de propos découpées par la mère de Tro'Hi. À mes côtés, Parr et Ro faisaient cuire lentement les deux poissons qu'Inal et Moo'Ni avaient péchés durant la matinée. D'ordinaire, on gardait les poissons, comme la viande, et on les faisait sécher pour les garder en réserve ; mais quand la pêche était trop maigre, on s'accordait le plaisir de déguster du poisson frais, dont nous raffolions tous. De plus, nous étions deux fois moins nombreux, et deux poissons, en plus du propos sorti de la réserve, nous nourriraient tous.

Le reste du hakn s'était peu à peu rassemblé autour du feu. Certaines mains s'étaient tendues pour attraper leur part du repas, moi j'étais affamée et j'ai suivi prestement le mouvement.

« Aïe ! »

Emi venait de me taper violemment du plat de sa main sur le bras, et m'avait fait sursauter autant de mal que de surprise. En réalité, tout le hakn avait bondi sous le coup de l'étonnement et observait la scène du coin de l'œil, n'osant pas intervenir et être inconvenant en montrant son intérêt. Ils se tous mis à dévorer leur propos en silence pendant qu'Emi me sermonnait.

— Pourquoi t'es-tu servie avant moi ? Insolente, n'oublie pas le respect que tu dois aux anciens !

Elle n'a rien ajouté et a accepté la part que je lui tendais, l'air soumis. J'avais noté qu'elle n'avait pas remis sur le tapis ma condition d'étrangère, n'osant pas s'attaquer à ma position sacrée de future ikon'en. J'étais encore une enfant, donc soumise à la loi des adultes, mais je m'accrochais à l'idée qu'un jour je serais aussi importante qu'une relk, et intouchable.

En attrapant une nouvelle part de viande, mon regard a croisé celui de Mo'An. J'y ai décelé une lueur de fierté. Elle me félicitait pour m'être reprise. Ou bien voyait-elle en moi l'intouchable, la supérieure ?

Les discussions autour du feu avaient repris, gaies et rapides. Tout le monde tenait à raconter sa journée et partager les avancements au milieu du campement. Quand la voix aiguë de Ro'Tto s'éleva, mes yeux ont fait de même dans l'instant, se figeant sur les lèvres puis sur les yeux de mon amie. Les regards qu'on s'échangeait me prouvaient qu'elle n'avait pas l'intention de raconter l'épisode des enn. À la place elle se contentait de parler de notre petite excursion, et des plantes que nous avions ramassées.

À la fin de sa prise de parole, j'étais rassurée et pouvais me lever, après avoir ramassé de la nourriture pour Oro'Rin, avant d'aller rejoindre celle-ci dans notre boyau de la grotte où un petit feu brillait, projetant l'ombre dansante de l'ancienne et de ses pots sur la paroi froissée.

— Merci, ma petite.

Oro'Rin mangeait en silence pendant que je lui versais de l'eau claire dans un bol creusé dans une branche, coloré de pigments verts et bleus, qui rappelaient la forêt soutenant la prairie de Rana.

La dernière bouchée avalée, elle a porté le petit récipient à ses lèvres, laissant l'eau s'y écouler. Elle a fini par le déposer à ses côtés, puis par m'adresser la parole :

— À partir de maintenant, les leçons ne porteront principalement plus que sur les elirha. Ne pose pas de questions ! a-t-elle ajouté gentiment en voyant mon visage étonné.

Elle poursuivait :

— La dernière fois, tu as fait connaissance avec les elirha'kra. As-tu compris ce qu'ils sont ?

Oro'Rin m'observait patiemment avaler ma salive et mordiller ma lèvre. Je lui ai répondu alors :

— Je ne suis pas sûre… je croyais que les elirha des Kalii partaient donner vie à d'autres êtres. Et pourtant, ceux de Pou'Ni et Rimn se trouvaient devant mes yeux. Mais c'était différent d'un rêve, je les ai vraiment vus, j'étais réveillée. »

Après un instant d'hésitation, j'ai ajouté :

— Est-ce que ça veut dire que leurs elirha étaient coincés quelque part, qu'ils n'ont pas été acceptés par Rana ?

— Je t'ai dit que ce n'étaient pas des elirha.

— … des elirha'kra, c'est vrai.

— Oui. Ce que tu as vu est autre chose. Ce sont les frères des elirha : ils viennent d'un même corps mais sont des entités différentes. Je vais te raconter leur histoire. Ça commence par celle de la naissance d'Akra, que tous les Kalii connaissent…

J'ai acquiescé de la tête et l'ai laissée poursuivre de sa voix grave et lente, qui s'élevait d'un visage dont les marques honorables de l'âge étaient mises en valeur par la lueur orangée et vibrante des petites flammes nous séparant.

— Akil, le relk changeant de la nuit vivait, il y a bien longtemps, seul avec la grande Rana, relk brillante des jours. Un de ces jours, du ventre toujours rond de Rana est sortie notre mère, Akra, celle qui devait devenir la relk de la terre et de tout ce qui se trouvait dessus. Au commencement, la terre – son ventre – était vide, si bien qu'elle décida d'y apporter des choses. Elle s'approcha alors de sa mère et détacha un long cheveu de sa tête, qu'elle laissa tomber sur la terre. En la touchant, le cheveu, tel un santek, s'étendit puis se transforma en eau. Les rivières furent créées.

« Akra se dirigea après vers Akil, à qui elle prit un ongle qu'elle cassa ensuite en une multitude de morceaux qui, en tombant sur la terre, se transformèrent en cailloux et rochers.

« Elle continua ainsi, et les larmes de Rana inondèrent la terre et firent naître les plantes ; des morceaux de chair d'Akil devinrent les animaux et enfin, les battements de cœur de Rana firent battre ceux de tous les Kalii. Et quand ceux-ci meurent, leurs battements repartent dans les mains de la Malak du jour. »

Le récit des commencements tel que je le connaissais, tel qu'il était raconté à tous les enfants de tous les hakn, se terminait ici. Je m'attendais donc à ce que l'ancienne s'arrête là elle aussi, et m'interroge sur l'histoire. Mais en réalité, si elle s'était arrêtée un instant, c'était uniquement pour marquer une pause, et me regarder, l'œil pétillant.

— Mais il y a une suite à cette histoire, que seuls les ikon'en connaissent.

Ma gorge s'était resserrée de stupeur et mon pouls battait d'impatience. Je n'osais presque plus respirer, de peur de voir la scène s'envoler avec mon souffle.

— En même temps qu'elle créait les elirha avec les battements du cœur de sa mère, Akra prit ceux du changeant Akil et les insuffla également en tout Kalii. Seulement, ces entités-là ne devaient pas rejoindre Rana après la mort de leur Kalii, ils furent destinés à rester auprès d'Akra, et donc des Kalii vivants, pour rappeler à ces derniers qu'ils ont existé. Et comme ils sont une part d'Akil, ils ne se manifestent que durant ses heures.

— Voila ce que sont les elirha'kra.

— C'est incroyable !

J'ai requis silencieusement un instant pour digérer et intégrer ce que je venais d'apprendre. Dans notre coin de grotte faiblement éclairé tout était devenu silencieux, il n'y avait que le crépitement du feu et les voix lointaines du hakn au dehors qui nous parvenaient. Une nol qui nous tournait autour depuis le début venait se poser sur Oro ou moi, changeant de place à chaque fois que nous faisions vibrer nos muscles pour la chasser. Son manège incessant a fini par m'agacer et me faire sortir de ma rêverie. D'un geste calculé, je l'ai finalement assommée contre mon bras, la faisant tomber sur le sol dans un bourdonnement excité. Libérée de cette distraction, je me suis adressée à l'ikon'en pour lui poser une question qui venait de naître dans mon esprit :

— La dernière fois, j'ai vu des elirha'kra après avoir ingéré de l'analap. Est-ce le seul moyen d'entrer en contact avec eux ? Ton histoire m'a rappelé celle que nous avait racontée Palaka, une femme de mon ancien hakn. Une nuit, elle s'était mise à crier et avait réveillé tout le monde. Elle se tenait debout, face à l'entrée de la grotte et à mit un long moment à répondre à nos questions. Quand elle s'est reprise, elle nous a affirmé avoir vu, après s'être levée pour uriner, son compagnon Eo'Ki, qui avait pourtant rejoint Rana depuis le dernier hiver. Les autres lui ont dit qu'elle avait dû le voir dans un rêve, mais elle ne cessait de répéter qu'elle venait de l'apercevoir face à elle, à quelques mètres à l'extérieur, sous la lueur d'Akil. On n'en a plus jamais parlé après car Rimn s'est fâché et nous a intimé l'ordre de repartir nous coucher. J'ai eu du mal à me rendormir après ça car Palaka tremblait et gémissait dans son sommeil, à mes côtés.

— Ce que tu me racontes est bien l'apparition d'un elirha'kra, en effet. On peut effectivement voir les kra sans y être préparé, mais cela n'arrive que très rarement. Très peu de Kalii ont pu en apercevoir et, bien sûr, on ne peut jamais prévoir. C'est pour cela que nous les ikon'en avons recours à l'analap. Cette plante nous permet d'aller à la rencontre des kra, et parfois même, d'aller plus loin...

— Que veux-tu dire ? Attends... tu as déjà pu voir... les Malak? C'est ça ?

Le visage d'Oro devint plus grave. C'est énigmatiquement qu'elle me répondit.

— Non, pas vraiment. Pas directement en tout cas. Il s'agit de choses différentes des elirha'kra.

C'est tout ce qu'elle a accepté de me dire à propos de cette énigme qui en reste une.

— Tiens, il est temps maintenant.

Elle venait de ramasser le récipient rempli de soupe d'analap qui était posé contre le feu. Le liquide était agréablement chaud quand il a traversé ma gorge et commencé, à son passage, à engourdir mes membres puis, peu de temps après, mon cerveau. Les mêmes sensations que la fois dernière se manifestaient ; je sentais mon corps se faire de plus en plus léger et mou, comme un brin d'herbe, et mes oreilles devenir sourdes. Le son qui provenait du feu disparaissait au loin, comme emporté par un souffle d'air, pour ne laisser dans mes oreilles qu'une sensation cotonneuse. Une infinité de formes colorées dansaient devant mes yeux, sur un fond noir, comme lorsque l'on ferme les yeux. Cette fois, j'ai voulu essayer de contrôler ce qui arriverait, pour fuir cette sensation de rêve. J'ai concentré mes pensées sur ce que je savais réel : mon corps. Les sensations au bout de mes doigts me revenaient faiblement, puis continuaient le long de mes bras et mes jambes. Je m'étais presque sentie revenir quand, sur le décor noir et scintillant, s'est détachée une forme reconnaissable : un Kalii marchait lourdement, une lance à la main, le bras ballant.

Il se dirigeait d'un pas lent dans ma direction, le regard au loin, inconscient de ma présence. Au milieu de ses eproki, marques d'union, disposés sur toute la surface de son visage, s'étalaient de longues balafres rosées. Elles lui avaient été faites par un lehn lors de sa première chasse. L'animal féroce qu'il avait réussi à tuer était devenu son trophée, à la fois de chasseur et de relk. Mo'An, sa future compagne, en avait tiré une superbe tunique noire aux tâches brillantes que Rimn portait régulièrement pour prouver sa valeur de relk. Le visage fermé qu'il arborait en ce moment même, alors qu'il s'approchait toujours de l'endroit où j'étais, le représentait parfaitement. Quand Rimn n'était pas en train de hurler de fureur, il se cachait derrière une attitude impassible, tout aussi terrifiante pour les membres du hakn.

Moi, j'étais toujours au même endroit, incapable de remuer, obligée d'assister à la scène, que je savais irréelle mais qui pourtant me glaçait le sang. Cet homme que je haïssais se trouvait à présent juste en face de moi, me dominant de toute sa hauteur, mais ne me regardait pas. Il était occupé à vérifier la sangle de sa lance, qui retenait un silex devenu branlant. Mais ce manège ne dura pas longtemps car apparurent bientôt de nulle part deux nouvelles formes qui s'approchèrent de lui et semblèrent lui parler. Je n'arrivais pas à entendre ce qu'elles disaient à cause de cet étrange bourdonnement dans mes oreilles, mais je les ai elles aussi immédiatement reconnues. Elles étaient toutes deux bien plus jeunes, Emi et Oro'Rin.

Puis, soudain, coupant ma réflexion et ma stupeur, un autre élément s'est imposé à la scène, tombant d'en haut, tout blanc. La neige s'était mise à tomber, recouvrant tout le noir devant mes yeux et m'obligeant, sous le choc, à protéger mes rétines avec mes mains. Quand le choc lumineux fut passé, j'ai pu rouvrir mes paupières pour découvrir que les trois Kalii avaient disparus, et qu'à la place un infini manteau neigeux s'était formé. Il y avait devant moi un paysage d'hiver, que je connaissais bien car à mon époque les hivers étaient très longs ; toujours plus longs, comme disaient les anciens.

Cette vision était agréablement plaisante après l'apparition de Rimn, et je suis restée de longs instants à profiter de ce calme. Seulement, je n'étais pas maîtresse de ma vision, et celle-ci s'est de nouveau remise à changer. Le paysage neigeux était toujours présent, mais par instants des lumières rouges traversaient brusquement mes rétines, de plus en plus rapides, de plus en plus rapprochées. Quand la vision ne fut plus qu'un décor entièrement écarlate, je me suis sentie tomber en arrière dans une chute sans fin, jusqu'à ce que ma tête heurte un sol dur. J'ai eu l'occasion de voir le visage d'Oro'Rin baigné dans les flammes avant de tomber d'épuisement.

22

— Oui, Parr, c'est très bien !

— C'est très bien... sur une cible immobile. J'attends toujours qu'il tue sa première proie !

— Aa, occupe-toi plutôt de ta cible.

Sous le couvert des hauts arbres, à l'écart du campement, les deux frères, Ro'Tto et moi étions en plein entraînement de maniement d'armes, sous la direction de Tro'Hi, Inal et Moo'Ni. Les deux sœurs, au tempérament posé et doux, n'avaient pas particulièrement l'esprit guerrier mais étaient très habiles de leurs mains, très précises dans leurs mouvements et maniaient efficacement l'une la lance, et l'autre les bolas. À plus d'une occasion, elles s'étaient imposées lors de la chasse ou de la pêche.

Moo était très occupée à canaliser l'énergie des garçons, à leur faire viser correctement les troncs avec leurs javelots, plutôt que de fanfaronner devant Ro et moi. Mais nous étions bien trop occupées avec nos propres armes pour même regarder dans leur direction. Ro était une tireuse précise, sa lance déviait rarement de sa trajectoire, mais n'atteignait pas toujours les cibles éloignées, faute de puissance. Moi, qui avait bien plus d'entraînement que les autres, grâce à la discipline très stricte de mon ancien hakn, je n'avais pas vraiment de difficultés à faire résonner les troncs qui me faisaient face. Le costaud Tro'Hi qui, malgré son jeune âge, égalait les talents de chasseur de Fraé, laissait présager qu'il serait le meilleur dans peu d'années, avec l'expérience. Il ne lâchait pas mes tirs des yeux, la pose immobile, acquiesçant par un balancement de la tête chaque fois que mon geste était propre, et mon tir bien ajusté.

J'étais ravie d'avoir cette petite séance d'entraînement qui me libérait un instant du poids de ma nouvelle fonction, et me permettait surtout de passer du temps en compagnie de mes amis, après toutes ces journées passées soit en la seule compagnie de l'ikon'en, soit seule dans l'immense forêt profonde.

En repensant à cela, alors que j'étirais mon bras à l'arrière de ma tête pour préparer mon lancer, j'ai eu une vision très fugace de la petite enn, passant entre les fougères. Sur l'instant, j'ai ressenti l'envie de poser ma lance et de partir à la recherche du carnivore. J'avais l'impression qu'un lien s'était forgé entre nous et pourtant, c'était une chose impossible, deux êtres d'espèces différentes ne pouvaient devenir amis, et le souvenir de l'air effrayé de Ro lors de notre dernière rencontre était venu consolider ce point.

— Alors, Horre, tu t'endors ? me lança en riant Tro'Hi. Heureusement que tu n'es pas à la chasse au propos, tu te serais déjà fait charger !

— À force de vivre dans la grotte, elle se met à hiberner.

La réflexion de Parr a fait rire tout le monde. Même si je me sentais un peu vexée par la pique, je me suis quand même laissée partir à rire avec eux. La forêt autour de nous s'est mise alors à vibrer, des oiseaux étonnés se sont envolés par paquets et des petits mammifères se sont mis à courir à travers les fougères, les faisant danser.

Puis, un amil'ap couleur de feu a entrepris l'ascension d'un arbre posé à quelques mètres de moi. Il allait si vite que je devais également être extrêmement rapide, si bien que, sans même y réfléchir, j'ai engagé le mouvement de balancier de mon bras avant de propulser de toutes mes forces et ma précision le long bâton terminé par un silex acéré, droit sur le petit animal. Dans un bruit mat, la lance arrêta net sa course, elle venait de se planter dans le tronc, faisant éclater l'écorce, et dans le tout petit corps roux qui n'a même pas eu le temps de pousser un cri avant de devenir mou comme un bout d'habit, collé contre l'arbre.

Les six Kalii autour de moi avaient arrêté de rire en suivant mon manège. Il y a eu un instant de silence encore après le coup fatal puis, à l'unisson, ils se sont mis à crier :

— Horre, bravo !

—C'est incroyable !

—Vraiment très impressionnant !

— Comment tu as fait ça ? C'était tellement rapide !

Tous parlaient et s'émerveillaient en même temps, m'attrapant par le bras ou l'épaule, vivement impressionnés. Dans les yeux bleutés de Tro'Hi, je lus même de la fierté. Les deux frères avaient fini de me féliciter pour partir escalader le tronc, Parr prenant appui sur les épaules d'Aa. La lance était plantée plus haut que la taille d'un homme les bras levés, si bien que Parr a dû embrasser le tronc et y grimper de quelques centimètres pour atteindre la lance, qu'il a eu du mal à détacher. Avec une multitude de mouvements de rotation, il est finalement parvenu à retirer le caillou taillé de l'écorce, laissant tomber avec lui le corps de l'amil'ap. Aa l'a rattrapé avant qu'il ne touche le sol et, laissant son frère se débrouiller pour redescendre, il a couru vers nous, le trophée entre les mains. Quand j'ai reçu l'animal dans mes paumes, je n'ai vu qu'une masse de poils roux ; c'est en le tournant d'un côté à l'autre que j'ai remarqué le sang écarlate collé sur la fourrure. Immédiatement me sont revenues à l'esprit les images de la veille : la vaste plaine blanche, puis les coupures violentes de rouges, de plus en plus persistantes. Comme si je revoyais la vision à l'envers, j'ai vu ensuite les trois visages qui m'étaient apparus et m'avaient bouleversée.

Qu'est-ce que Rimn faisait, entouré d'Emi et d'Oro'Rin ? C'était incompréhensible. Toutes les émotions que j'avais ressenties hier dans la nuit, avant d'effacer ces images de mon esprit jusqu'à ce qu'elles me soient revenues violemment à l'instant, ont brusquement réapparu.

Je devais avoir l'air hagard car tous les autres me regardaient d'un air inquiet. Ils s'étaient attendus à des manifestations de joie et se retrouvaient en fait avec une petite fille sous le choc. Un court instant a été nécessaire pour que je reprenne une contenance et fasse semblant que tout allait mieux, que j'avais eu un mal de ventre passager, et que nous pouvions repartir tranquillement vers le campement, chargés du produit de notre chasse improvisée.

Les garçons et Ro, tout fiers à ma place, ont couru au milieu des gens restés dans la clairière pour crier mon exploit et montrer à tous le petit amil'ap. Quant à moi, je les ai laissés fêter ça pour moi et suis partie en courant en direction de l'ikon'en que je venais d'apercevoir, assoupie sous les faibles rayons de Rana qui filtraient entre les nuages gris, presque laiteux, posée contre la paroi extérieure de la grotte.

— Ikon'en, j'ai à te parler.

Oro'Rin avait écouté mon récit, d'abord étonnée, ne sachant pas ce que j'allais lui dire, puis repris peu à peu son air grave habituel. Elle m'avait laissé finir sans m'interrompre, me laissant épancher ma frustration. Quand j'ai eu fini, elle est demeurée silencieuse un instant, puis m'a annoncé qu'elle me parlerait plus tard. Incapable de tirer quoi que ce soit de plus d'elle, et consciente au bout d'un moment que j'avais franchi une ligne en osant l'aborder comme je l'avais fait, j'ai préféré accepter de m'en tirer à si bon compte et me suis éloignée.

J'étais à côté de Mo'An, lui racontant ma matinée et mon exploit, tout en touchant de temps à autre son ventre absolument énorme et surtout animé, quand une pluie légère se prit à tomber du ciel, assez rapidement recouvert de nuages. Cette pluie était douce et particulièrement froide, annonçant l'hiver qui approchait à grands pas. Nous espérions tous que la troupe de Fraé reviendrait vite, car cela deviendrait bien vite dangereux de rester séparés.

L'après midi, après nous être tous repus de baies et d'un peu de viande, nous l'avons passé tous ensemble sous le couvert de la grotte. Les gouttes de pluie s'étaient changées en de minuscules flocons qui fondaient instantanément à mesure qu'ils touchaient le sol boueux. Enveloppées dans une couverture de peau d'iprokal'in, à l'entrée de la grotte, les femmes regardaient tomber la neige et danser les arbres tout en discutant. Nous, les enfants, n'entendions pas leurs voix, trop occupés à nous amuser autour des flammes. Inal nous surveillait du coin de l'œil, pour s'assurer que notre jeu ne dégénérait pas. Nous avions choisi plein d'objets différents pour les envoyer dans le feu, et observer les réactions. Certains, comme les petits morceaux de fourrure, ou encore nos propres cheveux, dégageaient une épouvantable odeur qui pourtant provoquait nos rires et ne nous lassait pas. Tout ce que nous avions ramassé lors de notre cueillette expresse sous la bruine était offert au feu : les herbes, les feuilles, les plumes, la terre, les bouts de bois, les cailloux ou encore les insectes. Aa s'amusait particulièrement avec eux : il les embrochait sur une brindille et les gardait suspendus au-dessus des flammes, à peine léchés par elles. Le bruit et l'odeur qu'ils dégageaient nous rappelaient les grillades des grands animaux mais ne nous mettaient pas autant en appétit. Il n'y avait qu'Aa qui se prenait parfois à en porter un à sa bouche. Moi, je mâchonnais des brins d'herbe pour en faire ressortir l'arôme, et cela me rappelait l'analap et tout ce qu'il m'avait fait découvrir. Mais je n'avais pas vraiment envie de repenser à la dernière vision. En tournant la tête, je pouvais voir Oro'Rin endormie sur les peaux, un peu plus loin. En la regardant si fragile, je me prenais à regretter ma brutalité de ce matin. J'avais la sensation désagréable de m'être comportée comme Rimn l'aurait fait.

Quand nous en avons eu assez de regarder nos objets griller ou encore de rester inertes dans le cas des cailloux, nous sommes passés à d'autres jeux. Nous jouions à la course, à attraper les autres ou bien, quand Inal, exaspérée par notre remue-ménage, nous a interdit de jouer à celui qui poussait le cri le plus proche de celui de l'apk, nous nous sommes calmés et posés dans un coin, et avons un peu parlé.

Au bout d'un moment, Tro'Hi est revenu de sa surveillance avec une nouvelle qui nous a tous mis en joie :

— Fraé et les autres ne sont pas très loin, ils arrivent chargés. Venez avec moi, nous allons les rejoindre.

Emi resta à la grotte dans l'éventualité où Mo'An ou l'ikon'en auraient besoin d'elle. Nous, les quatre enfants, étions immédiatement partis sur le chemin quand nous avions appris la nouvelle. Tro'Hi nous rejoignit en marche rapide pour nous montrer la direction. En trottinant nous avons vite fait de retrouver les nôtres, ployant sous des charges imposantes, mais les mines réjouies. Ils se sont arrêtés un instant pour nous saluer tous, en apposant leurs mains refroidies sur nos poitrines ou épaules. La vue de Lu'Rii m'a remplie de bonheur, et elle aussi semblait heureuse ; nos mains se sont délicatement posées sur le visage de l'autre en guise de salut. Ro et les deux garçons ont été un peu plus hésitants, mais la rancœur de ces deux derniers a vite disparu en croisant le sourire de leur sœur bien-aimée.

—Nous avons d'excellentes nouvelles à vous annoncer, dit Fraé de sa voix profonde.

— Dépêchons-nous d'abord de rentrer à l'abri. Laissez-nous prendre une part de votre chargement, répondit Tro'Hi.

Ce qui était le plus pesant, de beaux quartiers d'uiom, qu'ils venaient de tuer sur le chemin, fut porté par les adultes, alors que les enfants étaient chargés de transporter de larges besaces, pas trop lourdes.

— Il y a des bols et des ustensiles dans la mienne ! a annoncé Parr après n'avoir pu résister à la tentation de vérifier son chargement.

— Tu es bien curieux, jeune garçon, s'amusait Bi'Har. Mais tu n'es pas tombé sur la bonne besace ! Ton cadeau n'est pas un bol !

— Un cadeau, Bi'Har ? Qu'est-ce que c'est ?

— Ça vient du hakn des Poho'La ? Moi aussi, j'en aurais un ?

Tout le monde s'est mis à rire de l'impatience d'Aa et Parr, qui dévoraient l'ancien des yeux. Nous étions tous ravis d'êtres de nouveau réunis.

Arrivés à la grotte, enfin protégés de la neige et du vent qui se durcissaient, les nouveaux venus ont échangé leurs habits trempés contre le reste de fourrure chaude et confortable, puis nous nous sommes tous installés autour du feu central, certains se réchauffant, les autres attendant avec impatience mais calme les nouvelles.

Fraé, après avoir réchauffé ses mains gelées, s'est mis debout afin que tous l'entendent bien, puis a pris la parole :

— Le voyage jusqu'au campement Poho'La s'est bien déroulé. Sortis de notre forêt, nous avons atteint la plaine, où quelques hakn d'uiom, de sha'il et de propos vivaient. Seulement, nous les avons trouvés bien moins nombreux que lors de notre dernière chasse dans la plaine. Nombre des autres espèces ont dû s'éloigner, sentant l'hiver approcher. Nous n'avons aperçu un hakn d'iprokal'in que de loin, du haut de la petite montagne qui abrite les Poho'La. Selon eux, cela est dû aux chasses des Sukr'in, à leurs passages incessants. Ils nous ont dit que même les prédateurs se faisaient plus rares ; ils n'ont aperçu aucun enn ou frola depuis plusieurs Akil.

« Alors, ils ont été ravis d'entendre le pacte que nous étions venus leur proposer. Ils ont immédiatement envoyé leurs premiers éclaireurs. Quand ceux-ci viendront ici, avec leur hakn, deux d'entre nous les remplaceront… enfin, après la cérémonie.

La nouvelle fut accueillie avec soulagement. Par contre, la dernière remarque a éveillé notre curiosité.

— Que veux-tu dire par là ? » s'est enquis Emi.

—Les Poho'La nous rejoindrons au prochain Akil car nous fêterons ensemble trois unions !

Des cris de stupeur secouèrent tous ceux qui étaient restés. Nous ne nous attendions pas à une telle nouvelle, trois unions étaient extrêmement rares.

— Lesquelles ? a continué Emi.

— Inal et Moo'Ni seront chacune unies à deux grands chasseurs Poho'La. L'un d'eux est âgé, mais a perdu sa compagne, morte de maladie. Quant au deuxième, c'est un jeune homme fort qui vient de participer avec succès à sa première chasse. La troisième union sera celle de Tro'Hi, avec la fille de Vé'Hia la relk.

Les trois intéressés restèrent silencieux ; ils s'attendaient évidemment à ce que cela arrive, mais cela signifiait pour les sœurs le départ loin de leur hakn de naissance, pour aller vivre avec des Kalii qu'elles ne connaissaient pas. J'étais persuadée qu'à cet instant précis, elles remerciaient les Malak de les laisser vivre cette épreuve côte à côte. Elles n'auraient certainement pas supporté d'être séparées, ou d'affronter une nouvelle expérience seules.

— C'est une excellente décision, Fraé.

— Les Malak t'avaient dit qu'ils l'approuvaient, ikon'en. Je n'ai fait que suivre le chemin que tu m'as conseillé.

— Mon cœur est plus léger à présent. Nous attendons le petit de Mo'An et avons trois unions à célébrer. Les Kalii sont toujours un peuple fort ! s'émerveilla Kiisi de sa douce voix. À présent, dites nous ce qu'il y a dans vos besaces.

Ils nous ont alors montré la belle réserve de silex qu'ils avaient engrangée pour Moono, et qu'ils avaient transportée sur un travois fabriqué au camp des Poho'La. Ensuite, ils ont déballé devant nos yeux ébahis tous les ustensiles en bois que l'autre hakn nous avait offerts, en conclusion des nombreux pactes scellés. Il y avait des bols, des paniers tressés, des pilons, des cuillères, des fourchettes, tous très précisément ouvragés et magnifiquement décorés. Ils avaient utilisé beaucoup de pigments bleus et roses, crées à partir des plantes qui poussaient autour de leur campement. Les formes étaient dansantes et sinueuses, on pouvait s'amuser à les suivre des yeux, en tournant à l'infini le bol, jusqu'à ce que les yeux se perdent au milieu des lignes et des couleurs.

Moo'Ni et Inal, les deux artisanes les plus douées, étaient fascinées et se passaient les objets, les regardant de près, les soupesant, dans une musique matte du bois contre le bois.

Les ustensiles et armes étaient aussi fabriqués à partir des os des animaux mais, lors d'une union, le bois était préféré car il représentait la longévité et la force de l'arbre, nettement plus importante que celle d'un squelette, qui se faisait briser, ronger par les charognards, et disperser par le vent et la pluie.

Pendant ce temps, nous, les enfants étions en train de découvrir les cadeaux qui nous avaient été faits : il s'agissait de javelots peints et décorés par de longues plumes d'oiseaux, pour nous « préparer à la chasse », selon les Poho'La.

23

Le lendemain, la troupe de Fraé s'étant reposée, nous avions tous hâte de commencer les préparatifs de la fête. La première chose à faire était de s'occuper de l'uiom tué la veille, avec l'intention de le fumer. C'est Bi'Har qui a pris les choses en main, et demandé à Lu et moi de l'aider dans sa tâche. J'ai d'abord un peu hésité à le suivre, toujours un peu impressionnée par ce Kalii à la carrure et à la voix d'un frola. En réalité, il était très doux et, en le voyant jouer avec Lu'Rii, j'ai laissé tombé mon appréhension ; il n'était finalement pas aussi effrayant que sa compagne.

Le travail consistait à découper dans les imposants quartiers de plus petits morceaux, afin que la fumée fasse plus rapidement effet. Munis de nos couteaux tranchants, nous avons cisaillé les restes de l'uiom puis, quand les morceaux étaient convenables, Bi'Har nous accompagnait jusqu'au fond de la grotte où la salle d'enfumage avait été montée. Il s'agissait d'un recoin de la grotte fermé par une porte faite d'une peau dure de propos, coincée au sol par de lourdes pierres, et attachée en haut autour d'une branche horizontale, elle-même coincée entre les deux pans de mur en coin, laissant ainsi une ouverture pour l'échappement de la fumée. Cet emplacement avait été préféré car le plafond au-dessus était fissuré par un trou qui permettait l'évacuation de la fumée hors de la grotte. Derrière la porte en peau, il y avait un foyer que Bi'Har venait d'allumer, puis avait achevé en étouffant les flammes pour que seule une épaisse fumée vienne lécher les branches placées horizontalement elles aussi à hauteur d'épaule et qui servaient de support pour la viande.

L'ancien prenait les morceaux qu'on lui tendait pour les placer ensuite sur les branches. Le sang qui suintait de la viande se collait contre les poils de nos habits, coulait sur nos mains ; mais nous aimions cette odeur et ne pouvions résister à l'envie de lécher rapidement les morceaux que nous transportions. Cela fini, nous nous sommes sucé les doigts avec délectation. Il était dommage de perdre cette saveur et cette odeur de la chair crue en la fumant ou la cuisant. Au final, le principe de conservation propre à l'hiver, où nous les enfouissions dans la neige, était celui qui gardait le mieux cette consistance que nous aimions. Mais visiblement, il ne faudrait pas attendre trop longtemps avant de pouvoir le refaire, au vu du temps.

Ce travail terminé, Bi'Har nous a envoyés rejoindre le groupe qui s'affairait autour des peaux. Emi, Tro et Olor s'occupaient de préparer la peau de l'uiom. Lu'Rii et moi nous sommes assises à côté de Mo'An et Ulis, qui préparaient des pelisses pour les offrir aux Poho'La lors de l'échange des cadeaux qui accompagnait toute union. Les futurs unis, eux, ne pouvaient s'occuper de ce qui touchait à leur union, c'est-à-dire les cadeaux et les vêtements. Ils pouvaient par contre s'occuper des préparatifs proprement dits.

J'avais choisi d'aider ma mère à coudre les peaux de patr'il et d'amil ensemble pour en faire des pelisses. Lu'Rii, elle, y rajouterait ensuite des plumes de différents oiseaux autour du col, ce qui servait à la fois de coupe-vent et surtout de décoration. Auparavant, les plumes devaient être trempées dans une décoction colorée pour les embellir, qu'Ulis venait de préparer, à base de pigments et d'huile. Il avait disposé autour de lui différents récipients, contenant chacun une teinte différente.

— Lu'Rii, raconte-nous ton voyage, a demandé soudain Mo'An.

L'intéressée s'est mise à se trémousser, visiblement ravie qu'on lui ait posé cette requête.

— Vous voulez tout savoir ?

— Et surtout la vérité ! s'amusait Ulis qui connaissait la nature aventureuse et volontiers romanesque de la jeune Kalii.

Celle-ci n'a pas relevé mais s'est tournée vers Mo'An et moi, a pris une petite inspiration et commencé son récit.

— Après notre départ, nous avons marché quelques heures au milieu des arbres, puis il y en a eu de moins en moins, et on a commencé à sentir le vent contre nos joues. L'air était plus frais en dehors de la forêt, mais comme on était en marche depuis longtemps, nos corps étaient chauds.

« Sur notre chemin, il y avait un hakn de sha'il qui broutaient. Quand ils nous ont vus arriver dans leur direction, ils sont partis au galop. Ces animaux sont si rapides ! Et si gracieux comparés aux propos ou aux iprokal'in. Plutôt peureux aussi, mais je les aime bien.

« On a continué à travers la plaine, longtemps. J'avais toujours peur qu'on croise des prédateurs mais les seuls animaux qu'on ait vus étaient des brouteurs. La nuit, on installait la tente. J'étais bien contente qu'on dorme là-dessous parce que ça nous protégeait un peu plus du vent, et ça nous cachait des animaux. Un matin – elle se mit à rire –, Olor a sorti la tête en dehors et il s'est mis à pousser un cri ! Il nous a tous réveillés en sursaut, on croyait se faire attaquer. Fraé s'est alors précipité dehors avec son couteau et là, il a rigolé de toutes ses forces. On est tous sortis pour comprendre ; il y avait un jeune vloé en train de détaler le plus loin possible d'Olor ! Les deux s'étaient retrouvés nez à nez, et s'étaient surpris l'un l'autre. »

Tous les Kalii du coin couture se sont laissés aller à un rire général en imaginant la scène ; voir le fier chasseur

Olor prendre peur d'un bébé vloé avait dû être très amusant. J'ai senti en moi une petite pointe d'amertume de n'avoir pas été de l'aventure, et de n'avoir pas eu le plaisir d'être en train de raconter le récit avec Lu'Rii. Mais j'étais malgré tout ravie de le découvrir.

« Après ça, il ne s'est pas passé grand-chose, il s'est juste mis à pleuvoir une demi-journée, ce n'était vraiment pas agréable mais nous en avons profité pour remplir nos gourdes.

« On a bientôt aperçu la montagne des Poho'La ; heureusement elle n'était pas aussi grande que celles qui touchent le ciel et sont toujours recouvertes de neige ! On n'était plus très loin, par contre il fallait traverser un long champ de pierres. Il y en avait partout, on devait faire très attention où on posait les pieds, c'était très fatigant. Je n'ai pas du tout aimé cette partie. Moono m'a dit que c'était ça la carrière et que je devrais m'y habituer car c'était un lieu important. Et juste après qu'elle a dit ça, sa chausse s'est détachée ; elle était trop abîmée et s'était usée sur le sol pierreux. Moono a été obligée de continuer avec le pied nu. Heureusement pour elle que nous étions presque arrivés.

« Quand les Poho'La nous ont aperçus dans la montagne, l'un deux s'est approché avec une lance à la main. Et lorsqu'il a reconnu Fraé et Bi'Har, ils étaient tous très contents et se sont salués. Ils nous ont ensuite tous accueillis chaleureusement, contents de voir des amis. J'ai remarqué qu'ils étaient un peu plus nombreux que nous, avec plus d'enfants.

« Après, ils nous ont invités à nous asseoir et nous ont offert de l'eau et des petits fruits bleus. Leur relk, Héuio, me faisait un peu peur, il est très costaud, a beaucoup de cicatrices, et porte à la ceinture un morceau de crâne de Sukr'in ! Il l'avait décoré et lui avait peint l'intérieur des yeux en rouge. Fraé m'avait prévenu que les Poho'La étaient des guerriers et que leur aide serait précieuse. Il m'a ensuite dit de toujours avoir des amis puissants.

« Héuio a ouvert la discussion en nous demandant ce qui nous amenait.

« *Nous avons un pacte à vous proposer, a répondu notre relk. Pour se protéger contre les Sukr'in, qui deviennent de plus en plus dangereux.* »

« *Tu sais ce que les Poho'La pensent des Sukr'in, ami, dit Héuio gravement en posant sa main sur le crâne qui pendait à ses côtés. Quoi que tu proposes, nous te suivrons.* »

« *Merci, Héuio, nos deux hakn seront plus forts ensemble. Voilà la proposition : il faudrait que nous alliions nos deux territoires, et que nous le protégions comme un seul. Pour cela, je propose que nous ayons constamment des éclaireurs qui sillonnent la plaine, surveillent votre montagne et notre forêt. Nous nous relaierons : tu enverras d'abord ceux de tes hommes qui, quand ils parviendront à notre forêt, seront relayés par deux de mes chasseurs.* »

« Vé'Hia, la deuxième relk, qui était restée silencieuse jusqu'à présent, pris la parole :

« *C'est une très bonne idée, Fraé. Nous observons régulièrement des hakn de Sukr'in traverser la plaine. Le plus souvent ils ne font que passer, mais une fois nous avons dû les arrêter sur notre chemin. Et il arrive que nous en croisions lors de nos chasses, et dans ces cas là, l'affrontement est inévitable. Préconises-tu que nous ne laissions plus aucun des leurs fouler nos territoires ?* »

« Fraé a fait la moue, puis s'est tourné vers Bi'Har. Ce fut alors lui qui répondit, après un instant de réflexion.

« *Ce n'est peut-être pas une bonne idée d'attaquer tous les hakn de Sukr'in. Même si nous sommes plus forts, eux sont plus nombreux, et s'ils choisissent de se liguer eux aussi, nous finirions probablement écrasés sous le nombre. De plus, ça nous contraindrait à quitter régulièrement nos campements et laisser nos anciens et enfants sous moindre protection. Je pense qu'il vaut mieux voir ce pacte comme une défense et non une chasse. »*

« Très bien. L'idée est bonne. Dès demain, deux de mes chasseurs partirons. »

« Fatiguée de suivre la conversation des adultes, j'ai reçu l'autorisation des femmes Poho'La de m'étendre sur leurs couches.

« Ce hakn ne vit pas dans une caverne, mais sous une immense tente en os et peaux d'iprokal'in. D'ailleurs, c'est depuis leur campement qu'on les a aperçus, les iprokal'in. Quand je me suis réveillée, tous étaient rassemblés le long de la falaise, d'où on voyait très bien la vallée. Un garçon m'a montré du doigt ce qu'ils observaient ; c'était un hakn de ces énormes animaux, tout petits vus d'ici, marchant au loin en direction de la plaine.

« Les Sukr'in empruntent de plus en plus souvent le même sentier que les iprokal'in. Ils ne les ont jamais chassés, car ils ne font que passer. Ils vont visiblement vivre au-delà de la plaine et nos territoires ne sont que des passages. Mais s'ils ne chassent pas l'iprokal'in, c'est tous les plus petits animaux qui meurent sous leurs lances. »

« Et à cause de leurs réguliers voyages, le gibier s'éloigne, préférant des endroits plus calmes. Et puis, la menace de l'hiver augmente le nombre d'animaux migrants. »

« Mais au moins, cela est normal, nous y sommes habitués. Et les animaux des neiges suffisent encore à notre survie. »

« Normal, tu dis ? As-tu l'habitude de voir les neiges rester aussi longtemps ? Du temps des anciens, elles arrivaient bien plus tard, et repartaient plus tôt ! »

« Les adultes commençaient à élever la voix, et j'avais suffisamment observé la marche des iprokal'in. D'un regard échangé avec les autres enfants, nous avons décidé de partir jouer. Le lendemain matin, il fut temps de repartir. J'avais vaguement entendu parler d'une histoire d'union par des grands Poho'La mais n'en avais pas tenu compte. J'avais juste retenu que leur hakn allait bientôt nous rejoindre pour une fête. C'était une bonne nouvelle, je m'étais bien amusée avec les autres enfants.

« Nous avons salué tout le hakn puis sommes redescendus dans la vallée. Un coup d'œil sur le pied de Moono m'a fait remarquer qu'on lui avait offert une nouvelle paire de chausses. Elle transportait aussi un travois pour y entreposer les pierres qu'elle allait choisir dans la réserve, et que les chasseurs allaient tirer les uns après les autres. Arrivés sur le lieu, nous nous sommes tous mis à chercher les bonnes pierres. Moi, j'ai commencé mais me suis vite arrêtée quand j'ai entendu un cri strident qui venait de quelques mètres au-dessus de moi. En cherchant bien, j'ai trouvé l'animal qui l'avait poussé. On aurait dit un laki mais en plus gros et plus poilu ! Il se tenait debout comme un Kalii et me regardait droit dans les yeux. Puis, quand j'ai voulu m'approcher, il a disparu entre les pierres en quelques secondes ! J'ai grimpé jusqu'à l'endroit où il se cachait mais il pouvait être n'importe où sous le pierrier. Le temps que je fouille le terrain, les autres avaient fini leur récolte et m'avaient appelée.

« On a alors repris le même chemin, et en quelques jours on était de retour. »

— C'était un joli voyage, Lu'Rii, a dit Mo'An quand la jeune fille a eu fini.

— J'aurais voulu voir cette bête étrange qui vit dans les cailloux ! me suis-je exclamée.

— Oui, elle était drôle, mais je ne l'ai qu'aperçue. C'est dommage que tu ne sois pas venue, on aurait vu ces choses ensemble.

Ulis entra dans la conversation pour chasser mon vague à l'âme :

— Tu avais des obligations bien plus intéressantes et importantes ici, Horre. Comment s'est déroulée la vie du hakn pendant notre absence ?

— Eh bien, plutôt bien. Mais moi la plupart du temps j'étais avec Oro'Rin, ou bien à la cueillette, dans la forêt. À part la neige, il ne s'est rien passé de notable.

J'avais volontairement tu l'incident où ma mère s'était sentie très mal, car les douleurs liées à l'accouchement ne concernaient pas les hommes et ce qui était passé et sans conséquences n'était pas vraiment nécessaire à raconter. J'avais également choisi de ne pas mentionner les rencontres répétées avec les enn, et espérait que Ro saurait elle aussi tenir sa langue.

— Tiens, Horre, la couture de cette pelisse est achevée, donne-la à Lu.

La douce pelisse passa des mains de Mo'An jusqu'à celles de Lu'Rii qui devait y mettre la touche finale. Celle sur laquelle je travaillais n'avançait pas très vite car je n'avais pas autant de dextérité que ma mère, et manquais de force pour transpercer la peau élastique avec mon os pointu.

— Pose la peau sur le sol, Horre.

Avec des gestes lents, car elle avait du mal à se mouvoir, elle m'a montré un geste qui pourrait me faciliter la tache. Je devais passer la pointe sur la fourrure posée au sol et la faire un peu tourner pendant que je tirais la fourrure vers le haut. Quand le trou a été fait, j'y ai passé mon fil fait de tendons et joint les pièces de fourrure ensemble. Au bout d'un moment, j'avais attrapé le bon coup de main et j'ai pu terminer le manteau pour le passer à Ulis. En plus de pelisses, nous avions des ceintures de fête et des habits à confectionner. Les ceintures étaient peintes et décorées avec des plumes, des feuilles, des galets blancs de la rivière, ou bien des coquilles d'amr'in, elles aussi colorées. Toutes ces teintes qui se retrouvaient dans la décoration des objets de tous les jours ou de ceux utilisés lors des fêtes représentaient les multitudes de couleurs qui se trouvaient autour de nous, sur chaque chose qui existait grâce à un elirha. C'était notre manière de les vénérer.

Les heures ont passé et les habits, colorés et chauds, s'entassaient au milieu de nous quatre. Les plus fins feraient de somptueux présents.

Puis, brusquement, un hurlement strident a secoué toute la caverne et a fait se lever toutes les têtes étonnées. C'était Lu'Rii à côté de moi qui venait de s'exprimer, me provoquant une accélération du pouls. Quand ses deux frères ont éclaté de rire, plantés au-dessus d'elle, j'ai remarqué qu'ils tenaient chacun dans leurs mains des amr'in vivants qu'ils venaient donc probablement de déposer sur les joues de Lu, par derrière.

Celle-ci était en train de s'essuyer le visage vigoureusement, l'air autant énervé qu'un kluka qui charge. Elle n'avait pas apprécié la surprise, c'était évident.

— Alors, les filles, vous venez chasser les amr'in avec nous ?

Moi, je m'étais immédiatement levée, j'avais besoin de me dégourdir les jambes et laisser mes doigts douloureux se détendre. La légère bruine qui tombait depuis le matin sur la forêt était très plaisante, elle rafraîchissait délicatement et semblait ne même pas mouiller, ruisselant le long des fourrures après y avoir formé de minuscules gouttelettes.

Lu'Rii, calmée, ainsi que Ro'Tto, nous avaient rejoints à l'extérieur et avaient accepté le défi lancé par Parr.

— Le premier à récolter autant d'amr'in que les doigts des deux mains sera le plus fort des enfants.

À la seconde, nous avons chacun bondi de notre côté, courant de partout, à moitié courbés, le nez dans la boue pour dénicher les animaux à coquille. À mesure que je les trouvais, je les fourrais immédiatement dans la besace vide toujours attachée à la ceinture que m'avait offerte Ro. Les autres, quand je donnais un coup d'œil rapide dans leur direction pour suivre leur progression, les tenaient tant bien que mal entassés dans le creux de leurs bras, ou bien les coinçaient entre les plis de leurs habits.

— Ça y est ! a crié une voix.

Mince, il ne m'en restait plus qu'un pour réussir ! À l'autre bout de la clairière, Ro'Tto exhibait sa réussite, la mine réjouie. Nous l'avons tous rejointe, puis Lu a vérifié le compte en plaçant ses doigts sur chaque petit animal. Le compte y était bien.

— Bravo, Ro, tu as été la plus rapide !

La jeune fille rayonnait de fierté, particulièrement à cause du compliment de Lu qui avait une importance particulière pour elle. Malgré le fait que je me sente un peu dépitée d'avoir perdu, et de si près encore, je devais reconnaître que ça me faisait plaisir de voir Ro gagner l'admiration des triplés. Une fois n'était pas coutume.

— Et maintenant, repas !

D'un coup sec, Aa a écrasé une pierre sur la coquille d'un amr'in, qui a craqué sous le choc. Il a attrapé les restes de la bête et l'a porté à sa bouche. D'abord, il a tenté de croquer mais ça s'est avéré inefficace.

— Avale, Aa, comme ça ! Son frère lui a montré le geste, puis a été suivi par la triplette. À notre tour Ro et moi avons brisé une coquille chacune pour déguster notre part du butin. Toutes les autres bêtes ont été ramenées à la caverne pour compléter le repas du soir.

24

« Au retour suivant de Rana, la pluie tombait toujours, légère mais persistante. Comme on ne pouvait rien faire dehors, une partie du hakn s'était occupée de créer de nouveaux ustensiles pour la fête, pendant que Moono commençait la taille des silex.

En passant derrière moi, Fraé m'a frôlé l'épaule pour m'annoncer qu'Oro'Rin requérait ma présence. Ça faisait quelques jours que nous ne nous étions pas adressé la parole ; ma colère et mes interrogations avaient eu le temps de s'atténuer mais je redoutais toujours une punition retardée pour ma conduite insolente. Pourtant, cela n'est jamais arrivé : ce n'était pas le genre d'Oro'Rin. En me voyant approcher de sa poche personnelle de la grotte, à l'abri des regards et des oreilles, elle m'a fait un sourire. Son visage était doux, suffisamment pour apaiser mes craintes.

— Prends place, ma petite. Je t'ai fait venir aujourd'hui, en dépit du besoin de préparer la fête, pour te parler de cette vision qui te tracasse. Pour commencer, il va te falloir apprendre quelques petites choses à propos du hakn Ike'Atraín :

« Au moment où commence mon récit, c'était un homme nommé Soo qui était notre relk. C'était il y a bien longtemps, j'étais encore jeune, du même âge que Soo. Lui et Bi'Har avaient la même mère. Quant à Emi, elle sortait du ventre de la même femme qu'un certain Rimn. »

Quoi ? Que venait-elle de dire ? Mon ancien relk venait d'un autre hakn ? C'était impossible.

— Je comprends ta surprise, évidemment, mais écoute patiemment jusqu'à la fin. Rimn avait un comportement très emporté et violent, ce qui faisait de lui notre meilleur chasseur mais un homme désagréable et invivable au sein du hakn. Quant à Soo, c'était un homme calme qui ne cherchait jamais le danger, préférant offrir la sécurité et la meilleure protection à son hakn. Il refusait de poursuivre les Sukr'in qui traversaient le territoire que nous occupions à l'époque. Le jeune belliqueux, lui, estimait que la seule bonne manière de se conduire envers les envahisseurs était de tous les détruire, et ainsi il a crié un jour à Soo qu'il le considérait comme un lâche, pire qu'un uiom fuyant à la vue des chasseurs.

« Cette attitude était déjà condamnable, pourtant les deux relk ont refusé de le punir et lui ont donné à la place des tâches dures et fatigantes à accomplir, afin qu'il canalise son énergie. Seulement, cela n'a absolument pas suffi, bien au contraire, ça a accru sa rage. C'est ainsi qu'une nuit, sous le regard d'Akil entièrement rond, il a fracassé le crâne de Soo endormi et s'est repu d'une partie de sa chair puis a bu le sang qui s'écoulait. Tout le hakn s'était réveillé et assistait à la scène, paralysé de peur. C'était effroyable !

« J'ai alors, en tant qu'ikon'en, prononcé le bannissement de cette bête furieuse. Après un regard enragé et terrible, Rimn s'est enfui dans la nuit.

« Nous avions pensé qu'il avait fini par mourir de faim ou bien dévoré par un wonna. Mais quand tu es arrivée avec ta mère, Emi l'a tout de suite senti, elle a reconnu l'odeur de son frère abhorré qui avait commis le pire des actes. Elle l'a très mal vécu, qu'il jette ainsi la honte sur leur mère.

« Après cela, la relk ne pouvant diriger seule, c'est Emi et Bi'Har qui ont pris la relève. Fraé l'est devenu à leur suite après son union avec Kiisi. »

J'avais écouté l'histoire sans bruit, prenant chaque révélation comme un coup de gourdin sur la tête. Je n'arrivais même pas à distinguer quelle émotion était la plus forte à cet instant-là.

Après un long moment, l'ikon'en s'est levée pour préparer une décoction chaude qu'elle a approchée de mes lèvres, me forçant à boire. Je n'en avais pas du tout envie mais me suis laissée guider, comme une toute jeune enfant.

Instantanément la boisson a fait son effet, la chaleur passant le long de ma gorge détendit mon corps et les plantes ont fini par m'apaiser un peu. Des bras délicats sont venus ensuite s'enrouler autour de moi, me dorlotant et me berçant. Cette sensation qui remontait à l'enfance m'a fait un bien immense et a achevé de me calmer.

Dehors, les intempéries s'étaient apaisées, il y avait même quelques rayons de Rana qui perçaient entre les nuages pour venir toucher Akra et la réchauffer un peu. Du coup, les Ike'Atraín avaient choisi de profiter de l'accalmie pour aller se détendre dehors.

J'ai fait mine de ne pas voir les filles qui me faisaient signe un peu plus loin, pour chercher l'endroit où Mo'An se trouvait. Elle s'était installée sur une vieille peau posée sur le sol humide et se reposait. Elle n'était pas totalement endormie, ses yeux à moitié clos, et a refermé ses bras autour de mes épaules quand je me suis allongée à ses côtés, la tête contre le futur petit Kalii. Nous sommes restés ainsi tous les trois un moment qui m'a semblé merveilleusement long. La première chose que j'avais voulu faire en la rejoignant était de lui parler de ce que je venais de découvrir et lui demander de me parler de l'arrivée de Rimn dans mon ancien hakn, et de son comportement ou de tout ce qui pouvait le concerner ; mais en me retrouvant contre elle, j'ai réalisé que je ne voulais pas la perturber avec cette annonce terrible, et que, pour le reste de l'histoire, j'aurais l'occasion plus tard, à un moment plus propice, de lui demander de me raconter. L'esprit vidé, j'ai fini par m'endormir dans ses bras.

Les jours suivants, la pluie ne s'était guère manifestée, nous permettant de travailler en plein air nos ustensiles, nos bijoux et talismans, et de les embellir de pigments multicolores. J'étais en train de tailler un bout d'écorce pour qu'il devienne un pendentif quand Inal et Moo'Ni, réapparaissant dans la clairière les bras chargés d'outres pleines d'eau de rivière ont annoncé, un peu apeurées, qu'elles venaient de croiser un hakn d'enn.

— Où étaient-ils ?

— Ils trainaient en bordure de la rivière, près de l'arbre qui a poussé autour du gros rocher.

— Moono, attrape tes javelots et accompagne-moi.

Le relk et la tailleuse d'outils s'enfoncèrent tous deux dans l'ombre des arbres. Avec Ro, nous avons échangé un coup d'œil inquiet en coin pour ne pas nous trahir.

Puis, sans un bruit et nonchalamment, sans me faire remarquer, je suis sortie de la clairière et dès que je fus assez loin, me suis mise à courir, parallèlement à Moono et Fraé, hors de leur vue. Le cours d'eau ne se trouvait pas très loin du campement, je l'ai vite rejoint. Stupéfiée, j'ai aperçu de l'autre côté les enn, toujours là, immobiles. Pourquoi trainaient-ils ainsi dans les parages ?

Ma vue ne les a pas du tout effrayés, ils restaient juste sur leurs gardes, plantés droits sur leurs longues pattes fines. Je ne pouvais pas perdre de temps, les deux Kalii seraient bientôt là. À mesure que je ramassais de petits galets, je les lançais dans leur direction. Ils faisaient un bruit sonnant quand ils venaient taper contre les autres cailloux, de l'autre côté. Au début, mes enn ont été décontenancés, soulevant leur patte quand une pierre les frôlait. Je n'arrivais pas à les faire fuir, alors, j'ai dû viser directement les animaux, pressée par le temps. Lorsqu'ils se faisaient toucher, les enn reculaient d'un pas, par reflexe, mais ce n'était pas suffisant. Puis, bientôt, lassés par mon manège, les relk se sont décidés à mener leur hakn loin d'ici, à l'abri. En les voyant partir, j'ai suspendu mon geste et ai cherché des yeux la petite noire à tête claire. Elle était à la fin de la file et m'avait lancé un rapide regard avant d'emboiter le pas aux autres.

Ça avait réussi et il était temps car j'ai aperçu Fraé apparaître au loin. Lui n'a pas eu l'occasion de me voir car je suis repartie immédiatement, aussi discrète que les enn.

Rentrés bredouilles, Fraé et Moono ont demandé plus de détails aux jeunes sœurs :

— Ils étaient à peu près autant que les doigts des deux mains et étaient juste couchés près de la rivière. Quand ils nous ont vus, ils se sont levés mais n'ont pas bougé pendant qu'on remplissait nos outres, à quelques mètres d'eux.

— Est-ce que tu penses que c'était les mêmes que ceux qui nous avaient suivis lors de la dernière chasse ?

— Oui, l'un des relk est un grand enn sombre comme la nuit, je me souviens de lui.

— C'est inquiétant, ils ont l'air de se comporter comme des vrali, attendant qu'on chasse pour se servir sur les carcasses.

— Ils sont peut-être trop faibles pour chasser eux-mêmes.

— Ils ne trouvent plus assez de gibier.

Le regard de Fraé est devenu grave ; il s'inquiétait mais devait aussi probablement se féliciter que nos réserves de viandes soient importantes. Par contre, la fête prochaine allait sérieusement les réduire, il faudrait compter sur des compléments végétaux.

— Bien, nous surveillerons les allées et venues de ces enn mais il n'y a pas lieu de s'affoler. Retournons au travail.

Avant le réveil de Rana, sous le couvert de l'obscurité, pendant que tout le hakn dormait encore, je me suis faufilée hors des couches, vers la réserve de viande. J'y ai chipé deux petits bouts crus, ai vérifié que personne n'avait bougé et suis sortie plus légère que le vent hors de la grotte pour rejoindre la forêt. J'avais pris soin d'emporter également ma ceinture, à laquelle étaient attachés deux couteaux tranchants que j'espérais tout de même ne pas avoir à utiliser. Le chemin de la rivière que je ne connaissais que trop bien m'y a rapidement menée. Tout autour de moi était parfaitement silencieux, je ne savais pas pourquoi mais je trouvais ça presque inquiétant, alors qu'au contraire cela signifiait qu'il n'y avait aucun danger et que si quelque chose approchait, je l'entendrais tout de suite. Le premier bruit qui m'est parvenu fut le bruissement incessant de la rivière agitée, qui n'était plus très loin. Arrivée sur sa rive, j'ai jeté un coup d'œil de part et d'autre, espérant autant que redoutant la présence des enn. Ils n'y étaient pas, seuls une oliop et son petit se tenaient assez loin de l'endroit où je venais d'apparaître pour ne pas avoir à s'enfuir et finir relativement tranquillement de boire, la mère jetant de temps à autre des regards dans ma direction. Quelques instants plus tard, repus, ils s'en sont allés et ont disparu silencieusement entre les arbres, me laissant seule assise entre les fougères, tremblant un peu de froid et de crainte. J'avais pensé d'abord à grimper le long d'un tronc pour me coincer sur une branche en hauteur, à la manière d'un lehn, pour que les enn ne puissent pas m'atteindre s'il leur en prenait l'envie. Puis, j'ai abandonné l'idée, revoyant dans mon esprit les yeux de la petite enn. J'étais vraiment persuadée que son hakn ne me ferait aucun mal.

Peu à peu, les oiseaux se sont éveillés et leurs cris ont chassé le vide de la nuit, me réchauffant le cœur. Ils avaient senti l'arrivée de Rana, qui n'a pas tardé. Bientôt, l'air s'est très légèrement tiédi et les formes se sont détachées les unes des autres en prenant des couleurs. Ces légers battements de cœur d'Akra m'ont bercée, jusqu'à ce que j'oublie ce que je faisais là et m'assoupisse. Mon sommeil n'était pas très profond et pourtant un rêve l'a traversé, si flou et bref que, s'il ne m'avait pas autant perturbée, je l'aurais oublié à mon réveil.

J'avais revu cette immense plaine blanche recouverte par la neige, immuable et silencieuse, pendant quelques instants, puis une forme est apparue au loin, marchant sur le manteau blanc. Tout à coup, je me suis retrouvée à ses côtés, nous avons alors fait plusieurs pas côte à côte, comme si nous nous connaissions. Au bout de quelques minutes, je me suis décidée à tourner la tête pour découvrir qui était cette mystérieuse personne. J'ai failli crier quand j'ai découvert une femme totalement nue, et qui pourtant ne semblait pas avoir froid. Mais ce n'était pas ce qui me semblait le plus étrange. Elle me dépassait en taille et pourtant semblait très jeune, son visage effroyablement plat ne laissait transparaître aucune émotion. C'était une Sukr'in qui se tenait face à moi, me fixant droit dans les yeux. Ma réaction après la surprise fut l'agressivité : j'ai poussé un petit grognement en ne lâchant pas son regard. D'ailleurs, en fixant ses pupilles, quelque chose m'a semblé étrange et indéfinissable. La Sukr'in, en retour de mon acte, a lentement étiré les commissures de ses lèvres en un large sourire presque effrayant.

Elle avait d'immenses dents qui pointaient d'en haut et d'en bas, telles celles d'un lehn ou d'un hyro'en.

L'instant d'après, j'étais réveillée, suffocante, le front humide et le cœur battant à tout rompre. J'ai dû me mettre debout et faire quelques pas jusqu'à l'eau pour calmer mes tremblements, puis boire une gorgée pour m'apaiser.

Plus je repassais les images dans mon esprit, plus elles s'y accrochaient, tel un cauchemar. J'ai réfléchi longuement pour savoir si je parlerais de cette vision à Oro'Rin. Je n'avais aucune idée de ce que ça pouvait signifier, mais je commençais à en avoir assez de voir des choses désagréables, avec ou sans l'aide de l'analap.

Le temps, après cela, sembla passer très lentement ; les nuages au-dessus des arbres s'étendaient inlassablement mais n'avaient encore laissé filtrer aucune goutte, heureusement. Les petits animaux autour de moi apparaissaient et disparaissaient, s'arrêtaient quelques instants à la rivière puis partaient à la recherche de graines, insectes ou plantes pour ensuite retourner dans leurs terriers ou bien au sommet des arbres. Parfois, ils s'immobilisaient quelques secondes pour m'observer, droit dans les yeux, et repartaient au trot.

Toute cette attente m'a semblé longue et inutile ; plus le temps passait, moins j'espérais qu'ils arrivent. Après tout, ils s'étaient peut-être lassés de l'endroit et étaient partis chasser plus loin.

Eh bien non, ils étaient toujours dans les parages, je les regardais à cet instant s'approcher dans un silence total, les uns derrière les autres. Seulement, contrairement à ce que j'avais imaginé, ils n'étaient pas de l'autre côté, mais bien du mien, venant peu à peu vers l'endroit où je me trouvais, pétrifiée. Ils m'ont vite repérée et se sont alors arrêtés, puis le relk noir a reniflé l'air autour pour détecter d'autres odeurs qui pourraient être kalii. Il a été vite rassuré de voir que j'étais seule mais préféra tout de même éviter mon chemin. Avant de continuer leur route loin de moi, ils ont décidé de boire un peu. Ça avait suffi à me calmer, ils ne me voulaient visiblement aucun mal. Les enn ne prenaient pas les Kalii pour des proies, pas plus que les lehn, car nous étions tous les mêmes. Nous par contre, il nous arrivait de les tuer pour en récupérer les peaux, crocs, et griffes, mais cela uniquement si nos chemins se croisaient, car leur chair n'était pas la meilleure.

Pleine de curiosité, la magnifique petite enn s'est décidée soudain, après s'être désaltérée, le museau encore trempé et dégoulinant, et a tenté quelques pas dans ma direction. Elle a vite été stoppée dans son geste quand la relk a lâché un grognement sourd. Visiblement, elle lui interdisait de faire un pas de plus.

Dépitée, j'ai alors pris entre mes doigts un des bouts de viande crue que j'avais volés et ai tendu mon bras vers l'enn. Elle ferma alors à moitié ses yeux jaunes et a fait remuer son museau pour détecter ce que c'était. Quand son odorat lui a appris que c'était de la viande, elle a décidé d'oublier l'ordre de sa relk pour s'avancer encore un peu vers mon bras tendu. Les pattes avant bientôt à seulement un mètre de moi, elle a étiré son cou au maximum, pendant que je me penchais un peu plus vers elle pour qu'elle puisse attraper mon présent. Dès qu'elle a pu le coincer entre ses deux mâchoires, elle s'est reculée en courant de quelques pas et s'est dépêchée d'avaler la viande. Elle avait volontairement gardé une distance avec son hakn également pour être sûre de ne pas se faire chiper son butin. Les autres bien sûr avaient observé notre manège, incrédules et probablement jaloux. Tout de suite d'ailleurs, le relk s'est approché de la petite et lui a senti le museau avant de lui lécher, puis lui a mordillé le flanc. La jeune s'est immédiatement retirée dans un petit jappement et a rejoint ses troupes.

Quant au relk, il me regardait à présent, de son regard perçant qui me glaçait le sang. Avec lui, je n'avais pas envie de laisser traîner mes doigts, alors je lui ai lancé immédiatement le deuxième morceau entre les pattes. Il s'est jeté dessus et l'a englouti en une seconde.

Pendant un instant, il est resté indécis. Je sentais qu'il voulait s'approcher, et j'espérais que c'était uniquement pour découvrir s'il y avait plus de viande dans mes mains. Poussé par la curiosité, il a fini par s'avancer, pas à pas, jusqu'à se retrouver à côté de moi, toujours assise, lui me dominant de sa haute taille. Rapidement, il a reniflé les mains que je lui tendais, en soumission et en évitant son regard puis, voyant qu'il n'y avait rien, il les a léchées pour le peu de sang qui y restait. Enfin, il a approché sa truffe de mon visage pour renifler mes cheveux et mes joues puis, satisfait, s'en est retourné vers les siens.

Moi, j'étais apeurée, mais ravie.

Tous les jours qui ont suivi, après mon travail, je prenais une besace et prétextais partir à la cueillette. Quand il n'y avait pas de risque, je prenais avec moi de la viande de la réserve ou en gardais de mon repas et, lorsque j'en avais l'occasion, armée de mon javelot, je partais à la chasse, tuant une fois un amil, une autre un urtan, et ainsi j'avais toujours les mains pleines pour les rendez-vous avec les enn. Ils avaient vite compris et étaient toujours au même endroit, à m'attendre. Je découpais alors mes prises et les lançais aux enn, de manière à ce que chacun ait quelque chose à se mettre sous le croc. Avec la petite à tête blanche, je la nourrissais toujours à bout de bras et bientôt, elle n'a plus eu peur de moi, osant m'approcher et me renifler. Parfois, elle s'asseyait à côté de moi et acceptait mes caresses, comme si j'étais l'une de son hakn. Sa fourrure était délicieusement douce et chaude, le temps passant, je ne pouvais bientôt plus me passer de la présence de mon amie enn.

25

« Nous avons continué les derniers préparatifs encore quelques jours et celui suivant la nouvelle plénitude d'Akil a vu arriver les Poho'La.

Kiisi et Fraé se sont avancés vers les nouveaux arrivants pour les saluer et leur souhaiter la bienvenue. Ceux-ci étaient visiblement ravis d'être arrivés, fatigués et transis.

L'imposant relk Poho'La s'est avancé dans la clairière et est passé près de moi. J'ai pu alors remarquer que Lu'Rii avait dit vrai : à hauteur de mes yeux se balançait le fameux crâne décoré récupéré sur une de ses victimes Sukr'in. Mon attitude fascinée a attiré le regard du relk qui m'a dévisagée curieusement. J'ai dû alors me présenter :

— Je suis Horre, apprentie de l'ikon'en.

— Une ikon'en ? Alors, avec Oro'Rin, ça fait deux dans ce hakn ! L'ancienne a donc enfin trouvé la relève qu'elle attendait.

— L'ikon'en des Poho'La n'a pas d'apprentie car elle est encore jeune, m'a expliqué Vé'Hia, la relk aux cheveux de flammes. Elle est ma fille et s'appelle Etrik.

La dénommée Etrik est alors sortie du groupe pour s'approcher de nous. C'était une jeune femme rousse étonnamment grande, aux traits fins et calmes, qui dégageait une aura de douceur.

Nous nous sommes saluées d'une main apposée sur le cœur de l'autre, puis j'ai fait ce que j'avais deviné devoir faire : l'inviter à rencontrer notre maitresse à toutes deux qui était assise un peu plus en retrait, aux côtés de Mo'An.

Mais évidemment, les deux ikon'en se connaissaient déjà et étaient ravies de se retrouver. En regardant ma mère, j'ai vu sur son visage encore une fois cette fierté qu'elle éprouvait envers sa fille qui allait devenir un des membres les plus importants du hakn. En cet instant, elle me voyait entourée de deux ikon'en qui allaient faire de moi l'une d'elles, gardienne du savoir des plantes et des elirha. Il est vrai qu'un rassemblement de trois ikon'en devait être très rare et surtout très impressionnant et digne de respect.

Oro'Rin, après s'être informée des nouvelles du hakn ami et du travail de la jeune ikon'en, nous a invitées toutes les deux à pénétrer dans la caverne, jusqu'au boyau qui était notre repaire. J'ai eu pour mission d'allumer un petit feu pour éclairer la pièce en retrait où ne filtraient que quelques rayons de Rana. Sur les visages a alors flotté une jolie couleur orangée qui faisait briller encore plus fort la crinière d'Etrik, telle une rivière éclairée par Rana.

À force de l'observer ainsi à travers les flammes, j'ai remarqué un détail que je n'avais pas saisi jusque-là : son œil gauche avait quelque chose de différent qui devenait évident à la lueur du feu. Il ne brillait pas autant que l'autre, car il semblait recouvert par de petits nuages blancs et opaques. Etrik ne devait probablement plus voir de cet œil-là. Mais après tout, pour voir les rêves, on n'a pas besoin d'yeux.

— Ce pacte est une bonne chose, dit doucement la jeune femme. Les Sukr'in sont de plus en plus nombreux sur nos terres. J'arrive toujours à prévoir certaines de leurs arrivées, mais je ne peux tout connaître. Et j'hésite de plus en plus souvent à transmettre ces informations à Héuio, qui est trop impétueux. Je l'engage toujours à utiliser ces visions comme un moyen de défense, pour ainsi éviter de descendre dans la plaine lors de leurs passages. Avant, il m'obéissait, mais depuis que l'un des leurs a osé s'aventurer sur notre montagne, inconscient probablement de notre présence,

Héuio refuse de laisser passer les hakn que je vois sans aller se mesurer à eux. La plupart du temps, il n'y a pas de morts, à part quelques-uns chez eux, pris par surprise. Seulement un jour, ce sera l'un de nos chasseurs qui y restera, et on peut même redouter une revanche des Sukr'in sur notre propre campement. Votre bonne idée est donc arrivée à temps.

— Je le crois aussi. Mais j'ai bien peur que ce ne soit pas la solution. Les Kalii ne sont peut-être plus assez forts, pas assez nombreux. Si nous sommes tels des enn, les Sukr'in, eux, sont d'avantage comme les propos ou les sha'il.

— Tu ne crois plus à notre survie, Oro'Rin ?

— La grande Akra a enfanté d'autres créatures. Je ne sais pas si Rana leur a offert des elirha, mais en tous les cas, les Sukr'in nous ressemblent beaucoup, comme les patr'il ressemblent aux enn.

— Mais, Oro'Rin, ai-je osé, perturbée par cet échange. Les patr'il et les enn ne s'attaquent pas entre eux. Et puis, les Sukr'in ne sont pas vraiment comme les Kalii, ils ont de très grandes dents !

Après cette réflexion, Oro'Rin et Etrik se sont regardées, interloquées. Elles m'ont demandé ce que je voulais dire, sachant, elles, que les Sukr'in, pas plus que les Kalii, n'avaient de longues dents. Devant leurs mines presque inquiètes, j'ai d'abord un peu hésité, me sentant stupide d'avoir visiblement dit une bêtise, puis j'ai finalement osé leur raconter mon dernier rêve étrange, omettant volontairement le contexte de l'histoire.

Quand j'ai achevé mon court récit, Etrik a dirigé son regard borgne vers son ainée, les yeux ronds et les traits tendus. L'ancienne arborait, elle aussi, une mine étrange. Elles se sont regardées plusieurs instants sans parler, me laissant dans l'embarras, ne sachant pas quelle était mon erreur.

Puis, Etrik, dont les cheveux flamboyaient magnifiquement à chacun de ses mouvements de tête, a pris la parole :

— Cette enfant est étonnante, comment peut-elle voir de telles choses ? Pourquoi imaginer un être mi-animal, mi-Sukr'in ? Est-ce que ce serait en fait leurs elirha'kra ?

Oro'Rin a pris le temps de répondre à ces interrogations, après m'avoir intensément fixée :

— Les elirha'kra ont exactement la même apparence que leur Kalii. Quant aux elirha, on ne peut les voir, telle la lumière de Rana qui n'a pas de forme.

— Mais alors quoi ? Elle verrait des choses qui n'existent pas ?!

— Je ne sais pas trop. Cela me dépasse. Je me demande si ce n'est pas Akra elle-même qui lui parle.

Les paroles d'Oro nous ont arraché un hoquet de stupeur et installé un silence lourd autour du feu. Etrik s'est misse alors à bouger lentement : elle a posé son regard dans le mien et s'est penchée vers moi, la main tendue. Ses doigts chauds sont délicatement venus se déposer sur mon front tandis que ses yeux, suivis de sa tête, s'abaissaient. Ceci était une marque de respect et de soumission. Ce fut ensuite à Oro'Rin de se plier à cet étrange manège. Les deux femmes étaient persuadées de rendre hommage à la grande Akra qu'elles voyaient à travers moi. Quant à moi, je n'étais pas sûre de ce que je ressentais à cet instant précis : aberration, incompréhension ou fierté. Probablement les trois.

Le soir même, les deux hakn étaient rassemblés à l'abri des ténèbres et du froid autour d'un grand feu. Nous nous étions tous repus de viande fumée agrémentée de carottes, d'œufs, ou encore de champignons. Les plus jeunes enfants Poho'La, épuisés par le voyage étaient depuis longtemps endormis sur les peaux emportées par leurs parents et placées près des nôtres. Les autres enfants, de différents âges, qui avaient joué tout l'après-midi avec Ro'Tto et les triplés étaient assis près d'eux, certains entre les jambes de leur mère, ou collés contre leur épaule. Ils étaient, comme nous, fascinés par les récits de chasse des adultes qui prenaient la parole tour à tour, emplissant la grotte d'histoires passionnantes ou effrayantes qui deviendraient un jour des légendes.

Quand la parole est arrivée à Moono, assise à mon côté, j'ai étendu mon bras sur le sien, lui signifiant ainsi que je désirais parler. Elle m'a regardée avec étonnement, comme l'ont fait tous les autres quand ils m'ont vue me mettre debout pour être visible et audible pour tous, puis m'adresser directement à l'impulsif relk Poho'La :

— Relk Héuio, je requiers de toi l'un de tes récits de chasse.

L'intéressé, face à la future ikon'en, répondit avec une curiosité amusée :

— Quel récit pourrait donc plaire à tes oreilles, Horre ? La traque du grandiose iprokal'in, l'attaque des terribles enn qui me laissa ces marques, ou encore la course à l'agile laliop? »

— Aucun de ceux-là, bien que j'aimerais en savoir plus sur ces laliop que je ne connais pas, ou même savoir comment tu as pu survivre aux crocs des enn. Je voudrais que tu apprennes aux Ike'Atraín à chasser les Sukr'in. Raconte-nous l'histoire de ce crâne-là.

En disant ces mots, je visais de mon bras tendu l'os qui pendait fièrement à son flanc. Aa et Parr, surexcités, manifestaient leur soutien à mon idée en poussant de petits cris. Les adultes de mon hakn étaient eux aussi intrigués par ce crâne et auraient également été ravis d'en apprendre plus. Fraé a invité son égal à partager cette histoire.

À vrai dire, Héuio n'avait mis du temps à commencer que pour ressentir le plaisir de se faire prier. Il était visiblement très fier de ce trophée et en général plutôt satisfait de ses propres accomplissements. Il a alors commencé :

— C'était un matin d'été. Il était très tôt mais il faisait déjà très chaud. Avec mes chasseurs, nous finissions de nous préparer pour partir à la chasse. Cette chasse était spéciale car elle m'avait été annoncée par notre ikon'en la veille. Etrik m'avait dit qu'elle avait vu un hakn sukr'in passer dans la plaine, très près de notre montagne. Nous n'attaquons pas tous les Sukr'in mais il faut toujours rester vigilant et il vaut toujours mieux attaquer les premiers.

« J'ai donc mené mes chasseurs armés le long du chemin qui descend vers la vallée. Ce que nous n'avions pas prévu, c'était de les rencontrer sur ce chemin ! Nous les avons heureusement repérés de loin avant qu'eux ne nous voient. Leur nombre était égal au nôtre, et était dans leur cas également constitué de gens armés, car ils partaient visiblement en reconnaissance. Je n'ai jamais su s'ils cherchaient un endroit où établir leur campement ou bien s'ils avaient su, par d'autres, que le nôtre était ici. En tous cas, nous les avons surpris. Nétrékil, notre plus jeune chasseuse, a envoyé son javelot à travers le torse nu et peint d'un Sukr'in qui est tombé net contre Akra et a dévalé la pente en roulant. Les autres sont restés un instant figés par la surprise. C'est alors que leur relk, un homme grand, plat et droit comme le sont ceux de son espèce, le corps recouvert de marques de mains rouges et le cou entouré d'amulettes, s'est planté au milieu du chemin et m'a dévisagé de ses yeux noirs. Il a ensuite ouvert la bouche pour crier quelque chose, puis a attendu, immobile. Je n'ai évidement pas compris ce qu'il avait dit mais il a, après, voyant notre hésitation, tapé de son poing sa tête, puis son torse. Directement, Fao m'a regardé et m'a dit que le Sukr'in venait probablement de prononcer son propre nom. Mon chasseur m'a alors invité à faire de même. J'ai provoqué l'Autre d'un regard et ai crié de toutes mes forces « Héuio ! ».

Ça a eu l'air de combler nos ennemis qui ont poussé des hurlements avant de charger notre groupe. Mes chasseurs ont lancé leurs javelots tout en criant comme eux mais les autres étaient très rapides et agiles, ils ont évité nos tirs et se sont vite retrouvés à notre hauteur. Leur relk, du nom que je n'avais pas saisi, le prenant pour un hurlement, se posta face à moi et tenta de me planter sa lame aiguisée dans le ventre. Immédiatement, j'ai soulevé mon gourdin au-dessus de ma tête pour lui écraser le crâne. Seulement, il a évité ce coup par un petit saut sur le côté qui lui a permis de m'entailler le flanc avec son silex. La blessure n'était pas très profonde car j'ai été protégé par ma fourrure de frola. J'ai réussi, par un coup de bras, à le faire vaciller ; mais, en reculant, il a bousculé Nétrékil qui a à son tour perdu l'équilibre. Ils sont tombés l'un sur l'autre et le Sukr'in qui se battait contre ma nouvelle chasseuse a levé sa lance, pointe vers le sol, avec l'intention de la planter dans le ventre de la Kalii à terre. Le coup de gourdin que je lui ai asséné ne lui en a pas donné le temps. Par contre, le relk Sukr'in en avait profité pour se relever et prendre un peu de distance, tout en ramassant l'arme de son chasseur mort. J'ai fait signe à Nétrékil d'aller aider les autres avant de me retourner vers mon ennemi en faisant danser ma masse d'un côté à l'autre pour le dérouter et le faire tomber à nouveau. Lui était en train de ramasser des cailloux qu'il me lança alors au visage. Au même instant, j'ai ressenti dans mon dos une vive douleur. Sous toutes ces attaques, je suis tombé à genoux et me suis rendu compte en me retournant qu'on m'avait lancé un javelot entre les omoplates, heureusement pas avec assez de force pour traverser trop profondément la chair. L'arme est retombée sur le sol et la Sukr'in qui l'avait lancée s'est retrouvée la tête fracassée par une lourde pierre soulevée par mon frère Gali. De l'autre côté, leur relk s'était à nouveau rapproché de moi, profitant de mon inattention envers lui. J'ai été tellement surpris que je n'ai pas eu le temps de ramasser mon gourdin à terre ni même d'attraper une de mes lames. Mon reflexe a été de l'arrêter en le saisissant rapidement au cou. Il a eu l'air ébahi puis a essayé de se dégager en remuant comme un ver. Il était plus grand que moi mais ma force était trop pour lui, il a fini par se calmer et puis par suffoquer. Mes deux mains autour de son cou se resserraient peu à peu, le rendant de plus en plus blanc. Quand il n'a plus du tout bougé et qu'il est devenu très lourd, j'ai écarté mes bras et l'ai laissé tomber comme une pierre vers Akra. J'ai ramassé mon gourdin et cassé les bras d'une Sukr'in qui pensait pouvoir atteindre Fao. Il lui a ensuite planté sa lance dans le ventre et elle s'est écroulée. Goualé, la compagne de Fao, a tué l'un des deux derniers Sukr'in debout. Puis, le dernier a été transpercé par Kaalé. Nous avions vaincu de nouveaux Sukr'in. Après avoir vérifié que personne n'avait quoi que ce soit de grave, nous nous sommes réjouis, puis Nétrékil a fait remarquer que ce n'était pas le hakn au complet, et qu'ainsi le reste était toujours dans la plaine. Notre idée était de descendre les corps en bas du chemin, à la vue de tous, pour les décourager. Nous espérions que cela ferait fuir les autres. Avant de remonter, j'ai tranché de ma lame la tête du relk mort et l'ai attrapée par les cheveux. Arrivés au campement, je l'ai plantée au bout d'une pique et ai attendu que le crâne se dégarnisse. Cela fait, bien des jours plus tard, vous pouvez admirer ce qu'elle est devenue. »

Héuio, fier, soulevait le crâne de son ennemi au-dessus des flammes afin que tout le monde admire la force de son hakn. En faisant le tour des visages des Ike'Atraín, j'y ai lu la même fascination qui était dans mon cœur. Ce récit donnait des frissons, mais nous prouvait deux choses : nos ennemis pouvaient être combattus et les Poho'La feraient d'excellents alliés.

La soirée touchait à sa fin, il était à présent temps pour nous tous de rejoindre nos couches. Je me suis endormie contre le ventre chaud et bouillonnant de ma mère, la tête pleine d'images dansantes.

26

« Sous le regard réchauffant de Rana, tous les Kalii étaient rassemblés en rond au beau milieu de la clairière, sur un sol un peu moins boueux que les jours précédents, n'ayant plus reçu de pluie ou de neige. Au centre du cercle, je me tenais au côté d'Oro'Rin, face aux six Kalii qui allaient être unis. Tro'Hi, Inal et Moo'Ni étaient assis sur leurs genoux face à leur futur compagnon ou compagne. Tous arboraient un air grave et impassible, il n'y avait guère que Dmao, le plus âgé, qui avait déjà été uni dans sa jeunesse, pour ne pas trembloter.

Pendant l'après midi précédant, j'avais aidé les deux ikon'en à préparer la vouika et l'apélé. Il s'agissait des deux substances qui permettaient de pratiquer l'eproki, les marques indélébiles qui montraient qu'un Kalii s'était uni à un autre, recréant ainsi l'union sacrée d'Akil et Rana, précédant la naissance de la grande Akra. C'était une obligation et un grand honneur pour tout Kalii d'être uni à un autre. Les Kalii ne connaissaient pas les causes exactes d'une naissance mais ils savaient au fond d'eux qu'une femme, pour accoucher, devait être sous la protection d'un homme. Pour célébrer cela, nous commencions l'union par l'indispensable eproki. Comme il s'agissait de ma première fois en tant qu'officiante, je ne pouvais pas manier l'os tranchant créé par Moono puis béni par Oro'Rin, car cela nécessitait beaucoup de dextérité. Je devais donc observer attentivement et avais à côté pour tâche de m'occuper des substances.

Oro'Rin s'est approché en premier de Tro'Hi, qui regardait droit dans les yeux de Frina, sa future compagne, l'air décidé. L'ancienne a apposé les doigts de sa main droite sur la poitrine du jeune homme en un geste symbolique censé apaiser les battements de son cœur, puis elle a commencé son ouvrage.

Tro'Hi n'a pas cillé une seconde quand l'ikon'en a planté la pointe acérée dans sa chair, au niveau de son front. Il serrait très fort ses deux mâchoires ensemble et continuait de regarder droit devant lui. Les gestes d'Oro'Rin ont fait le tour de son visage en créant des trous et des sillons sanglants le long de son front, de ses joues, puis de son menton.

Quant elle a eu fini, elle m'a fait signe de m'approcher et de commencer ce que je devais faire. J'ai alors avancé avec le premier bol entre les mains, celui contenant l'apélé, liquide de fruits piquants, que je devais verser dans chaque fente créée par la lame. Sous la brûlure causée par l'irritant philtre, Tro'Hi finit instinctivement par cligner des yeux. J'ai eu envie de suspendre mon mouvement, mais Oro m'a intimé l'ordre de continuer. Je devais avec ce geste brûler les cicatrices du jeune Kalii pour que celles-ci mettent plus de temps à se refermer et soient ainsi, au final, plus voyantes, ce qui était l'effet recherché. Pour accentuer encore cela, il fallait ensuite appliquer la vouika, mélange de cendres et de boue, dans chaque plaie rougeoyante. En se refermant, la peau réagirait en expulsant la vouika, et ainsi en se boursoufflant. Le résultat était un visage recouvert de très belles marques en relief rendant hommage aux Malak durant toute la vie du Kalii. Mais il fallait pour cela souffrir beaucoup. J'ai eu du mal à accomplir ma mission sans trembler, voyant la douleur de mon ainé, et je n'ai pas pu m'empêcher de m'imaginer à sa place, un jour, souffrant comme lui. Ce n'était pas très désirable… !

Et j'ai tout de suite remarqué que les autres Kalii, dont le tour approchait, pensaient la même chose que moi ! Ils essayaient de le cacher mais je voyais bien qu'ils avaient perdu leur regard fier, et se sentaient un peu plus fébriles. Même le vieux Dmao, qui pourtant devait bien connaître la douleur, n'était plus tout à fait calme. Il ne devait pas être très ravi de revivre cette expérience finalement.

Oro'Rin est passée ensuite à Frina, assise en face de Tro'Hi, un peu tremblante. Elle lui a touché le cœur, ce qui n'a visiblement pas eu d'effet sur la jeune femme, puis a entrepris, comme à Tro'Hi, de créer des formes sur son joli visage. Ce fut alors à mon tour de lui appliquer mes substances.

Nous avons ainsi fait le tour des six Kalii assis et avons à chaque fois répété nos gestes rituels. Il n'y a que pour Dmao que ce fut un peu différent, car son visage était déjà marqué. L'ikon'en a dû alors diriger son os pointu vers l'épaule, afin de lui apposer une nouvelle série d'eproki censés symboliser sa nouvelle compagne.

Les deux hakn autour de nous avaient suivi la cérémonie avec grand bonheur et fierté. Les plus jeunes étaient eux plutôt impressionnés ; pour certains, il s'agissait de leur premier eproki.

Et donc de leur première union également. Cette cérémonie suivait immédiatement celle de l'eproki car elles étaient intimement liées. Lors de celle-ci, les couples passaient les uns après les autres devant l'ikon'en, au centre du cercle. Les couples des deux sœurs étaient donc en retrait, laissant la place à Tro'Hi et Frina qui se tenaient debout face à Oro et moi. Les deux jeunes Kalii montraient fièrement leurs visages à vif, tentant d'oublier la douleur lancinante pour se concentrer sur les gestes de l'ancienne qui était en train de lever au ciel, vers Rana, les pendentifs qui allaient leurs êtres accrochés au cou. Ces talismans étaient faits de dents prélevées sur la dernière chasse, en l'occurrence, l'uiom. Ces dents de gibier étaient censées symboliser la présence d'Akra dans l'union de ses deux parents, et apporter l'abondance dans la vie du couple. Il s'agissait d'herbivores pour tout Kalii, excepté pour l'union des relk, qui eux devaient être représentés par des dents de prédateurs pour que leur force et leur puissance les accompagnent.

Quand les colliers ont été silencieusement bénis par Rana, Oro les a placés autour du cou de Frina puis de Tro. Elle m'a fait ensuite signe de procéder à la deuxième partie de la consécration ; je devais appliquer sur chaque épaule un rond d'ocre rouge, représentant d'un côté Akil et de l'autre Rana, ce que j'ai fait, pleine de fierté, les mains un peu tremblantes. Après cela, c'était à l'homme d'apposer sa paume dans l'ocre puis sur la poitrine de la femme, au niveau du cœur, pour que la marque de sa main s'y dessine. La dernière étape était le tour de la femme, qui accomplissait le même rituel.

Cela fait, les deux Kalii étaient enfin unis et tout le monde autour laissait éclater sa joie, par des cris de bonheur. L'ikon'en posa ses mains sur les épaules des deux unis, leur a souri et les a invités à rejoindre le cercle. Ils prirent alors la place d'Inal et Dmao, qui eux sont venus se poster devant Oro et moi. Nous avons accompli les mêmes gestes ; les miens étant moins nerveux, et lors de la dernière union, celle de Moo et Douag, j'étais parfaitement rodée. J'étais contente d'avoir eu trois unions à célébrer en même temps, ça me faisait de l'entraînement et, ce faisant, j'avais ressenti beaucoup de choses positives. Je m'étais presque sentie ikon'en, tous les regards tournés vers moi et considérant ce que je faisais comme la parole des Malak. C'était grisant !

— Ces amr'in sont délicieux.

— Tu as goûté à cet animal qu'ils appellent «waani» ?

Ro'Tto m'a tendu un bout de la viande qu'elle dégustait. Le festin de célébration était énorme, il y avait ce que nous avions préparé, agrémenté de ce que les Poho'La avaient emmené. Nous découvrions ainsi de nouvelles saveurs, dont cet animal. Et nous nous faisions plaisir. On avait rarement l'occasion de manger autant et d'y être en quelque sorte obligés : les plats avaient été préparés, il fallait les finir.

Et nous en profitions tous, tournant autour des plats déposés à terre, dans leurs récipients ou sur de larges feuilles. Le tout formait une masse multicolore particulièrement appétissante, de laquelle s'élevait une multitude de fumets différents. Avant que quiconque commence à manger, Oro'Rin m'avait chargé d'offrir aux Malak la part du repas qui leur revenait, cela en enfouissant un beau morceau de viande sous terre, pour Akra, puis en faisant brûler à petit feu un autre bout duquel s'envolerait un fumet délicieux destiné aux deux Malak du ciel.

Après le repas, des jeux furent organisés. D'un côté, les adultes s'affrontaient au lancer de pierres, quand les plus jeunes ont été plus tentés par un combat de boue. La boue était très amusante pour un enfant, on pouvait la lancer sur les autres, se rouler dedans, ou encore rendre son visage maculé méconnaissable. On s'ennuyait rarement quand on pratiquait ce jeu ; cette fois-ci spécialement car nous étions encore plus nombreux avec les enfants Poho'La. Lu'Rii et moi avions décidé de faire équipe contre Ro'Tto et la petite fille qui était devenue son amie. Je ne me souviens pas de qui avait gagné, je sais juste qu'on était ensuite passé à d'autres jeux, entre autres le lancer de pierres, qui nous avait été inspiré par les adultes.

Puis la soirée a fini par arriver, rendant les couleurs plus fades et les silhouettes moins certaines. Il était temps de rentrer pour se rassembler autour du feu. Il restait un dernier rituel pour que les unions soient consacrées. En réalité, elles l'étaient dans le sens que chacun des trois hommes était uni à sa compagne, quoi qu'il arrive. La cérémonie des présents en était une d'acceptation. Le hakn qui recevait les cadeaux, donc celui qui offrait sa fille à l'autre hakn, devait accepter les présents pour qu'ils acceptent de laisser partir la fille.

Car ils étaient alors amputés d'un membre travailleur, ce qui n'était pas négligeable. Et l'autre hakn gagnait lui une future mère et ainsi, une descendance.

Comme les Ike'Atraín étaient le hakn qui avait proposé l'union et accueilli les Poho'La, c'était à ces derniers d'ouvrir cette cérémonie en offrant leurs cadeaux. Les deux relk Poho'La ont prit le tout dans leurs bras et se sont avancés à côté du foyer vers Kiisi et Fraé. Ils ont alors tendu leurs bras vers mes relk afin que ceux-ci prennent les objets et les découvrent. Il s'agissait de superbes pelisses faites avec des fourrures d'enn et de lehn. Il y en avait un nombre important, ça représentait beaucoup de travail et un cadeau non négligeable… !

Kiisi et Fraé ont souri en le découvrant, et allaient procéder à leur offrande quand, animée d'une force inconnue, je me suis levée et ai crié :

— Arrêtez !

La stupeur fut énorme. Tous se sont tournés vers moi, ne comprenant pas comment une enfant avait pu oser interrompre une telle cérémonie. Je n'ai pas voulu laisser le temps à Fraé de me rabrouer, aussi me suis-je dépêchée de continuer :

— Ce cadeau n'est pas acceptable. Il n'est pas suffisant. Les Ike'Atraín offrent deux femmes aux Poho'La, en échange d'une seule. Votre cadeau n'est pas digne de deux Kalii !

Un souffle de mécontentement a traversé mon auditoire, mais je ne devais pas me laisser décontenancer, et j'ai préféré ne pas y faire attention.

— Je demande que les Poho'La nous offrent, en échange d'Inal et de Moo'Ni, un crâne pris sur un Sukr'in, qu'ils devront tuer pour nous.

Cette fois, c'en était trop pour les Poho'La qui se sont mis à protester et à crier. Ceux de mon hakn étaient, eux, décontenancés, effarés qu'une simple enfant ose donner de tels ordres à un autre hakn. Emi particulièrement me fixait d'une manière qui m'a glacée le temps d'un instant. C'est Oro'Rin qui les a calmés, leur intimant l'ordre de se taire et d'écouter. Tous ont obéi, face à l'être supérieur qu'était l'ikon'en.

— Horre est mon apprentie, elle est la future ikon'en, et les Malak parlent à travers elle. Vous devrez à jamais l'écouter et lui obéir.

Je restais parfaitement immobile, debout près d'Oro, incapable de même réaliser ce que je venais de faire, et ce que l'ikon'en venait de dire. Mais ce ne fut pas ma dernière surprise. Etrik la rousse s'est mise, elle aussi, debout, pour parler à son hakn.

— Tout ce que vous ont dit Horre et Oro'Rin doit être fait. Horre n'est plus une enfant, elle est une ikon'en puissante, je le sais. Dès demain, vous partirez à la chasse, afin que la cérémonie des présents soit achevée.

Je n'ai jamais su si ce qui m'avait le plus déconcertée était les paroles de soutien des deux ikon'en, ou les regards que toutes les deux m'ont lancés durant ce moment, des regards de... vénération !

Après cette émouvante soirée, tout le monde est parti se coucher, sans bruit, sans même se parler entre eux. J'ai remarqué qu'ils m'évitaient tous du regard, préférant regarder au sol, comme si je n'étais pas là. Trop bouleversée par ce que j'avais provoqué, j'ai préféré ne pas me laisser toucher par les réactions et vider mon esprit. Une fois couchée sur les fourrures, les yeux fermés, j'ai cessé de penser à tout cela pour m'endormir paisiblement.

Les chasseurs, qui n'avaient naturellement pas eu l'occasion de préparer cette chasse la veille, ont dû le faire rapidement dès le petit matin. Le relk Poho'La avait choisi trois femmes et trois hommes pour l'accompagner et Fraé lui avait offert les bras de Moono et Olor pour compléter l'équipe. La tailleuse de pierres et créatrice d'armes Moono avait équipé tout le monde en armes de jet et gourdins, insistant sur la quantité, pour être efficace lors de cette chasse exceptionnelle. Les Poho'La avaient un peu d'expérience dans ce domaine, contrairement aux Ike'Atraín, mais malgré tout ils se sentaient nerveux, tentant tant bien que mal de le dissimuler, préférant prouver leur impatience et leur courage par des gestes et des attitudes guerrières.

Aux côtés d'Oro'Rin et d'Etrik, je me tenais stoïque et silencieuse, observant les préparatifs et analysant les attitudes et les regards. J'étais persuadée que personne n'était ravi de cette exigence car, si défendre son territoire et les siens était une chose naturelle, chercher la mort d'un autre être humain était blâmable. Mais en revoyant les images de mon ancien hakn détruit et de ses membres sauvagement tués par les Sukr'in, repensant à l'histoire de Héuio, ma colère s'était raffermie et m'avait persuadée que nos ennemis méritaient d'être punis. Je ne faisais que retourner leurs propres armes contre eux.

La petite troupe est bientôt partie, après avoir été bénie par l'ikon'en, comme pour une simple chasse, en direction de la plaine, là où les chances étaient les plus grandes de rencontrer nos ennemis.

Après les avoir perdus de vue, absorbés par la forêt, ceux qui restaient se sont mis à vaquer à leurs occupations, comme si de rien n'était, tentant d'alléger leurs cœurs. La plupart des femmes des deux hakn se sont regroupées autour des aliments qui feraient le buffet de la journée et en ont profité une fois de plus pour parler et échanger à propos de ce qui faisait le quotidien des deux hakn, de leurs compagnons et enfants ou encore de ce temps menaçant. Les hommes, eux, ont décidé d'aller se dégourdir les jambes et l'esprit en allant faire quelques pas dans la forêt.

Je regardais Lu et Ro s'amuser avec les autres mais ne ressentais aucune envie de les rejoindre, ayant l'esprit un peu embué, ailleurs. C'est la vision de ma mère qui m'a attirée vers elle ; elle était, comme toujours ces derniers temps, en retrait sur sa couche, incapable de trop se mouvoir, clouée par la fatigue, la lourdeur et parfois la douleur. C'était donc à moi de m'occuper d'elle, lui apportant à boire et à manger, et de temps en temps des tisanes apaisantes que je lui préparais. En me voyant arriver, elle s'est forcée à un sourire, mais je savais que la douleur la tiraillait de plus en plus.

Allongée sur le dos on regardait toutes deux le plafond haut de la grotte au-dessus de nous, sans échanger de mot, juste heureuses d'être l'une contre l'autre, depuis toujours. Elle ne m'avait pas fait part de ses sentiments sur le sujet de la chasse imposée, et pourtant j'étais sûre que ça la touchait ; mais de quelle manière ? Approuvait-elle ou voyait-elle en sa fille un nouveau Rimn ?

Je n'ai pas pu continuer à ressasser ces questionnements car, tout à coup, un violent soubresaut de son ventre m'a fait bondir. Le petit était en train de sortir !

Mes cris ont rameuté toutes les femmes autour de Mo'An, qui m'ont poussée gentiment pour pouvoir approcher. Oro'Rin est bientôt arrivée avec des récipients mais, en croisant mon regard implorant, elle m'a intimé l'ordre de rester à l'écart : je n'aurais été d'aucune utilité.

Les enfants, intrigués par cette agitation soudaine, m'ont aussitôt rejointe et m'ont posé mille questions auxquelles j'ai brièvement répondu. Nous étions tous tenus à l'écart par le groupe de femmes affairées autour de ma mère, ne pouvant même pas deviner ce qui se passait. Il y avait les cris de Mo'An qui nous parvenaient, ainsi que les recommandations d'Oro'Rin, et cela a duré un moment d'une longueur que je n'ai jamais pu identifier. De mon côté, j'étais perdue dans un brouillard d'inquiétude, hors du temps et de la réalité. Je sentais vaguement les mots de Lu et de Ro et leurs mains sur mes bras, mais le reste ne me parvenait plus.

Venant de loin, le son de mon nom finit par atteindre mes oreilles et m'a fait revenir à la réalité. Kiisi se tenait devant moi, son visage à hauteur du mien. Elle me murmurait des mots que je ne saisissais pas, la seule chose que je voyais étant son sourire. Alors, ça voulait dire que c'était fait ? Le petit était là ?

C'était bien le cas. Enveloppé dans une chaude fourrure et tenu dans les bras d'Inal, un tout petit Kalii pleurait à briser des tympans. Mo'An était toujours allongée sur sa couche, baignant dans un liquide rougeâtre, le ventre à nouveau mou, se soulevant et s'abaissant d'une manière presque invisible. Elle avait le visage tourné sur le côté, respirant faiblement, les yeux mi-clos.

Je me suis d'abord approchée d'elle, pour la sentir et lui montrer que j'étais près d'elle. Jamais je n'avais vu quelqu'un aussi fatigué.

Et jamais je n'avais ressenti un tel frisson qu'en posant le regard sur mon petit frère. C'était tellement étrange de voir un petit Kalii arriver sur Akra, semblant venir de nulle part ! Mais celui là était sorti du ventre de ma propre mère, il était comme moi.

Ses immenses yeux bleus me fixaient, pleins de curiosité, et son visage avait cessé de pleurer et s'était décrispé. Il a même fini par se mettre à rire en hoquetant. Inal, qui le serrait contre sa poitrine me l'a alors tendu, en gardant ses bras autour jusqu'à ce que je l'aie saisi convenablement. Il était tout chaud contre moi, c'était tellement agréable. Nous sommes restés ainsi un long moment, jusqu'à ce que le groupe autour de nous se dissipe, et qu'il ne reste plus qu'Oro'Rin et Etrik près de Mo'An, et mes deux amies près de moi, très intriguées par mon petit frère.

— Montrez-moi ce petit, je suis impatient !
— Fraé, suivi des autres hommes, venait de rentrer sous le couvert de la grotte, après avoir appris la nouvelle. Le visage rayonnant, il s'est approché du petit groupe que

les filles et moi formions autour de ma mère et de son fils, allongé sur son ventre, endormi.

Je l'ai attrapé délicatement, sans toutefois réussir à ne pas le réveiller, et l'ai présenté au relk qui sourit avant de le prendre dans le creux de ses bras. Le petit Kalii observait ces nouveaux visages barbus avec de grands yeux étonnés, tout en restant calme et silencieux. Tous les hommes étaient émerveillés devant ce gros bébé qui faisait de ce nouveau jour une fête.

— Nos deux hakn sont bénis ! dirait plus tard Oro'Rin, devant le repas du soir.

Nous étions tous dehors à fêter l'évènement qui suivait de quelques mois celui survenu chez les Poho'La et qui devenait de plus en plus rare, pendant que Mo'An et le petit se reposaient au chaud dans la caverne. Le lendemain, après avoir passé avec succès sa première nuit, sa mère aurait la tâche de le nommer. Lui donner un nom ferait de lui un membre à part entière du hakn.

Cependant, le lendemain, avec les premières lueurs de Rana, seul le bébé a ouvert les yeux avant de se mettre à crier, réveillant tout le monde, moi la première, qui était juste à côté. J'ai commencé à secouer ma mère pour qu'elle se réveille et lui donne à manger. Elle était toute dure et très pâle.

C'est alors mes propres cris qui ont obligé tout le monde à se lever. En jetant un œil vers nous, ils ont immédiatement compris ce qui s'était passé.

27

« Le corps inerte de Mo'An a été déposé à l'extérieur de la caverne, contre la paroi. Pour le protéger des charognards, on avait installé des torches tout autour qui brûlaient continuellement. Les flammes étaient également censées tenir chaud à Mo'An en attendant qu'elle rejoigne la chaleur d'Akra. À chaque fois que le reste du hakn mangeait, quelqu'un devait aller déposer une part du repas et un récipient d'eau à côté de la tête du corps, et lui adresser quelques mots, comme si elle était encore vivante. Je m'étais moi-même chargée de cette tâche et l'accomplissais du mieux que je pouvais, lui parlant et lui caressant le visage car il ne fallait pas que son elirha devine trop tôt que sa Kalii était morte, sinon il s'en irait trop tôt et ne trouverait jamais seul le chemin vers Rana. Il n'y avait qu'Akra qui pouvait le lui montrer et pour cela, le corps devait être enterré. Ainsi en contact avec la Grande Mère, il n'aurait plus de lien avec le hakn et serait libre.

À genoux aux côtés de ma mère, entremêlant ses longs cheveux blonds foncés entre mes doigts tremblants, je lui parlais de son petit.

— C'est un garçon et il est très grand. Il ne pleure pas beaucoup mais mange très souvent. C'est Pak, la jeune mère Poho'La – qui est la seule à avoir du lait – qui s'occupe de le nourrir. C'est comme si elle avait des jumeaux avec sa petite Oi'Nia. Mais lui n'a pas encore de nom. On ne peut pas lui en donner avant… ta cérémonie. C'est à moi qu'il revient de le choisir.

Je me tus un moment, ne devant pas tout dévoiler à l'elirha de Mo'An. Un cri soudain du nouveau-né m'a fait sortir de mes pensées troublées. Il avait faim, moi aussi d'ailleurs, c'est pourquoi j'ai laissé Mo'An pour me rapprocher des femmes aidées des enfants qui finissaient les préparatifs du repas de mi-journée.

Après s'être rassasiés, les hommes sont repartis à quelques mètres sous la forêt pour continuer la fosse qu'ils étaient en train de creuser. Quelques-unes des femmes les avaient rejoints pour les aider à déblayer. Les plus jeunes n'étaient pas requis pour les travaux trop physiques, aussi nous étions libres de faire ce que nous voulions.

Je me sentais particulièrement lourde, un peu ailleurs, comme si j'avais bu de l'analap, les idées peu claires. Les images du massacre de mon ancien hakn me revenaient inlassablement, c'était la dernière fois que des Kalii proches de moi étaient morts. Je me suis rendu compte qu'ainsi absolument tous les Kalii de mon hakn de naissance étaient morts. J'étais la dernière. Mon petit frère, bien que venant de Mo'An, était un Ike'Atraín.

Et en réfléchissant à toutes ces choses, j'ai aussi réalisé que mon ancienne famille n'avait jamais été enterrée, car nous avions dû fuir avec ma mère. Mais alors leurs elirha étaient encore sur Akra, aux côtés des elirha'kra. C'était terrible mais malheureusement trop tard…

Tout en ressassant ces souvenirs et ces idées, je m'étais mise à marcher loin du camp, un peu au hasard. Je m'en suis rendu compte quand j'ai vu juste en face de moi une tête d'enn qui me regardait intensément.

— Eh bien tu es toujours là toi ? Approche, n'aie pas peur.

La petite enn a fait les quelques pas qui la séparait de moi et vint toucher avec le bout de sa truffe les doigts que je lui tendais. Elle pensait y trouver de la nourriture mais, bien sûr, je n'avais rien emporté. Même si elle semblait un peu déçue, elle est pourtant restée près de moi, me reniflant d'abord rapidement puis me regardant droit dans les yeux, comme si elle me parlait.

Accablée par la tristesse et la peur, je me suis assise à ses pieds, ne sachant que faire. L'animal s'est alors couché près de moi, posant sa tête légère sur mes cuisses. Sous la caresse, sa fourrure était toujours agréablement douce. Nous sommes restées l'une contre l'autre un long moment, elle sans bouger, acceptant les caresses avec bonheur. Sa présence était tellement rassurante, c'était comme si elle était venue à moi pour me consoler et me rassurer. Le fait que j'avais dans mes bras un animal, qui plus est un prédateur, l'un de mes ennemis naturels, comme s'il était un petit Kalii, n'avait provoqué aucune réaction de ma part. C'était parfaitement impensable, mais ne troublait pas le moins du monde mon esprit qui se trouvait de plus en plus apaisé.

Malgré l'impression de temps suspendu qui régnait autour, nous avons un peu plus tard été séparées. C'était les enn de son hakn qui l'avaient retrouvée et rappelée à eux. Je l'ai regardée s'éloigner de son pas sautillant et léger jusqu'à ce que tout le hakn ait disparu de ma vue, puis me suis décidée à rentrer vers le mien.

Rana était en chemin pour aller se coucher et tous les Kalii qui s'étaient affairés autour de la fosse avaient maintenant rejoint la clairière, laissant un creux béant à présent assez large pour le corps de Mo'An.

— Horre, où étais-tu ?

Lu'Rii venait vers moi, venant de m'apercevoir à l'orée de la clairière.

— Je me promenais. Est-ce que tu me cherchais ?

— En fait, c'est Oro'Rin qui voudrait que tu rassembles les affaires de Mo'An et les poses dans un coin de la caverne. Tu as vu que le trou est prêt ? On l'enterrera demain.

Elle avait le regard lourd en me disant cela, je sentais que sa tristesse était grande. La douceur de ma mère avait touché tous les Ike'Atraín, jour après jour, depuis celui où nous avions été accueillies par eux. Je savais qu'Emi avait été la seule réticente, elle me vouait une véritable haine, que je comprenais depuis les révélations d'Oro. Mais jamais elle ne l'avait dirigée vers ma mère, pour qui elle éprouvait visiblement du respect, sentant peut-être en elle l'ancienne relk, et plus probablement par rapport à la nature faible dans laquelle se trouvait Mo'An en arrivant.

Tous les visages autour de moi étaient fermés, les Kalii ne parlaient que par nécessité et, quand ils me regardaient, c'était avec des airs compatissants. Les sachant tous autour de moi, je me sentais moins vide et perdue et j'ai pu aller m'occuper de ma tâche en combattant les morsures de la tristesse. Un coup d'œil sur mon petit frère endormi profondément et paisiblement m'a redonné du courage. Il me fallait prendre la peau de l'uiom sur laquelle elle dormait, sur laquelle j'ai déposé ensuite sa pelisse, sa deuxième paire de chausses épaisses qu'elle avait confectionnée en prévision de la neige, les quelques autres peaux cossues qui formaient ses autres habits, ainsi que ses outils et récipients personnels. J'ai formé tout en un tas que j'ai fermé en repliant la peau de l'uiom par-dessus. La boule ainsi formée est allée attendre dans un recoin de la caverne.

Le poids des émotions qui se bousculaient en moi fut bientôt trop lourd pour que je continue à le porter, j'avais besoin de compagnie. Quelques enfants, dont les triplés, étaient rassemblés dehors et partageaient un jeu que je fus ravie d'intégrer.

À côté de l'offrande de viande en train de brûler faite à Rana afin qu'elle tourne son visage vers la personne défunte, le corps froid de Mo'An fut déposé au fond du trou par Fraé et Ulis qui entreposèrent ensuite les objets qu'on leur tendait. J'ai été la première à me pencher pour leur donner les effets personnels de ma mère que j'avais rassemblés. Fraé les a pris un par un pour les poser tout autour de Mo'An. La peau sur laquelle elle se couchait habituellement pour dormir avait déjà été posée sur le sol, afin que le corps repose dessus.

Pour le reste des objets, il restait des ustensiles de cuisine, de couture, des morceaux de peaux et de viande, des fruits et des armes pour la chasse. Ainsi, elle ne serait pas dépourvue en attendant que Rana la rappelle. La dernière chose qui fut posée, tendue par Oro'Rin, fut une petite statue en terre représentant Akra. On disposait toujours une statue de la Grande Malak au-dessus de la tête des morts, qu'elle soit faite en bois, en os ou bien, sous le coup de la soudaineté, en terre, afin de signifier à l'elirha que son Kalii venait de la rejoindre. Car bien sûr, à ce moment-là, il était temps que l'elirha l'apprenne parce que Mo'An allait être recouverte de terre et ne ferait plus partie de notre monde.

Quand je l'ai vue disparaître peu à peu sous les mottes de terre lancées par les autres, la tristesse m'a empoigné le cœur comme jamais. J'avais du mal à bien réaliser ce qu'était la mort. Tout ce que je comprenais c'est que plus jamais je ne reverrais ma mère.

Les cérémonies s'enchaînaient étrangement depuis que les Poho'La nous avaient rejoints. On avait vécu quasiment tous les stades d'une vie en quelques jours, et la joie avait fait place à la peine. Pourtant, personne ne s'étonnait vraiment, on acceptait les événements comme ils arrivaient, un peu fatalistes et adaptables, et les célébrions comme il convenait.

Comme la matinée avait été réservée à l'enterrement de ma mère, la cérémonie du nom de mon jeune frère s'est déroulée l'après-midi. Oro'Rin, en tant qu'ikon'en, l'a dirigée, et moi j'ai pris la place de ma mère, portant l'enfant à sa place et décidant du nom. Quand Oro lui a appliqué les trois cercles sur le corps symbolisant les Malak, et accroché son amulette autour du cou, j'ai été chargée de prononcer son nom :

— Chak.

Mon petit frère faisait à présent partie du hakn Ike'Atraín et du grand peuple des Kalii. Le voir ainsi souriant dans mes bras, inconscient de tout, me remplissait de joie. Ce petit serait le mien et resterait mon lien avec ma mère, qui me manquait déjà.

28

« À ce jour a succédé un second, plus calme : la vie reprenait son cours, même si les Poho'La étaient toujours là et que notre hakn n'était pas au complet. En tout cas, pour ceux qui étaient restés à la caverne, il y a eu beaucoup à discuter. Les femmes ne cessaient de faire revivre ces derniers jours inattendus et improbables en échangeant leurs impressions et leurs sentiments. En les écoutant, il s'est avéré que les événements heureux, qui avaient pourtant été nombreux et forts, étaient éclipsés par la mort de Mo'An, et plus particulièrement par la folie dont j'avais été envahie. Certaines femmes ont laissé entendre à mi-mot que si ma mère était morte, c'était pour me punir de mon acte. Les autres démentaient cela, soit parce qu'elles avaient à présent un peu peur de moi, soit parce qu'elles respectaient les paroles des deux ikon'en.

— Ne fais pas attention à ce que ces commères racontent. Certains Kalii sont facilement impressionnables, et mettraient tout sur le dos des Malak. Mais personnellement ce soir-là, j'ai senti Akra parler à travers toi.

Tro'Hi venait de s'asseoir à côté de moi, qui ruminais dans un coin de la grotte en laissant traîner mes oreilles. Son visage était encore très rouge, mais les plaies, si elles gonflaient, semblaient en bonne voie de guérison. Il arborerait bientôt de magnifiques eproki et aurait tout l'air d'un fier chasseur. Sa jeune compagne, Frina, pourrait être fière.

— Je crois que je regrette d'avoir ordonné ça. Je n'en avais pas le droit, je ne suis pas encore ikon'en, mais qu'une enfant ! Je ne sais pas trop ce qui m'a poussée à le faire. C'était comme si je n'étais plus moi-même en cet instant. »

— Etrik et Oro'Rin t'ont soutenue, ça prouve bien que tu as parlé au nom d'Akra. Personne ne peut remettre ta parole en doute. C'est vrai que l'idée a semblé étrange sur le coup, on a tous été choqués. Mais au fond, je finis par croire que c'est ce qu'on doit faire.

— Tu sais, Tro'Hi, je crois que je suis terrifiée par les Sukr'in, et je préférerais qu'ils n'existent pas. Nous serions en paix.

Pour toute réponse, le jeune homme a mis ses bras autour de moi pour me réchauffer et me rassurer. Je me suis sentie mieux au bout d'un moment, après avoir essayé de vider mon esprit.

La pluie qui s'est alors instantanément mise à tomber a fait rentrer tous les hommes et enfants qui se détendaient à l'extérieur. La grotte fut alors à nouveau remplie, et pour passer agréablement le temps, les adultes se sont mis à raconter des histoires, nous rassemblant tous autour de la chaleur du foyer.

— Allons Chak, tu dois manger. Pak partage le lait de sa fille avec toi, tu dois le boire.

Le bébé ne cessait de crier, pour une raison inconnue, et quand ce fut au tour d'Oi'Nia de se nourrir au sein de sa mère, il l'a regardée faire, les larmes aux yeux. Pak s'était dit que le fait de se voir piquer son repas devrait le rendre jaloux et le faire changer d'avis. En attendant que la petite ait fini, nous faisions tourner le bébé entre Ro, Lu et moi.

— Il est beau, ce bébé, s'attendrit Lu'Rii. C'est la première fois que j'en vois un. Enfin, depuis que celui de Moono est mort.

— Oui, c'est vrai. Mais on n'a pas tellement eut le temps de le voir, il est mort le soir même, rajouta Ro'Tto. Il était tellement petit et bizarre.

— Eh bien, Chak, tu as enfin envie de manger ?

Le bébé s'était mis à gesticuler et avait cessé ses pleurs, tendant ses petites mains au ciel. Il réclamait du lait. Pak l'a alors repris, satisfaite de voir que cette fois il acceptait son sein. Nous l'avons regardé faire en silence, avant d'être surprise par l'appel de deux enfants Poho'La.

— Ils sont revenus ! Ils sont là !

Tout le monde releva la tête pour les chercher du regard. Effectivement, les chasseurs des deux hakn venaient de pénétrer dans la clairière. Ils étaient tous là, seulement Fao marchait en claudiquant, un peu en retrait des autres.

Ouvrant la marche, Héuio portait à la ceinture son fameux gourdin, et tenait à la main une lance dont il se servait pour marcher, le bas tapant le sol à chacun de ses pas, quand le haut, dont le silex tranchant était recouvert, arborait une tête sanglante de Sukr'in de laquelle pendaient de longs cheveux marron.

Le relk Poho'La me chercha du regard et, quant il m'a trouvée, l'air hagard, sortant de la grotte, il s'est approché de moi, s'est arrêté et a tendu la lance sanglante vers moi. Son geste était solennel, comme le furent ses paroles :

— Ikon'en, voici le tribut que tu as requis afin que les unions soient consacrées.

L'air autour de nous était figé, personne n'osait faire le moindre mouvement, ni même respirer trop fort ; ils nous fixaient tous intensément, ne sachant comment réagir. Moi,-même, je suis restée interdite plusieurs instants, cherchant quoi répondre, avant qu'Oro'Rin vienne à mon aide. C'est elle qui a pris la parole :

— Merci Héuio, ton présent est accepté. À présent, les unions sont terminées, nous vous offrons nos deux filles, Moo'Ni et Inal.

Héuio a répondu par un signe de tête, et Oro s'est saisie du cadeau. Tous les autres ont alors oublié leur stupeur pour ne plus écouter que leur fierté et leur curiosité.

Ils ont tous félicité les chasseurs avant d'aller voir la tête de plus près.

C'était la première fois que nos hakn organisaient une chasse de cette nature, et ce fut une réussite, et ainsi une source de fierté pour tous. Les chasseurs, heureux d'être rentrés, ont accepté les compliments avant d'aller s'asseoir pour se faire servir à manger.

Fraé a planté la lance au beau milieu de la clairière, à la vue de tous. Les enfants étaient les plus intrigués, tournant et revenant sans cesse au pied de la lance pour contempler le trophée sanglant et se faire peur. Moi, je le regardais de loin, depuis l'entrée de la caverne, ne sachant vraiment que penser. Par hasard, le visage était tourné vers l'endroit où je me tenais, ses yeux vides fixant les miens, impassibles. Mon regard acceptait la confrontation et il est ainsi resté de longues minutes, jusqu'à ce qu'Oro'Rin m'attrape doucement par le bras.

Etrik nous attendait près du feu dans notre coin de la caverne, occupée à terminer un mélange. Quand elle m'a vue entrer, elle m'a lancé un maigre sourire en m'invitant à m'asseoir près d'elle. Oro'Rin a fait de même, et toutes deux m'ont fixée avant que la jeune ikon'en ne me pose une question :

— Est-ce que tu te souviens de ce que tu as ressenti le soir où tu as donné l'ordre à Héuio de te ramener ce crâne ?

J'étais sûre qu'elles allaient me parler de ça, donc je n'ai pas été étonnée, juste mal à l'aise, me sentant toujours coupable d'avoir agi ainsi. Ce que je ne savais pas par contre était si les ikon'en cherchaient à me punir, ou autre chose. Dans tous les cas, je n'avais pas le droit de leur mentir ; ma seule réponse fut de leur expliquer ce qui s'était passé :

— Je ne me souviens pas très bien. C'était étrange, parce que je n'y avais jamais pensé auparavant. L'idée m'a traversé l'esprit tout à coup, et j'ai senti le courage m'envahir en même temps, qui m'a poussée à me lever et à parler. Juste après, tout est retombé et si vous ne m'aviez pas soutenue, je serais partie en courant, honteuse.

Le silence retomba dans la salle un instant, pendant lequel les deux ikon'en ont réfléchi à ce que je venais de leur dire. Puis, Oro'Rin m'a regardée :

— Nous sommes persuadées que tout ceci, tes visions, cette chasse, ne sont pas anodines, mais t'ont été soufflées par Akra.

— Héuio m'a donné une mèche de cheveux du Sukr'in, continua Etrik. Je l'ai mélangée à une forte concentration d'analap, et nous voudrions que tu boives cette mixture, Horre.

— Vous voulez que j'aie une nouvelle vision ?

— Nous ne comprenons pas ce que la Malak essaie de nous dire, les raisons qui la poussent et surtout, ce qu'elle attend de nous. Peut-être reviendra-t-elle te voir une nouvelle fois. Bois, petite.

Sous le regard mystérieux des ikon'en, j'ai obéi et ai bientôt commencé à sentir ces sensations étranges qui me devenaient habituelles. Le noir a envahi mes yeux, mon corps est devenu comme vaporeux, ma tête semblait peu à peu s'en détacher puis, sans prévenir, une lueur est arrivée, éclairant tout ce qui m'entourait, me révélant l'endroit où je me trouvais. J'étais en haut d'une montagne. Je le savais car nombre d'autres sommets m'entouraient, à perte de vue. C'était très beau, je n'avais jamais été si haut, je ne savais même pas si un seul Kalii avait déjà touché le sommet d'une montagne. Tout était calme autour, aucun signe de personne ou d'animal, aucun arbre non plus. Sur le sol, il y avait encore de la neige, mais pas partout, seulement d'un côté – du mien. Mes pieds étaient cachés par la poudre blanche, mais à quelques pas, celle-ci disparaissait, laissant la place à un tapis d'herbe vert clair et fleuri. J'ai eu envie de m'en approcher, pour réchauffer mes pieds et toucher à sa douceur ; seulement, au moment où j'engageais mon mouvement, une forme est apparue sur l'herbe.

La Sukr'in blonde de la dernière fois. Encore elle ! Que me veut-elle ? J'ai tenté de lui parler mais aucun son n'a voulu sortir de ma gorge, et mon corps était pris au piège, incapable de bouger. Je ne comprenais pas ce qui m'arrivait, j'étais figée, comme gelée. En regardant mes pieds, j'ai compris tout de suite pourquoi : la neige montait peu à peu le long de mes jambes, se solidifiant immédiatement autour de moi, m'empêchant de remuer. Elle ne s'arrêtait plus, continuant son ascension doucement, jusqu'à m'arriver à la taille, puis aux épaules. Quand elle a atteint mon menton, j'ai relevé les yeux vers la Sukr'in qui était en train de rire en me montrant ses crocs pointus. À ses côtés venait de la rejoindre une autre forme : un enn sombre.

À mon réveil, les ikon'en m'avaient offert de l'eau fraîche et avaient attentivement écouté mon récit. Elles y songeaient mais ne comprenaient toujours pas.

— C'est étrange, ça ne diffère pas tellement de la dernière vision. Toujours la neige, et la Sukr'in.

— Les seules choses qui changent sont le fait que la neige vient recouvrir Horre, comme pour la dévorer, et cet enn qui apparaît. C'est incompréhensible ! Il est vrai que la dernière fois, cette Sukr'in agressive sur la neige semblait signifier ce qu'Horre a exprimé : tuer l'un d'eux sans tarder, pendant l'hiver.

— Oui, seulement, si la neige a commencé à tomber, elle n'a pas encore recouvert Akra. Peut-être voulait-elle que nous attendions le cœur de l'hiver.

— Mais alors, pourquoi avoir poussé Horre à agir si tôt ? Non, ça ne peut pas être ça. Nous faisons fausse route. Je dois avouer que je n'arrive pas à percer les signes de la Malak. Je vais avoir besoin d'un peu de temps pour y réfléchir.

Sur ces mots, Oro'Rin m'a fait signe que la séance était terminée et que je pouvais m'éclipser. J'ai donc laissé les ikon'en à leur réflexion. Si la Sukr'in et la neige m'étaient à moi aussi obscures, en revanche la vision de l'enn était lumineuse.

— Horre, approche, ma chérie.

Depuis la clairière, Kiisi, à côté de Vé'Hia, venait de m'appeler en me faisant signe d'approcher. Les deux relk étaient assises en retrait, parlant visiblement d'affaires sérieuses.

— Oui, Kiisi ?

— Horre, nous avons pensé à la situation de ton frère, Chak. Comme tu le sais, nous n'avons aucune femme avec du lait chez les Ike'Atraín. Frina, qui fait partie du hakn à présent, n'aura pas de petit avant plusieurs Akil, ce qui n'est pas acceptable pour Chak, évidemment. Nous avons donc décidé que Pak, qui l'allaite en ce moment, restera à notre caverne avec sa petite, pour nourrir les deux bébés.

J'étais restée interdite pendant que Kiisi parlait car, effectivement, la question de l'allaitement de Chak se posait, mais je n'y avais jamais pensé ! Je fus ravie de voir que les relk s'étaient occupées de ce problème qui à présent n'en était plus un. J'avais tellement été bouleversée par les autres événements qu'en dehors de la joie d'avoir eu Chak, rien d'autre le concernant ne m'avait effleurée.

— Merci, relk dis-je, émue.

— C'était une possibilité tout à fait envisageable, me dit alors Vé'Hia, car les Poho'La accueillent deux de vos filles, ainsi l'équilibre est fait. Va, à présent.

— Tu vas rester avec nous, Pak.

Je venais de rejoindre la jeune maman qui se reposait près des deux bébés endormis. Elle m'a regardée tendrement de ses beaux yeux marron-orange.

— Je le sais, les relk m'ont prévenue.

— Est-ce que tu es triste de quitter ton hakn ?

— Ce n'est que pour quelques temps, jusqu'à ce que ton frère soit assez grand. Et puis, je n'ai plus de compagnon, ainsi ce n'est pas très grave.

— Qu'est-il arrivé à ton compagnon ?

Il est mort il y a quelques Akil d'une maladie qui le faisait saigner.

J'étais triste pour Pak, et je compatissais, sachant la douleur que cela représentait. Mais la jeune Kalii était très forte et ne montrait pas sa tristesse, la cachant derrière le sourire qu'elle m'adressait. Et puis, au final, tout cela m'arrangeait par rapport à mon petit frère. J'étais donc satisfaite.

Tout le hakn Poho'La avait rassemblé ses affaires, nous leur avions offert des provisions pour le voyage, et les voilà prêts à reprendre le chemin. Nous nous sommes salués, leur avons souhaité bon retour et ils sont repartis en direction de leur montagne, laissant Pak et sa fille sous notre garde.

Il était temps ensuite pour notre hakn d'envoyer nos deux éclaireurs : Tro'Hi et Moono ont été désignés et sont partis le lendemain dès l'aube. À partir de là, la vie a repris son cours dans la clairière, jusqu'à ce que la neige finisse par s'installer et nous oblige à passer le plus clair de notre temps sous le couvert de la caverne.

Je n'avais plus l'occasion de partir très loin en balade, et surtout seule car les relk ne l'autorisaient plus, ils tenaient à instaurer des règles de sécurité plus fermes durant cette période dangereuse, et je pense qu'ils craignaient également une éventuelle vengeance des Sukr'in. Le crâne de l'homme que les Poho'La avaient ramené trônait toujours devant notre grotte, mais il avait perdu toute sa chair, ne laissant plus qu'un os blanchi par le soleil et la neige. Comme je n'avais plus l'autorisation de me rendre dans la forêt, je n'ai plus eu l'occasion d'aller rendre visite à mes nouveaux amis enn, et vérifier ainsi s'ils trainaient toujours près de notre rivière. Mon attention était alors toute reportée sur Chak, qui était un bébé calme et attachant. Je passais des heures à le câliner ou à le regarder téter, tout contre sa petite sœur de lait Oi'Nia. Les distractions en hiver n'accablant pas le hakn, c'était mon frère qui était le centre de tous les intérêts : il était chouchouté par tout le monde et ça me rendait jalouse. J'avais déjà du mal à accepter qu'il ait une autre mère et une autre sœur, même si je les aimais tendrement toutes deux, aussi je préférais le prendre souvent avec moi, et nous installer dans un coin douillet pour le dorloter afin qu'il ne voie que moi et me soit ainsi plus proche.

Je continuais également à prendre des leçons auprès d'Oro'Rin qui me racontait de nouvelles histoires concernant les elirha ou bien le grand et ancien peuple des Kalii, et m'apprenait les gestes des cérémonies que j'aurais à accomplir un jour. Nous travaillions aussi autour des plantes, créant les recettes rituelles ou fabriquant des baumes et décoctions pour nos Ike'Atraín malades. Cet hiver-là, le premier que je passais en compagnie du hakn de la forêt, c'est le vieux Bi'Har qui a nécessité le plus de soins. Il prenait régulièrement froid et avait des douleurs persistantes dans la poitrine et les membres.

Mais en dehors de cela, il ne s'est rien passé de notable : l'hiver fut rude mais calme et a fait un jour place à un printemps timide.

29

Tous les enfants étaient en train de jouer sur un sol boueux, trop heureux de pouvoir enfin sortir sans être gelés, quand les deux éclaireurs Poho'La, qui avaient pris la relève d'Olor et Ulis, sont arrivés à notre campement. Jusqu'à présent, aucun de tous les éclaireurs n'avait jamais rien eu à signaler, en dehors des rares passages Sukr'in et du déplacement du gibier. Nous écoutions toujours attentivement ce qu'ils avaient à nous apprendre de leur ronde, mais rien n'a jamais été de nature à nous inquiéter... jusqu'à cette fois.

— Ils sont vraiment très nombreux, autant que trois hakn kalii ! a annoncé le premier éclaireur.

— Ils ont établi leur campement contre la falaise, à l'abri du vent, et il semble bien qu'ils soient ici pour y rester quelques temps.

Fraé montrait un visage sombre en apprenant cette nouvelle, mais il ne voulait pas s'alarmer trop tôt :

— N'ayez crainte, ils ne resteront pas à jamais. Cet endroit n'est qu'un lieu de passage, et ce n'est pas pour rien : il y a effectivement beaucoup de gibier, mais la rivière passe loin de la plaine. Ils n'ont déjà plus de neige à faire fondre, elle a disparu de la plaine depuis plus longtemps qu'ici, séchée par les vents. Je ne sais pas pourquoi ils sont là, ni pourquoi ils sont aussi nombreux, mais je ne pense pas qu'ils soient une menace. On devra tout simplement les éviter tant qu'ils seront là, et les surveiller de loin.

Les relk ont donc décidé de garder leurs règles instaurées cet hiver : personne ne devait s'éloigner du camp. Ils avaient décidé également que les éclaireurs Ike'Atraín qui étaient censés partir ne feraient par leur ronde habituelle mais devraient rester en lisière de la plaine pour observer tous les mouvements de ces Sukr'in et partir conseiller aux Poho'La de faire de même de leur côté, pour protéger leur montagne.

Notre hakn avait été sérieusement amputé après la mort de Mo'An et le départ de Moo'Ni et Inal. Bi'Har, malgré ce qu'il affirmait, avait perdu beaucoup de forces et n'était plus que l'ombre de lui-même.

Les relk ne disposaient plus d'énormément d'éclaireurs et ne souhaitaient pas envoyer toujours les mêmes loin du campement.

— Ils sont grands à présent, et il ne s'agit ni d'aller loin, ni de se mettre en danger, ils ne craignent rien. Et puis, les garçons sont forts et les filles entraînées.

Kiisi était en train de convaincre son compagnon d'envoyer deux des enfants pour la mission de surveillance. Il ne s'agissait que de se poster à l'abri des arbres et de surveiller les allées et venues des Sukr'in. C'était un travail qui conviendrait parfaitement à de tous jeunes chasseurs.

— Bien, les enfants, approchez.

Les garçons furent les premiers à se poster devant les relk, puis Lu, Ro et moi les avons rejoints.

— Nous avons décidé de vous envoyer vous, deux par deux, chaque jour, pour surveiller les Sukr'in. Ce sera Parr et Aa qui commenceront.

À l'annonce de cette nouvelle, les frères ont sauté de joie : jamais ils n'avaient vu de Sukr'in ni n'avaient eu de responsabilité.

— Ça y est, prêts à partir ?

Lu'Rii s'enquérait auprès de ses frères qui venaient de recevoir les conseils de Fraé. Celui-ci leur avait exposé toutes les consignes de sécurité ; il ne s'agissait pas de s'exposer, mais uniquement de surveiller, bien à l'abri. Il avait interdit aux garçons de tenter quoi que ce soit ou même de franchir la frontière des arbres, et avait bien insisté, connaissant la nature aventureuse des jeunes enfants.

— Il n'a pas arrêté de nous dire ce qu'on devait faire et ne surtout pas faire…

— Mais maintenant, on est prêt et on va y aller. À ce soir, les filles !

Au campement, tout au long de la journée, les discussions tournaient autour de cet événement.

— Les Poho'La ont dit qu'ils étaient trois fois aussi nombreux que nous, disait Emi.

— C'est effrayant. Pourquoi a-t-il fallu qu'ils s'installent si près de nous ? Peut-être que ce n'est pas par hasard, et qu'ils préparent une attaque ? a soufflé Tro.

— Ne sois pas aussi méfiante, ils ne peuvent pas savoir que nous sommes là et ont probablement uniquement besoin de chasser pour refaire leurs stocks après l'hiver.

À entendre spéculer les adultes, cela donnait à Ro, Lu et moi encore plus de raisons de fantasmer. Nous étions fascinées par l'idée qu'un rassemblement – semblant immense selon nos critères – de Sukr'in pouvait se trouver si proche de nous. Nous ne savions pas plus que les autres les raisons de leur présence, mais ce qui nous passionnait le plus était de savoir à quoi ils pouvaient ressembler. En réalité, moi moins que les autres puisque j'en avais déjà vu de près, mais ma curiosité restait tout de même brûlante. Nous envions les garçons d'avoir été les premiers à être envoyés là-bas et attendions difficilement que Rana rejoigne la cime des arbres.

Puis, enfin, quand la lumière sur les arbres autour de nous a commencé à roussir, nous avons vu Aa et Parr arriver vers nous en trottinant. Fraé leur a demandé de le rejoindre au centre du cercle que le hakn venait de former, impatient d'entendre le récit des deux jeunes.

— Alors, qu'avez-vous vu ?

— C'est vrai qu'ils sont très nombreux, a commencé Parr. Il y a beaucoup d'enfants parmi eux, qui couraient partout ou restaient près de leurs mères.

— Les adultes, continua Aa, étaient en train soit de finir de monter des tentes, soit de mettre à sécher de la viande. Ils se sont installés comme un vrai campement. Après ça, il y a un groupe qui est parti vers la forêt et la rivière avec d'énormes gourdes attachées à des bâtons, pendant qu'un autre est parti avec des lances.

— Juste avant qu'on ne parte, ce groupe est revenu avec un uiom mort.

Tout le monde les avait écoutés avec attention mais ne savait trop que penser. Kiisi alors posa une question :

— En dehors de ces deux groupes, vous n'avez vu personne d'autre s'éloigner du camp, aller en exploration des environs ?

— Non. Certains enfants allaient jouer un peu plus loin, dans les hautes herbes mais ils finissaient par se faire rappeler par un adulte.

— Ils ont probablement déjà observé les environs depuis leur arrivée, réfléchissait Olor. Et ils n'ont visiblement rien vu qui les gêne.

— Tu as raison. Nous continuerons à envoyer les enfants surveiller, mais nous ne devons pas nous inquiéter.

Ces derniers mots de Fraé ont marqué la fin de la réunion. Chacun est parti un peu plus rassuré, ou avec plus d'interrogations, mais le sujet était clos.

Le jour suivant, c'est Ro'Tto et moi qui avons été envoyées en lisière de la forêt. Nous nous y sommes rendues d'un pas rapide, pour être sur place le plus tôt possible. Leur camp était déjà réveillé et actif, chacun vaquait à des occupations domestiques. Ils avaient allumé plusieurs foyers à divers endroits du camp et s'activaient autour pour préparer de la nourriture. Effectivement, pour autant de bouches, il fallait préparer de belles quantités et s'y prendre à l'avance. Il y avait des Sukr'in partout, de tous les âges, dont beaucoup d'enfants, comme nous en avaient prévenus Aa et Parr. Je revoyais les mêmes êtres qui m'avaient fait peur lors de notre fuite avec Mo'An, ces personnes grandes et droites, à la peau et aux cheveux souvent plus foncés que les nôtres.

— Ils sont tellement bizarres ! Ro'Tto à côté de moi était partagée entre le dégoût et la fascination. Comment se fait-il qu'ils soient différents ? Regarde comme ils marchent !

— Ils ont l'air moins agressifs, ai-je pensé tout haut. Ici, ils ressemblent à un hakn normal, comme nous.

— C'est vrai. Ce qui fait peur, en dehors de leur apparence, c'est leur nombre. Mais ils n'ont pas l'air de nous vouloir du mal.

Assises contre un arbre en surplomb de la plaine, nous observions la vie dans le hakn étranger, notant les ressemblances et les divergences, les allées et venues, les gestes et occupations de ces êtres nouveaux. Quand la soirée a commencé à tomber, nous avons dû nous résigner à quitter ce spectacle pour retourner auprès des nôtres, les yeux remplis de découvertes.

— Vous avez remarqué, ils se mettent plein de choses dans les cheveux !

— Oui, c'est très coloré, comme leurs habits. Et ils ont tout plein d'objets étranges ou de manières de s'en servir.

— Les enfants ont le droit de jouer avec la nourriture, comme des animaux. Enfin, plus précisément avec les os. Tu te souviens, Parr ? On les a vus s'amuser à lancer des tibias et des crânes, comme de vulgaires branches.

— Nous on les a vus teindre des peaux animales. Probablement pour en faire des vêtements. Ils ne se colorent pas que leur propre corps.

Après avoir fait notre rapport aux relk, Ro et moi avons rejoint les triplés pour leur apprendre ce que nous avions vu et partager nos impressions avec les garçons. Seule, Lu'Rii n'avait pas encore eu l'occasion d'aller voir nos voisins de plus près et se sentait un peu exclue.

— J'ai vraiment hâte d'être demain pour que ce soit enfin mon tour, je veux les voir moi aussi.

— Toujours aussi impatiente, et bien tu n'as plus qu'une nuit à attendre, lui répliqua son frère Aa. Qui ira avec toi, au fait ?

— C'est Horre qu'a désignée Fraé.

— Encore ? Et nous alors ? Ça fait deux fois de suite que tu y vas, Horre ! s'est exclamé Parr.

— Tu n'as qu'à demander à Fraé, mais tu ne voudrais pas être séparé de ton frère, et on ne peut être que deux à y aller.

— Je me fiche de mon frère, je le vois toujours, pas comme les Sukr'in !

— Merci Parr, trop gentil ! Alors, c'est moi qui vais demander à Fraé d'accompagner ma sœur préférée !

Aa a fait ce qu'il avait dit, il est allé poser sa question au relk qui a eut l'air d'hésiter, puis a fini par répondre quelque chose que le garçon s'est empressé de venir nous répéter.

— J'ai encore mieux, écoutez ! Il a permis qu'on y aille tous...

On a tous crié de joie.

— ... à condition qu'on respecte parfaitement les règles et qu'on soit rentrés plus tôt, à la mi-journée. Il a dit que ce n'était peut-être plus la peine de les observer tout le temps.

30

La nuit suivante nous a tous trouvés bien agités, quasiment incapables de fermer les yeux. Nous étions prêts dès le petit matin, et après avoir promis à Kiisi et Fraé de bien respecter les consignes, nous nous sommes rués vers notre lieu de garde.

Les Sukr'in étaient toujours là, se réveillant peu à peu, puis se mettant au travail après avoir mangé un de leurs plats inconnus. Les plus vieux ne sortaient des tentes que pour aller s'allonger ou s'accroupir à l'extérieur, pour profiter des premières lueurs de Rana. Certaines femmes s'étaient assises en rond pour se passer de la terre colorée sur certaines mèches de leurs chevelures. C'était étrange : elles se salissaient pour s'embellir ? Ou peut-être était-ce leur manière d'honorer Akra ? Il faudrait que je parle de ça avec l'ikon'en.

— Vous avez vu, ils ont du poisson. Est-ce qu'il vient de notre rivière ?

— Je ne me rappelle pas en avoir vu la première fois, donc c'est probable. C'est effrayant de penser qu'ils passent aussi près de nous. Si ce n'est que pour prendre de l'eau, c'est assez rapide donc pas trop inquiétant. Mais si en plus ils s'arrêtent pour pêcher ! Il ne manquerait plus qu'ils aient envie d'amil'ap ou d'afril !

— Il n'y a plus qu'à espérer qu'ils s'en aillent bien vite. On n'aurait aucune chance à se battre contre tant d'ennemis, ai-je rajouté, en connaissance de cause.

Nous sommes ensuite restés un long moment à contempler le campement en silence, observant et apprenant. Puis, soudain, Aa a brisé le silence :

— Je me demande à quoi ressemblent leurs visages de tout près.

— Qu'est-ce que tu racontes ? s'étonna Parr. Tu en as déjà vu un, celui que les Poho'La ont ramené.

— Un mort ! Et sans son corps. Ça n'a rien à voir, moi je veux les voir bouger, sentir leur odeur, observer leurs faces plates de près !

— Peut-être, mais tu ne peux pas, ils sont trop loin.

Même si Lu'Rii était fascinée par le spectacle, et évidemment avide d'en voir plus, elle savait que s'approcher était trop dangereux.

— C'est interdit, Aa, on ne peut pas les approcher, si c'est ça ton idée ! a asséné Ro'Tto.

— On n'est pas obligé d'aller vraiment tout prêt. Regardez le petit arbre là bas, il est suffisamment loin et proche à la fois. On pourrait se glisser jusqu'à lui.

— Moi, je suis partant !

Parr avait parlé le premier. La réponse positive de Lu puis la mienne ont immédiatement suivi. Seule Ro refusa. Nous lui avons donc dit de rester où elle était et de surveiller, et n'avons pas écouté ses prières pour que nous rentrions tous à la clairière. Les garçons ouvrant la marche, Lu et moi avons suivi à pas d'enn, lentement, le pied sûr et léger. Il était vital de ne pas se faire repérer, ce que nous faisions était encore plus dangereux qu'une chasse et nous le savions. Mais évidemment notre curiosité était trop puissante et nous a menés lentement vers l'arbre que nous avions choisi. Nous avions fini en rampant, cachés dans les herbes hautes, levant de temps à autre la tête pour observer le terrain et l'ennemi. Arrivés à l'arbre, de larges buissons à sa base nous cachaient efficacement de la vue des Sukr'in. C'était vrai, nous étions vraiment très près, nous pouvions lire les émotions sur les traits de leurs faces et entendre leur langue étrange et incompréhensible.

Par Akra ! Que leurs visages et leurs membres étaient déformés ! Il n'y avait vraiment que l'aspect général qui pouvait les faire passer pour des êtres comme nous. Cela et le fait qu'ils vivaient à notre manière et non comme des animaux. Ils se vêtaient, préparaient des repas, dormaient dans des tentes et créaient des feux.

Leurs hommes et leurs femmes semblaient malingres comparés aux Kalii. C'était moins évident chez les enfants, mais il y en avait beaucoup de plus grands que nous, ne semblant pourtant pas encore être de jeunes adultes. C'était vrai aussi qu'ils se coloraient beaucoup, les vêtements et les cheveux étaient souvent teints, mais ils n'avaient pas d'eproki. Est-ce que les unions n'existaient pas chez eux ?

Soudainement, nous glaçant le sang, un son aigu et incompréhensible nous a transpercé les tympans. Épouvantés, nous avons vite compris que c'était le cri d'un enfant qui jouait dans les herbes et avait fini par nous remarquer. Il venait probablement d'appeler les adultes, intrigué par notre présence.

Nous n'avions pas de temps à perdre. Plus rapidement que le sha'il, nous avons bondi hors de notre cachette et avons entamé une course folle en direction de notre forêt. En me retournant rapidement, j'ai remarqué que deux hommes s'étaient jetés à notre poursuite, mais non armés. Ils devaient s'imaginer nous rattraper en deux bonds. J'étais deux fois plus terrorisée mais avais eu la présence d'esprit de crier à mes compagnons :

— Ne repartez pas dans la forêt ! Prenez l'autre direction, la colline, vite !

Il ne fallait surtout pas les mener vers notre campement. Les autres ont tout de suite réalisé et ont effectué une petite volte censée nous mener vers une zone pierreuse et escarpée qui, j'espérais, serait plus aisée à traverser pour nous, qui étions plus agiles. Après cela, il y avait une autre partie de forêt qui pourrait nous accueillir. C'était très loin mais nous n'avions pas le choix.

Les deux hommes se rapprochaient dangereusement, ils étaient bien sûr plus rapides, mais de notre côté, la terreur nous faisait voler, nous avions une chance de leur échapper.

— Courage, nous y sommes presque ! Ne vous arrêtez pas pendant la montée !

Le sol commençait à monter vers le ciel, je vis Parr ralentir ses foulées, puis son frère à sa suite. Nous respirions très fort et sentions que nos jambes allaient lâcher. Tous, nous n'étions que des enfants, et cela a fini par se faire sentir. Arrivés en haut du promontoire, les garçons se sont laissés tomber sur le sol, alors que Lu leur criait de se relever, tout en les tirant par les bras. De mon côté, je voyais ces deux chasseurs arriver vers nous sans montrer aucune fatigue. Ni même aucune haine. Celle-ci était dans mes yeux et dans mes bras qui tremblaient. L'image de mon premier hakn massacré, puis de l'attaque de ces monstres pendant notre fuite avec Mo'An, enfin la mort de ma mère, tout cela me revint en mémoire et m'a rendue folle de rage, incapable de contrôler mes émotions et mes gestes. Je me suis vue ramasser une grosse pierre puis la lancer de toutes mes forces contre le visage de l'un des hommes qui se trouvaient soudain à quelques pas de moi. Ils n'avaient pas vu venir le coup, et le deuxième poursuivant a regardé, impuissant, son frère s'effondrer sous le choc. J'avais remarqué tout en lançant la pierre que les deux Sukr'in avaient le même visage, ce qui me rappelait instantanément Aa et Parr. Ces deux-là d'ailleurs ne se sont pas laissés écraser par la stupeur face à mon geste, mais ont au contraire réagi comme des chasseurs, et fait immédiatement de même. Lu'Rii s'est mise, elle aussi, à ramasser toutes les pierres qu'elle pouvait trouver et à les lancer en direction de notre ennemi. Sous la violence et l'intensité des coups, celui-là s'est protégé le visage et a instinctivement reculé. Moi, je n'ai pas hésité, j'ai porté la main à ma ceinture pour me munir de mon couteau et me suis jetée sur le dernier homme. D'un geste tel un coup de griffes de lehn, je lui ai marqué la jambe droite d'une longue entaille rouge. Mais, si j'avais réussi mon coup, j'étais également très mal placée, me retrouvant sous la pluie de pierres. L'une d'elle m'a frappée à l'épaule, m'entaillant à mon tour. La douleur et le déséquilibre de l'attaque m'ont fait tomber à terre, au pied du Sukr'in qui, par chance, était toujours aveuglé par les lancers des triplés. Il n'a pas voulu insister et a tourné le dos, comme pour nous signifier d'arrêter le tir. Notre ennemi n'avait visiblement pas envie de continuer le combat, même si la haine se lisait à présent sur ses traits.

— Ainsi ils sont donc bien comme nous, ai-je alors pensé.

L'homme a accompli quelques gestes au ralenti pour nous signifier qu'il voulait ramasser le corps de son frère et s'en aller. Nous l'avons laissé faire, regardé s'éloigner de plusieurs pas avant de nous précipiter dans la direction opposée, sous le couvert de la forêt. Nous ne nous sommes pas arrêtés avant d'être certains d'être invisibles. Cela fait nous nous sommes tous quatre effondrés dans un brouhaha de cris de peur et de soulagement.

Je n'avais aucune envie de parler ou de bouger, j'aurais voulu rester là allongée jusqu'à l'hiver prochain, mais le choix ne m'était pas donné. De là où j'étais, dos contre terre, le regard tourné vers la cime des arbres, j'ai reconnu une forme accrochée à une large branche, qui regardait dans notre direction.

— Lehn !!

Et nous voila repartis dans une course folle, zigzaguant cette fois à travers les troncs. Je n'ai même pas essayé de voir si l'animal noir nous suivait, préférant courir jusqu'à ce que nous nous écroulions de nouveau.

Quelques temps plus tard, nous étions toujours en vie, ce qui prouvait que la bête terrifiante n'avait pas eu faim. J'avais du mal à croire que nous venions d'échapper à deux dangers mortels à la suite, mais avais encore plus peur d'imaginer la réaction des adultes quand nous serions rentrés au camp, ce qui prendrait, vu le détour, jusqu'au soir.

Les cris affolés des femmes transperçaient la nuit. Elles gesticulaient frénétiquement sous l'effet de la peur. Les hommes arboraient tous un air choqué, ils ne semblaient pas pouvoir se remettre de ce qu'ils venaient d'entendre. On venait de leur transmettre la pire nouvelle depuis des années ! Tout le hakn était effaré de ce qu'on venait de commettre, et plus encore terrorisé par les conséquences.

— Pourquoi as-tu fait ça, Horre ? aboya soudainement Emi à mon encontre. Tu cherchais à venger ton ancien hakn ? Et pour ça tu mets celui qui t'as accueillie en danger de mort !

— C'est vrai que c'est très grave, dit ensuite Fraé sur un ton plus mesuré mais néanmoins sec. Vous leur avez révélé notre existence, et pire que tout, vous avez tué l'un des leurs. Je suis impressionné que des enfants soient venus à bout de deux adultes, mais vous vous êtes mis en péril, et tout le hakn avec !

Tro'Hi s'avança alors pour essayer de briser la tension :

— Il y a peu de chances qu'ils sachent où nous sommes. Horre a eu l'intelligence de les mener sur une piste opposée, et les forêts sont immenses ; ils ne nous trouveront jamais.

À cet instant, mon amitié pour le jeune homme s'est affirmée davantage, si elle le pouvait, en se changeant en gratitude. Sa sagesse était une bénédiction, elle avait apaisé les craintes du hakn qui réalisait la véracité de ces propos :

— Ce que tu dis est vrai mais nous devons à présent être encore plus prudents, annonça Kiisi. Nous allons envoyer deux chasseurs vers les Poho'La pour les prévenir de surveiller les Sukr'in d'encore plus près, et nous garderons nuit et jour quelqu'un à la lisière de la forêt. Il faudra également être très prudent lors de nos voyages à la rivière, et évidemment, l'accès à la plaine est interdit. Nous ne pourrons plus que chasser de ce côté-ci de la forêt.

Sur ces mots, l'assemblée s'est disloquée et tout le monde est parti se coucher, le ventre noué. Les triplés et moi n'avons plus échangé aucun mot, que des petits regards inquiets, et sommes allés nous étendre sur nos couches, nous endormant aussitôt nos paupières fermées, éreintés par cette journée hors norme.

Cette nuit-là, j'aurais pensé pouvoir dormir comme un bébé jusqu'à l'aube prochaine, mais les elirha'kra en décidèrent autrement. J'ai fait un rêve où j'ai revu cet homme, le frère de celui que je venais de tuer : il me poursuivait à travers la plaine. On courait tous les deux, sans jamais s'arrêter, sans jamais se fatiguer. Et le décor changeait régulièrement, passant de la plaine à la forêt, puis aux abords d'un lac, les flancs d'une montagne, un endroit rempli de sable ou encore de neige. Tout cela semblait ne jamais vouloir s'arrêter, l'homme était constamment derrière moi et n'a disparu que quand j'ai ouvert les yeux.

Ro'Tto était accroupie à côté de moi, en train de me secouer pour que je me réveille.

— Horre, tu as fais un mauvais rêve, arrête de trembler. Tu t'agitais comme un poisson hors de l'eau. Ça va mieux ?

Mieux ? Certainement pas. Tout n'allait qu'en empirant.

— Où est Oro'Rin, Ro ?

— La jeune fille m'a aidée à me lever et m'a montré du doigt l'ikon'en qui était assise à l'extérieur en train de manger quelques baies. En me voyant arriver et m'asseoir à côté d'elle, elle m'a fait signe de me servir dans le petit bol.

— Je n'ai pas très faim, Oro'Rin. Pas du tout même… Que penses-tu de ce qui s'est passé hier ?

La vieille Kalii a eu un mouvement de bascule des épaules, pour se mettre le dos droit, puis elle a levé les yeux, comme pour réfléchir. Quand elle les a ramenés vers moi, c'est pour me dire d'une voix douce :

— Ce que tu as fait est dangereux, mais je ne pense pas que tu en sois responsable ni blâmable. Tu as agi sous l'ordre de tes émotions, qui peuvent être très persuasives chez toi. Tu as inconsciemment cherché la vengeance, et en un sens, tu l'as eue. Je pense que la peur est ce qui domine en toi actuellement, mais tu ressentiras bientôt la paix que cela t'a procurée. Prends patience.

— Tu ne penses pas que je suis responsable ?

— Pas vraiment. Il y a eu les Poho'La qui ont exposé leur haine devant toi, qui ne demandais qu'à voir cela, quelqu'un qui haïssait les Sukr'in et qui en plus cherchait vengeance. Il est évident qu'ils t'ont montré le mauvais exemple.

— Mais n'oublie pas non plus que les elirha délivrent les messages des Malak. Et à toi, ils parlent plus clairement qu'à n'importe qui, même qu'à moi, ou Etrik. S'ils viennent te dire quelque chose, tu dois les écouter et comprendre leurs paroles.

Ce que m'avait dit Oro'Rin me plongeait plus encore dans la confusion. Les elirha'kra venaient justement de me visiter, et leur message était plutôt clair. Mais que devais-je faire, pouvais-je réellement faire… ça ?

— Partir. Il te faut partir. C'est évident, sinon il te retrouvera.

La réponse de l'ikon'en était sans appel. C'était donc ça. Si je ne voulais pas que la vengeance de ce Sukr'in s'accomplisse sur mon hakn, ou sur moi, du moins à court terme, je devais le mener sur une autre piste.

— C'est une grave décision, Horre, et je suis navrée de te le dire, mais notre survie à tous dépend de ça, tu dois l'emmener loin. Visiblement, cet homme n'est pas comme les autres, il a une grande volonté et est tenace.

— J'ai peur, Oro'Rin, je regrette tellement d'avoir fait ça.

— Toi non plus, tu n'es pas comme les autres Horre. Tu es bien plus forte, Akra est constamment avec toi. Elle l'a toujours été, t'avait déjà protégée en t'envoyant loin de ton hakn le jour où il s'est fait massacrer. Puis, elle t'a menée à un nouveau hakn, elle t'a ensuite protégée de l'attaque d'hier. Peux-tu douter de sa présence ?

— Tu as peut-être raison. Mais ça ne m'enlève pas ma peur, comment vais-je vivre toute seule ?

— Tant que tu toucheras Akra, celle-ci te protègera. Elle est la mère de tous les Kalii, elle est ta mère. Ne l'oublie jamais !

— Où irais-je ?

— Là où tes pas te mèneront. Tu trouveras le chemin en marchant.

— Est-ce que je peux prendre Chak avec moi ?

— Il est bien trop petit Horre, il ne survivrait pas. Tu reviendras quand le danger sera passé.

— Je vais aller préparer mes affaires. Il vaut mieux que personne ne le sache, n'est-ce pas ?

— Oui, je leur expliquerai quand tu seras loin.

C'était à cet instant comme si Akra s'ouvrait sous moi et était en train de m'avaler. Je savais intimement que c'était la seule chose à faire, et l'avais compris avant qu'Oro ne mette des mots dessus, mais évidemment c'était presque impensable et ne s'était jamais vu auparavant. Les autres n'allaient pas comprendre… !

Toute la journée, sous les regards froids ou fermés des Ike'Atraín, j'ai préparé en secret un paquetage que je montais à l'abri des regards, dans la forêt. Les autres enfants n'étaient plus très loquaces et ne sont pas venus vers moi ni même vers les autres, une seule fois. Ils étaient eux encore sous le choc. Du coup, j'ai pu me préparer tranquillement, sans éveiller les soupçons. Personne ne m'a vue piquer de la nourriture, beaucoup de viande et de poisson séché. J'ai pris aussi tous mes habits et chausses, ma ceinture, elle, était toujours sur moi, il ne me restait qu'à empiler des pierres taillées, des percuteurs et des aiguilles en os. Oro'Rin enfin m'offrit une besace remplie d'herbes médicinales.

Nous avions décidé que je partirais le lendemain, avant le réveil de Rana et des Ike'Atraín avec elle. J'avais donc toute la soirée pour la passer près de mon petit frère. Pak venait de le nourrir, il était souriant, les lèvres humides de lait, les yeux mi-clos de contentement. Tout chaud contre mon cœur, calme, il jouait du bout de ses petits doigts avec mes mèches de cheveux tombantes.

Son petit visage était magnifique, je sentais mon cœur se serrer à l'extrême en le regardant. Comment allais-je vivre sans lui, loin de lui ? Je ne savais pas combien de temps je serais partie, ni même si je reviendrais un jour. L'étreinte que je lui ai donnée alors était assez forte pour me donner la force nécessaire et imprimer la forme de son corps contre le mien.

31

Aussi silencieusement qu'un souffle de vent, j'ai zigzagué entre les couches des Kalii toujours endormis, leur lançant à chacun un regard et un adieu. Je gravais en même temps leurs images dans ma mémoire pour qu'ils restent toujours près de moi. Quant au petit Chak, je l'avais embrassé une dernière fois, sans le réveiller, et avais détourné le regard pour résister à la tentation de l'emmener avec moi, comme pour recréer la fuite en compagnie de Mo'An.

En quelques pas légers, j'étais déjà au centre de la clairière, faisant face au crâne dégarni du Sukr'in qui me fixait de ses orbites vides. Le même nombre de pas me mena sous l'obscurité des grands arbres. L'herbe sous mes pieds était humide et froide, c'était désagréable et m'a fait, l'espace d'une seconde, penser arrêter ce que je faisais. Mais je n'en avais pas le droit, car je ne faisais pas ça pour moi mais pour les autres ; il me fallait réparer mon erreur. Oro'Rin m'avait approuvée, cela ne pouvait que signifier qu'il s'agissait de l'unique possibilité qui recevait l'approbation des Malak. Qui étais-je pour aller contre ça ?

La première chose que je devais faire était de me rendre à la rivière pour remplir ma gourde d'eau. Celle-ci n'était pas énorme et ne m'offrait pas une réserve infinie mais je n'aurais pas été capable de porte une trop lourde charge à longueur de journée. Je sentais déjà suffisamment le poids de mon sac accroché sur mon dos en plus de l'encombrante lance. L'eau de la rivière était froide comme la neige et son contact m'a causé un frisson revigorant qui me donna une poussée de volonté. Maintenant que j'étais équipée, je devais m'occuper de ma deuxième tâche, très importante. Pour cela, je devais refaire à l'inverse le chemin que les triplés et moi avions parcouru lors de notre retour la nuit précédente. Marchant plus doucement, et sans la peur qui me tiraillait, j'avais l'impression que le temps passait plus lentement. Faire le tour de la plaine était un long détour et m'a pris toute la matinée. Quand enfin je suis parvenue à l'endroit exact où j'avais tué le Sukr'in, où il restait encore des traces de sang mais heureusement pas le moindre charognard, j'ai jeté l'œil sur le lointain campement Sukr'in. Tout y était à l'identique, les gens s'affairaient toujours entre leur multitude de tentes, toujours pas décidés à lever le camp. Je n'avais donc pas le choix, je devais aller au bout de ma mission : me rapprocher le plus possible de leur campement pour qu'ils me voient, et plus particulièrement mon ennemi, tout en restant à une distance de sécurité. Cela fait, je repartirais en arrière et poursuivrais mon chemin vers des contrées inconnues, à l'opposé de ma forêt et de mon hakn.

Tout s'est passé comme prévu. Les enfants Sukr'in n'ont pas tardé à me voir et à en informer les adultes. Dès cet instant pourtant, j'ai pris peur et décidé de partir en trottinant, avant d'être sûre d'avoir été bien vue par celui qui m'intéressait. Mais je ne doutais pas que cela remonterait à ses oreilles, et ceux qui m'observaient ont eu tout le loisir de voir la direction que je prenais. Parvenir derrière les collines a calmé les battements de mon cœur emballé ; j'étais enfin hors de vue et assez loin d'eux. D'un coup d'œil, j'ai vérifié que personne ne m'avait suivie et, rassurée, j'ai pu repartir à une allure plus soutenable. Devant moi s'étendait une immense étendue verte, jonchée de rochers et cailloux, parsemée de buissons bas et de petites fleurs d'après neige. Cet horizon vide contrastait étonnement avec la forêt et me donnait la sensation d'être vulnérable, car facilement repérable. Mais en même temps, je me sentais plus libre et j'avais la sensation de mieux respirer. Et ce paysage était très beau.

Pendant quelques heures encore, j'ai marché, afin d'être sûre de me trouver assez loin des autres, puis, je me suis arrêtée un instant, m'asseyant contre le couvert d'un grand buisson qui m'offrait une relative sécurité, et ai ouvert ma besace. Une gorgée d'eau fraîche et un peu de viande pilée calmèrent les tiraillements de mon ventre et tout cela apaisa un peu ma fatigue. Autour de moi tout était calme, en dehors du piaillement des oiseaux et du passage furtif de quelques oliop et amil. Cet apaisement a failli me voir endormie, je me suis sentie piquer du nez avant de me reprendre énergiquement. Il n'était pas question de s'arrêter si tôt, et surtout de dormir dans un lieu aussi peu sûr !

Alors, j'ai repris ma marche, éveillée et si alerte que je tressaillais de plus en plus à chaque bruit, la main sur mon couteau à la ceinture, mais final, sans jamais rencontrer le moindre danger.

C'est quand Rana était sur le point d'aller rejoindre sa couche que j'ai à mon tour découvert la mienne. La chance me souriait : sous un énorme rocher était creusé naturellement un large trou qui avait la taille suffisante pour m'abriter. J'ai tout de suite pensé qu'un tel endroit devait déjà être habité par quelque animal, mangeur de plantes ou non. Un rapide coup d'œil m'a appris que ce n'était pas le cas, du moins depuis un certain temps : aucun excrément, aucune trace, pas de poils ni de plumes. La voie était libre. Seulement, pour être tout à fait sûre de ne pas avoir de mauvaise surprise en pleine nuit, j'ai préféré sceller l'entrée avec un gros tas de petites pierres, assez légères pour qu'elles soient faciles à placer, et à enlever le lendemain. Il y avait tout plein d'interstices qui me permettaient de respirer et de ne pas trop me sentir prise au piège.

En tous cas, soit la barrière a été utile soit rien n'est survenu dans le secteur, car j'ai passé la nuit très agréablement. J'avais eu besoin de retrouver mes forces et ce fut fait après un bol d'air frais, une prise légère d'eau et de nourriture. Et me voilà de nouveau sur la route.

Les journées suivantes sont passées de la même manière : je marchais, mangeais et dormais sans être vraiment inquiétée. J'ai aperçu de loin quelques vrali, le dos d'un frola et la démarche furtive d'un lehn, mais aucun d'eux soit ne m'a vue, soit ne s'est intéressé à moi. Mes pas me conduisaient toujours plus loin, sans connaître la destination, mais je sentais que ce n'était pas important. Après tout, je n'étais plus qu'une demi-Kalii, à peine autorisée à survivre, alors je n'espérais rien et ne faisais que ce que je pouvais faire pour l'instant : marcher. Akra était toujours sous mes pieds, c'était tout ce qui importait.

Un matin de bonne heure, un petit groupe d'amil m'est passé sous le nez en bondissant. Je commençais à en avoir marre de la viande dure ou pilée, et avais sérieusement entamé ma réserve, alors le reflexe fut instinctif. La lance accrochée à mon sac se retrouva dans ma main et je fus aussitôt sur la trace des petits animaux. Ils couraient très vite et sautillaient en zigzag, ce qui ne rendait absolument pas facile la visée. Ne voulant pas manquer mon coup, j'ai attendu d'être sûre avant de lancer mon arme de toutes mes forces. Celle-ci s'est plantée rapidement dans le sol, prenant au piège le petit corps d'un amil qui a remué nerveusement quelques instants avant de retomber inerte, le poil noyé dans une trainée de sang. Ses compagnons n'avaient pas demandé leur reste et avaient filé. Mais ça importait peu car une seule bête suffirait à mon appétit.

Après l'avoir détaché du bâton, il me fallait lui enlever la peau, geste très facile sur un amil. Celle-ci fut déposée sur une pierre pendant que je m'occupais de découper la viande. J'avais décidé d'ensuite remettre les bouts de chair dans la peau pour les protéger, car je n'avais rien d'autre. Je m'occuperais donc de tanner la peau plus tard.

Un morceau tout chaud de ses flancs a fini d'abord dans mon estomac, me remplissant de contentement, puis tout le reste, enveloppé dans la peau, a été rangé dans le sac, avant que je reprenne la route.

Je ne me rappelle plus ensuite par quel hasard ceux-ci se sont retrouvés sur mon chemin ou moi sur le leur, mais notre surprise à tous fut grande. Les enn de la rivière se tenaient face à moi, droits comme des pierres, tous leurs yeux jaunes posés sur moi. Leur grand relk noir était là, ainsi que ma petite enn à tête blanche. Elle avait bien grandi, semblait plus adulte. Après un moment, elle fut la première de nous tous à bouger, jetant d'abord un rapide regard à ses relk avant d'oser courir dans ma direction. En deux pas elle s'est retrouvée face à moi et me gratifia d'un bonjour truffe contre nez, avant de me lécher le visage. J'étais si heureuse de la revoir après tout ce temps. Ils étaient donc bien partis au début de l'hiver pour suivre le gibier, ne pouvant plus compter sur mes maigres apports. C'était tellement improbable de les retrouver ici, à un moment où j'avais tant besoin de réconfort et de compagnie ! J'ai serré de bonheur mon amie, ressentant sa chaleur et sa douceur contre ma joue. Elle, par contre, avait saisi immédiatement autre chose : le fumet léger dégagé par mon amil. Il n'aura pas fait long feu, celui-là !

Le premier morceau a été pour elle, qui l'a gobé avec plaisir. Ensuite, je me suis approchée des autres, qui sont d'abord venus renifler l'amil que je leur tendais, puis moi-même. Vu leur attitude, ils m'avaient reconnue, et acceptée. Les relk ont eu les seconds morceaux, avant que le reste ne soit partagé entre tous les enn du hakn, des plus jeunes aux plus vieux.

32

La vie ensuite a été beaucoup plus simple, et parfaitement différente. J'avais été acceptée au sein du hakn des enn et étais dès lors considérée comme l'un d'eux. Évidemment, je me suis retrouvée au bas de la hiérarchie mais j'appartenais de nouveau à un hakn, j'étais protégée et nourrie, et c'était tout ce qui comptait. L'enn à tête blanche était constamment près de moi, nous avions noué un lien très fort qui datait de la forêt et qui se renforçait au fil des jours. Cet amour que nous éprouvions l'une pour l'autre m'a fait tout naturellement la nommer Mo'An. Evidemment, ils avaient déjà des noms, seulement je ne comprenais pas parfaitement leur langage. J'avais fini par comprendre tout de même beaucoup de leurs attitudes et de leurs grognements, jappements et hurlements, ce qui me permis de saisir la plupart du temps ce qu'ils se disaient entre eux ou directement à moi. Par contre, ça ne marchait pas tout aussi bien dans l'autre sens. Je pouvais reproduire les attitudes de soumission qu'on m'avait bien vite apprises, et quelques grognements qui signifiaient « d'accord », « j'arrive » ou « je vais le faire ».

Cette vie au sein d'un hakn d'enn pouvait sembler drastique les premiers temps. Il n'était pas question chez eux de désobéir, d'oublier son rang ou d'agir égoïstement. Tout était parfaitement établi. Mais heureusement, les moments de détente et de jeux étaient également de mise. Il y avait en plus de Mo'An quatre autres jeunes, dont deux petits, et les deux autres de l'âge de Mo'An. La ressemblance avec les

Ike'Atraín était troublante, mais je préférais ne pas y penser car cela me rendait trop malheureuse et les enn ne comprenaient pas cela. Par contre, ils adoraient jouer et cela était le meilleur remède à la tristesse. Nous nous battions gentiment les uns contre les autres, mordant, tirant les oreilles ou queues – les leurs, bien sûr – ou marchant les uns sur les autres. Nous pouvions aussi nous mettre à courir dans tous les sens, entre les arbres et les adultes. Puis, lorsque ces derniers en avaient assez d'être au milieu, ils en attrapaient un et le plaquaient au sol avant de le mordiller plus ou moins agressivement, puis de le laisser repartir. Quand c'était à moi que cela arrivait, je devais retenir mes cris avec certains adultes qui n'hésitaient pas à y aller franchement. Heureusement que d'autres au contraire, comme les relk, étaient plus doux et réalisaient que j'étais différente et plus fragile que les autres. J'étais au bas de la hiérarchie, ce qui ne me donnait pas beaucoup de droits ; en revanche, cela me garantissait une protection de la part des plus forts. Ce n'était au final pas si différent qu'au sein d'un hakn kalii.

La faim nous a poussés un matin à poursuivre le premier hakn de gibier qui a croisé notre route : des sha'il. Ces animaux étaient particulièrement rapides, à vrai dire impossibles à poursuivre et particulièrement dangereux lorsqu'ils se mettaient à ruer. Heureusement, les enn avaient de vifs reflexes et je n'en avais jamais vu un écoper du moindre coup de sabot. Quelquefois, par contre, ils ne pouvaient éviter un coup de dents ou une bousculade. Cette fois-ci, on n'en était pas encore au corps à corps, il fallait que les enn se séparent comme à leur habitude pour entourer les animaux partis au galop. Le terrain accidenté n'était absolument pas du côté de ces derniers et les obligeait à zigzaguer, ou bien à ralentir de temps à autre pour poser le sabot plus sûrement ou effectuer un petit saut. Ainsi les enn restaient toujours à leur hauteur, essayant de leur passer sous le nez pour les obliger à ralentir. Quant à moi, je suivais tant bien que mal, un javelot à la main, attendant que mon hakn face son office. Je les avais déjà aidés à diverses occasions avec mes pointes, repérant d'un coup d'œil l'animal qu'il me serait le plus évident de clouer sur place. Parfois, il suffisait que je ralentisse seulement la course de la bête en la déséquilibrant si mon tir n'était pas parfaitement ajusté, et alors les enn lui sautaient au cou et le finissaient.

Ici, j'avais repéré un jeune sha'il qui boitait en courant : j'ai d'abord pensé qu'il avait le pas incertain d'un nouveau-né, mais celui-là avait déjà plusieurs Akil. Son problème venait de sa patte arrière gauche qui était malformée, probablement de naissance, et ne suivait pas le mouvement. Du coup, sa mère avait ralenti la cadence pour l'assister, collant son flanc contre son petit pour l'aider à tenir en équilibre et lui donner du courage. L'image était touchante, mais je ne pouvais pas me laisser émouvoir par ma proie. De toute façon, Mo'An ne m'en a pas laissé l'occasion : elle venait tout juste de tenter un bond dans leur direction, provoquant de leur part un écart brutal vers la gauche qui avait déstabilisé le petit. Le moment m'était offert : d'un puissant mouvement, que je commençais à très bien maîtriser, j'ai transpercé la croupe du sha'il qui s'est effondré sous le choc. Immédiatement, deux enn ont bondi sur lui, lui tranchant l'encolure juste en dessous de l'os de la tête. Le jeune animal était mort.

Mais pas sa mère qui, dans un mouvement de rage, attaqua Mo'An à coups de dents. Celle-ci a réagi à temps et ne fut qu'effleurée. Puis, brutalement, la sha'il s'est retournée, comme piquée au vif, avant de repartir au galop vers son hakn disparu. Les enn avaient ressenti ce qui venait d'arriver. J'ai vu après le départ de la sha'il que c'était une lance qui l'avait effrayée.

Mais il ne s'agissait pas de la mienne.

Après cette lance, ce fut au tour de plusieurs pierres de tomber au milieu des enn effarés. Moi, qui était toujours un peu en retrait, j'observais la scène avec stupéfaction, avant de repérer d'où provenaient les lancers : des Sukr'in se tenaient un peu plus loin, armes à la main, visiblement en chasse. J'en avais déduit qu'ils chassaient eux aussi les sha'il et qu'en voyant les enn réussir le coup avant eux, ils cherchèrent à nous voler notre prise. Seulement, ils n'avaient pas encore vu que les carnivores comptaient dans leurs rangs une Kalii. Quand ils m'ont vue m'avancer vers mon hakn pour le protéger, ils sont tous restés immobiles de stupéfaction. Ma première réaction fut de retirer tant bien que mal mon épieu de l'arrière-train du petit sha'il pour pouvoir ensuite le lancer dans leur direction. Sous la surprise, ils ont reculé d'un pas pour éviter la lance qui s'est plantée à quelques pas devant eux. Puis, les enn se sont mis à grogner en découvrant leurs crocs blancs, ou rouges, dans le cas de Mo'An et Ré, qui avaient égorgé la proie. Les relk engagèrent alors deux pas dans leur direction et cela a suffi à les faire définitivement reculer et battre en retraite. La voie semblait à présent libre. J'espérais qu'ils ne reviendraient pas avec du renfort, mais après tout, ils n'avaient rien à y gagner.

Ka, le relk noir, puis Xa, la relk, se sont repus sur l'animal mort, finissant les museaux rouges et dégoulinants de sang. Par un petit signe de la tête, Xa a annoncé aux jeunes, et à moi qui faisais partie de ce groupe, de se servir. Les adultes étaient excités à ce moment-là, car affamés et frustrés de ne pouvoir passer qu'en derniers. Parfois l'un d'eux, et il s'agissait souvent de l'entreprenant Ré, tentait sa chance en plantant ses crocs en même temps que nous. Cela mettait le relk dans une rage folle, parce qu'il ne tolérait jamais les incartades et remettait le rebelle en place d'un coup de dents. Mais lorsque c'était enfin le tour des adultes, ils s'en donnaient à cœur joie entre eux, se mordant ou se poussant les uns les autres pour ne pas se faire voler leur steak. Pourtant, tant que ça ne dégénérait pas, les relk laissaient faire. J'avais mis du temps à m'habituer à une telle violence, d'autant plus effrayante que, ne disposant pas de leurs incroyables reflexes, je me laissais souvent surprendre et avait eu plusieurs fois la peau fendue par leurs dents tranchantes, me retrouvant par malchance au milieu d'un échange ou directement la victime. Maintenant, je savais prévenir les coups et savais aussi me réfugier près des relk qui prenaient en général ma défense. Ces deux-là ressemblaient décidément plus à Fraé et Kiisi qu'à Rimn.

Lorsque nous avons terminé la carcasse, il fut temps de reprendre la route. Ce hakn était nomade, j'ignorais si c'était le cas de tous, mais dans ce cas-là, cela m'arrangeait ; je ne savais pas vraiment ce que cherchais, mais je ne l'aurais certainement pas trouvé dans ce coin, où il n'y avait rien d'autre qu'un hakn de Sukr'in.

La nature était belle, ça me changeait de la routine des arbres et des fougères. Ici, c'était plutôt dégagé, plein de buissons et de fleurs, et notre marche nous a bientôt menés à un grand lac, aux fines plages de terre claire et sableuse. L'eau dans les premiers mètres était claire comme l'air, laissant apparaître les tout petits poissons qui nageaient en cercle ou bien se reposaient immobiles. Puis, un peu plus loin, le sol était jonché d'algues longues et collantes qui ne me donnaient pas l'envie de m'aventurer trop loin, préférant la sureté de l'eau basse et cristalline. De toute manière, j'étais incapable de nager ou même d'imaginer un Kalii évoluer dans l'élément liquide. Ce n'était pas le nôtre. Ce n'était pas non plus celui des enn.

Mes compagnons s'étaient tous approchés pour laper la surface du lac, avant d'aller se reposer en s'allongeant un peu plus loin. Seuls, les jeunes sont restés un peu plus longtemps en ma compagnie pour profiter du spectacle qu'offraient les danses affriolantes des poissons sous la surface. Leurs regards étaient scotchés sur les petites bêtes, leurs têtes tournant à mesure qu'elles suivaient les mouvements dans l'eau. Ils mouraient d'envie de croquer les poissons, mais attendaient l'instant propice. La première à se jeter à l'eau fut Mo'An : d'un coup de museau, elle a traversé la surface et réussit à surprendre une proie ; du moins le temps d'une seconde car elle n'avait attrapé que la queue du petit animal et celui-ci s'est mis aussitôt à se tortiller à une vitesse folle pour se libérer, ce qui a évidemment fini par réussir. L'enn, de son côté, en a eu vite marre de se prendre des coups, et a semblé soulagée quand le poisson a volé avant de retomber dans l'eau, loin d'elle. Pour faire bonne mesure, le prédateur a fait un petit bond sous l'eau comme pour poursuivre sa proie envolée, mais se retrouva bredouille.

Si sa pêche s'est avérée infructueuse, eh bien celle des autres aussi ! Dans son remue-ménage, elle avait fait fuir tout le banc, qui était alors parti sous la protection des algues sombres. L'air dépité des cinq petits enn était très drôle à voir et m'a fait rire ouvertement. En revanche, ça ne leur a pas plu à eux, qui n'avaient plus envie de jouer et de rester les pattes dans l'eau, aussi ils ont fini par partir en me laissant seule à faire des ronds dans l'eau...

J'en ai profité d'être là pour faire un brin de toilette, en prenant entre mes doigts une poignée de sable pour ensuite le frotter en mouvements circulaires tout le long de mon corps dénudé. Cette sensation était agréable, me donnait l'impression d'être tout à coup plus légère, comme libérée de ma peau. Le sable avait l'avantage de nettoyer ma peau sale et de diminuer les tensions de mes muscles. Le bain aussi m'a apporté un peu de légèreté, en me portant et me berçant.

Après cela, j'ai eu envie de rejoindre le hakn pour m'étendre près d'eux et profiter d'un moment de calme et de repos. En m'essorant le corps avec le creux des mains, puis en attendant quelques instants sous Rana, j'ai été rapidement sèche et j'ai pu remettre mes vêtements.

« AAAh ! »

Ce cri venu de nulle part m'avait figée sur place. Que se passait-il ? C'était un cri d'humain, non d'enn. Mais qui était-ce ?

À force de chercher autour de moi, j'ai fini par retrouver l'origine du cri. Mon ennemi personnel venait d'apparaître sur la bande de sable, bien loin de moi, et surtout des enn. Son premier cri guttural avait eu pour but d'attirer mon attention. Le second qu'il poussa m'a rappelé l'histoire de Héuio…

« Elehenk ! Elehenk ! Elehenk ! »

Le Sukr'in se tapait le torse avec son bras, tout en répétant inlassablement ce son. Tout son grand corps puissant tremblait nerveusement, mené par la rage. Il tenait un javelot à la main qu'il faisait taper contre le sol. Bientôt, je n'ai plus supporté de l'entendre crier son nom, et je me suis dit que le seul moyen pour qu'il se calme était de rentrer dans son jeu et d'accepter le défi.

— Horre !

Voilà, je venais de crier mon nom à mon tour et ça a eu l'effet escompté, il a cessé son petit jeu d'excité. Son regard s'est alors figé, mais pas sur moi ; il regardait derrière mon dos. En me retournant, j'ai vu tous les enn en ligne, venus voir de plus près ce qui provoquait un tel brouhaha. Ka avait retroussé ses babines et semblait prêt à bondir pour supprimer l'importun. Ça aurait en effet été bien plus simple et rapide de laisser faire le hakn, seulement je venais d'accepter le défi, et l'honneur du chasseur m'imposait de l'assumer. Et au fond de moi je n'avais pas vraiment peur, même si Elehenk mesurait deux fois ma taille; j'avais réussi à tuer un être identique, rien ne m'empêchait de recommencer.

D'un geste, j'ai montré aux enn que je ne sollicitais par leur aide, ils sont alors restés où ils se tenaient, gardant toujours un œil sur le Sukr'in. Celui-ci a eu un instant d'hésitation face aux enn, il avait peut-être même remis en question son idée de départ, pas fou au point de s'attaquer à un hakn entier de ces porteurs de longs crocs. Mais son hésitation fut de courte durée. L'attaque qui a suivi a été foudroyante, sa lance est arrivée si vite sur moi que je n'ai esquivé qu'au dernier moment, de peu. Elle s'est plantée profondément dans le sable, à quelques centimètres de mes pieds. Je n'avais pas eu l'occasion de me fabriquer une autre lance depuis la dernière chasse et n'avais que mes lames courtes à la ceinture, qui me semblaient dérisoires face au géant furieux qui était à l'instant en train de courir dans ma direction, un couteau à la main. Prestement, je me suis jetée sur le javelot qui venait de me frôler et l'ai retiré du sable. En un clin d'œil le Sukr'in était sur moi, m'empêchant d'utiliser la lance qui ne m'a servi qu'à faire barrière entre nos deux corps un court instant.

Sa force m'a plaquée sur le sol mouvant, tandis que je perdais mon souffle sous le coup violent de la chute sur le dos. Je n'ai plus pu bouger pendant un instant, asphyxiée, et la seule chose que j'ai vue sous les cheveux d'Elehenk remuant comme des santek, était son regard de fou jeté par deux yeux comme je n'en avais jamais vu : ils n'avaient pas la même couleur ! Celui de gauche était marron et celui de droite, bleu. Ça n'a fait qu'ajouter à la frayeur qu'il m'inspirait.

L'air a fini par retrouver le chemin de mes poumons pour me redonner les forces qui m'ont servi à le repousser. D'un coup de genou, puis avec l'aide de mes deux bras, je l'ai forcé à se protéger, et j'ai pu ainsi profiter de cette seconde de liberté pour me dégager. Mais je ne fus pas libre longtemps et n'ai même pas pu m'éloigner de lui, avant qu'il ne m'attrape par la cheville et me fasse de nouveau chuter. Immédiatement, j'ai roulé sur le côté pour éviter le coup de lame qu'il a tenté de m'assener et me suis rapidement remise debout. La peur augmentait mes reflexes et semblait gonfler mes muscles, j'avais plus confiance en mes capacités et j'ai voulu vérifier. Quand il s'est rapproché, j'ai esquivé le coup en me baissant puis j'ai jeté mon poing dans son ventre, au niveau peu protégé de ses tripes. La douleur l'a fait se plier en deux, le mettant à mon niveau ; mon second vint ensuite s'écraser sur sa nuque pour lui faire perdre l'équilibre. Mais visiblement ma force n'était toujours que celle d'une enfant et n'a pas du tout suffi à l'assommer, uniquement à le déboussoler un court instant. Il s'est alors relevé, vif comme l'éclair, s'est jeté sur moi pour me saisir par le bras puis me tirer brusquement à lui. J'ai senti ses immenses mains se refermer sur mon cou et n'ai eu que le temps de crier le nom de Mo'An et de pousser le hurlement d'appel à l'aide.

Les yeux étranges d'Elehenk se sont ouverts d'ébahissement et d'effroi en m'entendant hurler comme une enn. Sous l'effet de la surprise, ses doigts se sont vaguement desserrés mais c'est l'attaque soudaine de l'enn à tête blanche qui l'a forcé à me lâcher complètement. J'ai eu besoin d'un instant pour me remettre du choc, puis quand j'ai repris mes esprits, Elehenk portait à bout de bras une pierre qu'il venait de sortir de la terre sableuse et était prêt à l'abattre sur Mo'An. C'est ce qu'il a fait quand elle lui a sauté dessus de nouveau. La violence du coup a stoppé l'enn dans son élan et l'a fait retomber au sol comme une branche morte.

— Mo'An !

Le jeune animal était sonné, aplati sur le sable, les yeux clos. Elle est restée inerte un moment qui me sembla une éternité, pendant lequel Elehenk en a profité pour s'éclipser, sous la pression des enn qui s'étaient rapprochés pour s'impliquer. Après avoir vu Mo'An effondrée, ils l'ont touchée les uns et les autres du museau, pour la faire réagir. J'avais vérifié l'endroit où elle avait reçu le coup et heureusement, il n'y avait pas de plaie, ça ne semblait pas grave. Elle a fini par ouvrir un œil, puis le deuxième. D'une caresse, je lui ai expliqué que tout allait bien puis l'ai aidée à se remettre sur ses quatre pattes, la retenant quand elle vacillait. Mais la jeune enn a vite oublié cet incident qu'elle a balayé d'un froissement de tête avant de partir faire le tour du hakn en frétillant, touchant truffe après truffe.

Tout cela m'avait provoqué une belle peur, parfaitement inattendue. J'en étais venue à oublier le Sukr'in…mais lui m'avait donc bien aperçue quand je suis partie, et m'avait suivie depuis. C'était effrayant de l'imaginer sur mes traces nuit et jour, m'observant et attendant le moment propice. Et les enn ne l'avaient jamais repéré. Ils n'avaient pas non plus ressenti le besoin de le prendre en chasse quand il est parti. Visiblement, il s'agissait de mon combat.

33

Les quelques jours qui ont suivi, nous les avons passés près de ce lac, où il faisait bon et calme. Je m'amusais avec quelques enn à pêcher, mais c'était surtout moi qui avais nourri le hakn à l'aide de mon poisson, les enn n'étant pas vraiment des pêcheurs. Mais le fait de nourrir seule tout mon hakn pendant ces quelques jours m'a ravie au plus haut point.

Puis, le temps de repartir est venu. Ka et Xa ouvraient la route, j'ignorais s'ils suivaient un chemin précis, qu'ils connaissaient, où s'ils allaient au hasard, poussés par le vent. J'aurais voulu m'exprimer plus clairement avec eux, et les comprendre plus facilement, mais nos langages étaient vraiment très différents. Si j'avais saisi les rudiments de leur langue, eux, de leur côté n'ont pu, au début, retenir que les noms que je leur avais donnés et quelques mots simples.

Le paysage le long du chemin changeait régulièrement, je découvrais de nouvelles choses, des plantes et des animaux et oiseaux.

Puis, la végétation s'est faite de plus en plus rase, et l'air a pris une odeur qui ravivait d'anciens souvenirs. Les cris qui nous parvenaient étaient reconnaissables entre mille. Il s'agissait de ceux des oiseaux les plus bruyants qui vivaient près de la mer où mon premier hakn était installé. Ces grands oiseaux blancs sont bientôt apparus sur le bleu du ciel, annonçant la proximité du Grand Lac. La force de mes souvenirs s'est faite si pressante en moi que je suis vite partie en courant jusqu'à la falaise qui dominait l'immense plaine aqueuse. C'était toujours aussi grandiose. De l'eau à perte de vue qui chatoyait sous Rana... Les images de la vie au sein de mon premier hakn me revenaient, celles de nos excursions régulières à la mer pour refaire notre stock de poisson. Une fois, les chasseurs avaient réussi à tuer un énorme poisson aux dents tranchantes qui s'était approché du rivage pour essayer de nous attaquer. Cette bête était effrayante mais, grâce à elle, nous avions gagné une belle réserve de nourriture.

C'était émouvant de revoir la mer après tout ce temps. Est-ce que les enn avaient prévu d'arriver ici, et ainsi d'y rester quelques temps ? Ka, arrivant à ma hauteur, a jeté un coup d'œil au panorama mais n'a pas paru satisfait. Visiblement, il était fâché de ne pouvoir aller plus près, nous étions trop en surplomb de l'eau et il n'y avait à cet endroit aucun moyen de l'atteindre. Nous avons donc dû longer quelques temps la falaise jusqu'à ce qu'elle s'affaisse et offre enfin un accès à la plage de sable jaune.

La bande de sable était immense, elle s'étendait loin de chaque côté. C'était vide, en dehors de quelques oiseaux en vol ou sur le sol, et de cette masse sombre au loin. Les enn aussi venaient de la repérer et semblaient intrigués. À partir de ce moment, on a tous voulu savoir ce que c'était. Il s'agissait peut-être d'un danger, mieux valait vérifier.

Au petit trot, nous avons longé les hautes dunes à la queue leu leu en tentant de rester discrets. Nous étions encore assez loin et il était impossible de distinguer quoi que ce soit avant d'avoir traversé quelques dizaines de mètres. Puis, une forme plus petite s'est détachée de la masse, semblant se déplacer par-dessus. Apparemment, nous n'avions toujours pas été repérés car la forme sombre continuait son manège.

Cachés derrière le surplomb des dunes, nous nous sommes arrêtés dès que l'immense masse fut enfin reconnaissable, et nous avons tous été ébahis. Il y avait, échoué sur la plage, encore à moitié léché par les vagues, le corps inerte d'un énorme poisson. Jamais de ma vie je n'avais vu un animal aussi imposant ! Et pourtant, je ne rêvais pas, ça existait et ça avait vécu dans la mer.

Et au moment où nous le regardions, cet animal mort était en train de se faire dévorer par un wonna. Comme celui-ci semblait ridiculement petit en comparaison ; c'était bien la première fois que j'utilisais le mot « petit » en addition du mot « wonna ».

Trop occupé à se nourrir, le mangeur de viande ne nous avait toujours pas vus ni entendus. Un regard vers Ka m'apprit que celui-ci avait une idée en tête concernant la scène que nous avions sous les yeux. C'était une belle réserve de nourriture qui nous permettrait de rester dans le coin un bon moment. Je pensais que ce serait parfait, mais il y avait tout de même un obstacle. Le wonna était un mâle solitaire de belle stature et ne se laisserait pas voler sa pitance.

Mais comme les relk étaient à présent parfaitement décidés à se servir, j'ai détaché de mon sac la lance qu'Elehenk avait abandonnée et que j'avais récupérée, trop heureuse de m'épargner l'effort d'en fabriquer une nouvelle.

Ka a rassemblé ses troupes autour de lui et quand les enn furent prêts, il a donné silencieusement le signal. Les prédateurs se sont élancés sur la pente en arc de cercle, les deux relk aux deux bouts. Moi, je fermais la marche avec Nol, la plus jeune. Le demi-cercle s'est ensuite étiré afin de couvrir le maximum de surface et notre petite armée est arrivée bientôt à proximité de la proie qui nous avait déjà repérés et nous attendait en grognant, campée lourdement sur ses pattes. Le wonna n'avait pas l'intention d'abandonner son poste et n'a pas tenté la moindre attaque tant qu'il n'a pas été pas totalement encerclé par les enn et moi d'un côté, et par l'eau de l'autre.

C'est Ka qui a attaqué le premier. La riposte a été immédiate : le relk a évité de peu un coup de patte.

L'attention du wonna étant attirée à l'opposé de sa position à elle, Xa a tenté sa chance en bondissant sur lui. Deux autres enn ont suivi le mouvement. Le wonna a poussé un rugissement avant de se secouer de toutes ses forces. Les crocs des enn n'avaient pas traversé sa fourrure épaisse et ont eu du mal à trouver prise sur un si gros animal. On allait avoir besoin de l'aide de tout le hakn pour en venir à bout.

De mon côté, il était impensable de me conduire comme mes compagnons en sautant sur le wonna. Les Kalii ne chassaient pas ainsi, on n'avait pas de crocs et de griffes tranchants. J'avais par contre mon javelot à la main, qui était une arme destinée à toucher la proie sans le faire soi-même. Enfin normalement. Il arrivait trop régulièrement que le chasseur rate son lancer, bien souvent à cause de la précipitation, et que l'animal rendu furieux se retourne contre lui. Si le wonna venait à me sauter dessus, j'étais morte. Je n'avais donc pas droit à la faute et devait viser le bon endroit. Mais lequel ? La tête, la gorge, le cœur ? Et puis, il bougeait trop, attaqué de toutes parts par les enn, je n'arrivais pas à viser.

Il était si enragé que plusieurs fois il a failli toucher l'un de ses assaillants. Ceux-ci l'attaquaient l'un après l'autre, lui sautant dessus avant de se rabattre pour laisser un autre y aller, sans discontinuer, sans laisser l'ennemi respirer. Le wonna s'est pris une volée de coups de crocs qui ont sérieusement commencé à le faire saigner !

Puis, Xa a trouvé une ouverture pour lui sauter à la gorge. Elle l'a atteint et ne l'a plus lâché. Le wonna s'est débattu avec rage, essayant de l'atteindre à l'aide de ses pattes avant mais l'enn était trop profondément accrochée. J'ai pensé avoir moi aussi une ouverture : si je visais sa tête, ça pourrait être la fin des efforts du wonna. J'ai visé puis propulsé mon arme de toutes mes forces. Je l'ai observée qui filait vers la tête du wonna et passait tout prêt de son oreille, juste au moment où il a baissé la tête. La lance est allée finir sa course dans la mer, quelques mètres plus loin. Trois enn avaient retenté leur chance sur les flancs de la bête, mais celle-ci a eu un regain de fureur, trop puissant pour tous les enn. Il s'est volontairement écrasé sur le sol pour faire lâcher prise à Xa, et faire reculer tous les autres. Cela a réussi et lui a permis de profiter de la stupeur générale pour bondir maladroitement au-dessus de Bur. Le jeune enn n'a pas eu assez de rapidité face au wonna et s'est fait bousculer par lui quand il s'est retrouvé sur le sol.

Les chasseurs à bout de souffle ont regardé la bête ensanglantée s'enfuir tant bien que mal au-delà des dunes. On ne l'avait pas tuée, mais tuer un autre prédateur n'était jamais un but en soi, car les enn ne les dévoraient pas. Au final, nous avions tout de même réussi notre coup.

Le seul point d'ombre fut l'état de Bur, qui gémissait, étendu dans le sable. L'arrière de son dos était saignant, là où le wonna l'avait touché de ses griffes. Aussitôt Xa s'est approché de lui pour lui lécher la plaie, longuement et délicatement. Le jeune animal semblait alors s'apaiser, mais il lui faudrait plusieurs jours pour guérir.

Un peu moins si je lui appliquais une décoction. Je me suis mise alors au travail pendant que le hakn profitait de son gain. Quant aux ustensiles que j'avais emmenés, ils me servaient enfin, ainsi que la pharmacopée offerte par Oro'Rin.

Quand je lui ai appliqué la lotion soignante sur la blessure, Bur a réagi violemment ; ça piquait et il ne comprenait pas ce que je lui faisais. Mais un grognement l'a vite remis à sa place en lui faisant comprendre qu'il devait se laisser faire.

C'est vrai que cette viande avait bon goût, et heureusement la carcasse ne datait pas de très longtemps, probablement de la veille. Elle avait déjà été bien entamée, par le wonna, mais aussi probablement par d'autres bêtes auparavant. Je me disais que ça serait dommage d'abandonner tout ce beau reste ici, à pourrir, car évidemment on n'aurait jamais tout fini avant que la viande ne moisisse. Les relk avaient décidé que nous passerions quelques jours ici, ce qui m'a donné l'idée d'utiliser intelligemment le reste de la chair : j'allais le faire sécher.

Mes amis m'ont observée d'un œil toujours moins étonné, s'habituant peu à peu à l'étrangeté que je représentais, pendant que je m'échinais à découper des quartiers dans la bête morte. J'avais auparavant placé de larges feuilles en haut des dunes, à l'abri des vagues. Les enn s'étaient allongés tout près, pour veiller dessus. À chaque fois que j'avais un morceau, je l'emmenais sur les feuilles pour laisser faire l'action du vent et de Rana.

Le jour suivant, j'avais terminé mes découpes. Évidemment, il restait encore énormément de chair accrochée au squelette, mais il fallait songer ensuite à tout transporter. L'idée que j'avais eue était de fabriquer un travois, qui serait accroché à un enn qui pourrait le tirer. Pour cela, j'avais besoin de bois et de quoi tout attacher. En repassant sur le sol terreux, il y avait un bois de pins où j'ai pu ramasser quelques branches. Il me fallait aussi beaucoup de ces longues herbes fines qui remplissaient le paysage. Je voulais créer au moins deux travois pour transporter nos réserves. Pour cela, j'ai d'abord placé deux branches parallèlement séparées de la largeur d'un enn, pour former le cadre, puis perpendiculairement tout un amas de branches est venu remplir l'intérieur. Comme je ne disposais d'aucun tendon animal – et en y repensant, j'ai regretté de ne pas avoir récolté les crins longs et résistants du jeune sha'il, qui auraient été parfaits –, j'ai finalement utilisé les herbes comme de la corde.

Le premier traîneau était prêt. La petite Vra me tournait autour depuis un petit moment, je l'ai donc prise comme essayeuse. Le harnais en corde s'est placé autour de son corps en se fixant sur sa poitrine et son dos. La taille était bonne, en considérant que l'attelé serait un adulte. Il fallait enfin vérifier que ça ne gênait pas l'enn dans ses mouvements.

— Vra ! Reste tranquille !

Elle avait tenu trois secondes et s'était mise à gigoter pour se libérer, essayant d'attraper le cadre entre ses mâchoires. Les jeunes n'avaient aucune patience, en plus d'une curiosité envahissante qui, malheureusement pour mon expérience, était toujours rapidement satisfaite. Elle venait de comprendre ce que je traficotais et n'en fut pas ravie. Que je lui aie demandé d'arrêter de se tourner dans tous les sens n'a servi à rien : elle en avait assez.

— Très bien, je te l'enlève. Ce n'était peut-être pas une bonne idée.

Toute l'ardeur que j'avais mise dans ce projet s'est envolée aussitôt, les enn ne la partageaient pas. Ils n'étaient pas comme les Kalii, ne planifiaient rien, et ne fabriquaient pas plus.

— Qu'y a-t-il, Mo'An ?

La petite enn me poussait du bout de son museau humide, comme pour me dire quelque chose. Elle s'est rapprochée ensuite de ma création et a fait mine de l'essayer.

— Attends, je vais t'aider.

Je lui ai passé le harnais à son tour. Elle fut un peu déroutée au début puis l'a accepté avant de l'essayer en marchant. C'était parfait, ça marchait ! Le travois tenait en place et suivait ses mouvements, même dans les virages. Il n'y avait toujours pas de viande apposée dessus, ce qui rendrait le déplacement moins évident, mais j'imaginais que ça devrait être efficace. L'enn a fait plusieurs petits tours du hakn, montrant fièrement à tous ma création, qu'ils venaient renifler et regarder de plus près, étonnés par cette étrange machine avant de repartir à leur sieste. Ça avait été accepté, j'étais plutôt contente de mon travail.

Rana était en haut du ciel quand j'avais fini, j'aurais donc eu le temps de m'attaquer à un second exemplaire, mais je trouvais que j'avais assez travaillé pour la journée et que je méritais une pause. Après avoir englouti une part de viande, je me suis étendue près des jeunes enn et ai profité de la brise marine avec eux.

Au lever suivant de Rana, je me suis attaquée au deuxième, sous le rire aigu des yeri. Mo'An m'a regardée repartir en direction du bois pour y rechercher des branches. Il n'y en avait pas beaucoup qui trainaient directement sur le sol, j'avais été obligée d'en casser quelques-unes. Celles que j'avais prises sur le sol et qui me plaisaient sont restées dans un coin, pendant que j'allais compléter la collection. J'ai jeté un rapide coup d'œil pour me décider où commencer, quand j'ai aperçu une forme étrange en face de moi, derrière les premiers arbres. Je me suis approchée comme une enn pour découvrir ce dont il s'agissait. Accrochés sur un tronc, il y avait des vêtements : un haut, des jambières, et des chausses qui formaient un corps imaginaire. Qui avait mis ça là ? Je devais vois ça de plus près. Il n'y avait aucun hakn humain dans le coin, peut-être en était-il passé un il y a quelques jours, qui avait fabriqué ça... ?

J'aurais mieux fait d'être plus prudente, mais je me comportais encore comme une petite enfant, trop curieuse. Quand je me suis approchée, les yeux fixés sur cette étrangeté, le sol s'est brutalement dérobé sous mes pieds, si rapidement que je n'ai pas eu le temps de comprendre ce qui m'arrivait, et encore moins de réagir.

Je me suis retrouvée au fond d'une fosse pas très large et haute de deux fois ma taille !

— Mo'An ! Mo'An !

Tout de suite j'ai regretté que mon enn ne m'ait pas accompagnée, mais j'espérais un peu naïvement qu'elle pourrait entendre mon appel à l'aide. Immédiatement après, des sons incompréhensibles me sont parvenus. J'avais pourtant cru percevoir le mot « Horre » dans tout ce verbiage.

Elehenk.

C'était donc lui. Le voilà posté au-dessus de moi, l'œil fou et les bras levés au-dessus de sa tête, soutenant une lourde pierre. Il n'allait jamais me lâcher, à moins qu'il réussît son coup.

Il continuait à crier dans sa langue, la pierre en équilibre au-dessus de lui, savourant sa future victoire. Moi, au fond de mon trou, j'étais pétrifiée. Cette fois-ci, il y était.

L'instant où tout a basculé, j'ai d'abord cru que Mo'An avait entendu mon faible cri, mais les enn ne lançaient pas de pierres. Elehenk a été violemment coupé dans son élan par un caillou qui l'a frappé sur la tempe. Il s'évanouit sur le coup et perdit pied, puis chuta dans le trou, à la suite de sa pierre. Immédiatement, je me suis collée contre la paroi pour éviter le gros caillou qui était venu se planter dans le sol juste devant mes orteils. Quant à Elehenk, il s'était écrasé juste après, me tombant à moitié dessus. J'ai été un peu sonnée mais ai vite repris le dessus. Le corps inanimé du Sukr'in était planté contre le mur et a pu me servir de marche ; en lui marchant dessus, j'ai pu m'élever suffisamment pour attraper le haut de la fosse. Malheureusement, la terre était friable et je n'arrivais pas à m'assurer une prise sûre, chaque fois ma main glissait.

C'est alors que deux larges mains sont venues m'agripper le poignet et m'ont tirée puissamment vers le haut. La personne à qui elles appartenaient était un Kalii. Je ne m'attendais pas du tout à cela, mais ce fut un soulagement. L'homme n'avait pas l'air de me vouloir du mal, il me regardait fixement de ses yeux noirs, me laissant le temps de me remettre. J'ai donc pris le temps de le regarder à mon tour. Il était jeune, un peu plus que Tro'Hi visiblement, ne portait pas d'eproki, mais quelques cicatrices naturelles traversaient sa joue et son torse. Il avait de longs cheveux complètement noirs et une courte barbe, son corps était assez grand pour un jeune homme, et ses muscles très développés.

— Est-ce que ça va ?

— Je crois que oui… j'ai surtout eu peur. Le Sukr'in ?

— Il a eu son compte, ne t'inquiète pas.

— Mais qu'est ce que tu faisais là ?

— Ça fait quelque temps que je traîne dans le coin, et quand j'ai vu ce Sukr'in arriver seul, je me suis posé des questions et méfié, il pouvait être un éclaireur. Je l'ai observé fabriquer son piège, puis creuser sa fosse. Évidemment, j'ai pensé que c'était pour un animal, mais quand il est allé accrocher des habits sur l'arbre, pour représenter une personne, je n'ai pas compris. C'était peut-être leur technique de chasse. J'étais tellement intrigué que je n'ai pas bougé pour observer jusqu'au bout. Puis, tu es arrivée. C'était vraiment toi qu'il chassait ?

— Oui. J'ai tué son frère il y a deux Akil. Depuis il me suit et a déjà essayé de me tuer. Cette fois, il avait bien préparé son coup, et si tu n'avais as été là, il l'aurait réussi. Merci. Mais es-ce que toi aussi tu es seul ? Je n'ai vu aucun hakn par ici.

— Depuis très longtemps. J'avais un peu plus que ton âge quand mon hakn est mort.

— De quoi ?

— D'une maladie d'abord. Beaucoup de personnes ont été touchées par un mal qui leur attaquait la peau et les faisait saigner. L'ikon'en n'a rien pu faire et a fini elle aussi par mourir. On n'a rapidement plus été que la moitié du hakn, et donc incapables de se défendre contre ces Sukr'in qui ont croisé notre route.

— Ça ressemble beaucoup à ma propre histoire. Donc, tu as pu en réchapper et tu vis seul depuis. Tu n'as pas trouvé d'autres Kalii ?

— J'ai croisé plusieurs hakn, qui m'ont toujours hébergé pendant quelque temps. Ils m'ont proposé des compagnes, mais je ne voulais pas rester à nouveau dans un hakn, j'étais très bien seul.

— Tu es étrange ! Quel est ton nom ?

— Shaat'An. Et le tien ?

— Horre.

— Et où est installé ton hakn ?

— Il y a la carcasse d'un énorme animal aquatique.

— Ah, le pmono. Evidemment. Allons-y alors.

L'impressionnant Shaat'An m'a accompagnée jusqu'à la mer pour rencontrer mon hakn. Seulement, quand je le lui ai montré, sa réaction m'a prouvé qu'il n'aurait jamais pu se douter d'une telle chose.

— Ton hakn est composé d'enn ?! C'est incroyable ! Ils t'ont acceptée ?

— Oui, ça faisait quelques temps qu'on se connaissait, ils traînaient non loin de mon ancien hakn. J'ai croisé leur route après ma fuite.

— Fuite ?

Mo'An venait de nous repérer et s'est approchée en courant pour me sauter dans les bras. Après sa caresse, elle s'est tournée vers le Kalii pour le renifler timidement. J'ai expliqué à l'un et à l'autre qu'il n'y avait aucun danger. Puis, tous les autres se sont rapprochés pour regarder de près le nouveau venu, et les relk, après étude, l'ont accepté. À voir le regard que Shaat'An me lança, j'ai réalisé que je lui devais quelques explications.

Quelque temps plus tard, il était au courant des grands points de ma vie. Il m'avait écouté lui raconter, silencieux, de plus en plus éberlué.

— Les Malak t'ont donné une drôle de vie. Si tu l'acceptes, et les enn aussi, je serai ravi de la partager. Vous êtes sûrement le hakn que je recherchais sans le savoir.

— On t'a déjà accepté. Alors, maintenant, il va falloir que tu m'aides à finir le deuxième travois.

— Tu sais, Horre, je ne suis pas certain que les enn vont être enchantés de manger de la viande séchée tous les jours. Mais ils ont l'air de te laisser passer beaucoup de choses…

— Tu crois ? Et bien, ce sera principalement pour nous deux alors. À moins que tu ne sois plus proche des enn que tu le dis…

— Peut-être, tu ne sais pas tout de moi…

Le cœur léger, j'ai conduit le nouveau membre du hakn vers le charroi, pour qu'il m'aide dans ma démarche étrange.

34

Le jeune iprokal'in effrayé n'avait pas pu suivre le mouvement de son hakn, car encore trop petit pour affronter de face tout un hakn d'enn. Il ne s'est pourtant pas arrêté de courir mais a naïvement suivi la voie que les prédateurs lui ouvraient. Sous ses pas lourds, la neige s'envolait par paquets, laissant un nuage blanc dans son sillon, aveuglant, mais ne freinant pas les enn affamés. Pas à pas, on se rapprochait du mur de pierre qui devait stopper net l'animal dans sa course et le rendre enfin vulnérable. Il fallait malgré tout rester prudents car, sentant la fin, il pourrait retourner ses dernières forces contre nous et devenir très dangereux. Mais son affolement l'a envahi dès qu'il s'est retrouvé coincé contre la falaise, puis l'a fait se retourner pour finir face aux chasseurs. Il a alors paniqué et tenté de reculer, au lieu de foncer et de se frayer un chemin éventuel loin de nous. Sentant leur chance, Ka le noir et le puissant Shaat'An ont bondi en simultané de chaque côté de l'énorme cou de la jeune proie qui n'a eu que l'occasion de barrir. Le relk avait utilisé ses crocs acérés, et le Kalii son long couteau. L'instant d'après, tout les autres enn avaient suivi le mouvement en sautant à leur tour sur le dos de l'iprokal'in, ou en lui attaquant les flancs, entre deux coups de pattes.

J'avais pour ma part toujours gardé mes capacités de chasseresse, opposées à celles des enn. Eux chassaient au corps à corps, quand moi je pouvais utiliser mes armes de jet pour conférer à nos parties de chasse une possibilité d'éloignement. Ça nous rendait plus complets et plus redoutables. Quelques pas en retrait, je me tenais face à l'animal effrayé qui m'offrait sa tête. D'un coup de lance bien ajusté, j'ai pu transpercer son œil droit. Cela acheva de le rendre fou, mais ne dura plus très longtemps, car les crocs des enn eurent au bout d'un moment raison de l'épaisse fourrure du géant qui a fini par abandonner le combat. Il est tombé lourdement sur le sol neigeux.

Et voilà l'iprokal'in qui est mort, la chasse a été fructueuse ! Shaat'An a lancé son habituel cri de victoire, inspiré d'un hurlement d'enn. Puis, comme d'habitude, Mo'An s'est amusée à le suivre, de sa voix claire et portante. Puis, c'est les autres jeunes qui s'y sont mis. La musique était magnifique et profonde. Ce n'était pas tous les jours que nous chassions cet impressionnant animal, c'était donc jour de fête.

— Ça va ?

Après sa manifestation de joie, Shaat'An s'était approché de moi pour me prendre dans ses bras et s'assurer que je n'avais pas été blessée.

— Je n'ai rien, tout s'est bien passé cette fois.

Pendant que Ka et Xa prélevaient leur part du butin, nous attendions tous plus ou moins sagement notre tour. J'en ai profité pour observer le hakn original que nous formions : des Kalii alliés à des enn était une chose jamais vue. Mais la cohabitation s'était passée naturellement, les enn m'avaient acceptée, puis Shaat'An, sans aucun problème et ne prenaient jamais en compte nos différences. Au contraire, nos capacités à la chasse étaient un atout pour le hakn, pourtant déjà puissant. Il était constitué de beaucoup d'enn, et bien que nous en ayons perdu un l'année dernière lors d'une chasse au propos qui avait mal tourné, Xa avait mis au monde une portée de trois petits. Nous étions un hakn fort et je me rendais compte que j'aimais vivre avec eux et me sentir l'une d'eux. Et depuis que Shaat'An nous avait rejoints, tout était parfait, je pouvais communiquer aisément avec un être de mon peuple d'origine, et je me sentais parfaitement bien à ses côtés.

— À nous ! Poussez-vous, les petits, ne me dites pas que vous avez encore faim !

Le Kalii a poussé fermement du bras le jeune Fro qui continuait de s'attaquer à la carcasse malgré le roulement. Après les tout petits, c'était aux adultes les plus forts de se servir en viande fraîche. Shaat'An s'est fait une place et m'a tirée près de lui pour que nous mangions. J'avais constamment mon couteau sur moi qui me permettait de couper des tranches facilement pour ensuite, soit les avaler, soit les placer sur un feu que j'aurais allumé. Mais il est vrai que plus le temps passait, moins Shaat et moi prenions la peine de faire cuire nos parts de viande sur le lieu de la chasse. Nous nous étions peu à peu habitués au goût de la viande crue et saignante et nous adorions ça. Par contre, sur les gros animaux, et pour cette chasse, cela s'y prêtait parfaitement : nous récupérions toujours des bandes de chair que nous mettions à cuire le jour même ou un peu plus tard. Et si nous mangions, comme les enn, principalement de la viande, nous ne nous retenions jamais de ramasser les baies, fruits et champignons qui se retrouvaient sur notre chemin.

Le fait d'être nomades nous avait toujours épargné de mourir de faim. Si le gibier n'était pas là, nous suivions ses traces, parfois sur de très nombreux kilomètres, et finissions toujours par trouver quelque chose.

Lorsque Akra était recouverte de neige, il n'y avait pas beaucoup d'occupations possibles. Le plus clair de notre temps se déroulait autour de la chasse, car le gibier était moins nombreux et nous laissait plus souvent l'estomac vide.

Durant tout le temps passé ensemble, Shaat et moi avions appris à nous connaître et nous apprécier. Nous partagions nos expériences du monde, et nos histoires personnelles qui étaient très proches l'une de l'autre ; nous avions traversé beaucoup d'épreuves identiques et cela nous rapprochait.

Il était plus vieux que moi et avait donc une expérience plus approfondie de la chasse qu'il me faisait partager. Ensemble, nous fabriquions nos armes puis nous nous exercions au jet, à la traque et au combat au corps à corps. Il nous fallait être efficace autant face à un animal qu'à un autre humain. Parfois, les enn se mêlaient à nous, venaient se battre. Peu à peu, ils avaient appris à ne plus utiliser les crocs avec nous, ils usaient plutôt de leur force et de leur agilité, mais restaient toujours de fiers adversaires quasiment impossibles à vaincre. Une fois seulement, Shaat'An avait écrasé l'invincible relk noir sur le sol, nous avions tous été très impressionnés, et le Kalii avait gagné un respect indéfectible et une place particulière au sein du hakn.

Puis, en d'autres occasions, c'était à moi de partager mes connaissances avec lui. Il avait été stupéfait d'apprendre que j'étais une apprentie ikon'en, et plutôt unique. En principe, je n'étais pas supposée partager les histoires cachées des elirha avec une personne non-initiée, mais mon univers n'était plus le même. Les règles avaient changé, le monde des Kalii était loin derrière. Et j'avais envie de tout partager avec Shaat'An qui lui aussi me semblait unique. Il a été ravi d'en apprendre plus sur les Malak et elirha, il a découvert ainsi un monde qu'il ne connaissait que très vaguement.

Avec toutes ces connaissances et capacités, et cette vie particulière que nous menions, nous avions le sentiment que le monde était nôtre.

Un jour, alors que les enn se reposaient sous le couvert d'une grotte, Shaat et moi discutions du haut d'un rocher plat qui avait été réchauffé toute la matinée par Rana. Mo'An, qui était devenue une magnifique adulte, dormait allongée contre moi, sa belle tête blanche posée sur ma cuisse. Soudain le Kalii s'est mis à aborder un sujet nouveau et imprévu :

— Tu te souviens de ce que font les Kalii lorsqu'il est temps qu'un homme et une femme s'unissent ?

J'ai dû prendre un court instant pour rappeler à moi des souvenirs enfouis. Puis, ceux qui entouraient mon passage éclair chez les Ike'Atraín me sont peu à peu revenus.

— Oui. L'eproki. Après cette épreuve menée par l'ikon'en, l'homme et la femme sont unis et prêts à créer une famille. Pourquoi penses-tu à cela ?

— Tu es grande maintenant, et en âge d'être unie. Et il est évident que c'est à moi que tu dois l'être.

Je n'y avais jamais pensé. Depuis les deux années que nous avions passées ensemble, avec les enn, je m'étais fatalement prise pour l'une d'eux. Évidemment, les Kalii et les enn ne peuvent s'unir, mais les unions en leur sein sont différentes. Il n'y a que les relk qui le sont et qui peuvent avoir des petits, à quelques exceptions près. N'étant pas relk, je m'occupais uniquement de chasser et de protéger.

— Tu ne sembles pas convaincue. L'idée ne te plait pas ? Avec qui pensais-tu t'unir sinon ?

— En réalité, je n'avais jamais pensé à cela. Mais en y réfléchissant, je serais ravie de devenir ta compagne. Mais comment accomplir l'eproki ?

— Tu es ikon'en, tu sais le faire.

Cela sembla tellement évident. Oui, c'était ce qu'il fallait faire.

— Seulement, c'est l'hiver en ce moment, je ne pourrai pas fabriquer l'apélé.

— Nous attendrons alors que les plantes repoussent et les fruits reviennent.

Ainsi a-t-il été décidé. La saison suivante, qui a mis beaucoup de temps à prendre le dessus sur la neige persistante, j'ai pu enfin cueillir les fruits au sang irritant qui était nécessaire à la fabrication du premier élément de la cérémonie. Pour le second, je devais repérer la terre adéquate et la mélanger à des cendres.

Shaat'An, de son côté, préparait l'os pointu qui allait être nécessaire à la taille des eproki à travers la peau. Quand tous les éléments furent rassemblés, nous avons pu commencer.

Nous avions choisi un terrain dégagé, en hauteur, loin de tout danger ou ennui qui aurait pu troubler la cérémonie. Les enn au départ ne remarquèrent rien de particulier mais, au bout d'un moment, ils ont été intrigués par les gestes étranges. Ils se demandaient pour quelle raison obscure je m'étais mise à taillader le visage de Shaat'An. Celui-ci, par contre, restait coi, totalement immobile, sans doute souffrant intérieurement des blessures que je lui infligeais. J'avais choisi de représenter sur son front les trois Malak qui veilleraient ainsi sur lui, et d'apposer ensuite le symbole kalii sur sa joue droite, et, lui faisant face, sur l'autre joue, le symbole enn. Le long de son menton a abrité à son tour un signe, qui était celui de la force, qualité la plus présente chez lui. Tous ces symboles, uniquement maîtrisés par les ikon'en, m'avaient été enseignés par Oro'Rin. Il y en avait pour les principaux éléments de la vie des Kalii : les noms des Malak, des animaux et végétaux les plus importants et certaines actions et qualités. Évidemment, ces signes étaient très simples, représentant naïvement les choses, mais, à cette époque, ils étaient considérés comme sacrés et magiques.

À la fin, prenant du recul, j'ai été parfaitement satisfaite de mon choix et du résultat. Il ne me restait plus qu'à badigeonner les eproki d'apélé, et la partie la plus importante était terminée. Pour lui du moins, car la mienne commençait alors.

À l'aide d'un bâton, j'avais tracé sur le sol les signes que j'avais choisis pour mes propres eproki, car lui évidemment ne connaissait pas le langage dessiné. Ainsi, il n'avait qu'à reproduire ce qu'il avait sous les yeux. Je devais alors me retrouver avec les mêmes signes que lui sur les deux joues et le front, prouvant ainsi notre lien à travers le temps.

Puis, en partant du nez pour redescendre vers le menton, il devait tracer la ligne sinueuse qui représentait le lien invisible entre le monde des Malak et celui des Kalii. Il me semblait que ce lien n'était pas totalement invisible avec moi.

Bien que le désir de devenir totalement Kalii était puissant et me donnait des forces, je me suis tout de même entendue pousser un léger cri de douleur quand l'os pointu s'est frayé un chemin dans ma peau. Shaat'An la maniait fermement et avec connaissance, il savait visiblement ce qu'il faisait et cela me rassura, mais la douleur était persistante et terriblement aiguë. J'avais l'impression qu'il me découpait des bouts de chair et j'étais incapable de détourner mes pensées pour tenter d'atténuer mon ressenti. Jusqu'au bout, je me suis sentie obligée de subir ces tiraillements me lacérant le visage, sans pouvoir rien faire ni dire.

Quand il a eu fini, il a soulevé sa main de mon visage et m'a regardée tendrement. J'ai été contrariée de découvrir que la douleur, au lieu de s'estomper comme je l'avais imaginé, persistait de plus belle. Elle n'était pas due à la pointe du couteau, mais bien à la chair à vif. Non, Shaat, laisse-moi respirer ! Ces mots n'étaient pas sortis de ma bouche, et même s'ils en étaient sortis, le Kalii n'aurait pas arrêté le geste rituel qui devait être accompli. La brûlure de l'apélé semblait inacceptable, et pourtant je n'ai jamais crié, ni même vraiment bougé. J'étais ravie de retrouver en moi la force de mon peuple, j'avais réussi l'épreuve, comme les trois couples avant moi, à la caverne Ike'Atraín.

Puis, soudain, en revoyant ces images, je me suis souvenue que la cérémonie était accompagnée de colliers talismans et de marques à l'ocre rouge apposées sur les torses. J'avais oublié l'autre moitié du rituel. Shaat'An l'avait remarqué lui aussi mais estimait que notre cérémonie avait été accomplie comme il le fallait, car je l'avais fait comme je le sentais.

— Les souvenirs de l'eproki que tu avais accompli quand tu étais petite t'ont été rendus par Akra. Si elle ne t'a pas tout remontré, c'est pour une raison, elle doit estimer que nous n'en avons pas besoin. Tu vois bien que notre cérémonie est différente, elle n'en est pas moins sacrée. Mais elle n'est pas encore achevée.

— Que reste-t-il à faire ?

Mon compagnon m'a montré du doigt la carcasse d'oliop qui traînait un peu plus loin, reste de notre repas de la veille.

— Mo'An, amène la carcasse par ici ! a-t-il ordonné par gestes à l'enn qui s'est exécutée.

Quand le corps de l'oliop s'est trouvé à ses côtés, il a plongé sa main dedans et l'a ressortie toute rouge.

— Nous n'avons pas d'ocre, a-t-il avancé en guise d'explication.

Il s'est alors approché de moi pour poser sa main ensanglantée sur ma poitrine. J'avais la marque de sa main sur mon cœur. Ce fut ensuite à mon tour. La carcasse et le sang étaient froids. Après avoir fait tourner mon poing entre les côtes, je l'ai fait ressortir rouge et n'ai plus eu qu'à toucher la poitrine du Kalii en face de moi pour que le rituel soit terminé.

35

Sans discontinuer depuis trois jours, une pluie violente tombait en trombe sur Akra, dispersant un brouillard impénétrable rendant enn et Kalii aveugles. Nous n'avions rien d'autre à faire que de rester à l'abri dans notre caverne, que nous habitions depuis quelques temps. Nous disposions également d'une belle carcasse de pandra'ki qui rendait notre siège moins désagréable.

Ces derniers temps, la vie avait été paisible. La neige fondue, le gibier était revenu, nous remplissant le ventre après une longue période de jeûne forcé, et nous procurant de l'exercice. Les jeunes pouvaient ainsi s'entraîner et se défouler, loin de nos membres meurtris d'être trop mordillés et écrasés par l'énergie juvénile. Cette nouvelle portée laissait présager un bel avenir, ils étaient forts et bien portants. Et pourtant la relk avait failli repartir vers Akra lors de la mise bas. Finalement, avec l'aide de mes bras et de ceux de mon compagnon, nous avions réussi à tirer tous les petits enn roses vers la vie et nous nous sommes retrouvés avec un hakn agrandi.

Malgré la visibilité réduite, Shaat'An, Mo'An et moi avions décidé d'affronter l'extérieur avec les petits afin qu'ils se défoulent et que nous puissions étirer nos muscles ankylosés. Être obligés de rester immobiles était un cauchemar pour nous tous, alors nous retrouver le poil mouillé était une contrepartie que nous acceptions bien volontiers.

— Qu'y a-t-il, Mo'An ?

Le grognement sourd de l'enn venait de transpercer l'assourdissant déchaînement de la pluie, et Shaat et moi regardions notre amie observer un point invisible, le poil hérissé le long de son échine.

— Tu vois quelque chose ? ai-je demandé par signes à mon compagnon, à travers les gouttes.

— Sous cette pluie, il n'y a qu'un enn qui puisse distinguer quelque chose. Il s'agit peut-être d'un frola ou d'un wonna. »

— Hum… espérons qu'il ne s'approche pas !

Nous nous parlions l'un à l'autre de près, pour nous voir à travers le brouillard, et je pouvais ainsi distinguer nettement les traits de son visage : il avait l'air inquiet.

Ce temps finissait par avoir raison de nos nerfs !

Une fois rentrés, nous nous sommes séchés et réchauffés autour du feu que nous n'allumions que de temps à autre pour sauvegarder le plus longtemps possible la petite réserve de bois sec que nous avions. Certains enn étaient effondrés tout autour, dormant comme des bébés sous la douce chaleur des flammes. Ils avaient peu à peu réussi à dominer leur peur instinctive de cet élément pour finalement totalement l'adopter. Ils ne se faisaient plus prier pour venir en profiter chaque fois que Shaat'An ou moi en allumions un.

Le vent a soufflé si fort la nuit suivante que dans la grotte résonnait sans discontinuer une longue plainte aiguë qui nous empêchait tous de trouver un sommeil paisible. Nous nous réveillions tous régulièrement et perdions beaucoup de temps à nous rendormir.

La dixième fois que je me suis réveillée, j'ai mis un peu de temps à réaliser que ce n'était pas à cause du sifflement du vent froid, car ma peau était agréablement chaude sur mon visage et mes épaules, et tout autour était calme et serein. Je n'entendais plus les rafales mais bien le pépiement des oiseaux et une petite agitation feutrée. En ouvrant les yeux j'ai été ravie de voir le ciel bleu à l'extérieur de la grotte. Il avait été totalement dégagé grâce au vent, et même si le sol boueux était lui encore témoin des assauts passés de la tempête, les enn étaient tous en train de patauger dehors en grognant de contentement.

— Ça y est, les elirha ont cessé de faire des leurs. Viens en profiter !

Dehors, Shaat'An m'a offert un bol d'eau et un autre de baies mouillées. Kol, l'un des petits, s'est approché de moi pour renifler le contenu de mes bols et a sorti la langue pour essayer d'attraper un peu de mes fruits. Mo'An venait de le repérer de loin et le regardait faire avec jalousie. D'habitude, c'était à elle que j'offrais les reliefs de mes repas non carnés. Ce n'est pas qu'elle raffolait de fruits, mais elle adorait être la seule à recevoir des choses de moi. Le petit Kol avait été surpris de l'attaque soudaine de la femelle qui venait de lui mordiller l'arrière-train, et n'avait pas demandé son reste.

—Mo'An ! Ne profite pas de ta force ! Quel caractère… !

— Une future relk, ça, c'est sûr !

Shaat'An riait. Il aimait beaucoup l'enn à tête claire qui, même pour un enn, avait un fort caractère, tout comme lui. Ou comme moi, comme il le disait souvent. Pour lui, il était normal que nous soyons devenues amies, car nous nous ressemblions beaucoup. Moi, je trouvais de mon côté, lorsqu'il était auprès de Ka, que tous les deux s'étaient bien trouvés aussi. Ils étaient amis et se respectaient énormément. Shaat semblait être la version kalii de notre relk, avec ses cheveux noirs comme la nuit, sa carrure impressionnante, et sa force physique ainsi que son caractère indestructible.

Seuls ses yeux n'étaient pas jaunes et brillants comme ceux de l'enn, mais noirs et profonds, jetant toujours des regards chauds, brûlants de haine à l'encontre de nos ennemis, et d'affection envers moi et les enn. J'avais surpris ses yeux agressifs cette fois où nous nous étions retrouvés dans un combat violent contre des Sukr'in : il semblait abriter en ses pupilles un incendie de forêt. Ça m'avait marquée de le découvrir ainsi, lui qui était avec moi si doux et protecteur.

Comme ce matin-là, où il s'amusait de la réaction de Mo'An et posait sur moi son regard apaisé.

— Tu te souviens qu'on devait aller explorer cette colline ? m'a-t-il dit soudain en pointant l'endroit du doigt.

Cette colline rocheuse nous avait tous les deux intrigués quand nous étions arrivés dans le coin, mais la pluie nous avait tous surpris et cloués dans la grotte.

Le long de la pente à présent dévalait un torrent qu'avait formé la pluie furieuse. La terre était aussi boueuse que de l'argile, nos pieds et pattes s'y enfonçaient à chaque pas et restaient collés un instant avant de se mettre à glisser vers l'arrière. Mo'An, qui nous accompagnait, semblait mieux s'en sortir que Shaat et moi, probablement grâce à sa légèreté et à sa paire de pattes en plus. Mon compagnon était drôle à voir, il était aussi pataud qu'un nouveau-né frola. À force de glisser et de retomber en équilibre sur ses mains, il en a eu marre de se relever et est resté comme il était, grimpant la pente glissante à la manière de Mo'An.

J'avais pensé à la même chose, ce qui me semblait une manière plus simple, et amusante.

Après une quinzaine de mètres, le sol est devenu jonché de cailloux, de plus en plus gros, toujours glissants à cause de la pellicule d'eau, mais tout est devenu plus simple. Mo'An s'était mise à bondir d'une pierre à une autre, j'avais envie de faire comme elle mais mon corps n'avait pas autant de souplesse et d'équilibre.

L'enn avait donc pris un peu d'avance sur nous, et même si elle ne savait pas ce qu'elle cherchait, elle a trouvé quelque chose et nous l'a signifié d'un petit jappement excité.

— Qu'est-ce que c'est, Mo'An ?

Les roches formaient à l'endroit où elle se trouvait une large fissure béante dans laquelle s'écoulaient les restes de la pluie qui n'arrivaient pas à couler vers le bas de la pente.

Le fond de la fissure n'était pas visible, c'était trop sombre, mais en tendant l'oreille, on pouvait percevoir le clapotis résonnant que faisaient les gouttes en tombant en bas.

— Qu'est ce qu'il y a là dedans ? ai-je demandé à Shaat'An qui se penchait dans la gueule ouverte de la roche.

— À mon avis, pas grand-chose, ça doit être une sorte de lac, ça arrive d'en trouver cachés à l'intérieur d'Akra.

— Il y a peut-être des poissons alors. C'est pour ça que Mo'An semble si intéressée.

Notre amie était en train d'humer l'air qui s'échappait du présumé lac, les yeux grands ouverts, les oreilles attentives et le corps figé, et ne semblait pas vouloir s'en détacher.

D'un côté de la colline, tout en bas, nous apercevions le hakn en tout petit qui vaquait à ses occupations en nous attendant, puis de l'autre, le bois que nous avions traversé en arrivant s'arrêtait pour laisser place à une longue étendue de plaine verte entrecoupée d'une rivière sinueuse. Ce qui avait immédiatement retenu notre attention – celle des Kalii, car l'enn était toujours penchée suspicieusement au-dessus de la fissure – était le campement, relativement grand, installé en bordure du cours d'eau. Il était fait de larges tentes qui semblaient de travers et autour desquelles des formes humaines s'affairaient. C'était impossible, d'où nous étions, de distinguer s'il s'agissait de Kalii ou de Sukr'in.

— Tu crois qu'ils sont là depuis le début de la tempête ? En quelques heures, ils n'auraient pas eu le temps de monter leurs immenses tentes, et ça voudrait dire qu'ils se seraient déplacés sous cette pluie, ce qui est impossible.

— On dirait qu'ils sont en train de les remettre en place. Comment ont-ils fait pour résister à une pareille tempête, uniquement protégés par des tentes ? s'est étonné Shaat.

— Ils auraient dû au moins aménager leur camp sous les arbres ; ça n'est pas une protection parfaite, mais ça aurait été mieux.

— Je pense qu'ils n'en ont pas eu le temps, ils ont été surpris. Personne ne s'attendait à une telle violence.

— Est-ce que tu penses que ce sont des Kalii ? ai-je demandé à mon compagnon.

— Impossible à dire d'ici. Ils semblent assez nombreux tout de même, alors peut-être que non. C'est embêtant qu'on ne le sache pas, car ils sont sur notre chemin. Comment faire pour échapper à leur vue ?

— On devrait peut-être attendre qu'ils s'en aillent.

— Ils n'ont pas l'air de lever le camp, mais bien de le remettre en état. Mais qu'est-ce qu'ils font ici ? Il n'y a rien.

Je n'avais pas plus la réponse que lui, alors se fut dans le silence que nous avons tous les deux sursauté à l'entente du hurlement de Mo'An.

— Qu'est-ce que tu fais ? Non !

En nous retournant, nous avons vu l'enn trépigner à l'endroit où nous l'avions laissée, avant qu'elle ne saute dans l'ouverture du sol, sous nos regards ébahis. J'ai été la première à me retrouver à l'endroit d'où elle venait de se laisser tomber, et si je ne la distinguais pas dans l'obscurité, je l'avais entendue plonger dans le lac qui était donc bien présent. Et si ensuite des sons d'eau remuée frénétiquement ne m'étaient pas parvenus, j'aurais pensé qu'elle s'était noyée.

— Qu'est-ce qu'on doit faire ? Pourquoi a-t-elle sauté ? Est-ce que les enn peuvent nager longtemps ?

J'étais affolée et Shaat'An, lui, ne savait que dire ni que faire. Face à son hésitation, je n'en ai plus eu, et n'ai réalisé ce que je venais de faire qu'après m'être retrouvée la tête sous l'eau.

— Horre ! Horre !

Les cris étouffés de mon compagnon me sont arrivés faiblement, puis plus clairement quand les vagues autour de ma tête se sont calmées. En tâtonnant dans le noir avec de larges gestes affolés, les extrémités de mes doigts ont réussi à toucher les murs, rugueux et bosselés. Après quelques secondes de nage, j'ai pu trouver une bonne prise et reprendre mon souffle.

— Ça va, Shaat, je…je me suis accrochée au rocher.

— Comment est-ce que tu vas remonter ? Est-ce qu'il y a assez de prises ? Est-ce que tu vois la moindre chose, au moins ?

— Je te vois toi. Et oui, petit à petit j'arrive à distinguer ce qu'il y a autour de moi. Le mur est plein de bosses, je devrais pouvoir escalader.

— Remonte tout de suite !

— Non, je dois trouver Mo'An.

Sans attendre sa réponse, j'ai essayé tant bien que mal de me déplacer le long du mur grâce aux prises pour me diriger vers l'endroit où je devinais, au son, que mon enn était partie.

Un jappement ! Elle était là, à quelques brasses de moi, je pouvais maintenant apercevoir sa tête blanche qui brillait un peu dans l'obscurité. Arrivée à sa hauteur, j'ai pu me hisser sur le surplomb sur lequel elle se tenait, en dehors de l'eau.

— Qu'est-ce qui t'a pris, Mo'An ? Pourquoi tu as sauté ?

Pour toute réponse, elle m'a emmenée à quelques pas et m'a obligée à m'intéresser à ce qui se trouvait devant nous. Évidemment, je ne voyais que du noir, je ne sentais pas grand-chose dans cette humidité, contrairement à elle, mais j'ai fini par entendre une très légère respiration. Mon cœur a eu une soudaine accélération. Qu'est-ce que c'était que ça ? Je n'avais qu'une seule envie en cet instant, c'était de faire demi-tour, puis ma curiosité est parvenue à prendre le dessus après quelques secondes. Le seul moyen de découvrir ce dont il s'agissait, était pour moi d'utiliser mon sens du toucher. Les bras étendus devant moi, les doigts écartés, j'ai tâtonné avant de rencontrer un corps mou. Instinctivement, j'ai vite rétracté mes bras à ce contact, effrayée, mais j'avais au final cru analyser quelque chose de moins effrayant que ce à quoi j'avais pu m'attendre.

— Était-ce bien ça ? Une seule manière de le savoir… !

Oui, c'était ça, une peau humaine, chaude. Enfin, suffisamment pour signifier qu'il était toujours en vie.

— Qui est-ce ? Est-ce que tu es Kalii ?

— Comprenant que c'était une personne, je n'avais pas osé poursuivre ma découverte plus avant sur son corps, et je n'avais ainsi aucune information. Ma crainte était que ce soit un de mes ennemis, mais je me rendais bien compte que, si j'avais peur, l'autre était terrifié, et ne risquait pas d'être une trop grande menace.

Après ma question, son souffle s'est fait moins nerveux, comme s'il était rassuré de ce qu'il venait d'entendre. Il a mis un temps qui m'a paru une éternité avant de me répondre dans la même langue :

— J'ai… j'ai cru que l'enn allait me dévorer. Et que toi aussi tu en étais un.

Cette voix était celle d'un jeune garçon, apeuré et frigorifié.

— Qu'est-ce que tu fais là mon petit ? Non, tu me le diras quand on sera dehors. Et n'aies pas peur de l'enn, tu n'as rien à craindre d'elle. C'est d'ailleurs elle qui t'a sauvé ! Suis-moi à présent ; on va devoir escalader là-bas.

Je l'ai aidé à se lever, ce qui ne fut pas simple vu son état de faiblesse, mais il semblait vaillant. Jusqu'à l'eau, il s'est accroché à mon épaule, puis je l'ai fait descendre et lui ai dit de se déplacer latéralement jusqu'au-dessous de la lumière. Cela nous prit un certain temps, ses gestes étaient incertains et très ralentis, il luttait même pour refermer ses doigts sur la roche. Puis, quand enfin nous sommes arrivés à l'endroit d'où j'avais plongé et duquel il était probablement tombé, j'ai levé la tête pour apercevoir Shaat'An. Je l'ai rassuré :

— Je suis là, Shaat, tout va bien. J'ai avec moi un enfant. Nous allons remonter.

— Horre, je viens de sortir une racine assez solide. Seulement elle n'est pas très longue, et recouverte de boue, il faudra vous y accrocher très fort.

— Je la vois. Effectivement, elle reste assez haut. Tu vas devoir grimper jusqu'à elle, ajoutais-je à l'encontre du jeune Kalii. Est-ce que tu t'en sens capable ?

Pour toute réponse, il a entrepris l'ascension. Au début, j'ai pu l'accompagner de mon bras libre en le poussant vers le haut, et je sentais qu'il en avait besoin car les prises étaient très glissantes. Mais son obstination gagnait sur sa faiblesse et sur les éléments.

— Tu y es presque, mais prends ton temps. Ne lâche surtout pas prise.

Encore quelques efforts, et deux glissades qui m'ont fait peur, et sa main a pu attraper la racine tenue par Shaat'An, qui a ensuite réussi à le hisser hors du trou.

— Ça y est Horre, il est en sécurité. À ton tour.

J'étais rassurée. Seulement, il restait une enn dans ce trou, et si ces animaux pouvaient faire des choses incroyables, l'escalade n'en faisait pas partie.

— Shaat'An, comment va-t-on faire avec Mo'An ?

Obéissant à mon ordre, l'enn était restée au sec sur le promontoire, en attendant son tour. En haut, la réponse tardait à arriver. Puis, enfin, la voix grave de l'homme m'est parvenue :

— Écoute, je n'ai qu'une solution, mais il va falloir que vous attendiez. Je ne sais pas combien de temps ça va prendre.

— Je peux attendre avec Mo'An au sec. À quoi penses-tu ?

— Une autre racine. Je devrais arriver à en trouver une plus longue. Mais celle que j'ai était sortie du sol avec la pluie, et je n'en ai pas vu d'autre traîner. Je vais devoir en déterrer.

— Vas-y, nous attendrons le temps qu'il faut.

J'ai dû refaire le même trajet à l'inverse pour rejoindre mon enn qui m'attendait sagement. En quelques mots, je lui ai expliqué la situation et nous avons patienté. Combien de temps, je ne sais pas, mais suffisamment pour me laisser gagner par l'inquiétude. Mo'An elle, semblait calme et attendait patiemment, assise sur son arrière-train.

Finalement a résonné de nouveau la voix de Shaat'An qui nous annonçait sa victoire. J'ai vu une longue racine dévaler la pente et venir toucher l'eau dans une petite éclaboussure. Il avait réussi.

— Allons-y Mo'An.

Elle en nageant, moi en longeant la paroi, nous sommes arrivées de nouveau en dessous de la lumière où, en levant les yeux, j'ai découvert, se détachant sur le bleu du ciel, tout le hakn, qui observait avec fébrilité le fond du trou où nous pataugions.

La première qui devait y aller était Mo'An. Je lui ai expliqué comment s'y prendre en lui montrant, et elle a aussitôt agrippé la racine avec sa mâchoire puis a serré de toutes ses forces.

— Très bien, ne lâche surtout pas. À toi Shaat !

L'enn pendue à la racine par la gueule s'est peu à peu élevée vers l'ouverture, le corps lâche et les pattes dans le vide. C'était assez drôle de la voir comme ça, et c'est bien une des choses les plus originales que j'aie pu voir dans ma vie.

Elle fut enfin elle aussi hors de danger. Mon compagnon a relancé la racine dans la fissure pour me faire remonter ensuite jusqu'à lui.

— Bien, nous y sommes. Grâce à toi Shaat. Mais tu aurais pu trouver cette longue racine dès le début.

— Très drôle ! J'ai eu un peu de difficulté à la trouver puis à la sortir du sol, heureusement que les enn ont eu la curiosité de venir voir.

— J'ai eu peur là-dessous, je suis contente d'en être sortie.

Le jeune Kalii, que je voyais distinctement pour la première fois, était assis un peu en retrait, visiblement exténué. Je me demandais où il avait pu trouver des forces pour escalader.

— Il meurt de faim. Shaat, peux-tu aller lui prendre de la viande et des fruits à la grotte ?

Mon compagnon s'est exécuté pendant que Mo'An rassurait les autres et que je m'asseyais près du petit.

Son apparence m'a fait craindre pour sa santé : sa peau était aussi claire que ses yeux, à tel point que ses pupilles, pourtant d'un bleu pâle et glacial semblaient briller comme Rana à l'intérieur de son visage. C'était un beau visage aux traits réguliers, un peu crispés sous la morsure du froid qui avait visiblement pris possession de son corps. Pourtant, il ne tremblait pas vraiment, probablement habitué à présent. Je lui ai essoré ses cheveux clairs et fins pour qu'ils ne suintent plus d'eau le long de son corps si fin et si frêle.

— Comment t'appelles-tu ?

— Sak'Aín.

— Explique-moi ce que tu faisais là-dessous.

— C'était avant la tempête, notre camp venait d'être monté dans la plaine là-bas, et Priel et moi étions partis explorer. Mais la pluie est tombée si fort soudainement. J'étais au-dessus de la crevasse en train de jeter des pierres dedans, et Priel n'était pas encore monté jusque là ; je crois qu'il jouait avec le santek qu'il avait aperçu entre les pierres. Je n'ai bientôt plus rien vu devant moi, et je ne pouvais rien entendre non plus. La pluie me frappait violemment, je ne savais plus où se situait le campement. Après quelques pas j'ai fini par glisser et me suis retrouvé dans l'eau, en bas. J'ai essayé de grimper mais c'était impossible. J'ai vraiment cru que j'allais mourir.

— C'est ce qui se serait passé si Mo'An ne t'avait pas senti. Avec Shaat'An, nous n'avions aucune idée que tu étais là.

L'enn venait de nous rejoindre et nous a gratifiés tous deux d'intenses coups de langue. Sak'Aín hésita au début, effrayé par tous ces enn mais, me voyant la caresser, il a surmonté sa frayeur pour écouter son envie. Il venait de découvrir une chose merveilleuse : câliner un enn.

Tous les autres s'étaient ensuite rassemblés autour de nous, nous reniflant, lui plus particulièrement, et nous léchant ou touchant du museau.

— Voilà à manger, petit, a annoncé Shaat qui venait de revenir les mains pleines.

Pendant que Sak'Aín mangeait avidement, j'ai raconté l'histoire à mon compagnon.

— C'est donc son hakn qui est là-bas. On va pouvoir leur ramener leur petit.

36

Son repas terminé, nous avons pris le chemin pour ramener Sak'Aín à son hakn. Shaat'An avait récupéré toutes nos affaires pour que nous soyons ensuite prêts à reprendre la route. Nous n'avons pas marché longtemps car une masse blanche est apparue devant nous dans une des fissures que formaient les grosses pierres sous nos pieds.

C'était un corps inerte, plutôt petit, de Kalii.

— Priel !!

L'ami de Sak'Ain. Voilà donc ce qui lui était arrivé, il n'avait pas échappé à la fureur des elirha. Ce n'était pas beau à voir : son corps détrempé était presque blanc, ses membres disloqués et le visage écrasé selon la forme des pierres.

Shaat'An s'est avancé vers lui pour l'extraire, ce qui n'a pas été facile, d'autant plus que les enn s'en étaient mêlés et tiraient eux aussi le corps de tous les côtés.

— Ça suffit, laissez-moi faire ! leur a sifflé Shaat'An, les dispersant.

Quand il a réussi à récupérer Priel, il l'a calé entre ses bras et nous a fait signe de nous remettre en route. Le petit Sak, à mes côtés, était si choqué par tout ce qui lui était arrivé qu'il semblait ne plus avoir de réaction.

Son campement avait effectivement essuyé bon nombre de dommages : les tentures s'étaient détachées de leurs piliers, et étaient trempées de boue de haut en bas. Certains des piliers étaient brisés en deux et gisaient, inutiles, sur le sol, perdus dans la terre mouillée.

Les Kalii s'activaient toujours autour des tentes, à essayer de les remettre debout, mais les tentures étaient devenues inutilisables, aussi lourdes qu'un iprokal'in, et refusaient de tenir sur les poteaux. Il n'y avait rien à faire avec un matériel dans cet état, il fallait le nettoyer et le réparer. Je les plaignais, cette situation était difficile.

Trop occupés à leurs tâches, ils ont mis un instant avant de nous repérer ; nous n'étions qu'à quelques pas du campement quand un petit nombre d'entre eux a tourné la tête vers nous. Peut-être aurions-nous dû demander aux enn de rester en retrait pour éviter justement cette réaction : l'affolement général et instinctif.

— Attendez, vous n'allez pas nous tirer dessus ! a pesté Shaat'An qui trouvait leur réaction déplacée.

— Baissez vos armes, nous vous ramenons vos fils. Et vous n'avez rien à craindre des enn.

Ces gens en face de nous n'ont pas été convaincus au premier abord, leurs lances toujours pointées vers nous. Il a fallu qu'ils reconnaissent Sak'Aín pour enfin baisser leur garde. L'enfant avait hésité lui aussi, effrayé pas les gestes des siens. Qu'avait-il dû ressentir en se voyant menacé par son propre hakn ? Il s'est d'abord resserré contre moi en attendant d'être reconnu, et seulement après cela, il a osé faire un pas en avant.

— Sak'Aín !

Une femme très mince aux yeux bleus s'est avancée vers celui qui devait être son fils. Puis, face à lui, elle a eu un instant d'hésitation, avant de faire courir ses fines mains tout le long du corps de l'enfant, comme pour vérifier que ce n'était pas un elirha'kra.

Une seconde femme s'est ensuite approchée de notre groupe, s'arrêtant et posant les yeux sur les enn puis, ne les voyant pas bouger, elle a osé se poster devant Shaat'An qui tenait toujours dans ses bras le corps du petit Priel.

Elle a poussé un sanglot tout en accueillant dans ses bras son petit. La tête basse, elle l'a ramené à son campement, puis a pénétré à l'intérieur d'une tente.

Où avez-vous trouvé ces enfants ? a alors demandé une petite femme aux cheveux de nuit qui s'affirmait comme étant la relk.

Je lui ai expliqué toute l'histoire, et la chance que nous avions eue de trouver Sak'Aín. Nous avons ajouté notre tristesse de n'avoir pu trouver Priel en vie.

La relk avait écouté avec un air éberlué, tout comme le reste de son hakn, et, même si elle semblait dévorée de poser certaines questions, elle nous a répondu en nous remerciant tout d'abord, puis nous a expliqué leur partie de l'histoire.

— Nous venions tout juste d'installer notre campement quand cette tempête s'est abattue. Nous nous sommes tous réfugiés sous nos tentes avant de nous rendre compte que deux de nos enfants manquaient. « Quand la pluie s'arrêtera, nous irons les chercher », nous sommes-nous dit. Seulement, elle est devenue de plus en plus puissante, suintant le long des coutures de nos tentures, et ce vent si fort se leva, qui est venu faire tout trembler. Apaé a bien essayé de sortir tout de même, mais il n'y voyait rien et se faisait écraser par toute cette puissance. »

« Nous n'avons pu que subir pendant tout ce temps. Combien de temps cela a-t-il duré ?

Je leur ai montré sur mes doigts, puis j'ai expliqué :

— Nous aussi étions coincés dans notre grotte qui a mieux résisté que votre campement… »

— C'est un désastre. Si ça avait continué, nous aurions tous rejoints Rana'Akra.

— Vous êtes hors de danger maintenant. Laissez-nous vous aider.

Notre aide a été la bienvenue. Et les enn, le soir même, étaient adoptés par les Limoni : ils étaient partis en chasse et avaient rapporté une uiom et son petit ; de la viande fraîche fut très bien appréciée par nos hôtes.

Pendant ce temps-là, Shaat et moi avions aidé le hakn à remettre de l'ordre. Les tentures ont été rincées dans le ruisseau, puis recousues là où ça n'avait pas résisté. Les poteaux en bon état furent remontés, selon un assemblage différent car leur nombre avait été réduit. La boue au milieu du camp a été balayée au maximum, puis nous avions déposé des branches feuillues de partout sur le sol, nous permettant ainsi de marcher au sec. Tous leurs habits, armes, matériel faits de peaux ou de bois avaient été disposés sur une fourrure pour y être séchés par Rana.

Ce fut ensuite leur réserve qui posait problème : ils l'avaient totalement vidée lors de ces quelques jours. La belle chasse des enn put tous nous nourrir ce soir-là, mais s'est trouvée ensuite épuisée. Leurs chasseurs allaient devoir repartir en expédition.

Après avoir terminé les réparations, nous avions allumé trois foyers pour tous nous accueillir. Ka et les siens, après avoir reçu leur part d'uiom, se sont postés un peu plus loin, derrière le dos de Shaat et moi, pour se reposer.

Noup, la relk, les regardait intensément au-dessus des flammes. Sa fascination irradiait. Après une journée, elle avait bien assimilé le fait que nous formions réellement un hakn uni. Tous les Limoni étaient fascinés, mais n'avaient pas pour autant osé faire comme moi en les prenant dans leurs bras. Ils avaient gardé leurs distances toute la journée.

— À présent, vous devez tout nous dire à propos des enn.

Ces paroles ont réveillé l'attention de tous les Kalii, épuisés par la journée passée, qui levaient tous les yeux de leur nourriture pour les fixer sur leurs deux invités. Shaat'An a tourné lui aussi son visage illuminé par les flammes vers moi et m'a fait signe à travers ses yeux brûlants de raconter mon histoire. Je n'avais pas envie de m'attarder sur ce qui précédait mon entrée dans ce hakn si particulier, aussi ai-je tout dit de manière concise, leur permettant de comprendre dans l'ensemble. Puis, je leur ai parlé de ma vie au milieu de mes chers compagnons, de nos journées, de nos chasses, de notre manière de communiquer, et de cette amitié si naturelle qui nous liait.

Jamais je n'avais vu un auditoire aussi passionné. Même les enfants m'écoutaient bouche bée, accrochés à chacune de mes révélations. Quand j'ai eu fini, le silence s'abattit au-dessus de notre assemblée ; seul le doux crépitement des feux remplissait le vide.

— C'est presque incroyable ! vibrait la voix de Noup. Si je ne le voyais pas, je n'y croirais pas.

— Tout le monde a ta réaction. En fait, c'est notre plus grande force.

— Que veux-tu dire, Shaat'An ?

— Nos ennemis prennent peur de nous rien qu'en nous voyant. Je parle des Sukr'in, que nous ne craignons plus, mais également des prédateurs, ou de certains Kalii.

— Des Kalii vous ont voulu du mal ?

— Nous avons croisé certains hakn agressifs. Il n'y en a pas beaucoup, mais ceux-là sont dangereux. Ils nous voient comme des répudiés, ou des elirha sombres. Certains ont même cru que nous étions des ikon'en Sukr'in ayant pris l'apparence de Kalii, et commandant les enn, ai-je expliqué.

— Ceux-là ont rapidement regretté leur bêtise ! a ajouté sombrement Shaat.

Nous sommes tous redevenus silencieux. J'avais envie de dormir, mais il y avait une question qui me taraudait et que je voulais poser pour changer de discussion :

— Noup, comment ce fait-il que tu sois la seule relk ? Ton hakn est grand, il a besoin de deux relk.

— Lilé, mon compagnon, a rejoint Rana il y a un Akil, lors d'une chasse qui a mal tourné. L'un des propos s'est retourné contre lui, reconnaissant le relk en lui, et l'a encorné. L'elirha de Lilé a rejoint le corps de ce propos, lui offrant sa force.

— Cet animal est à présent intouchable, parlait l'ikon'en en moi, tout en accompagnant ces paroles du geste rituel.

— Il n'est pas le seul à avoir souffert de cette chasse, continuait la relk. Notre vaillant Ouhn s'est cassé la jambe entre des pierres, en évitant la charge de la bête. Depuis, il ne peut plus chasser. Mais ses conseils sont très utiles au hakn.

Elle a fait un signe de tête à l'homme à la jambe déformée, qui lui a répondu de la même manière.

La discussion s'est arrêtée là, la nuit étant maintenant bien installée. Nos têtes étaient toutes lourdes de fatigues, nous avions tous envie de rejoindre les enn sur la plaine des rêves.

La fosse avait été facilement creusée dans la boue. Le corps du petit Priel attendait depuis la veille entre les torches rituelles, allongé sur la fourrure qui constituait sa couche. Sa mère avait rassemblé ses quelques affaires, constituées de quelques habits, d'un petit couteau et d'un très beau jouet-iprokal'in sculpté dans du bois. Je me demandais qui avait pu tailler une si jolie forme.

Quand tout a été prêt, tout le monde s'est rassemblé en cercle autour de la fosse. Deux hommes sont allés chercher le corps et l'ont descendu dans le trou. Un enfant a déplacé la fourrure et l'a glissée à nouveau sous le dos du garçon, puis l'un des hommes s'est fait donner un assemblement de cordes en cuir, pendant que l'autre prenait le cadavre à bras le corps et se mettait à le tourner, pour le placer sur ses flancs, tout en luttant contre sa rigidité. Il a fait alors signe à son compagnon d'accomplir sa tâche, qui était – je le découvrais avec Shaat'An seconde après seconde – de fixer les deux mains du garçon ensemble, grâce aux cordes. Cela fait, ils ont accompli la même chose pour les pieds, et fixèrent en dernier les genoux contre le torse.

Mon compagnon et moi regardions faire, interloqués, mais gardant le silence. Quand ils ont réussi à donner la position désirée au corps de Priel, ce fut au tour de l'ikon'en de placer les affaires du garçon tout autour de lui, puis de lui offrir une part du festin de la veille, ainsi que les crânes et quelques os de pattes de l'uiom et du son petit. Des branches sont venues reposer sur le corps pour le protéger, et enfin, le dernier élément a été la petite statue en boue représentant Akra.

— Que voulait dire cette position dans laquelle vous l'avez mis ?

Je m'étais approchée de l'ikon'en pour lui demander de répondre à mes interrogations. Cette femme cachait son visage buriné, duquel un œil manquait, derrière les rares mèches noires qui restaient accrochées à son crâne. Elle ne semblait pas vieille, et pourtant déjà la vie avait apposé sa marque sur elle. Mais malgré son air un peu effrayant, elle était très douce, et parlait d'une voix lente et chaude, ravie d'enseigner à une jeune ikon'en :

— Nous avons rendu Priel à Akra de la même manière qu'elle nous l'a offert.

— Que veux-tu dire ?

— C'est ainsi que sont les bébés, à l'abri dans le ventre de leur mère. J'en déduis que vous ne faites pas la même chose dans ton hakn. Enfin, dans tes précédents je veux dire…

— Non, c'est vrai. Nous rendions les corps à Akra tels qu'ils étaient lors de leur mort. Nous ne touchions pas à ce qui appartenait à la Grande Malak.

— Que comptez-vous faire à présent ? Est-ce que vous allez rester parmi nous ?

Après l'ikon'en, j'étais passée voir la relk, accompagnée cette fois de Shaat'An. Le reste de notre hakn était installé au bord de l'eau, toujours en retrait des Kalii, car ils ressentaient leur méfiance. Les Limoni avaient entendu notre histoire, et savaient qu'il n'y avait rien à craindre de nos compagnons, mais cela bouleversait tellement la normalité qu'ils ne s'y faisaient pas vraiment.

Shaat a expliqué à Noup ce que nous avions comme projet, aussi vague soit-il :

— Non, Noup, nous allons vous quitter, car cela dérange trop les tiens, et nous devons continuer notre route.

— Je suis navrée de l'apprendre, car j'avais une dernière interrogation à votre sujet...

— Nous t'écoutons.

— Hier, Shaat'An, tu as laissé transparaitre dans tes propos que votre hakn en avait combattu bien d'autres, visiblement de toutes espèces. Est-ce que j'ai bien compris ?

Shaat eut un regard appuyé dans ma direction, comme s'il hésitait quant à la réponse à donner. J'ai compris qu'il me laissait m'en occuper.

— C'est vrai. Nous avons dû maintes fois nous défendre car, nous l'avons dit, nous attirons les interrogations et les peurs. Et quand les prédateurs ont peur, ils attaquent. La plupart du temps, il nous a suffi de montrer les crocs pour faire fuir les Kalii malveillants ou les frola.

— Mais la fois où ce petit hakn Sukr'in a cru pouvoir nous supprimer, quelques morsures n'ont pas suffi pour que nous gagnions, ils avaient décidé d'aller au bout du combat, probablement certains de leur présumée force. Seulement les enn étaient envahis du souffle d'Akra. Ils les ont tués jusqu'au dernier.

Noup restait bouche bée, sans savoir quoi répondre. Je la sentais encore plus impressionnée qu'hier mais je me devais de lui dire la vérité :

— Ne crois pas que nous sommes infaillibles. Les Sukr'in étaient bien moins nombreux que vous ; s'ils avaient été plus, je doute que nous ayons pris le dessus. Et nous ne ressortons jamais indemnes, as-tu vu le museau de notre relk noir ? Et l'oreille en moins du jeune marron ?

Shaat'An à côté de moi avait laissé sortir un petit grognement pendant mon discours. Je savais qu'il n'était pas d'accord car sa fierté était son énergie. Quand la mienne était la haine.

— J'entends bien ce que tu, dis Horre, et il me semble que le meilleur moyen d'amplifier cette force est de la multiplier. Si les Sukr'in sont si dangereux, nous savons bien que c'est uniquement dû à leur supériorité numérique écrasante.

— Il nous faut donc devenir aussi nombreux qu'eux... ai-je terminé dans un souffle, plongée dans mes pensées. Mon compagnon avait lui aussi réalisé où la relk voulait nous emmener.

— Tu voudrais que ton hakn devienne lui aussi ami avec des enn, a-t-il ajouté.

— Et si tous les hakn Kalii étaient alliés à un hakn d'enn, nous pourrions vaincre tous les Sukr'in, ai-je fini.

Nous nous sommes tous trois tus un instant pour réfléchir à nos paroles et à cette idée.

Lassée d'attendre près du ruisseau, Mo'An venait de nous rejoindre et de s'allonger contre mes jambes. Pour la caresser, je me suis à mon tour assise, suivie de Noup et Shaat, et ai laissé mes doigts glisser sur la fourrure grise. Les mains de Noup semblaient la démanger, ses yeux brillant d'envie posés sur l'enn ; il était évident qu'elle voulait toucher Mo'An. J'ai attrapé sa main pour l'apposer sur l'enn qui s'est gentiment laissé faire. Le visage de Noup s'est éclairé.

J'avais eu une idée que j'ai exprimée à haute voix :

— Ce qu'il faudrait, ce serait que vous adoptiez à votre tour un hakn d'enn, et qu'on vous apprenne donc comment faire. Peut-être même que le mieux serait qu'on reste avec vous, et que nos enn montrent le chemin à ceux qui seront les vôtres.

Durant les trois jours qui suivirent, Shaat'An, les enn et moi avons ratissé tout le site autour du campement

Limoni à la recherche d'un éventuel hakn d'enn. Shaat'An n'était pas persuadé que nous allions avoir de la chance ; pour lui, tous les animaux avaient fui la tempête. Il avait raison en partie, car le gibier était très peu nombreux, du moins dans la plaine, comparé à la forêt où il y avait plus d'abris. Sauf qu'à force de hurlements de la part des enn, de ceux qui sonnent le rassemblement ou appellent un compagnon, nous avons fini par recevoir des réponses. Plusieurs voix enn s'était élevées à travers la plaine, nous révélant leur position. C'est Ka qui nous a menés droit sur eux, postés en haut d'une colline boisée.

L'autre hakn nous attendait. Quand ils nous ont vus apparaître, ils se sont tous mis debout, face à nous, les oreilles pointées dans notre direction, attentifs à toutes nos actions. De notre côté, nous nous sommes arrêtés à quelques mètres d'eux, l'air détendu, à attendre leur réaction. Après quelques instants, leurs relk ont entamé un pas vers nous, confiants, avant que Xa et Ka les imitent. Shaat et moi étions à l'arrière du groupe, pour ne pas perturber nos nouvelles connaissances.

Les quatre relk se sont salués du bout du museau, s'acceptant silencieusement, puis les deux hakn sont venus se mélanger pour se saluer et se découvrir. Les autres ont été particulièrement intéressés par nous, les Kalii, qui nous sommes efforcés de cacher notre pointe de crainte, face à ces inconnus, derrière un calme amical. Nous avons échangé quelques « mots » pour leur expliquer.

Petit à petit, nos craintes respectives s'estompant, nous nous étions acceptés. Les jeunes de notre hakn avaient rejoint les autres pour sautiller joyeusement entre eux ; les adultes s'étaient mis en groupe autour de nous, et nous avions passé ainsi le temps qui a suivi.

Ka et Xa avaient fait passer le message que nous leur avions demandé de passer.

37

Sous la voûte agréablement bleue du ciel, le sol reprenait ses couleurs, un vert clair et chatoyant qui réapparaissait par-dessus la boue qui avait séché. Les Limoni avaient agrandi leurs tentes grâce à de nouveaux poteaux fabriqués puis, grâce au gibier chassé, de nouvelles chausses pour remplacer celle qui furent gâtées par les intempéries. La plupart d'entre eux, au moment où nous sommes arrivés, travaillaient sur les tannages des peaux et le séchage de la viande. Puis, quand ils nous ont repérés, les deux Kalii et leur armée enn, tous ont levé le regard pour le fixer sur nous.

Une mer de fourrure s'avançait sous le vent en direction du camp, armée impressionnante et irréelle. Il devenait évident que c'était la solution. Rien n'était fait, nous n'étions pas en situation, mais à ce moment-là, je me sentais invincible.

J'ai d'abord fait arrêter mon groupe animal en lisière du camp, lui demandant d'attendre patiemment. Les Kalii ont été chargés de se munir chacun d'une pièce de viande et de venir se poster calmement devant les enn. Ce sont les miens qui ont montré l'exemple aux autres en leur prouvant l'absence de danger et en leur montrant même les avantages. Ils avaient tous droit à des amuse-gueule et à des caresses, les premiers de la part des Limoni, et ont invité les nouveaux venus à franchir la ligne de séparation.

Il était déjà étonnant qu'ils aient accepté de nous suivre dès le début, je me disais que c'était par curiosité, et me demandais s'ils allaient oser approcher des Kalii, et quelle allait être leur réaction.

Ce fut Noup qui a osé faire le premier pas, impatiente de découvrir ce nouveau monde et de s'y frotter. Elle a avancé doucement, lentement, mesurant les regards et mouvements des enn en face d'elle, qui restaient cois, toujours à la fois hésitants et curieux. Puis, c'est la gourmandise du relk qui s'est éveillée, le poussant petit à petit vers la main tendue de Noup qui est devenue nerveuse. Le contact s'est effectué. L'enn a reniflé la viande, puis la main de la Kalii, l'a regardé deux secondes droit dans les yeux, et s'est laissé aller. Ce fut ensuite au tour du reste du hakn d'accepter les cadeaux des Kalii, avec bonheur.

J'ai échangé un regard souriant avec Shaat'An et Noup qui étaient eux aussi ravis de la tournure des choses. À vrai dire nous avions tous du mal à réaliser ce qui se déroulait sous nos yeux, scène improbable mais heureusement maîtrisée.

Tous les enn avaient reçu à manger, parfois une caresse sur le museau, et avaient bien réagi, sans trop de crainte et sans agressivité aucune. Ils étaient maintenant postés, debout ou assis, leurs yeux jaunes fixés dans ceux multicolores des Kalii rassurés.

Les missions suivantes ont, grosso modo, été les mêmes. Il fallait offrir à manger aux enn en même temps que nos repas, contenir les gestes brusques qui pouvaient les effrayer ou les surprendre ; les enfants avaient été prévenus et s'amusaient à ralentir leurs mouvements au maximum, tout en s'approchant des enn pour leur apposer une petite caresse avant de repartir en courant.

À force d'attentions, d'un genre de dialogue muet, les enn sont devenus plus apaisés, plus confiants envers l'autre espèce que d'habitude ils fuyaient, évitaient. À observer les autres enn, et particulièrement Mo'An quand elle était avec moi, ils ont compris le but de la manœuvre, se sont rendu compte que c'était possible et qu'il pouvait y avoir à l'intérieur de tout ça un certain confort.

Il s'est passé deux jours ainsi, pendant lesquels les deux espèces apprenaient à se connaître, se sentaient, s'observaient, prenaient leurs distances ou au contraire s'effleuraient, jusqu'à se retrouver très proches. Puis, c'est lors de la chasse que ce rapprochement a pris tout son sens. Un grand hakn de Kalii, deux d'enn : les uiom n'avaient aucune chance, dès le départ. Ils ont eu beau courir vite, les enn et les javelots en ont rattrapé un nombre impressionnant. Des jeunes et des adultes, pourtant bien portants, une dizaine, se sont écroulés sur le sol, vaincus par l'arme terrible que nous formions.

Les quatre pattes, fidèles à leurs habitudes, ont entrepris de calmer leur faim sur place en dévorant avidement l'une des proies. Mon hakn d'enn a fait de même sur une autre et Shaat et moi, quand ce fut notre tour, avons également repris notre rituel, devenu instinct.

La viande avait un goût singulier, probablement dû à tout ce qui l'entourait, à ce parfum particulier. Noup aussi avait ressenti cette ambiance inhabituelle, elle a été poussée par une morsure soudaine de son instinct et s'est laissée guider, avide, vers la carcasse délaissée des nouveaux enn qui l'ont regardée faire avec un air intrigué.

Elle a d'abord tenté de se détacher un morceau en le prenant entre ses doigts et en tirant ; elle n'a gagné qu'un fin lambeau qu'elle a porté à sa bouche. Le léger dégoût qu'elle a ressenti a fait sourire Shaat'An. La moue sur le visage de la relk ne s'est affichée pourtant pas longtemps, car Noup a cherché à en reprendre, en se servant cette fois directement avec ses dents, comme nous l'avions fait. Le sang coulant le long de son visage a accentué le sourire de contentement qu'elle a affiché en dessous de ses yeux clos. À chaque nouvelle bouchée, plus de liquide rouge s'écoulait à travers la barrière fendue de ses dents, puis le long de son menton.

La viande crue est résistante sous la dent d'un Kalii, elle l'a découverte et appréciée, en prenant le temps, regardant tous les êtres autour d'elle. Les enn repus l'examinaient du coin de l'œil, un peu ailleurs, à leur sieste, pendant que les Limoni se demandaient quoi faire. Il y avait un petit groupe intéressé, avide, qui s'est laissé tenter à son tour par la même carcasse brûlante. Le sang chaud leur a réchauffé les entrailles, la viande délicieuse leur a rempli l'estomac vibrant de l'après-chasse ; ils sont ressortis si contents que les autres se précipitaient pour les imiter.

— Viens voir, ma belle, surmonte ta peur. On veut toutes les deux la même chose, que tu prennes cette viande.

Je parlais à la petite à moitié en Kalii et à moitié en enn, et j'avais Mo'An et Xa à mes côtés pour l'encourager avec moi. Cette jeune enn m'avait touchée, je la trouvais adorable ; son œil entouré de blanc au milieu de cette fourrure entièrement noire et sa grande timidité m'avaient fait la choisir. Elle semblait indifférente au comportement des autres de son hakn, qui avaient au final accepté l'invitation. Elle, elle avait peur et s'y tenait.

— Elle a l'air malade.

La voix légère de Sak'Aín. Le jeune garçon avait repris quelques forces, oublié sa mésaventure mais semblait toujours malgré tout aussi faible et pâle. J'avais remarqué que sa mère était un peu comme lui, maigre et sans beaucoup de force, mais chez lui, tout était plus marqué. Ses yeux froids étaient toujours aussi tranchants au milieu de son visage blanc. Il était né comme ça, et son séjour dans la fissure ne l'avait pas arrangé.

Il venait de se poster à mes côtés, regardant alternativement l'enn puis moi, ses mèches blondes dansant autour de son visage souriant. J'avais pensé à la même chose que lui, cette petite femelle avait effectivement une démarche singulière, un peu raide, mais ça ne semblait pas provenir d'une cassure de la patte.

— Elle n'est pas la plus forte du hakn, c'est vrai. Et ça la rend méfiante. Je voudrais vraiment qu'elle comprenne que nous sommes des amis.

— Donne-moi ce morceau de viande.

Je le lui ai offert et l'ai regardé faire. Il s'est avancé d'un pas devant nous, puis s'est assis. Xa et Mo'An étaient aussi curieuses que moi de découvrir la suite, qui a mis du temps à venir. Nous avons beaucoup attendu avant que le bébé n'ose réagir.

Pendant ce temps, j'en ai profité pour observer autour de nous. La vie au camp Limoni tournait désormais essentiellement autour des enn, chacun étant intégré à la mission et se passionnant pour elle. Nous avions eu l'idée de tous nous partager entre les enn. Par petits groupes, nous nous occupions d'une seule bête et tentions d'établir un contact amical et confiant. Je me disais qu'à la fin, cela pourrait créer des amitiés comme la mienne avec Mo'An ou Shaat avec Ka. Tous deux d'ailleurs n'avaient pas désiré se prêter au jeu, du moins pas de la même manière. Ils surveillaient, pour ne pas changer leurs habitudes. Quand ils ne faisaient pas la sieste ou ne mangeaient pas, ils faisaient le tour des groupes, Shaat'An demandant aux Kalii comment ça se déroulait, et Ka échangeant avec les enn.

En fait, tout cela s'est rapproché de la fin que nous avions prévue assez rapidement, les nouveaux enn ayant compris depuis le début, suite à leurs échanges avec mon hakn, et à ce qu'ils avaient vu. Il ne leur restait plus qu'à s'y frotter personnellement, à le vivre et à le ressentir. Ce qu'ils faisaient en ce moment était donc plus une rencontre et une découverte de chaque Kalii qui se trouvait en face d'eux.

Par contre, pour la petite à l'œil blanc, ce fut plus une bataille, Sak'Aín gagnant du terrain puis l'autre le lui faisant perdre aussitôt en reculant, ou en grognant. Le jeune Kalii ne voulait pas lui faire peur et la forcer à devenir

312

agressive. Il prenait son temps. Parfois Xa lâchait un petit grognement ou lui adressait un signe pour la rassurer, ce qui semblait marcher un instant.

Je me suis demandé au bout d'un moment si ça n'était pas devenu un jeu pour le bébé enn. Enfin, en tous cas, cela a pris fin vers la fin de la journée. Soit elle s'était lassée, soit sa peur s'était évaporée, mais elle avait accepté le cadeau de Sak'Aín et était allée jusqu'à se laisser caresser.

Moi, je n'avais pas suivi tout le périple, m'étant endormie bien plus tôt la tête sur Xa et les bras autour de Mo'An qui m'avaient elles aussi suivie dans le monde des elirha.

Le repas du soir, nous l'avons pris tous ensemble, porteurs d'habits et de fourrure rassemblés autour du feu que les enn acceptèrent facilement, visiblement enfin accoutumés à toute bizarrerie.

— À présent, vous n'avez plus besoin de nous, et nous avons un projet.

— Lequel ?

— Faire exactement la même chose, avec tous les hakn kalii que nous rencontrerons.

Noup, Shaat'An et moi étions assis en rond près de la rivière, dans laquelle les enfants Kalii et les enn se baignaient. Nous avions fait part à la relk de notre décision de quitter les Limoni pour reprendre notre route. Elle avait fini par imaginer que nous étions installés chez eux, à travers les enn. C'est vrai que nous aurions pu rester, aider les Limoni à domestiquer les enn, et observer les évolutions. Mais nos enn commençaient à tourner en rond et à se marcher dessus, avec les autres. Et puis, Shaat avait très envie de voir l'accomplissement de cette vision que nous avions eue.

Au-dessus de nos têtes, quelques nuages étirés traversaient le ciel à une allure constante, poussés par le vent qui s'était levé depuis le matin, rafraichissant l'atmosphère et nous faisant tous un peu trembler de crainte. On guettait tous le ciel régulièrement pour essayer d'y déceler la moindre goutte de pluie que nous n'espérions évidemment pas. Mais les nuages n'ont fait que passer et n'ont rien apporté de mauvais.

Nos quelques affaires avaient été rangées à nouveau dans nos sacs, en plus de cadeaux et de nourriture offerts par les Limoni. Le départ était prévu pour le lendemain et nous enchantait, pressés que nous étions de bouger à nouveau.

— Horre ? Shaat ?

La voix faible de Sak'Aín m'a surprise, car j'avais l'esprit ailleurs, les yeux fixés sur ma besace. C'est Shaat qui a demandé au jeune garçon ce qu'il désirait.

— Je me suis dit… que vous pourriez avoir besoin d'aide, de quelqu'un en plus pour domestiquer les enn.

Il s'est tu en voyant nos regards méfiants, un peu fermés face à la demande que nous voyions poindre derrière son introduction. En réalité, nous ne voyions pas en quoi nous pourrions avoir besoin d'un Kalii en plus – surtout un jeune faible. Personne n'était dupe.

— Ne me dis pas que tu voudrais nous accompagner. Cette vie n'est pas faite pour toi, répliqua mon compagnon.

— Mais… j'ai domestiqué Fila.

— C'est vrai que tu as beaucoup de patience, et un lien avec les animaux. Nos enn également t'ont accepté.

— Seulement, ça ne suffit pas pour survivre loin d'un campement. Tu sais que tu es faible.

Ça semblait être l'argument final assené par l'homme brun, la fin de la discussion, qui aurait dû faire taire le jeune Kalii, et le dissuader de répondre. Seulement Sak'Aín, s'il n'était pas fort physiquement, l'était dans ses idées.

— J'ai survécu plusieurs jours dans une grotte souterraine.

38

Le lendemain, au lever de Rana, les enn, Shaat et moi avons dit adieu aux Limoni et sommes partis en compagnie de Sak'Aín qui cachait difficilement sa joie.

— Il faut que vous m'appreniez le nom de chacun des enn, et à parler avec eux. Je suis triste de quitter mon hakn, mais celui-là est incroyable ! Ça va être tellement différent de vivre avec des animaux, je n'aurais jamais pensé que ça pouvait être possible. Mais on va où maintenant ? Et qu'est-ce qu'on va faire ? Qu'est-ce qu'on fait si on croise des animaux dangereux ? Ou des Sukr'in ? C'est dommage que je n'aie pas pu partir avec Fila, je l'aimais bien.

— Elle doit rester avec sa famille. Tous les petits doivent rester en sécurité au sein de leur hakn. Et c'est ce que tu aurais dû faire.

Je lui avais coupé la parole dans l'espoir de le calmer, au moins un instant. C'était étrange comme ce garçon à l'apparence si fragile pouvait être si plein de vitalité. Mais si cela m'étonnait et m'amusait en même temps, ce n'était pas le cas du Kalii aux cheveux noirs qui se forçait à serrer les mâchoires pour ne pas ouvrir la bouche et s'emporter contre le jeune Sak'Aín. Je sentais qu'il regrettait déjà notre seconde de faiblesse.

— Il apprendra, sois patient avec lui, comme tu l'es avec les jeunes enn, lui ai-je alors soufflé à l'oreille, loin de l'écoute de notre nouvelle recrue.

Sous l'apaisante fraîcheur du léger vent qui soufflait depuis la veille, les nerfs de Shaat'An se sont calmés, et il a continué sa marche les yeux mi-clos, attentif aux bruits de la nature et aux senteurs qui nous parvenaient, forts, lointains ou dissipés, mais toujours présents. Le souffle d'Akra avait toujours été notre plus profonde source de bonheur.

Un petit lac. Ça devait d'ordinaire n'être qu'un étang, mais après la tempête qui avait sévi apparemment jusqu'ici, le niveau de l'eau avait monté, noyant le tapis d'herbes qui l'entourait.

— Ça fait des jours que vous êtes soit sous la pluie, soit les pieds dans la boue, et vous avez encore envie de vous mouiller ! Moi, je ne veux qu'une chose, que le sol sèche, et mes chausses avec !

— Si on n'a pas le choix, Shaat, autant s'amuser ! Elle est un peu froide mais ça détend les muscles ; on dormira mieux après ça. Viens avec nous !

Il ne m'a pas répondu car il venait de tendre l'oreille dans une autre direction, guettant un bruit que Sak et moi, au milieu du clapotis de l'eau, n'avions pas perçu. Silencieusement, nous avons attendu, soit une réaction de Shaat'An, soit l'arrivée d'un événement. Quelques instants plus tard, le Kalii s'est détendu, puis les enn, revenus de chasse, sont apparus. Ils n'avaient pas perdu de temps et on a vite compris pourquoi : cette fois-ci ils avaient attrapé de petits animaux et avaient ainsi pu revenir vers nous plus tôt pour manger. Non pas pour nous donner une part du butin, mais pour pouvoir dévorer en sécurité. J'ai fait comprendre à Mo'An qu'elle pouvait avaler son petit amil toute seule car nous avions toujours de la viande séchée, mélangée à des fruits et des légumes pour notre repas. En général, même quand nous avions, Shaat et moi, des réserves – qui ne plaisaient pas aux enn – nous accompagnions le hakn dans ses chasses, car c'était notre vie. Mais il est vrai qu'un hakn d'enn chassait plus souvent qu'un hakn Kalii, et si cela nous entraînait toujours plus, nous transformant peu à peu en enn, nous préférions parfois ne rien faire et nous reposer. Cette fois, c'était ce que nous avions choisi car Sak'Aín n'était pas un chasseur.

Il apprendrait plus tard, petit à petit.

— La viande ni cuite, ni séchée, ce n'est pas très appétissant… lança le jeune Kalii, les yeux rivés sur les enn dévorant leurs proies.

J'étais étonnée :

— Tu n'en as jamais mangé ? Même pour goûter, juste avant de la mettre sur le feu ?

— En fait, je ne mange pas beaucoup de viande, car ça me faisait mal au ventre quand j'étais petit. Les fruits, c'est mieux.

— Tu apprendras à aimer, car tu n'auras pas le choix ! l'a sermonné Shaat'An. Horre et moi mangeons des fruits quand nous le pouvons, mais le plus souvent, on mange comme eux, à même la proie. On vit dans un hakn d'enn.

Le ton dur et sans réplique de l'homme a fait taire et réfléchir Sak. Son front s'est légèrement plissé sous les pensées qui traversèrent son esprit. Avait-il pensé à tout cela quand il nous avait demandé de nous accompagner ? De tout façon, il n'allait pas avoir le choix, pour survire, il devrait suivre le mouvement.

Quand le souffle du vent a eu fini de nous sécher, nous nous sommes rhabillés, puis enroulés dans une couverture offerte par les Limoni, avant de nous endormir tout contre les enn.

J'avais pensé que ma nuit serait longue et agréable car j'étais épuisée mais, alors qu'Akil trônait au-dessus de nos têtes, les mouvements incessants et les petits cris de panique de Sak ont fini par me réveiller. Un coup d'œil à travers la pénombre m'a informée que j'étais la seule réveillée. Même l'intéressé ne l'était pas. Il continuait à gémir dans son cauchemar, coincé dans le monde des elirha, dont j'étais la seule à pouvoir le faire sortir.

— Sak'Aín… Sak… réveille-toi…

Tout en l'appelant, je le secouais délicatement mais énergiquement, jusqu'à ce qu'il daigne ouvrir un œil, puis l'autre. Son regard fut effrayant l'espace d'un instant, comme s'il était toujours chez les elirha, et ne me voyait pas.

— Horre ? Que se passe t-il ?

— C'est à toi de me le dire, qu'est ce que tu as vu dans ton rêve ? Tu étais en train de paniquer.

Un instant de silence s'est interposé entre nous, le temps que Sak me dévisage, cherchant mes yeux dans le noir, le visage quelque peu éclairé par la lueur d'Akil, comme crispé. La fatigue m'assommait, je ne voulais pas passer la nuit à essayer de déchiffrer son regard, j'ai alors insisté pour qu'il me réponde, ou bien qu'il se rendorme.

— Rien. Je veux dire que je ne me souviens pas de mon rêve, je ne sais pas pourquoi j'ai eu peur.

Quant à moi, je ne savais pas pourquoi, mais je sentais qu'il me cachait quelque chose, ou bien qu'il avait peur de me le dire. Son visage était fermé et dur. Ou bien était-ce dû aux ombres dansantes nous entourant… ?

J'aurais pu lui faire une décoction pour l'aider à dormir, et le lui ai proposé, mais sa réponse fut négative. Et ça m'allait très bien car je ne me sentais pas de faire une potion en plein milieu de la nuit. Puis, finalement, il n'en a effectivement pas eu besoin, et s'est rendormi aussitôt.

Les jappements et grognements résonnaient jusque dans la grotte, où j'étais installée avec Xa et Mo'An, après mon combat avec elles. En ce moment, c'était Ka et Shaat qui s'entraînaient, sous les yeux ébahis de Sak'Aín qui suivait tout avec une attention extrême. Ces derniers jours, Shaat avait perdu sa patience face au jeune garçon, qui faisait tout avec lenteur et faiblesse, et mangeait sa viande saignante en grimaçant. En réalité, Sak mettait en tout sa meilleure volonté, il se surpassait constamment, cherchant du mieux qu'il pouvait à surmonter sa faiblesse physique. Seulement, pour Shaat, c'était toujours trop peu, et il sentait

318

que notre jeune compagnon finirait par être un problème. De mon mieux, j'essayais de le motiver, de lui donner des forces et de lui apprendre à devenir un enn, mais je savais bien que ça prendrait du temps, alors je devais aussi travailler avec Shaat et lui inculquer à lui la patience. C'est vrai qu'il n'avait pas vécu longtemps avec d'autres Kalii, et surtout des enfants, et s'il avait survécu, c'était grâce à sa force. Aussi, voir ainsi ce petit Kalii trop faible le bouleversait, il savait que si Sak'Aín restait ainsi, il finirait par se faire tuer. Il nous fallait donc lui apprendre à survivre, et à se dépasser. Avant de l'emmener avec nous à la chasse, il devait apprendre à se battre, à atteindre les endroits vitaux et surtout, à se protéger.

Les enn entre eux ne se battaient guère, en dehors des jeunes évidemment qui apprenaient en jouant et étaient ravis cette fois que nous deux, Kalii, les poussions à la bagarre ; et les adultes aussi aimaient se battre avec nous.

C'était un jeu mais ça n'empêchait pas de ressortir avec des cicatrices. On ne voulait pas tout de suite pousser le jeune Kalii dans un combat par peur des blessures, aussi devait-il pour l'instant se contenter de regarder et d'observer attentivement.

Ka venait d'attraper entre ses mâchoires la cheville de Shaat qui se débattait pour s'en sortir. Sa seule solution a été de projeter son pied libre droit dans le museau de l'enn, tout en mesurant sa force ; il n'était pas question de le blesser. Le relk a immédiatement lâché prise, avant de bondir à quatre pattes sur son adversaire, qui s'est retrouvé cloué contre le sol, impuissant.

Sak'Aín était complètement saisi par ce qui ce déroulait sous ses yeux, il s'était mis debout et serait les poings, tout en murmurant entre ses dents serrées. On aurait dit qu'il avait envie de se jeter au milieu des combattants, pour secourir le Kalii. Mais il n'a pas eu le temps d'y réfléchir davantage car Shaat'An venait de repousser Ka sur le côté, en l'envoyant rouler loin de lui. On aurait pu s'attendre à ce que l'entraînement s'arrête là, personne ne prenant le dessus, tous deux à forces égales. Seulement, il s'agissait de Shaat et Ka, trop fiers pour laisser un combat sans issue.

Au bout d'un moment, on en a tous eu assez de suivre leur danse agressive, et le cercle formé autour d'eux s'est peu à peu disloqué, chaque enn repartant à ses propres occupations. Mâchonnant un des derniers bouts de viande séchée, l'air ailleurs, après m'être défoulée dans une lutte contre Ré, je n'avais plus envie de bouger. Puis, finalement, Sak'Aín m'a rejointe sous la grotte et s'est allongé contre moi, en posant sa tête contre mon épaule.

— Chez les Limoni, je n'étais pas destiné à devenir chasseur…

De sa voix légère, il venait de m'annoncer cela comme un aveu.

— Que veux-tu dire ?

— Ils estimaient que j'étais trop faible pour porter une arme. C'était pour me protéger, me disait ma mère, mais je me sentais exclu. Depuis tout petit, je rêvais de ma première chasse, mais en grandissant, il est devenu évident que je resterais toujours au milieu des tentes.

Ses paroles me touchaient. Je comprenais mieux ce qui se passait dans sa tête.

— C'est pour ça que tu as voulu venir avec nous, n'est-ce pas ? Tu pensais qu'on t'offrirait cette vie dont tu rêvais ?

Pour toute réponse, il a poussé un léger soupir et s'est pressé plus fortement contre moi. Ses cheveux dorés recouvraient mon bras, vibrant sous le souffle du vent, et se mélangeaient aux miens en une mer soyeuse et étincelante. Finalement, la chaleur kalii était aussi douce que celle des enn.

Après plusieurs jours semaines passées près du jeune garçon, Shaat a bien été obligé d'admettre qu'il était attachant. Lui aussi avait perdu l'habitude, et depuis bien plus longtemps que moi, de la présence de Kalii, de l'interaction avec eux, et à la retenue que cela imposait, particulièrement à l'égard des plus jeunes. Au milieu des enn, on pouvait plus facilement se laisser aller à des accès de nervosité ou de violence, au risque de récolter ce qu'on a semé ; chose impensable au sein d'un hakn kalii.

Il a donc fallu que mon compagnon réapprenne à se tempérer et accepte les faiblesses de Sak'Aín. Au final, comme l'intéressé donnait toute son énergie à prouver ses compétences et à plaire à son aîné, il s'est fait totalement adopter. On l'entraînait, avec les enn, au combat au corps à corps, à la défense, à la course, puis, je le faisais travailler à la confection des armes, lui montrant les gestes, le bon bois, la taille des pierres. On les testait ensuite lors de concours de jet. Le jeune garçon apprenait vite et, s'il n'avait pas une force physique extraordinaire, ni un souffle d'une énergie inaltérable, c'était sa volonté qui lui donnait des ailes.

— On dirait qu'Eik t'a adopté.

Au fil des jours et de nos entraînements, la jeune enn s'était rapprochée de Sak, amusée par sa bonne humeur communicative. Elle le suivait comme son ombre, bondissait à ses côtés, dormait tout contre lui, et lui en était ravi. Il découvrait les plaisirs du contact avec les enn, chose nouvelle et particulièrement incroyable, contre laquelle on n'échangerait rien.

— Je l'aime beaucoup aussi, c'est drôle de vivre avec eux.

— C'est très différent de ce qu'on connait. C'est un peu déroutant au début mais maintenant, je ne pourrais pas retourner vivre uniquement au milieu de Kalii.

— Et d'autres animaux ?

— Comment ça ?

— Est-ce que tu pourrais vivre avec d'autres animaux que les enn ?

— Je ne sais pas trop. J'imagine que oui. Mais ça ne dépend pas que de moi, les enn m'ont adoptée, sans ça je n'aurais pas pu imaginer une telle chose. Est-ce que tu penses à un animal en particulier ?

Il prit le temps de réfléchir à ma question mais n'avait pas d'idée précise en fin de compte.

— Les frola peut-être, mais ils ne vivent pas en hakn. Alors, les vrali … ou les wonna.

— Je ne suis pas certaine que d'autres animaux puissent accepter notre présence auprès d'eux. Soit nous les chassons, soit nous sommes ennemis parce que nous avons les mêmes proies. Et puis, on n'a jamais vu un hakn d'animal vivre avec un autre, comme un seul grand hakn. Seuls les mangeurs d'herbe se tolèrent entre eux.

— Oui, après tout c'est comme nous et les Sukr'in : nous nous ressemblons et pourtant on ne pourra jamais vivre ensemble.

Notre échange s'est arrêté là car Eik venait de sauter sur les genoux de Sak'Aín pour lui réclamer un jeu. Je ne savais vraiment pas à propos des autres animaux, je n'arrivais pas à me mettre dans leur peau et penser comme eux, ou bien imaginer une chose trop improbable, mais je savais depuis le début que les enn et les Kalii étaient faits pour vivre ensemble, pour toujours.

39

Pour marquer la fin de l'entraînement de notre nouveau chasseur, et afin qu'il soit enfin totalement considéré comme tel, Shaat et moi avions décidé de l'emmener avec nous lors de notre prochaine chasse. Après avoir échangé avec nos relk, ce fut fixé pour le lendemain. Mo'An et Eik ayant été informées ne se tenaient plus, et bondissaient comme des bébés autour de tout le monde, pas même calmées par les coups de dents des plus vieux, agacés. Les plus jeunes enn, et elles précisément, qui avaient un lien particulier avec nous, appréciaient de plus en plus la présence de Kalii au milieu de leur vie. On leur apportait de nouvelles choses, de nouveaux jeux, de nouvelles manières d'interagir les uns avec les autres. Contrairement aux adultes enn, Sak et moi – un peu moins Shaat, cela dépendait de son humeur – étions toujours partant pour jouer, courir avec les petits. Et nous leur offrions cette chose nouvelle : les caresses. Ils avaient mis du temps à en comprendre l'intérêt, s'effrayaient un peu qu'on veuille les toucher, mais depuis qu'ils l'avaient associé à un moment agréable, ils ne voulaient plus s'en passer. Tout ce qu'on pouvait leur offrir était source d'amusement. C'est pourquoi l'annonce de la première chasse de Sak semblait si intéressante. Tous leurs Kalii allaient être à leurs côtés lors de ce grand jeu qu'était la chasse et Eik particulièrement allait pouvoir montrer à son ami ce dont elle était capable.

Pour la première chasse de Sak, on ne pouvait pas partir sur les traces de trop gros animaux, trop dangereux, aussi on se rabattit sur ce hakn de halio – oliop de petite taille, mais très agiles. Pour en attraper un, il nous fallait une technique bien rodée, sans quoi il nous filait obligatoirement entre les pattes. « La première chose à faire, expliquait Shaat à Sak, est de repérer la proie que nous allons poursuivre. » En face de nous, broutant calmement entre les arbres ; les halio ne se doutaient pas qu'un hakn d'enn et de Kalii les observait, l'eau à la bouche et l'œil aux aguets. Je me tenais moi entre Ka et Shaat, et après un rapide coup d'œil, j'avais pensé que celui-là ferait l'affaire. Il y avait une mère dont le petit était en train de téter, qui avait une patte déformée. À y regarder plus attentivement, il semblait que c'était dû à une morsure, le choc des dents ayant tordu l'os de la halio quand elle tentait de se dépêtrer. Ça devait être une proie coriace, mais qu'importe.

Le relk a validé mon choix et donné ses ordres. Une partie des enn devait partir vers la droite pour entourer, du plus loin que le sens du vent le permettait, le hakn de halio. Même chose de l'autre côté, avec un deuxième groupe, dirigé par Xa. Deux enn, dont Ka, sont restés avec nous trois Kalii, prêts à donner l'assaut avant que les proies ne nous repèrent. Ce qu'elles ont fait assez rapidement. Leur relk venait d'entendre un bruit suspect, levant la tête brusquement et, comme attendu, a poussé un cri aigu, incitant les siens à s'enfuir en courant.

Qu'à cela ne tienne : nous avons bondi à leur suite, fixés sur les traces de la femelle boiteuse et de son petit affolé, qui avait les capacités, mais n'osait pas les utiliser, de courir plus vite que sa mère.

Ce fut presque trop facile. Les halio avaient commencé à se séparer entre les arbres et à partir chacun de leur côté, mais cela ne nous concernait pas. Celle que nous filions perdait pied tous les trois ou quatre pas. Et sa course s'en trouva vite ralentie. J'avais la sensation qu'elle pouvait chuter à chaque instant. Xa n'était plus qu'à un pas d'elle et allongeait le coup pour agripper l'une de ses pattes agiles entre ses mâchoires. Le reste des enn s'était lui aussi rapproché, enlevant aux deux proies toute issue de secours.

C'était gagné. Et facilement. Sak n'avait pas pu utiliser ses armes, mais il lui fallait d'abord observer et comprendre.

Puis, soudainement, alors que je croyais l'affaire maitrisée, un cri strident nous a tous cloués sur place. Sauf les proies qui venaient de s'échapper et continuaient leur course vers leur hakn. Seulement, un très court instant plus tard, une seconde surprise nous a frappés : une volée de javelots a traversé l'air en sifflant pour s'abattre sur les bêtes en fuite. Trois d'entre elles ont sombré sur le coup. Une quatrième a vacillé mais elle a tenu quelques pas avant de tomber sur le sol à son tour. Quant à la boiteuse et à son petit, ils s'étaient éloignés vers la gauche et avaient disparu derrière les arbres.

Les enn n'avaient pas bougé. Ils avaient compris comme nous que nous avions croisé le chemin d'humains. C'était la deuxième fois que ça nous arrivait lors d'une chasse et tout ce que nous avions espéré, c'est que nous n'étions pas repérés et surtout, qu'il ne s'agissait pas de Sukr'in. Comme d'habitude, lorsque nous nous retrouvions en contact avec des humains, les enn ne faisaient rien, attendant nos ordres à Shaat et moi, qui devenions les relk tant que nous étions près d'eux.

Aux cris d'allégresse que nous entendions, les chasseurs étaient Kalii. Les tambourinements de nos cœurs se sont un peu calmés. En premier, au regard que nous avons échangé avec Shaat, nous avons pensé la même chose : fâchés d'avoir été coupés dans notre chasse. Puis, nous est revenue comme un éclair la mission que nous nous étions fixés, avec Noup. Nous avions peut-être devant nous le deuxième hakn Kalii qui adopterait des enn.

Shaat s'est adressé à voix basse aux relk, ainsi qu'à Sak'Aín :

— Restez tous ici, cachés et silencieux, le temps qu'on aille voir ces Kalii. Nous vous appellerons selon la tournure que ça prendra.

Les relk ont acquiescé et se sont assis, mais Sak a dit qu'il voulait venir. Il s'est fait réprimander par Shaat qui n'acceptait pas que le garçon conteste ses ordres.

— Ça peut être dangereux, ai-je glissé à l'oreille d'un Sak'Aín boudeur, alors que mon compagnon commençait à se diriger vers les étrangers.

Je l'ai rejoint en en deux pas, puis quand nous nous sommes retrouvés suffisamment près, nous les avons hélés ; ils ont été stupéfaits et la première réaction de deux femmes et un homme a été de nous menacer de leurs lances.

— Nous ne vous voulons pas de mal. Nous ne sommes que deux, baissez vos armes !

Leur relk femme leur a dit d'obéir. Dans leurs yeux à tous brillait surtout de l'étonnement, aucun ne semblait belliqueux. J'ai alors pris la parole pour leur expliquer ce que nous faisions là.

— Nous étions en train de chasser ce hakn de halio quand il a croisé votre chemin.

— C'est donc vous qui les avez effrayés, a compris le relk. Mais vous n'êtes que deux chasseurs dans votre hakn ? Où se situe votre campement ?

— En réalité, nous n'avons pas de campement fixe, lui ai-je répondu. Et notre hakn entier est composé de chasseurs. Cette chasse était supposée être la première de notre jeune garçon, mais j'imagine qu'elle ne compte pas.

— C'est dommage pour lui. Mais vous êtes invités à partager le produit de cette chasse, qui nous appartient donc à tous. Et nous pourrons probablement faire quelque chose pour ce jeune chasseur. Où est le reste de votre hakn, où se cache-t-il ?

Cette rencontre était de bon augure, nos relations commençaient bien, il ne restait plus qu'à voir si elles allaient continuer ainsi. Nous devions d'abord préparer nos hôtes à la surprise qu'ils allaient avoir. Shaat a tenté de leur expliquer :

— En effet, ils se cachent car ils ont peur de votre réaction. Il n'y a absolument rien à craindre, vous devez le savoir et nous faire confiance.

À voir leurs attitudes, nous venions d'attiser leur étonnement, et surtout leur curiosité. Ils ne savaient pas à quoi ils devaient se préparer mais ils étaient pressés de le découvrir. Leur relk nous a fait signe qu'on pouvait les faire venir.

— Sak, Xa, Ka ! Venez ici, il n'y a rien à craindre !

Quelques secondes plus tard, une armée de fourrure menée par un jeune Kalii tremblant a émergé d'entre les arbres. Quand les chasseurs ont compris, un frisson les a tous parcourus, mais ils sont restés immobiles, ne sachant probablement pas comment réagir. Leur relk homme a échangé un regard avec Shaat, qui lui a dit silencieusement de s'apaiser. Alors, les Kalii se sont détendus, laissant Sak et les enn se rapprocher d'eux, pas à pas, jusqu'à ce que ceux-ci s'arrêtent non loin, pour jauger les regards des uns et des autres, et leur degré de peur. Il n'était pas nécessaire de se rapprocher trop vite et trop près des chasseurs qui pourraient instinctivement le prendre pour une attaque. Leur approche était donc astucieuse, c'était à présent au tour des Kalii de faire les prochains pas, quand ils le voudraient.

Ils avaient l'air d'hésiter, personne n'osant faire seul le premier pas vers ces créatures habituellement ennemies. Je devais donc leur montrer comment faire : me postant près de Xa, je me suis mise à la caresser délicatement, jusqu'à ce que Mo'An, comme je m'y attendais, courre jusqu'à moi en me sautant presque dessus, avant de se frayer un chemin, à l'aide de sa truffe, sous la paume de ma main. Quand je lui ai donné les caresses qu'elle réclamait, elle s'est mise à me lécher allègrement les mains, puis est remontée jusqu'à mon visage. Les Kalii étaient stupéfaits.

Ils ont tout de même fini par oser, les relk montrant la voie, et peu à peu tous ont fait face aux enn qui offraient leurs museaux en guise de présentation. Une femme a tenté la première de toucher une truffe humide qu'on lui tendait, pour replier immédiatement les doigts après le contact ; mais comme la jeune Vra n'avait pas bougé d'un poil, elle a essayé de nouveau. L'enn lui a léché la main avant de se rapprocher de la Kalii qui s'est laissée faire, et a même fini par la caresser à son tour.

Tous les autres avaient eux aussi fini par s'y mettre, les Kalii caressant, les enn humant et léchant.

— Les présentations sont faites, a soufflé Shaat.

Le jeune Sak'Aín, lui, souriait devant cette scène, qui lui rappelait son hakn. Il était également ravi de vivre avec les enn, et souhaitait comme nous que cela s'étende à tous les hakn Kalii, pas forcément parce qu'il partageait notre idée de vengeance contre les Sukr'in qu'il n'avait jamais rencontrés, mais parce qu'il était fasciné par cette idée de hakn d'espèces différentes vivant ensemble. Il se sentait tellement plus fort ainsi.

40

Au sein du beau campement Reto'Ec'Ima, constitué d'une petite grotte utilisée comme réserve, foyer, et salle de l'ikon'en ; et de tentes en os d'iprokal'in, particulièrement spacieuses et résistantes, nous avons expliqué notre manière singulière de vivre à nos hôtes. La vue que nous avions de cet endroit était magnifique. Les Reto'Ec avaient construit leur camp en haut d'un promontoire de falaises très élevé, qui dominait la petite forêt et la vaste vallée herbeuse. Il y avait un ruisseau qui courait tout le long de cette vallée, mais ils n'avaient pas besoin d'y descendre car, un peu au-dessus de leur grotte, vers la droite, il y avait un énorme bassin dans la roche rempli d'eau de pluie. Il était, paraît-il, régulièrement rempli par les pluies fréquentes et cette fois-ci, il débordait encore grâce à la tempête du dernier Akil, et le trop-plein coulait en ruisselant le long de la pente. Ils avaient trouvé là un endroit parfait.

Une partie de leur hakn découvrait avec fascination ce qu'on leur racontait, comme les Limoni, pendant que leurs enfants couraient avec nos plus jeunes enn, quelques mètres plus loin, sous la supervision de Sak'Aín, et que les autres adultes s'occupaient du gibier.

Je commençais à être habituée aux réactions de tous les humains face à cette bizarrerie, aussi ai-je raconté l'histoire simplement, expliquant qu'il n'y avait aucun danger, et leur laissant le temps de tout assimiler. Avec Shaat, nous avions décidé d'expliquer tout de suite ce que nous avions en tête depuis notre rencontre avec les Limoni, afin de ne pas perdre davantage de temps. Évidemment, cette mission qui était la nôtre ferait croire à tous les Kalii que l'ambition de devenir amis des enn était celle de pouvoir détruire nos ennemis, alors qu'à l'origine, et principalement, c'était une histoire d'amitié. Ça me gênait un peu, mais je ne pensais pas que cette idée puisse être comprise par tout le monde, et depuis les Limoni, c'était notre mission qui prévalait.

Ils nous ont écoutés jusqu'au bout, l'air de plus en plus songeur, particulièrement le relk, Nel'Mara qui, après un instant de réflexion, a dit :

— Nous les Reto'Ec'Ima n'avons jamais eu d'altercation avec les Sukr'in. Mais nous avons entendu beaucoup d'histoires de démêlés avec eux, par des hakn amis.

— Les Ani'Holi, le hakn qui vit sur cette montagne, a continué Ym'Al'Ota, la relk aux cheveux marron, tout en tendant son bras atrophié vers un mont pointu, qui nous ont offert les compagnes de nos trois meilleurs chasseurs, avaient été chassés de leur campement en plaine, qu'ils rejoignent avant la neige, par des Sukr'in. Ils y ont perdu quatre de leurs anciens, dont leur ikon'en. Ainsi, leur haine de ces gens est nôtre également. Nous vous aiderons.

Visiblement, les deux relk avaient des idées séparées sur le sujet. Nel'Mara semblait un homme tempéré, tant dans son discours que dans ses actes. Quand il a commencé à parler, nous ne nous attendions pas à ce qu'il nous réponde positivement. Puis, Ym'Al lui a pris la parole. Cette femme semblait savoir ce qu'elle voulait, et avoir un caractère de prédateur. La quasi-totalité de sa main probablement perdue à la chasse le prouvait. Ainsi que la lueur dans ses yeux.

Mais si les relk étaient partagés sur une idée, cela pouvait créer des tensions ou des difficultés. Nous allions donc avoir besoin du soutien d'une autre personne influente, soit un chasseur meneur, soit l'ikon'en. Ce dernier, qui se nommait If'Anapaloké était un homme, ce qui était possible mais peu courant. Il avait le regard sage que lui conférait son âge, une carrure faible car il était plutôt petit et très maigre, et affublé d'un pied déformé, particulièrement fin et déviant vers l'intérieur. Il était évident qu'il n'aurait jamais pu être chasseur. L'espace d'un instant, l'image de Sak'Aín s'est superposée à celle de l'ikon'en. Et si c'était également son destin ?

Mais je n'ai pas eu plus le temps d'y réfléchir car, ayant accroché mon regard, If a pris la parole pour trancher :

— Je ne pense pas que nous devions nous lancer dans cette idée sans réflexion. Vous avez déjà le soutien d'un hakn avec lequel vous avez réussi. Rien ne dit que les Reto'Ec'Ima seront aussi doués pour amadouer des enn. Ni même d'autres hakn Kalii. Je ne pense pas que ce soit si simple.

Je ne m'attendais pas à une telle intervention, j'aurais pensé qu'entre ikon'en, il me soutiendrait, mais il laissait visiblement plutôt parler ses peurs. Il essayait probablement de protéger son hakn, seulement le jour où ils croiseraient des Sukr'in, ils n'auraient pas toutes les chances. C'est ce que je leur ai dit tout haut. Shaat a appuyé ma remarque. Lui était outré qu'on ose mettre nos paroles en doute et refuser de nous aider. J'essayais de le tempérer en lui glissant que la relk était avec nous. Elle non plus ne comprenait pas les réserves de l'ikon'en.

— Mais enfin, Horre a raison, ce n'est pas parce que nous n'avons jamais subi d'attaque que cela n'arrivera jamais. Nous avons entendu suffisamment d'histoires à ce sujet. Et les Ani'Holi étaient aussi puissants que nous.

Ce fut alors au tour d'un chasseur blond de prendre la parole :

— C'est exact. Le frère de ma compagne, qui était le plus puissant en est ressorti avec de vilaines cicatrices. Une partie de ses eproki est à jamais effacée. Il nous a bien dit à quel point les Sukr'in étaient féroces. Leur hakn à présent ne bouge plus de son campement en montagne. Ils préfèrent encore la neige et la rudesse de l'hiver.

Il y a eu des réactions vives à travers le groupe : les gens s'étaient mis à parler entre eux, vivement, totalement transportés par cette discussion. Shaat m'a regardée d'un air de dire que ce n'était pas gagné.

— Bien, a fait alors le relk. Nous allons tous réfléchir à la proposition d'Horre et de Shaat'An et nous nous réunirons à nouveau demain. En attendant, votre hakn, dit-il en nous regardant, est le bienvenu dans notre campement. Et les halio que nous avons chassés ensemble sans le savoir seront dégustés ce soir.

Ainsi fut-il fait. J'ai invité Sak à me rejoindre pour aider à préparer le repas, en compagnie du reste du hakn Reto'Ec. Tout en échangeant avec deux femmes, qui étaient très curieuses d'en apprendre plus sur nous, j'observais avec fascination leurs habits et bijoux. Comme cela semblait différent et plus fin que tout ce que j'avais pu connaître !

— Je n'ai jamais vu cette couleur, ai-je dit alors, montrant du doigt les manches colorées de Kal'Ika.

— C'est un mélange de deux fleurs que l'on trouve dans mes montagnes.

— Tes montagnes ? Tu veux dire que tu es l'une des femmes offertes par ce hakn ami, les…

— Ani'Holi, oui. Je suis la compagne d'Atil'Ekoí.

— Je vois qui c'est ; il ne s'est pas exprimé lors de la réunion, mais selon son regard, il semblait en parfait accord avec un jeune chasseur blond, à la parole vivace.

Les deux femmes se sont mises à rire. Puis, la sœur de Kal'Ika, Opro'Ika, m'a expliqué :

— Celui-là, c'est mon compagnon, Kri'La'Palak. Et c'est vrai qu'il parle beaucoup, et toujours avec énergie, comme son frère !

— Ainsi, Atil et Kri sont frères. C'est ce que je pensais, ils se ressemblent parfaitement.

— Et ils sont très proches également, comme nous le sommes toutes les deux, a dit Kal tout en regardant sa sœur d'un œil tendre.

Le jeune Sak, qui était resté silencieux pendant tout ce temps, s'occupait de la viande qu'il avait entre les mains tout en gardant quasiment constamment le regard fixé sur les deux magnifiques femmes. Elles avaient toutes les deux de longs cheveux noirs et luisants qui encadraient des visages doux aux traits fins et réguliers. Opro était un peu plus âgée que sa sœur et avait des yeux vert foncé alors que ceux de Kal étaient d'un bleu glacé. La fixer dans les yeux était presque perturbant, en un sens elle ressemblait à une enn. Ce n'était donc pas étonnant que mon petit protégé soit tombé sous le charme. Seulement, si dévisager les gens était toléré chez les plus petits, on ne pouvait plus l'accepter chez un garçon de son âge. D'autant plus qu'ici, cela impliquait une femme unie, et que le compagnon, dans un cas semblable, avait le droit de punir violemment un tel outrage. Et au vu des carrures d'Atil et de Kri, le faible Sak n'avait bien sûr aucune chance. J'ai donc dû le recadrer en le poussant du coude et en appuyant mon regard dans le sien jusqu'à ce qu'il comprenne. En face, les deux sœurs ont fait mine de n'avoir rien remarqué.

J'ai fait ensuite revenir l'attention sur ce qui me passionnait à ce moment : les atours des Kalii de ce hakn.

— J'ai remarqué que vous portiez tous beaucoup de bijoux, sans parler de toutes ces couleurs sur vos habits. Je n'ai pas l'habitude de tant de beauté.

— Nous pourrons te montrer demain comment on s'y prend pour nos habits. Quand les peaux de ces halio seront prêtes, on les trempera chacune dans un jus de couleur différent, avant de les laisser sécher. Puis, on en fera des vêtements avec différents morceaux afin qu'ils soient composés de beaucoup de couleurs. On y ajoutera à la fin de beaux cailloux, que nous aurons également peints, ainsi que des os, ou encore des plumes. Nous avons des réserves des plus beaux objets qu'Akra nous offre, afin de les réutiliser sur nos vêtements, nos armes et nos ustensiles, pour l'honorer.

— Nous avons une ancienne, Ifra, qui s'occupe de créer les couleurs, et de la décoration des ustensiles. Elle le fait depuis toujours et est la plus douée d'entre nous. Nous l'estimons beaucoup.

— Je comprends pourquoi, ai-je acquiescé. Tout dans ce campement est magnifique.

— J'imagine qu'avec la vie que vous menez, a dit Opro'Ika, vous n'avez pas l'occasion de décorer vos habits.

— C'est vrai. Mais Shaat et moi avons tout de même pu accomplir notre eproki, et ainsi rendre hommage aux Malak. Et j'enfouis régulièrement de la viande sous terre pour remercier Akra, puis en brûle afin que son fumet monte jusqu'à Akil et Rana.

— Oui, tu es ikon'en n'est-ce pas ? Tu peux toujours communiquer avec les Malak et les elirha, quoi qu'il se passe.

J'ai acquiescé en silence. Je n'avais pas envie de leur apprendre qu'en effet, je n'avais en réalité besoin de rien pour entre en contact avec eux, car c'était eux qui venaient quand ils le désiraient vers moi. Mais cela m'a fait remarquer que ça faisait longtemps que ceux-ci ne m'avaient plus envoyé de rêves. Qu'est-ce que ça pouvait vouloir dire ? Qu'il n'y avait justement rien à dire ces derniers temps ? Que j'étais sur la bonne voie ?

41

La nuit tombée, nous étions tous rassemblés autour d'un large feu pendant que les enn, dans notre dos, se repaissaient sur les carcasses des halio qui leurs avaient été offertes, encore généreusement garnies de chair. L'ikon'en nous avait offert, à Shaat, Sak et moi, un breuvage de bienvenue, composé de fruits rouges et de quelques plantes sacrées que j'ai toutes reconnues. Après ce cadeau, il a donné leur part aux Malak, puis le festin a pu commencer.

L'estomac de Sak était encore habitué à une nourriture abondante et variée, mais ceux de mon compagnon et moi ont eu plus de mal à bien réagir. Toute cette nourriture était appétissante : il y avait de la viande de halio cuite, des plats de légumes mélangés à des baies, des graines et des herbes goûteuses ; il y avait même du poisson séché et des amr'in et amré. J'ai goûté un peu à tout, mais en petite quantité. Et puis, je me suis rendu compte que j'aurais préféré manger avec les enn. Si les fruits et les légumes passaient encore assez bien, c'était la viande trop cuite qui me semblait peser deux fois son poids dans mon ventre. Il ne fallait peut-être pas trop insister.

Depuis quelques temps, je m'étais aperçue que les maux de ventre que je ressentais régulièrement étaient dus aux repas préparés, tels que la viande cuite, ou une abondance de produits venant des plantes. Il m'avait fallu du temps pour faire le lien, mais depuis que Sak nous avait rejoints, on s'était mis à remanger régulièrement ce genre de nourriture, en plus de celle que les Limoni nous avait offerte, et j'ai compris : nos ventres n'aimaient plus cela !

Quand j'ai eu fini de manger, je me suis tournée vers mon voisin de gauche, qui était Atil'Ekoí. Finissant sa bouchée, il m'a adressé un sourire qui m'a fait un drôle d'effet : il était en coin, et semblait un peu moqueur. Mais ça devait être sa manière habituelle de sourire, car lorsqu'il m'a parlé, ce fut avec respect et sérieux :

— Je trouve courageux ce que vous faites avec Shaat'An. C'est une drôle d'idée, mais plus j'y réfléchis, et plus je trouve que ça peux marcher.

— Je te remercie. Moi, je suis persuadée de la force de cette idée, je sais ce dont les enn sont capables. Ils sont bien plus forts que nous, tu sais !

— Je te crois. D'ailleurs, aucun Kalii ne se frotte volontairement à eux. Tu es bien la première à avoir fait ça !

— Oui, c'est donc à moi de montrer aux autres Kalii que c'est faisable. Mais j'ai bien peur que votre relk, Nel'Mara, ne soit pas convaincu.

Atil prit le temps d'avaler sa bouchée avant de me répondre :

— Il est de caractère très calme. Il aime chasser, mais le fait par nécessité. Il ne voit pas ce qu'il y a d'excitant là-dedans. Contrairement à sa compagne. Elle, aime combattre et chasser. Un peu trop même, c'est ce qui lui a coûté sa main… !

— Que lui est-il arrivé ?

— Une frola. Elle protégeait son petit. Il n'y a que Ym'Al'Ota qui a eu la folie de s'y frotter. Mais comme Nel'Mara te l'a dit, notre hakn n'a jamais eu affaire à des Sukr'in.

Cette réflexion me laissa rêveuse. Ce hakn nous échappait. À voir ma mine déconfite, Atil se mit à rire à gorge déployée. Qu'est-ce qu'il lui arrivait ?

— Ne fais pas cette tête, tout n'est pas perdu. Je peux te dire que mon frère et moi nous sentons concernés,

336

car le premier hakn de nos compagnes a été attaqué par des Sukr'in. Attends donc demain.

À la fin du repas, quand toute la nourriture a été consommée, If l'ikon'en s'est levé péniblement, prenant appui sur son bâton, pour réclamer l'attention de tous. Puis, quand tous les visages ont été fixés sur sa personne frêle et pourtant imposante par sa force intérieure, il s'est rassis, ne pouvant rester debout trop longtemps. Il était sur le point de nous faire partager une histoire ; ma curiosité a été ranimée. De sa puissante voix portante, plutôt aigue, il a brisé le silence de la nuit, dominant le crépitement du feu brûlant entre nous tous, qui attendions silencieusement ses premiers mots :

— C'était il y a très longtemps. Il y avait un hakn qui vivait bien au-delà de ces montagnes. Les Kalii qui le composaient n'étaient pas nombreux, et étaient installés à un endroit ouvert à tous les vents, où tout leur était offert par Akra, mais où le danger était toujours présent. À cette époque, le danger ne venait jamais des Sukr'in – car ceux-ci n'habitaient pas encore sur Akra – mais plutôt des autres hakn Kalii. Il y avait régulièrement des combats entre les différents hakn non alliés, pour le territoire, le gibier ou encore les femmes et les enfants.

« Ainsi, un hakn faible, pour survivre, devait s'allier à un hakn plus fort. Celui dont je vous parle n'était pas invincible. Non loin de lui, au contraire, en vivait un qui était constitué de beaucoup de personnes, et surtout de forts chasseurs, qui aimaient se battre, et dominer. Ils avaient lié amitié avec notre hakn, et n'avaient pas de vues sur leur territoire. Ils ne représentaient ainsi aucun danger immédiat pour eux.

« Au centre de la plaine, dans notre hakn, vivait un jeune ikon'en qui avait grandi avec une fille dont il était très proche par amitié, et dont il rêvait de devenir le compagnon le jour venu.

« Seulement, ce jour n'arriva jamais. Au contraire, les relk décidèrent d'offrir cette Kalii à l'un des jeunes chasseurs de leurs nouveaux alliés, et cette offre a été très bien accueillie par ceux-ci. L'union a été alors célébrée l'Akil suivant. La jeune fille, si elle en fut attristée, avait dû se soumettre à ce choix d'union, et partit vivre au côté de son compagnon.

« L'ikon'en, nommé Eri, se laissa dépérir. Il ne pouvait supporter cette injustice, qu'on lui enlève cette femme qu'il aimait, même s'il savait qu'elle ne vivait qu'à une journée de marche et qu'en tant qu'ikon'en, il était toujours bienvenu chez eux.

« Puis, un jour, il se rappela ce dont sa maitresse ikon'en lui avait parlé un jour. Elle disait qu'il existait dans un endroit lointain une fleur, qui avait un pouvoir unique : celui d'empêcher l'elirha d'une personne morte de rejoindre Rana. »

Toute l'assemblée autour du feu a été parcourue d'un frisson et secouée d'effroi. Quant à moi, j'étais curieuse de connaître la suite, même si j'avais déjà compris de quel genre d'elirha il s'agissait :

« S'il faisait boire la décoction à sa bien-aimée, en même temps que lui, avant de la tuer, elle ne serait plus la compagne de ce chasseur qui croirait qu'elle aura rejoint Rana. Puis, son elirha, coincé sur Akra, pourrait rester à jamais sur Akra, près d'Eri, dans ses rêves, ou ailleurs…

« L'ikon'en d'Eri lui avait bien dit que cette plante était une punition et ne devait en aucun cas être utilisée, seulement le jeune Kalii était désespéré.

« Il partit donc le lendemain de sa décision, seul, vers ces territoires lointains dont il avait entendu parler, mais qu'il n'avait jamais vus. Sur son chemin, il rencontra différents hakn qui l'accueillirent ou bien le menacèrent, il évita le contact avec maints prédateurs, et tous ces animaux dont il ne connaissait pas l'existence et dont il se méfia instinctivement. Il remplit sa besace avec toutes ses plantes nouvelles qu'il découvrit avec fascination. Quand il avait faim, il chassait, quand il avait soif, il s'arrêtait à un ruisseau. Pour mesurer la course du temps, il levait les yeux vers Akil ; puis un jour il ne réussit plus à compter, il ne pouvait plus dire depuis combien de jours il avait quitté son hakn. Ses chevaux et sa barbe s'allongeaient interminablement.

« Il finit par se demander si l'endroit qu'il cherchait existait vraiment, jusqu'au jour où le pic enneigé à la forme si particulière apparut devant le ciel. Il l'avait trouvé. Péniblement, ses pas le menèrent le long de la montagne, à travers la neige et la glace, sur le chemin de bêtes étranges, jusqu'au sommet où, à l'orée d'une grotte, sur un petit bout de sol épargné par la terre blanche et froide, poussaient plusieurs de ces petites fleurs dont on lui avait fait la description. Remerciant Akra, envahi par le bonheur, Eri en cueillit quelques-unes, les plus belles, et pu enfin repartir vers son hakn, si loin à présent.

« Le chemin du retour a été aussi long que celui de l'aller, et quand il parvint finalement à rejoindre l'endroit qu'il avait quitté, son corps était frêle et courbé, ses cheveux blancs comme la neige.

« De son hakn, il ne restait plus aucune personne qu'il connaissait, en dehors de la petite Haron, qui était devenue une ancienne. Ce fut elle qui le reconnut et fut à la fois stupéfaite, heureuse et triste de le revoir.

« Pourquoi triste ? Car elle savait l'amour que le jeune Eri portait il y a si longtemps à la petite Oré, qui avait durant tout ce temps grandi, eut des enfants, puis avait rejoint Rana, avec tous ceux qu'avait connu Eri.

« S'il n'était pas parti, avec cette idée qui était une offense à Rana'Akra, il aurait vécu une vie heureuse non loin de la belle Oré, et aurait eu une compagne, qui aurait eu des enfants. Car telle est la vie d'un Kalii. »

If'Anapaloké venait d'achever son histoire, qui laissait tout le monde songeur. J'imagine qu'ils avaient tous dû s'attendre à une belle histoire, et non pas à un récit si plein de mauvaises choses. Eri n'était pas le genre de personnage auquel on aimait s'attacher et duquel on pouvait prendre plaisir à répandre l'histoire.

Les Reto'Ec n'avaient visiblement pas saisi à qui véritablement ce récit était destiné.

Le parti pris de l'ikon'en n'arrangeait pas notre affaire. J'avais espéré qu'il aurait soutenu un autre ikon'en, et cela nous aurait offert un allié de poids. On se retrouvait finalement, à la fin de cette soirée, avec le relk et l'ikon'en contre notre idée, et la relk ainsi que deux chasseurs avec nous. Une décision devait être prise par les deux relk ensemble pour être acceptée. Il n'y avait plus qu'à attendre le prochain réveil de Rana et essayer de dormir calmement.

— Notre décision a été prise. Nous voyons bien que vos enn ne sont pas dangereux, mais nous ne voyons pas l'intérêt que nous, Reto'Ec'Ima, aurions à agir comme vous. Nous sommes alliés aux Ani'Holi, et donc en mesure de nous défendre lors d'une éventuelle attaque de Sukr'in.

Nel'Mara venait de trancher. Je ne m'attendais pas à un refus aussi catégorique ; cela a fait monter la colère en moi. Je savais que Shaat ressentait la même chose. Seulement nous n'avions aucun droit sur ce hakn, et ne pouvions que nous retirer avec calme.

— Je suis certaine que vos deux hakn sont très puissants. Nous vous remercions de votre hospitalité et allons poursuivre notre route.

42

— Mais pourquoi est-ce qu'ils ont dit non ? m'a interrogé Sak'Aín dont les yeux brillaient de dépit.

— Je pense qu'ils ont peur, on ne peut pas les blâmer. Et ils ne font probablement pas confiance aux enn.

— Ils sont stupides ! s'énervait-il.

— Pas tous, beaucoup d'entre eux étaient de notre côté. Je crois que c'est l'ikon'en qui a imposé son avis.

Sak a eu un soupir de dégoût.

— Celui-là, ha ! Je préfère quand ce sont des femmes, les ikon'en, elles sont bien plus sages !

Sa réflexion m'a fait sourire :

— Tu dis ça parce que les deux seules ikon'en que tu as connues sont des femmes, et que tu n'as rien à leur reprocher.

— C'est vrai. Je n'ai rien à te reprocher à toi parce que tu as de bonnes idées.

— Elles ne sont pas si bonnes visiblement, puisque tous les Kalii n'y adhèrent pas…

— Ce ne sont pas les seuls Kalii sur Akra. Nous réussirons avec d'autres, dit alors Shaat, pour me soutenir.

«Alors que nous étions déjà en marche avec nos enn, depuis une demi-journée, nous avons été hélés par des voix derrière nous :

— Horre ! Shaat'An ! Attendez-nous !

Quelle surprise ! Atil'Ekoí, Kri'La'Palak, Kal'Ika, et enfin sa sœur Opro'Ika s'approchaient de nous au pas de course, équipés comme pour partir en expédition.

— Que faites-vous ? leur ai-je demandé quand ils se sont retrouvés, essoufflés, devant nous. Est-ce que vous nous avez suivis ?

Atil n'a pas repris son souffle avant de nous expliquer, entre deux bouffées d'air :

— C'est notre relk... Ym'Al'Ota... qui nous a autorisés à vous... rejoindre. Elle veut... que nous vous aidions.

Sak, Shaat et moi nous sommes regardés, ébahis, sans savoir que dire. Nous nous sommes tous assis un moment pour boire et nous reposer pendant que les enn les plus curieux venaient s'étonner et renifler les nouveaux arrivés. Mo'An, comme à son habitude, est venue s'assoir contre moi.

— C'est réellement incroyable cette relation que vous avez avec eux. Ça nous a tous étonnés, a dit Kri.

— Mais certains pensaient que ça ne pouvait pas durer, et qu'un jour ces enn se retourneront contre vous, s'ils ont faim par exemple... a continué Opro.

— C'est faux, nous sommes un vrai hakn et avons traversé des hivers ensemble. Si vous aussi avez peur, je peux vous assurer qu'il n'y a pas le moindre danger.

Mais dans leurs yeux ne se lisait pas la peur. Plutôt l'excitation, comme il y en avait dans les yeux de Sak au début.

— Finalement, nous ne sommes pas venus chez vous pour rien, c'est bien, a fait Shaat'An, satisfait. Nous devons décider de ce que nous allons faire à présent. J'ai pensé que nous pouvions aller visiter votre hakn de naissance, Opro et Kal, puisque eux savent de quoi les Sukr'in sont capables.

— Ils seraient d'accord, très certainement, répondit Atil, mais notre relk nous a défendus d'aller les voir, car les Reto'Ec sont probablement à notre recherche et ne seraient pas heureux de découvrir que nous sommes avec eux et que leurs alliés ont accepté ce qu'eux ont refusé. On va donc devoir faire sans eux.

C'était dommage, on aurait été très bien accueillis avec nos nouvelles recrues puisqu'ils se connaissaient et ça nous aurait donné plus de chances qu'ils soient d'accord. Mais qu'importe, il y avait bien d'autres hakn à rencontrer.

Nous avons repris la route, plus nombreux qu'au petit matin. Shaat et Atil discutaient :

— J'ai été déçu de recevoir un refus. C'était comme si nous étions nous-mêmes les ennemis.

— Tu ne peux pas croire que tous les Kalii aient ta force Shaat'An ! Tu as vécu trop longtemps loin d'eux, et Akra a mis sur ton chemin une femme exactement pareille à toi. Ainsi tu as une trop haute opinion de ta propre espèce.

— Tu dois avoir raison. Mais il existe tout de même des Kalii qui partagent notre idée. Nous avons eu de la chance de tomber en premier sur les Limoni. J'espère qu'ils s'en sortent bien avec leurs enn.

— Ils étaient fascinés par eux, m'immisçais-je. Je suis certaine qu'ils portent notre mission de leur côté à présent.

Puis, Sak à son tour s'est joint à nous :

— Que pensez-vous que nous devrions faire avec le prochain hakn que nous rencontrerons ? Puisque le premier était totalement d'accord et a pu apprivoiser ses propres enn, et qu'au contraire le deuxième a refusé. Mais quatre des leurs nous ont tout de même rejoints.

— Tu veux dire que s'ils sont réticents, on pourrait uniquement leur demander un ou deux chasseurs ? Je ne suis pas sûre que des relk puissent accepter ça… ai-je dit, réfléchissant à cette idée.

— Tu oublies que notre relk à nous était d'accord. On peut ne leur demander qu'un seul Kalii, s'ils sont nombreux et ne sont pas tentés d'essayer d'apprivoiser des enn.

— Même un enfant, a repris Kal'Ika. Après tout, il y en a un parmi nous.

343

Sak n'était pas ravi d'être vu comme un enfant par la belle Kal'Ika mais il a serré les dents pour ne rien laisser paraître.

— Et puis, même s'ils n'acceptent pas tout de suite, l'envie pourrait leur venir plus tard, ou encore ils en parleront à leurs hakn alliés, qui seront eux avec chance tentés d'essayer d'avoir leur propres enn. Rien qu'en passant le mot, l'idée pourrait s'étendre. Et notre hakn continuerait à s'agrandir, sans même qu'on s'en rende compte.

Toutes ces réflexions m'ont semblé très intéressantes. Je sentais que ce qui n'était au début qu'un hakn d'enn devenait de plus en plus fort, et j'étais enchantée de vivre à nouveau entourée de Kalii. J'adorais ce hakn et cette vie.

La nuit tombée, on a été assez éloigné des Reto'Ec pour établir un camp. Un petit feu a été allumé pour nous réchauffer et éloigner les ténèbres. J'étais très fière car les filles venaient de m'offrir l'une de leurs tuniques bariolées, et un collier de dents de patr'il. À côté de mes tenues habituelles, faites uniquement pour le confort, elle était somptueuse et égayait la vue.

Tous admiraient ma nouvelle image. Il n'y avait que Shaat'An qui ne trouvait pas cela nécessaire, mais a été malgré tout sensible à la beauté.

Opro'Ika a ensuite tourné son regard vers les enn qui s'étaient assoupis près du feu, le ventre offert à la chaleur.

— J'ai cru comprendre que vous appelez cette enn à la tête blanche Mo'An. Est-ce que tous ont un nom ?

— Oui, les deux relk se nomment Ka et Xa, et l'enn de Sak, Eik.

— Mais est-ce qu'ils connaissent leur nom, et y répondent, comme n'importe quel Kalii ?

— Ceux que nous appelons le plus souvent, comme ceux dont je viens de te parler. Pour certains autres par contre, non, ils ne connaissent pas vraiment le nom qu'on leur a donné. »

Puis, Opro a posé une autre question qui l'intriguait :

— Et vous parlez entre vous également. Comment est-ce possible ?

— Au tout début, quand j'ai intégré leur hakn, je les ai longuement observés. J'ai peu à peu mis une définition sur certains grognements et gestes. Car ils parlent avec tout leur corps : queue, oreilles, positions. Je me suis entraînée à recopier ce que je voyais. Ils étaient étonnés au début, puis ils ont compris que j'essayais de leur parler, et ce que je voulais leur dire. Et puis, progressivement c'est moi qui leur ai appris mon langage. Depuis Shaat et moi leur parlons dans les deux langages.

— Et toi Sak'Aín, est-ce que tu leur parles ? lui a demandé Kal.

— Eux comprennent les mots Kalii, mais je n'ai pas encore intégré tous leurs grognements.

— Alors, nous apprendrons ensemble !

Ce n'était pas grand-chose, mais ça a suffi à faire sourire Sak de contentement. Je me suis dit que ça pourrait devenir utile d'accueillir une jeune Kalii dans notre hakn.

Atil, dans son coin, réfléchissait silencieusement tout en faisant griller un petit morceau de viande de halio piqué au bout d'un bâton. Après avoir laissé refroidir et avalé sa viande, il nous a fait partager sa pensée :

— Tous les enn ont un nom, comme des Kalii. Mais tous les hakn Kalii ont également un nom. Comment ce fait-il que celui-là n'en ai pas ?

Cette question était pertinente. En réalité ni moi ni Shaat n'y avions jamais songé.

— Tu as raison. Maintenant que nous sommes si nombreux, nous ressemblons vraiment à un véritable hakn. Mais quel nom nous donner ?

Chacun y a réfléchi un instant, sauf Atil qui semblait-il avait déjà la réponse. Je lui ai demandé ce qu'il avait en tête.

— Le nom me semble évident, nous sommes un hakn de Kalii et d'enn…

— … Kalii'Enn ! a fini Kri dans la même pensée.

43

Le chemin sous nos pieds était devenu plus escarpé, on évoluait essentiellement au milieu de rochers et de cailloux, obligés de calculer nos pas et de s'aider de nos bras, appuyés contre la roche. Ça montait, ça descendait, même les enn finissaient par être lassés. Mais c'était plus pour Sak'Aín que je m'inquiétais, je le voyais devant moi traîner des pieds, sur des jambes qui tremblotaient. Shaat'An lui avait pris sa besace pour l'alléger mais malgré tout, ses forces s'épuisaient trop rapidement. Jusque-là, il ne nous avait pas vraiment ralentis, plutôt efficace sur terrain plat et porté par sa motivation. Seulement aujourd'hui, la marche commençait à l'user et ne lui arrangeait pas l'humeur, le faisant pester de plus en plus haut. Tous les adultes se sont offert chacun leur tour pour le soutenir, l'aider à grimper ou le retenir dans une descente jusqu'à ce que Shaat, irrité par la mauvaise humeur du garçon maladif, n'ordonne une pause. Les enn ne se sont pas fait prier, ce sol non plus n'était pas ce qu'ils préféraient, aussi ils en profitèrent pour s'allonger le long des pierres chaudes et plates.

Le ciel était d'un bleu éclatant au-dessus des roches roses, sans aucun nuage, et Rana, elle, était en pleine forme ; on pouvait ressentir la chaleur émanant de la roche à travers les semelles de nos chausses.

Le moment était propice à une gorgée d'eau ; j'en ai avalé une de ma gourde puis ai fait passer celle-ci à Sak qui la vida presque. Parfois, l'allure de ce garçon devenait inquiétante : sa peau était si pâle qu'elle semblait transparente, et ses yeux bleus de glace luisaient sous Rana si froidement que je sentais mon cœur se faire transpercer. Il avait aussi, au niveau des joues, des poignets et des jambes, des veines bleues qui lui dessinaient ses propres eproki, plutôt uniques.

Et puis, quand en plus de cela, tout son corps se mettait à trembler comme s'il avait froid, je me demandais s'il allait voir le prochain lever de Rana.

Shaat disait qu'il ne fallait pas le prendre en pitié et agir envers lui comme s'il n'était toujours qu'un tout petit, mais bien lui montrer qu'il était un garçon comme les autres, et donc le préparer à son rôle de chasseur. Il devait travailler sa force et son endurance puisque c'était là ses deux principaux points faibles. Cette manière d'être si dur avec les enfants pourrait sembler excessive, mais c'était au contraire le meilleur moyen de les préparer à la survie.

— Dis donc Sak, a soudain appelé Kri depuis son promontoire un peu plus loin du groupe. Est-ce que ce n'était pas ta première chasse qui avait été dérangée net quand on s'est rencontrés ?

Étonné de cette question, Sak lui a répondu par un petit signe de tête dubitatif, auquel le Kalii blond a répliqué par un autre geste, qui lui disait de le rejoindre. On a tous été si curieux qu'on a rejoint tous ensemble Kri, au côté de qui Mo'An et Bur étaient déjà allongés, les oreilles droites, guettant quelque chose que nous ne pouvions pas encore voir :

— Des ad'en, a reconnu Sak'Aín. Quoi, tu veux les chasser ?

— Non, pas tous.

— Je ne suis pas certaine qu'on ait besoin de beaucoup de nourriture, ai-je soufflé, le ventre toujours tiraillé depuis le repas chez les Reto'Ec'Ima.

— On n'en tuera qu'un, a expliqué Kri. Et c'est Sak qui va s'en occuper. Ce sera sa première chasse.

— Tu te sens de le faire ? me suis-je inquiétée.

Le jeune Kalii avait été pris de court, mais en voyant ce hakn paisible d'ad'en juste en dessous de lui, il se dit qu'il pouvait le faire. Voyant son air d'approbation, Atil a rejoint le reste des enn qui gardaient notre équipement, pour y récupérer la lance de Sak et est revenu pour la lui donner.

Excités par cette chasse improvisée, les deux frères ont donné leurs conseils à notre jeune chasseur, pendant que nous autres, avec les deux enn, nous étions postés un peu plus haut pour ne pas le gêner et avoir une belle vue sur les bêtes, qui ne se doutaient encore de rien, broutant les quelques herbes qui poussaient entre les cailloux.

Au bout d'un moment qui a paru bien long, Atil et Kri en ont fini avec leur bavardage, et ont laissé Sak prendre les choses en main. Il avait choisi sa cible, ne se concentrait plus que sur elle, oubliant tout ce qu'il y avait autour, et a préparé son bras au lancer. Contrairement à ce à quoi je m'attendais, ce bras ne tremblait pas, et la lance restait stable. Il n'avait plus qu'à la propulser de toutes ses forces, ce qu'il a fait bientôt, et dans un bruit sourd, l'un des ad'en s'est soudain écrasé sur le sol. Immédiatement tous les autres se sont affolés et n'ont pas été longs à disparaître au loin, derrière les rochers. L'animal mort formait une tache brune sur le rocher, transpercé du bâton, et a lentement commencé à laisser s'écouler une rivière de sang, qui s'est frayé un passage sinueux entre les grains du rocher.

Mo'An et Bur, ne se tenant plus, avaient dévalé la pente pour rejoindre le cadavre, pendant que tous les Kalii hurlaient en cœur. Notre plus jeune chasseur était désormais un adulte et avait gagné respect et place au sein du hakn Kalii'Enn.

Avant que les enn excités ne déchiquètent son trophée, on s'est dépêché de les rejoindre pour les pousser sur le côté. Kal était partie chercher des couteaux et elle est revenue avec le reste des enn, curieux.

— À toi, Sak.

La Kalii lui a tendu les couteaux pour qu'il procède au dépeçage. Nous l'avons aidé à laisser la fourrure attachée aux cornes et au haut de la mâchoire, afin qu'il puisse porter fièrement la preuve de sa chasse et revête l'esprit de l'ad'en. Il allait avoir fière allure !

On a distribué ensuite les quartiers de viande entre tous, le cœur revenant au chasseur, même si nos nouveaux venus ont eu un peu de mal avec la viande saignante, et moi et Shaat, avec ce trop plein de nourriture. Mais la cérémonie était accomplie et les yeux de Sak'Aín brillaient de fierté. C'était une belle journée.

Le lendemain, au contraire, a été moins joyeux car Oha, le plus vieil enn du hakn, s'est soudain effondré, mort. C'était la première mort naturelle que je connaissais dans ce hakn, en dehors des quelques nouveau-nés qui n'avaient pas passé leurs premiers jours, et la tristesse a été grande. Les autres enn s'étaient tassés autour de son corps pour le renifler, et le pousser du bout de leurs museaux, comme pour le réveiller, puis ont fini par s'en détacher, nous regardant et guettant nos réactions. On ne savait pas trop ce qu'il s'agissait de faire lors de la mort d'un frère enn, alors on a dû en décider. En voyant Sak porter le trophée de fourrure surmonté du crâne de l'ad'en, accroché au-dessus de ses cheveux, on a eu l'idée de faire de même avec Oha. Après tout, cela se faisait régulièrement avec les enn que des Kalii pouvaient tuer, leur fourrure épaisse offrant un excellent manteau.

Shaat s'est chargé de la tâche de dépeçage, puis je me suis mise à découper un morceau de chair dans les flancs de l'enn, après avoir demandé aux autres de préparer un petit feu. Quand ce fut fait, j'ai placé le morceau de viande, accroché au bout d'un bâton, au milieu des flammes. Nous l'avons tous regardé se consumer, lentement, jusqu'à ce qu'il n'en reste rien.

Les enn avaient observé en silence notre manège puis, n'y tenant plus, Ka s'est levé, s'est approché de la carcasse et a entrepris d'y manger. Personne n'a eu le temps de réagir car aussitôt après, Xa l'a rejoint et imité. Après eux, les plus petits qui se nourrissaient déjà de viande s'y sont mis, et ce fut à notre tour. On a tous hésité un instant, et puis ça nous a semblé la chose à faire. Pas vraiment morts de faim, on s'est juste servi d'une bouchée directement avec nos dents, comme les enn, nous retrouvant le visage visqueux et rougi, et avons laissé nos places. Les derniers servis, il fut temps de repartir.

Après des pluies abondantes qui ont duré quelques jours et nous ont gêné dans notre progression, Rana est revenu nous offrir de nouveau sa chaleur, perçant par intermittence entre la course des nuages. La saison chaude était à son apogée, mais les froides suivraient inévitablement, et cette perspective nous poussait de plus en plus urgemment à rencontrer de nouveaux Kalii. Nous avions envie de nous agrandir avant que la neige n'arrive, mais la chance ne suivait plus, n'ayant mis personne sur notre route. Pourtant, on cherchait avec ardeur, évitant les montagnes, préférant les plaines et les forêts, évidemment près de cours d'eau. On avait bien une fois traversé une carrière de pierre, dans laquelle traînaient quelques éclats taillés et un vieux manche de lance mais, s'il y avait un hakn dans les parages, il fut introuvable, même avec le flair des enn. Nos pas nous avaient conduits dans une mauvaise région, très peu habitée.

Vers la fin de la journée, nous nous étions arrêtés près d'une cascade dont la falaise offrait plusieurs petites cavités rocheuses, qui devaient pouvoir tous nous accueillir, du moins en petits groupes. J'aimais bien les cascades, leur bruit assourdissant et ces magnifiques couleurs qui apparaissaient parfois. Mais ce soir, il n'y en avait pas. Si on était arrivé plus tôt dans la journée, je me serais mise sous l'eau qui tombe, et les autres aussi étaient tentés. Il n'y avait que les enn qui s'en méfiaient et n'osaient s'approcher que de la rivière, pour y laper l'eau plane, avant de s'éloigner.

— Qu'as-tu senti, Mo'An ?

L'enn venait de renifler quelque chose, et n'était pas la seule. D'autres se sont mis avec elle à grogner sourdement, tout en regardant au loin. Shaat venait de le remarquer et m'a accompagnée pour découvrir ce dont il s'agissait. Il n'y avait pas beaucoup d'arbres par ici, essentiellement de larges buissons, ainsi la vue était plutôt découverte. Comme la lumière de Rana était encore suffisante, nous ne nous étions pas pressés pour allumer un feu, ce que j'interdis alors vivement à nos compagnons. Nous ne devions pas annoncer notre présence. S'il ne s'agissait que d'animaux prédateurs, le feu était évidemment notre meilleure arme, mais à voir l'attitude des enn...

Des Sukr'in, c'était bien ça. Ce n'était qu'un tout petit hakn, à peine plus de personnes que de doigts dans deux mains. Ils avaient un campement très développé, composé de petites tentes et d'une très grosse au centre, faites d'ossements et de branches recouvertes de terre. Vu la taille des installations, c'était prévu pour plus de monde.

— Un groupe est parti, avançais-je en chuchotant.
— ... ou est mort ?

Le campement n'était pas très loin de la cascade, et je pense que c'était le bruit de l'eau qui nous a permis de passer inaperçu. Mais j'ai eu peur un instant qu'ils aient besoin d'eau et viennent jusqu'à nous pour en prendre. La seconde d'après, j'ai réalisé que le ruisseau passait tout près d'eux et qu'on ne va généralement pas chercher de l'eau en pleine nuit, si tant est que les Sukr'in réfléchissent comme nous.

Nous sommes repartis près de nos compagnons pour leur expliquer, pendant que Mo'An et Sali le roux montaient la garde.
— Combien sont-ils ? a demandé Atil.

Shaat lui a montré avec ses doigts pour ajouter :

— Il y a quelques anciens et quelques enfants. On ne sait pas où est le reste de leur hakn. Mais en imaginant qu'ils doivent revenir, si nous voulons faire quelque chose, c'est maintenant.

— Tu veux les attaquer de nuit ? On n'y verra rien ! a objecté Kri.

— Mais les enn, si. Et dans quelques temps, Atil va se lever et briller. Nous nous serons habitués à l'obscurité, alors qu'eux seront endormis. Je ne vois pas de quoi tu as peur.

— Je n'ai pas peur ! a rétorqué Kri, vexé.

Avant que la discussion ne bifurque vers une autre voie, j'ai pris la parole pour régler l'idée et l'échange :

— On va attendre, comme Shaat l'a dit, que les Sukr'in soient endormis. Aucun d'eux ne devra survivre. Quand ce sera fait, on s'emparera de leurs vivres, des armes et des vêtements qui pourraient nous servir, et on devra s'éloigner de cet endroit le plus loin possible.

À cette remarque, mes compagnons ont réagi avec étonnement, immédiatement suivi de compréhension :

— Je n'y avais pas pensé, a fait Opro. C'est vrai qu'on ne pourra pas rester ici après l'attaque, si jamais le reste de leur hakn revient cette nuit.

— C'est peu probable, mais il vaut mieux prendre nos précautions, a terminé Atil.

44

Ainsi fut-il décidé. Les enn ont été avertis de ce que nous nous apprêtions à faire, et ont ensuite attendu patiemment à nos côtés que Rana et les Sukr'in soient profondément endormis. Contrairement à ce que Kri avait craint, la lumière subtile d'Akil qui venait de se lever suffisait à nos yeux qui s'étaient faits à l'ombre, et percevaient plutôt bien les formes immobiles des tentes en aval du ruisseau.

Tout était sombre et immobile autour de nous, hormis la cascade qui projetait inlassablement ses flots assourdissants derrière nos dos. C'était ce bruit qui nous avait tous gardés éveillés, jusqu'au moment choisi.

Quant tout est resté calme pendant un long moment, et donc sûr, j'ai donné le signe du départ. Alors, à la queue leu leu, tous derrière moi, mes Kalii'Enn ont glissé dans l'obscurité jusqu'au campement ennemi. Tous les Sukr'in étaient couchés dans la grande tente du milieu, qui possédait deux ouvertures qui se faisaient face dans la longueur. Nous allions pénétrer des deux côtés et leur couper toute retraite, un petit groupe assurant la garde dehors, pendant que nous nous occuperions de notre mission à l'intérieur.

J'étais entourée de Xa et Mo'An quand j'ai soulevé la tenture qui protégeait l'entrée. D'un coup d'œil, j'ai vu Shaat de l'autre côté faire de même, et tous les Sukr'in, étalés les uns contre les autres sur des peaux, ne se doutaient de rien. Les enn, pour ceux que nous avions choisis, sont rentrés dans le silence prodigieux dont ils sont capables, et se sont rapprochés des dormeurs, humant l'air dans leur direction. Xa et Ka les ont retenus, attendant le signal. Un peu en retrait, et effrayé, se tenait un Sak'Aín hésitant, caché sous ses cornes d'ad'en, qui se balançait d'une jambe à l'autre, n'osant ni approcher, ni même respirer. Depuis sa première chasse, il était considéré comme un chasseur adulte, mais évidement, la réalité était un peu différente. D'habitude, il accomplissait tout avec motivation, mais cette nuit on s'apprêtait à attaquer de sang froid, ce qui le mettait mal à l'aise.

C'était Shaat'An qui était le plus près de lui, aussi je lui ai fait signe de prendre le garçon à ses côtés, car celui-ci se devait de participer. Après quoi j'ai fait un rapide tour de mes compagnons Kalii et enn par le regard pour m'assurer de leur réactivité, puis le signal a été lancé.

Dans un assemblement de cris aigus, tout le monde s'est jeté sur les proies, tous crocs et couteaux dehors. Le premier Sukr'in qui s'est retrouvé sous ma lame était un vieil homme qui dormait recourbé et qui a rejoint Rana sans s'y être attendu. Autour de moi, j'entendais des bruits de mâchoires qui claquaient et se refermaient sur de la chair, ou bien de lames qui déchiraient des vêtements et de la peau. Ce fut quand mon couteau a fait jaillir du sang par la gorge de ma deuxième proie, que des hurlements d'enfants ont résonné dans la tente. Deux petits s'étaient réveillés et retrouvés face à ce mauvais rêve. Un instant, j'ai eu pitié d'eux, avant que Shaat'An n'en fasse taire un, et oblige Sak'Aín à s'occuper du deuxième, ce qu'il a fait avec des mains tremblantes. Bondissant de toutes parts, les enn mordaient allègrement tout morceau Sukr'in qui se retrouvait devant leur mâchoire, répandant du sang absolument partout, jusque sur les murs. Et plus le sang coulait, plus les Kalii'Enn se déchaînaient. Ils ne regardaient même plus si la proie avait succombé, frappant au hasard, violemment, sans retenue.

Puis, au bout d'un moment il n'y a eu plus rien à mordre : tout ce qui bougeait, c'était nous, qui nous agitions inutilement, comme des souffles de vent sur une plaie déserte. Le petit Sak'Aín, éclaboussé de rouge, avait les yeux exorbités, le poing serré sur son couteau, tremblant en même temps que les battements hachés de son cœur. Les adultes Kalii, quant à eux, étaient plus apaisés. À présent que c'était terminé, ils avaient repris leurs esprits assez vite, tout comme les enn qui, eux, inspectaient de leur odorat les corps qui gisaient, puis le reste de la tente.

C'était la première fois que je voyais nos nouveaux compagnons se battre, et j'ai été satisfaite : ils étaient tous efficaces et n'avaient pas peur.

— Sak'Aín, est-ce que ça va ?

Le garçon a regardé Kal qui lui avait posé la question mais ne lui a répondu que par un signe, incapable de parler.

— Vous avez vu le nombre de fourrures qu'ils ont ? a dit Atil du fond de la tente où il avait commencé à fouiller. Si on se sert, ce sera ça de moins qu'on aura à faire avant l'hiver.

— Alors, Kal, vois avec ton compagnon ce qu'on peut prendre, pendant que nous, nous allons voir ce qu'il y a dans les autres tentes.

Les autres Kalii m'ont suivi à l'extérieur, Mo'An sur mes talons sautillait d'excitation. Elle a ouvert ensuite le chemin pour me mener vers la tente qu'elle venait de choisir. Sans grande surprise, à l'intérieur, il y avait les réserves de nourriture, impressionnantes, bien plus que ce que l'on pouvait transporter. Sur moi, j'avais une besace que j'ai pu remplir, principalement de viande et de poisson, tandis que sur une pierre, dans un coin sombre, deux larges sacs destinés à cette fin trainaient. Je n'avais qu'à me servir. L'enn à tête claire ne s'est pas gêné non plus, mais pour son usage personnel et immédiat.

— Horre, tu devrais voir ça.

Opro'Ika venait de pousser la tenture de la réserve pour passer la tête par l'ouverture. Son visage s'effaçait au milieu de sa chevelure noire et épaisse, aussi je ne pouvais pas lire ce qu'il affichait.

— Quelque chose de grave ?

— Non, ne t'inquiète pas. Alors, la nourriture est ici... tu as besoin d'aide ?

— Occupe-toi de sortir ces sacs, je vais voir ce dont tu me parles.

Pas besoin de lui demander où je devais aller, car tous les Kalii et leurs compagnons enn étaient regroupés autour de la tente protégée par un crâne de frola planté sur un tronc d'arbre. En me voyant approcher, Shaat a levé son bras qui tenait un autre crâne que je ne distinguais pas de là où je me tenais. Par contre, je voyais l'air irrité qui déformait les ombres de son visage, comme ceux des autres d'ailleurs. De plus près, il m'est apparu que c'était un crâne de Kalii : cette forme allongée n'avait rien à voir avec une tête aplatie de Sukr'in. Découvrir des restes de l'un des leurs n'aurait pas été très étonnant après tout, peut-être qu'ils ne rendaient pas leurs corps à Akra, ne la vénéraient pas. Cela aurait expliqué leur différence et leur méchanceté.

Mais la surprise n'était pas terminée : à l'intérieur il y en avait sept autres. Sept crânes de Kalii qui n'avaient pas été mis sous terre. La plupart d'entre eux avaient des morceaux en moins et étaient recouverts de traits sombres qui devaient être de la peinture.

Il y avait, disposés contre le mur circulaire de la tente, une multitude de crânes, d'animaux cette fois, de bols, de sacs, d'ustensiles tels couteaux et pilons, des réserves de plantes et racines, de terre. Beaucoup de pierres peintes de différentes tailles étaient placées selon un ordre visiblement établi, depuis l'entrée jusqu'autour du feu éteint. Appuyé contre le mur, un long bâton trônait au bout duquel étaient accrochées deux ailes d'apk vieillies, ainsi que le bec de

357

l'oiseau, entouré de quelques plumes sombres. Posé à ses pieds, en boule, j'ai reconnu une fourrure d'enn qui était brodée d'une multitude de plumes, donnant à l'ancien habit d'enn un aspect étrange, presque ridicule.

Les quelques enn qui étaient rentrés – les relk, Mo'An, Eik et Bur – reniflaient chaque chose l'une après l'autre, les oreilles pointées en avant, pendant que les Kalii, comme moi, observaient silencieusement, de là où ils se tenaient, l'antre de l'ikon'en Sukr'in.

— Ils gardent toutes les proies qu'ils tuent en trophée, même les Kalii.

— Mais qu'est-ce qu'ils font avec tout ça ?

— Ce n'est pas le plus étrange, ai-je dit, attirant l'attention pas ma remarque curieuse. Avez-vous vu le crâne de frola devant la tente ? Et le bâton décoré d'un apk? Il y avait aussi un manteau fait avec une fourrure d'enn décorée de plumes. On pourrait penser que l'animal qui les représentait était le frola. Mais alors pourquoi leur ikon'en portait les représentations de deux autres animaux ?

— Ils auraient plusieurs totems ?

— Qu'est-ce que ça veut dire ?

Je n'avais pas de réponse, je m'interrogeais.

— Le totem représente la force, l'atout du hakn.

— Alors, s'ils en ont plusieurs, hasarda Shaat'An, c'est qu'ils ont la force de tous ces animaux.

Tous les Kalii ont été secoués d'un frisson. L'idée était effrayante… !

— Ils ne peuvent pas être aussi forts que ça, réalisait Opro'Ika. On les a tous tués sans problème. J'ai cru comprendre que l'un de leurs totems était l'enn. Un vieil enn sourd aux pattes cassées alors.

— Hum… mais cette fourrure était couverte de plumes d'apk. Ça enlève peut-être les pouvoirs de l'enn… ai-je murmuré.

— C'est peut-être ça, a dit soudain Atil. Peut-être qu'en assemblant trois animaux, ceux-ci se sentent dépréciés. On ne peut avoir qu'un totem à la fois. C'est pour ça que les animaux leur refusent leurs pouvoirs.

Nous avions beaucoup d'interrogations par rapport aux Sukr'in en général. Nous ne savions rien d'eux. La seule chose qui nous rapprochait était notre ressemblance physique, comparée aux animaux. Mais nous ne réussissions pas à comprendre comment ils pensaient. On pouvait bien essayer cette nuit-là, mais comment savoir ?

On ne pouvait pas rester dans ce campement indéfiniment, il y avait un risque, et même si personne n'avait envie de repartir pour une marche forcée pendant la nuit, sans avoir pris de repos, nous n'avions plus le choix. Avec trois sacs bien remplis de nourriture à transporter en plus, ça n'allait pas nous faciliter la tâche, mais nous étions assez nombreux pour nous relayer le fardeau. Parfois, je regrettais les travois pour enn que j'avais créés le jour de ma rencontre avec Shaat'An, et que nous avions plus tard abandonnés, les enn peu enclins à me passer cette lubie, malgré tout l'amour qu'ils me portaient et toute l'aide qu'ils m'apportaient dès que j'en avais besoin, car, à force, les charrois les blessaient. Le frottement des attaches, avec un trop lourd chargement, brûlait un peu leur peau. J'étais pourtant convaincue que le travois était utile, mais peut-être que nous Kalii étions les seuls à pouvoir l'utiliser sans nous blesser. Mais par contre, notre force était bien inférieure et sur la distance, nous ne tenions pas. On transportait alors nos chargements toujours sur notre dos, sans plus embêter les enn.

Malgré la fatigue, il me semblait que nous nous déplacions assez vite à travers les paysages que nous ne distinguions que très mal. C'était les relk Xa et Ka qui nous menaient, sous le regard timide d'Akil. Il m'avait toujours semblé que lorsque nous marchions en pleine nuit, nous étions plus rapides et moins touchés par la fatigue. Ce qui pouvait sembler étrange, puisque nous Kalii y voyions bien moins que sous Rana. J'avais l'impression d'être transformée en enn l'espace d'une nuit. En y pensant cette nuit-là, tout en marchant d'un pas vif dans le silence, je me demandais si ça n'avait pas un rapport avec Akil. Peut-être nous donnait-il lui aussi des forces, comme Akra lorsque nos pieds la touchaient, ou Rana quand sa lumière nous caressait. Oro'Rin ne m'avait jamais vraiment parlé de lui. Tout ce que je savais était qu'il était le compagnon de Rana, mais on ne le vénèrerait pas autant qu'elle et Akra. Il était le relk de la nuit, mais la nuit n'était pas le temps des Kalii. Il veillait essentiellement sur notre sommeil et nos rêves.

Puis, tout en pensant à cela, je me suis souvenue de ce que nous avions vu chez les Sukr'in et qui nous avait laissés interrogatifs. Nous avions découvert qu'ils avaient probablement plusieurs totems, ce qui n'était pas possible chez les Kalii. Et ça n'était pas la seule aberration.

Ce pouvait-il qu'ils ne vénèrent pas les Malak comme il se devait ? C'était impensable, ceux-ci ne l'auraient pas accepté. Ou peut-être que c'était ça qui nous opposait, et que cette haine que nous avions envers eux nous était inspirée par les Malak eux-mêmes qui voulaient les punir… ?

45

Au petit matin, nous étions bien loin du lieu du carnage, déjà endormis depuis quelques heures, épuisés. Je pense que j'aurais pu dormir tout le reste de la journée si Mo'An ne m'avait pas réveillée en collant sa truffe humide contre ma joue. Rana était doucement en train de se lever, éclairant faiblement le paysage dans lequel nous étions, qui nous était d'ailleurs encore inconnu. D'un coup d'œil, luttant contre mes paupières lourdes, j'ai remarqué que nous étions couchés entre de larges buissons fleuris, qui commençaient à prendre des couleurs, tirant sur le violet pâle, et qu'en dehors de cela, et de quelques arbres, la vue était dégagée et paisible.

La deuxième chose que j'ai remarquée, et qui était la raison qui avait poussé mon enn à me réveiller, c'était la présence de trois jeunes Kalii qui nous observaient de loin, d'une attitude pleine d'interrogations. Quand ils m'ont vue poser les yeux sur eux, ils ont tous fait un pas en arrière, plus par précaution et reflexe que par réelle crainte.

Nous savions bien avant de nous arrêter en plein milieu de la nuit dans un endroit inconnu et dégagé que nous nous exposions à des risques, mais la fatigue, devenue assommante, avait eu raison de nous.

Ces trois jeunes ne semblaient pas belliqueux, mais ça pouvait venir du fait qu'ils étaient en sous-nombre. L'idée m'a traversé l'esprit qu'ils pouvaient avoir donné l'alerte et qu'ils étaient en ce moment précis en train d'attendre leurs chasseurs.

— Shaat, réveille-toi !

Pendant qu'il ouvrait les yeux et découvrait la situation, j'ai fait le tour des Kalii'Enn pour qu'ils se lèvent tous et émergent de leur sommeil profond, ce qui a pris un peu de temps pour les Kalii, pour Sak particulièrement.

— Qui êtes-vous ? finit par crier Shaat'An.

En face, les deux filles et le garçon étaient détendus, nous jaugeant d'un air un peu amusé, campés sur leurs jambes peintes.

— Et vous ?

Ils nous traitaient avec méfiance.

— Nous sommes les Kalii'Enn. Nous avons marché toute la nuit et nous sommes arrêtés ici pour dormir, ai-je expliqué. Est-ce que votre hakn est dans le coin ?

Le garçon aux tresses rousses répondit, tout en levant le bras.

— Notre hakn, les Aelop, a son campement d'hiver par là-bas, dans une caverne. Est-ce que vous recherchez un nouvel endroit pour vivre ?

— On était en train d'échapper à des ennemis.

— Vous devriez nous rejoindre à la caverne, là vous pourrez dormir en sécurité.

Vraisemblablement, la vue des enn ne les avait pas rebutés. Eux, de leur côté, avaient une petite réserve, que j'ai mise sur le compte de la fatigue et de l'excitation de la veille. L'invitation a fait au contraire très plaisir aux Kalii. Nos nouvelles connaissances nous ont guidés alors jusqu'à leur grotte, assez grande et bien ensoleillée, devant laquelle beaucoup de personnes s'activaient.

Sur le chemin, Gwonn, une des filles, nous avait demandé ce que nous faisions avec des enn. Ils ont tous trois été étonnés en entendant la réponse concise que je leur ai donnée, mais n'ont pas insisté et n'ont eu aucune réaction excessive. Je leur avais demandé à mon tour s'ils avaient déjà eu affaire à des enn, et visiblement, par ici, il y en avait un certain nombre, et les deux espèces cohabitaient sans réel problème.

Pourtant, pour préparer le reste de leur hakn, ils ont préféré que nous laissions les enn en retrait, le temps de faire les présentations.

Nous avons été très bien accueillis par les relk et les autres, qui ont accepté sans trop de crainte la deuxième partie de notre hakn. Ils ont même osé offrir à manger aux enn, qui ont accepté avec plaisir, se régalèrent, avant de s'éclipser pour continuer leur nuit.

J'avais moi aussi très envie de les suivre, je devais lutter contre la lourdeur de mon corps à chaque seconde, mais l'usage nous obligeait à rester près de nos hôtes, tant qu'ils ne nous invitaient pas à autre chose. Et ceux-ci, s'ils avaient remarqué notre fatigue, voulaient en apprendre plus sur la nuit agitée que nous venions de passer. Opro, un peu plus alerte, s'est chargée du récit, qu'elle a raconté avec la ferveur nécessaire pour divertir son auditoire, mais sans s'attarder inutilement sur les détails.

Ce fut donc assez rapide. Après ses derniers mots, un silence s'est abattu devant la caverne, comme si nos hôtes réfléchissaient à ce qu'ils venaient d'entendre, pendant que nous nous laissions gagner par la fatigue. Remarquant nos têtes, le relk Skol s'est adressé à nous :

— Je vois que vous avez besoin de dormir. Vous allez pouvoir emprunter nos couches et vous reposer. Demain, si vous le désirez, vous pourrez nous accompagner à la chasse.

— Ce sera avec plaisir, relk. Nous vous remercions de votre hospitalité.

Ainsi fut-il fait. Les Aelop ont repris leurs activités, pendant que Shaat, Sak, Kal, Opro, Atil, Kri et moi partions nous coucher sur les peaux, à l'abri dans la caverne. Le sommeil nous a pris jusqu'à ce que Rana commence à décliner dans le ciel, après quoi nous avons rejoint les autres à l'extérieur, où les chasseurs s'entraînaient au tir et à la lutte. Évidemment, nous avons été invités à les rejoindre et à nous entraîner avec eux.

Puis la nuit est venue, avec son repas. J'avais demandé, durant la préparation de celui-ci, que certains morceaux de viande ne soient pas cuits, provoquant l'étonnement de mes interlocuteurs. Mais encore une fois, les règles de courtoisie imposaient qu'on ne soit pas indiscret envers ses hôtes en leur posant trop de questions, aussi ceux-ci ont accepté sans problème. Et puis, finalement, ça leur donnait moins de travail.

Même si nous avions dormi peu de temps auparavant, le fait de nous être dépensés à l'entraînement nous avait rapporté un peu de fatigue, qui nous a permis le soir de nous rendormir aussi facilement que les Aelop.

Ça me semblait étrange de ne pas dormir contre les enn ce soir-là, je me sentais moins bien. Est-ce que c'était ce mal-être qui m'avait inspiré ce rêve agréable ? Ça n'a pas été long, juste une rapide visite, mais j'ai eu le temps de me sentir envahie par une émotion très forte, en même temps que de reconnaître celui qui me manquait tant depuis si longtemps et dont pourtant j'avais oublié le visage.

Il n'était qu'un bébé la dernière fois que je l'avais vu et, dans ce rêve, il m'est apparu comme tel, puis son visage a changé peu à peu pour montrer un garçon plus âgé, et malgré tout, si petit.

Puis, tout à coup... plus rien. Quelqu'un venait de me secouer pour que j'ouvre les yeux. À travers l'obscurité, j'ai finalement réussi à distinguer les traits de Gwonn, penchée sur moi.

— Vous devez partir.

— Quoi ?

Je l'entendais comme si elle était très loin. Mais que me voulait-elle ? Pourquoi me réveiller en pleine nuit ?

— Vous devez partir avec ton hakn, m'a-t-elle susurré avec plus d'insistance.

— Mais enfin, pourquoi ?

J'avais pris le même ton étouffé qu'elle, instinctivement, pour lui répondre.

— Vous êtes en danger, suis-moi.

Elle m'a prise ensuite par la main pour m'emmener en silence en dehors de la caverne, afin de pouvoir y parler plus librement.

— Écoute-moi bien, sans m'interrompre. Mon hakn un jour a sauvé la vie d'un relk étranger qui était avec ses chasseurs à la suite de propos. Ça a tourné mal et leur relk a failli se faire tuer, mais certains de nos chasseurs l'ont sauvé.

— Depuis, nos deux hakn sont amis et se voient régulièrement, car ils n'habitent pas loin l'un de l'autre.

Elle avait dit la dernière phrase sur un ton particulier, insistant :

— Leur campement est installé près d'une cascade.

J'ai cru tomber à la renverse. Plusieurs émotions m'ont envahie subitement : la surprise, l'effarement, la peur, puis la colère. Ces Kalii étaient alliés à des Sukr'in ! Et justement au hakn que nous venions de massacrer !

Mais pourquoi Gwonn m'avouait-elle cela ?

— Je vous aime bien, et je ne veux pas que vous mourriez.

— Mourir ?

— Demain, à la chasse, mon hakn voudra venger les Nmahaakolari.

Il n'y avait pas de temps à perdre. Heureusement, mes amis étaient couchés ensemble près de l'ouverture de la grotte, tandis que les Aelop dormaient quelques pas plus loin. Un à un, en leur mettant ma main sur la bouche tout en leur signifiant par gestes de sortir silencieusement et attendre dehors, je les ai réveillés. Ils m'ont obéi sans bruit et, après avoir remercié Gwonn du regard, je les ai rejoints près des enn et leur ai expliqué en quelques mots rapides.

Nous n'avons pas été longs à attraper nos affaires et à nous éloigner le plus loin possible de cet endroit.

Sur le chemin, hors de portée de voix des Aelop, Shaat'An se mit à pester, suivi de près par Kri. Ils étaient enragés, tandis que les autres semblaient plus effarés. C'était bien la première fois qu'on apprenait une telle chose, aussi impensable et inadmissible pour les Kalii'Enn.

Heureusement, à présent nous étions reposés et nos pas étaient plus grands que la veille. Mais cela ne suffisait pas à nous sauver :

— Regardez ! De la lumière !

Sak'Aín venait de repérer les lumières tremblantes de torches enflammées qui apparaissaient progressivement dans notre dos, par-dessus les buissons. Dans cette végétation dense, il était très dur de se déplacer librement et d'aller aussi vite que nous l'aurions voulu ; la peur évidement nous a redonné quelques forces, mais ce n'était pas suffisant.

Au bout d'un moment, alors qu'ils se rapprochaient, un sifflement a tranché l'air derrière nous, aussitôt suivi par un hurlement très aigu, et tout proche.

— Bur !!

Le jeune enn venait de s'écraser contre un buisson, transpercé de part et d'autre par un javelot. Sous la stupéfaction, tout le monde avait stoppé pour se jeter sur l'animal agonisant. Malgré les coups de langues et de museaux des enn, et les caresses vives des Kalii, le corps de Bur a bientôt cessé de bouger.

Puis, les Aelop se sont retrouvés autour de nous. Il n'y avait rien d'autre à faire que de se battre. Les enn ont été les premiers à attaquer, pendant que les Kalii attrapaient leurs armes.

Mon cœur battait à tout rompre. J'avais eu peur, mais à présent, seule la haine me guidait. Tous ces mauvais Kalii étaient bien plus nombreux que nous et nous encerclaient, nous coupant toute retraite. Nous allions devoir nous frayer un passage hors de leurs mâchoires pour nous mettre à l'abri et ne nous battre que d'un seul côté.

Ils donnaient des coups violents, avec leurs lances, leurs gourdins, ou même leurs torches qui brûlaient la peau et les cheveux, mais l'obscurité était un atout pour les enn. Quand les Aelop frappaient dans le vide, mes compagnons à fourrure les mordaient aux mains, aux jambes ou leur sautaient directement au cou. Plusieurs de nos ennemis sont tombés sous les assauts des crocs acérés.

Peu à peu, ils ont perdu de leur rage face à la nôtre, baissant leur garde ou ayant des gestes peu sûrs. Je voyais et sentais Shaat et Sak à mes côtés qui frappaient avec ferveur, mais je voyais aussi le garçon se faire progressivement acculer. Je le connaissais bien et savais que toute sa force se déchaînait exactement quand il en avait besoin mais malgré tout, celle-ci restait bien inférieure à n'importe quel Kalii adulte. Se frayant une entrée auprès de ma haine, la peur pour mon garçon fragile s'est faite très pressante ; il fallait le sortir de là !

La femme qui est venue se planter devant moi alors que j'étais en train de planter ma lance dans le cœur d'un Aelop tenait pour seule arme une des torches, qu'elle agitait devant moi en des gestes rapides, comme lorsqu'on veut faire déguerpir un prédateur trop curieux. Ça devenait dangereux car la flamme frôlait mes cheveux, m'obligeant à reculer de plus en plus.

Puis, Sak'Aín a tenté quelque chose pour stopper son manège insupportable. Il s'est jeté sur ses jambes dans un cri strident, avec une force inouïe, et a réussi à la faire choir. Dans la surprise, celle-ci a lâché la torche qui est venue se cogner contre le crâne d'un homme. Immédiatement, ses cheveux se sont embrasés, provoquant sa panique et des cris hystériques autour de lui. Il s'est mis à courir partout, comme aveuglé, frappant tous ceux qu'il rencontrait, les faisant chuter ou perdre pied et concentration.

Le combat semblait se concentrer autour de cet homme affolé, avant qu'une vive lueur n'accapare ailleurs toute notre attention : en tombant, la torche avait brûlé un buisson qui avait pris feu aussitôt et avait fait grossir la flamme sur ses voisins. Bientôt, on y vit quasiment comme avec Rana, et la chaleur devint étouffante, les flammes nous léchant à chaque seconde.

Le feu a pris de plus en plus d'ampleur, devant les mines affolées de nos ennemis qui se sont mis à courir de tous côtés, balayant l'air de leurs bras armés. La panique était générale, les Kalii'Enn cherchaient eux aussi une échappatoire, loin du feu et des Aelop, qui a été trouvée par les enn. On les a tous suivis, péniblement, naviguant entre les chasseurs qui tentaient également d'échapper au feu prêt à nous encercler.

J'imaginais que nos assaillants ne pensaient plus à nous, ne cherchant qu'à s'enfuir, et visiblement, Opro'Ika s'imaginait la même chose. Personne n'a rien pu faire, c'est arrivé comme une bourrasque !

Le relk ennemi, nous voyant trouver une sortie, venait dans un geste rageur de planter son couteau dans la hanche de la personne qui était passée près de lui, à moitié aveuglée par la fumée et la lumière. C'était Opro. Elle n'a pas résisté aux coups répétés qu'il lui assénait dans la chair, telle une bête furieuse.

J'ai eu envie de me jeter sur lui pour lui arracher le cœur mais Ka l'a fait avant moi. Il lui a sauté à la gorge et ne l'a pas lâché, tandis que l'homme se mettait à gigoter nerveusement, incapable de crier par sa bouche béante.

Les sons ne me parvenaient plus, d'aucun côté, et la seule chose que je voyais, brillant entre les flammes immenses et brûlantes, était le corps de ce chasseur qui a été assailli ensuite sauvagement par Kri et Shaat.

Puis, on m'a pris la main : c'était Akil qui me tirait, prenant au passage Kal de son autre main. Il nous a menés loin du carnage, aussi loin qu'on pouvait courir, entourés par les enn et suivis par Sak, Kri et Shaat'An.

46

En haut de la montagne, la brise était devenue plus fraîche depuis la veille, ce à quoi on s'attendait. Elle soufflait doucement contre mes joues, faisant voleter mes cheveux et apportant avec elle des senteurs volages, ce qui était agréable, et appréhendé à la fois.

Nous avions investi cette caverne au-dessus de la vallée des iprokal'in, pour tous les avantages qu'elle nous offrait : suffisamment spacieuse pour pouvoir largement tous nous accueillir, elle nous offrait un emplacement très riche en gibier et ne se situait pas sur un lieu de passage kalii ou sukr'in. En fait, c'était une retraite idéale qui nous avait assuré le calme dont nous avions besoin après les années particulièrement effrénées que nous avions vécues.

On avait été obligé de s'octroyer une saison de repos, en dehors de la mission, pour reprendre les forces perdues. Depuis Opro'Ika, aucun autre Kalii n'avait succombé à une bataille, mais malheureusement, ce n'était pas le cas pour certains enn. La relk Xa et une autre enn, plus jeune, Rou, avaient été tuées par des Sukr'in, et nous avions également perdu Yna et Jan, deux des plus vieilles, durant leur sommeil.

Depuis notre mauvaise rencontre avec les Aelop, nous nous étions encore agrandis, gagnant toujours plus de haine envers nos ennemis. À chaque hakn kalii que nous rencontrions, nous demandions un chasseur ou apprenions au reste du hakn comment s'y prendre avec les enn. Je ne savais pas si tous avaient continué la mission après notre départ mais en tout cas, peu à peu, l'histoire des Kalii'Enn faisait le tour des hakn, racontée par ceux que nous avions croisés à leurs amis, lors de rencontres, puis ceux-ci en parlaient aux autres hakn auxquels ils avaient affaire, répandant notre histoire.

Il est arrivé de plus en plus souvent que notre réputation nous précède, provoquant des accueils chaleureux et amicaux, ainsi que des regards émerveillés, exempts d'aucune trace de peur.

Alors, tout devint plus facile ; sans aucun besoin d'explication, nous recevions une femme ou un homme pour agrandir les Kalii'Enn. Notre force devenue effrayante pour nos ennemis – et nos amis –, nous étions craints.

Je regardais tous mes compagnons, paisiblement assemblés et occupés sur les flancs de la montagne, Kalii et enn mélangés. En les voyant ainsi, je me rendais compte que cette retraite avait été une bonne chose. À vivre comme nous l'avions fait, nous nous affaiblissions. Quelques Kalii'Enn avaient reçu de mauvais coups : c'était le cas de Kri qui avait eu un œil crevé, ou bien Shaat'An, toujours le plus valeureux, mais ainsi le plus exposé : son corps entier était recouvert de blessures, eproki non rituels. Vra, l'une des enn, s'était retrouvée un jour avec la queue coincée sous un éboulis qui nous avait tous surpris. Nous avions dû sectionner son appendice en deux.

Mais en revanche, contre toute attente et crainte perpétuelle, Sak'Aín était devenu un adulte, non pas fort, mais très habile et surtout, entier. En dehors de quelques cicatrices, il n'avait jamais rien subi. Il était devenu l'un de nos chasseurs les plus valeureux et savait mieux que personne esquiver et prévenir les coups de ses ennemis. Et pourtant, il n'avait toujours pas choisi de compagne. Je me disais que la jeune Dimal'Ouké aurait pu lui convenir car elle lui ressemblait. Elle était née faible comme lui, mais pas de la même manière. Elle avait la main gauche totalement atrophiée, ce qui la gênait dans ses gestes et l'empêchait de pouvoir tout faire comme les autres.

Si je l'avais acceptée parmi les Kalii'Enn, c'était parce qu'elle me rappelait Sak'Aín. Je sentais qu'en elle le même feu brûlait, et j'en ai eu la confirmation tous les jours suivants. Comme elle ne pouvait pas faire les choses comme les autres, elle les faisait doublement mieux.

Mais Sak'Aín ne semblait pas concerné par une union. Il était plus intéressé par la compagne d'Akil…

— Tu es inquiète à cause du temps ?
— Oui, Shaat. Je crains que le moment ne soit venu…

Mon compagnon au regard sombre venait de me rejoindre sur mon surplomb rocheux, depuis lequel on voyait toute la vallée. Il a observé un instant le vol de trois rapaces qui tournoyaient dans le vide du ciel, par-dessus les nuages.

Je savais à quoi il songeait alors qu'il posait sa main sur mon ventre bombé.

— Tu n'es pas en état de voyager, tu vas être de plus en plus lourde, et lente. Et il y a les petits de Corbé et Wnehel qui sont encore très jeunes. Et puis, ceux de Mo'An aussi…

Corbé et Wnehel avaient chacune eu un enfant, il y avait deux ans pour l'une, et trois ans pour l'autre. Quant à mon enn, depuis la mort de Xa, elle avait pris sa place en tant que relk des enn et avait eu une portée il y avait quelques Akil.

— Nous n'avons pas le choix, l'hiver va arriver. Nous ne pouvons pas rester ici bloqués par la neige, on doit continuer. Le repos est terminé. Et les petits sont assez vieux pour se mettre en marche, tu le sais bien.

Il restait un dernier point, qui n'était pas négligeable, et dont j'avais refusé de parler. Shaat'An était inquiet, mais je savais moi, par expérience, que ce n'était pas impossible. Akra m'aiderait à porter le petit qu'elle faisait grandir en moi.

— Doucement, les enfants, allez jouer plus loin.
— Pardon, ikon'en.
— Uliba, fille de Corbé, blonde comme Rana, et Weerh, fils de Wnehel, aux cheveux marron clair et yeux de même teinte, commençaient à être assez grands pour accompagner les jeunes enn dans leurs jeux. Ça les occupait du matin au soir et mettait de la vie dans le camp, nous donnant l'illusion d'être un hakn normal. Durant les moments de répit, où mon esprit n'était pas accaparé par ma haine, je me mettais à ressentir les émotions qui étaient mon quotidien avant cette nouvelle vie. Je me souvenais de la chaleur du corps de ma mère, des jeux auxquels je jouais avec Pou'Ni ou bien avec Ro'Tto et les triplés, ou encore des récits qui étaient contés par les adultes autour du feu.

Tout cela avait réapparu dans le hakn depuis notre repos et j'avais peu à peu, allant naturellement avec la vie dans un hakn kalii, réintégré mon statut d'ikon'en. Je n'avais jamais eu la sensation d'avoir arrêté, de ne pas avoir été autant ikon'en que celle qui communiquait avec les elirha et honorait les Malak chaque jour. À ma manière, avec mes moyens, je l'avais fait également. Seulement, sans l'attirail rituel qui était à présent de nouveau en ma possession. Dans un coin confortable et spacieux de la grotte, j'avais pu reprendre un à un les gestes qu'Oro'Rin m'avaient enseignés, jusqu'à ce que je les réintègre parfaitement et puisse m'occuper du hakn. Il y avait d'abord eu à bénir la caverne, car elle devait nous accueillir un long moment ; les Malak furent remerciés par des offrandes, et un peu plus tard a été célébré un nouvel eproki. La blonde Corbé, depuis qu'elle nous avait rejoints, avait accouché d'une petite fille et avait désiré s'unir avec l'homme qui était devenu son ami proche, Expron, afin qu'il devienne le protecteur de sa fille.

372

Mais ce soir, j'allais procéder à une cérémonie moins joyeuse, que je n'avais encore jamais accomplie, mais la décision était prise et allait être annoncée aux Kalii'Enn durant le repas du soir.

Les deux enfants jouaient encore près de moi, tandis que je m'étais perdue dans mes pensées, aussi j'en ai profité pour leur demander un service.

— Allez chercher la gourde qui est accrochée au piquet, et allez la remplir. Vous me la rapporterez ensuite.

Au pas de course, dans l'énergie de leur jeunesse, ils se sont exécutés, suivis de près par les petits enn, et ont bientôt réapparu avec une gourde pleine.

J'en ai bu deux gorgées pour mon petit, puis me suis levée pour rejoindre mon antre. Le reste de l'eau allait me servir plus tard.

— Écoutez bien tous : nous avons quelque chose d'important à vous dire, a annoncé le relk Shaat'An de sa voix grave et portante.

Tous les Kalii'Enn étaient rassemblés autour du feu, plus ou moins près selon leur préférence, certains enn appuyés contre les jambes de leur ami Kalii qui leur caressait la tête nonchalamment, attentifs aux paroles de leurs relk.

Après cette introduction, je me suis approchée du rassemblement et leur ai appris que nous partions.

— Où irons-nous ? s'est étonnée la jeune Ixo.

— On part loin de la neige, a avancé Dimal'Ouké.

— Est-ce pour trouver une autre caverne, à l'abri de l'hiver ? a demandé le compagnon de Wnehel, Nu'Li'Pko.

Je leur ai expliqué que notre repos était terminé, que nous ne pouvions pas rester en montagne en période de neige, et que nous devions reprendre la mission. En apprenant cela, ils ont tous eu une réaction étonnée, comme s'ils avaient oublié. Cette retraite n'avait que trop duré.

— Est-ce que vous vous souvenez encore à quoi ressemble un Sukr'in ? ai-je dit agacée. Pendant que nous restons ici à nous reposer, eux vivent aussi tranquillement, hors de danger. Je vous rappelle que c'est durant la période froide qu'ils sont le plus vulnérables.

— Nous aussi ! a osé Expron, sur un air de défi.

Cette remarque a mis Shaat'An hors de lui. Il n'a pas dit un mot, étranglé par la colère, mais s'est approché du Kalii rebelle pour saisir son cou entre sa main, pendant que de l'autre, il lui agrippait violemment le poignet. Expron a poussé un cri, avant de devenir de plus en plus rouge et tremblant, devant tous les Kalii'Enn qui ont baissé les épaules et le regard.

Il n'y avait que moi qui pouvais mettre un terme à cette violence. Avant qu'Expron ne suffoque pour de bon, je m'étais approchée de Shaat'An d'un pas rapide, pour poser ma main sur son bras. L'effet a été immédiat : mon compagnon a relâché la pression de ses muscles et poussé l'autre Kalii en arrière, pour le faire chuter.

Ce n'était pas la première bataille qui éclatait entre deux Kalii'Enn, mais c'était la première fois que Shaat perdait son calme contre l'un des siens. Même face aux attitudes de plus en plus insolentes d'Atil, il ne réagissait pas, car il savait que le frère de Kri avait un caractère léger et ne faisait que jouer.

En revanche, le même Atil s'était déjà battu avec Sak'Aín, pour une raison qu'ils avaient refusé de me livrer, mais dont je me doutais. Leurs combats n'étaient jamais violents, plus proches de ceux de jeunes enn qui s'entraînaient ; Atil cherchait seulement à se défouler, certain de sa supériorité et contraint de se plier aux ordres de sa compagne qui avait pris Sak sous sa protection.

Il y avait aussi Kri qui se faisait régulièrement remettre en place par les femmes qui n'acceptaient pas toujours sa présence. Le Kalii, depuis la mort de sa compagne Opro était devenu agressif et autoritaire envers les femmes, ce qui ne me plaisait pas beaucoup. Je me disais qu'une nouvelle compagne pourrait peut-être l'apaiser, mais si ce n'était pas le cas, la pauvre Kalii serait à sa merci.

En assistant à la scène de violence de ce soir, je me rendais compte qu'il valait mieux que toute cette énergie destructrice soit à nouveau engagée contre nos ennemis, et non entre nous-mêmes. Évidemment, plus on était nombreux et plus les chances de perdre son calme étaient élevées, j'en avais la démonstration régulièrement. Pour éviter que ça n'arrive trop souvent, il fallait garder ce hakn occupé. La certitude de ma décision a été renforcée.

— Vous vous préparerez demain à partir pour le lever de Rana suivant. À présent nous pouvons manger.

Le choix des repas n'était pas aussi vaste que chez les autres hakn. Chaque jour un groupe devait ramener un animal pour offrir de la viande fraîche tous les jours. Cela était principalement pour les enn, Shaat et moi, qui ne mangions plus que ça. Mais nous avions toujours des réserves de viande séchée et ceux qui le désiraient cueillaient des plantes comestibles.

Ce soir-là, tous ont opté pour la chair de laliop, chassé le matin même, afin de garder les réserves pour le voyage.

Dans mon coin de la caverne, j'avais le dernier rituel à accomplir : celui du départ, pour libérer notre habitat et lui permettre d'accueillir d'autres habitants après nous.

En arrivant ici, le premier jour, j'avais ramassé quelques pierres d'égale grosseur, ainsi qu'une poignée de la terre qui était présente devant l'entrée de la grotte, pour aller investir l'un des coins qui ferait mon repaire.

Tout en déclamant les mots rituels qui appelaient à la bienveillance et protection des elirha du lieu, j'avais placé les pierres selon la forme qui rappelait celle de Rana et Akil, lorsqu'il était comme elle. La terre d'Akra a été ensuite déposée au centre des pierres avant que je n'y appose la marque des Kalii'Enn, en lui offrant mon souffle, doucement, pour ne pas que la terre s'envole.

À présent, je devais défaire cela pour libérer les elirha de leurs « obligations » envers nous. À l'aide de la gourde que les enfants m'avaient remplie, j'ai dispersé le reste de terre avec le flot de l'eau. D'un mouvement de mon bras, j'ai pour finir balayé le cercle de pierres.

47

Deux jours plus tard, nous étions de nouveau sur la route, portant nos chargements sur nos dos, à la suite des enn qui ouvraient le chemin, humant l'air frais qui dévalait la montagne. Les arbres autour prenaient de plus en plus les couleurs du feu, c'était impressionnant et toujours aussi beau.

Arrivés dans la vallée, nous avons eu une petite rivière à traverser, calme, et remplie de poissons. Certains Kalii'Enn n'ont pu s'empêcher de se prendre pour des frola, mais aucun n'est parvenu à attraper quoi que ce soit.

Tout en les observant patauger du coin de l'œil, j'ai posé les yeux sur une trace de patte qui me rappelait quelque chose. C'était un peu plus tard que, par chance, j'ai reconnu, se faufilant entre les arbres de feu, le petit prédateur qui vivait ici. C'était un hyro'en. J'aimais beaucoup ces animaux très gracieux qui rappelaient par leur couleur les enn. Mais ces animaux ne vivaient pas en hakn et étaient très craintifs ; en voir un était très rare, et le dernier qui avait croisé ma route m'avait vue encore enfant.

Je ne sais pas pourquoi, mais j'ai pris ce signe comme un bon présage.

— Eik ! Rabats-les vers nous !

Sak'Aín, caché sous sa peau d'ad'en, s'énervait à faire comprendre à son enn qu'elle devait tenter de distancer les amil qui bondissaient de tous côtés, afin de couper leur retraite.

Tout le monde ne participait pas à cette chasse, qui relevait plus du jeu, et je faisais moi partie du groupe qui assistait au spectacle, assis dans l'herbe, amusé par la course poursuite engagée contre les petits animaux rapides.

De temps en temps, un ou deux amil disparaissaient soudain sous l'herbe pour ne plus en ressortir, et si les Kalii'Enn ne se dépêchaient pas, tout le reste allait leur filer sous le nez.

Impatiente, Dimal'Ouké ne voulait pas rater sa chance et donna plus d'attention à la proie qu'elle avait choisie qu'à ce qu'il y avait juste devant ses pieds. Elle a fait deux pas en courant avant de se retrouver le visage embrassant Akra, non loin de la pointe de sa lance qu'elle tenait toujours fermement.

En la voyant tomber, on avait tous sursauté de peur, craignant le pire. Les enn Sali et Mal ont couru vers elle, suivis de près par Atil qui l'aida à se relever. S'apercevant qu'elle n'avait rien, il n'a pu s'empêcher d'en rire :

— Je ne savais pas que tes pieds aussi étaient déformés ! Tu devrais peut-être arrêter de bouger, ce n'est pas fait pour toi !

Dans son coin, ne prêtant comme d'habitude pas d'attention aux réflexions d'Atil, Sak s'est décidé, confiant dans la proie qu'il avait choisie, s'enfuyant vers la gauche, repoussée par une Eik jappant de bonheur. Il avait décidé de laisser sa lance de côté pour s'entraîner au jet de pierres, qui lui semblait plus adapté à l'exercice : il disposait de plus d'essais. Au bout de trois cailloux lancés, l'amil a été stoppé net dans son bond, retombant inerte sur le sol.

Un cri de triomphe semblable à celui d'un enn, adopté par les Kalii'Enn, a salué le beau geste du chasseur. Et la minute suivante, il a été réitéré, par Expron cette fois. Lui avait eu son amil d'un coup de javelot, planté dans le sol.

Les autres chasseurs n'avaient pas été assez rapides, ni les Kalii, ni même les enn, qui se faisaient souvent avoir et surprendre par les brusques changements de direction des animaux affolés qu'ils poursuivaient. Mais cette danse particulière était un spectacle distrayant et stimulant, qui plaisait à l'assistance.

À la fin du spectacle, on s'est retrouvés avec deux amil, alors que tous les autres s'étaient dispersés. Weerh et Uliba, les deux enfants, qui avaient suivi cette chasse avec passion, se sont approchés en riant des chasseurs pour les débarrasser. Sak leur a offert son amil mais Expron leur a fait un signe négatif de la tête et les a évités, pour se rapprocher du groupe assis plus loin. À travers son regard, j'ai deviné qu'il venait voir en particulier Shaat ou moi, qui étions assis côte à côte, entourés de Ka et Mo'An. Sans un mot, il nous a regardés tous les deux avant de tendre son bras pour nous offrir le produit de sa chasse, qui a été accepté. Après cela, l'épisode houleux qui avait eu lieu entre nous a été pardonné et oublié.

Le soir même, les amil ont été dégustés à l'intérieur de la petite grotte que nous avions trouvée pour y passer la nuit. Visiblement, elle était déjà investie avant que nous n'arrivions, par un frola sans doute, au vu des traces et des quelques touffes de poils accrochées entre les pierres, aussi nous sommes-nous protégés en plaçant un foyer à l'entrée de la grotte pour décourager l'occupant. Nous ne voulions pas fâcher son elirha, même si ce n'était que pour une nuit et par nécessité, alors une part d'amil a été déposée un peu plus loin afin qu'il la trouve.

Un peu plus tard dans la nuit, j'avais cru entendre un grognement sourd derrière les flammes et j'ai été soulagée de voir que rien ne s'était passé.

Durant le repas, la discussion tournait autour des amil et rappelait à Alimali une histoire. Cette Kalii était la dernière que nous ayons accueillie ; elle venait d'un petit hakn très aimable qui nous avait offert, en plus de leur fille, beaucoup d'armes pour nous assister dans notre mission, qu'ils trouvaient bonne.

C'était une femme de grande taille, mais qui impressionnait pourtant plus par le contraste saisissant que créaient ses yeux bleus entre ses mèches de cheveux aussi noires que celles de Shaat'An. Quand elle parlait, elle était très vive, enjouée, et cela faisait d'elle une très bonne conteuse. Ce soir-là, elle voulait nous raconter un récit de son hakn :

— Le jeune Runh venait d'atteindre l'âge pour devenir chasseur. Mais cette fois-ci, les relk n'avaient pas choisi une chasse ordinaire, car un danger rôdait autour du camp depuis trop longtemps. Il s'agissait d'un hyro'en qui venait la nuit voler dans nos réserves et qui tuait le petit gibier dans notre territoire. Mais s'il avait été aperçu quelques fois, furtivement, jamais un chasseur n'avait pu le débusquer et le tuer.

« Cette mission a été alors confiée à Runh. Il est parti armé de sa lance à travers l'immense forêt sombre, dans laquelle il erra plusieurs jours, croisant amil'ap, amil, afril, craman, oliop ou pandra'ki. Mais jamais le hyro'en, qui se jouait de lui.

« Puis, une nuit, le Kalii a été réveillé par une lueur intense, qui lui a fait croire que Rana venait de rejoindre Akil. C'était impossible, pensait-il, levant les yeux au ciel pour comprendre ce qui se passait. À travers la cime des arbres, il ne voyait rien de précis, en dehors de cette boule de feu ardente. Il s'est précipité alors vers le sommet de la colline qui le surplombait et lui offrirait une vue plus dégagée.

« Arrivé à la lisière de la clairière, ce qu'il a vu l'a figé sur place. Le hyro'en se tenait à quelques pas de lui, observant avec crainte le ciel. Dans sa gueule il tenait un amil inerte qui semblait à ce moment-là d'un total inintérêt pour lui.

« Runh n'a pas perdu de temps ; il a agrippé sa lance et s'est préparé à viser le petit prédateur. Mais au moment où son arme, sifflant dans l'air, devait atteindre sa cible, le hyro'en, terrifié, s'est enfui dans les ténèbres, loin de la clairière, laissant derrière lui l'amil qu'il avait dans la bouche.

« L'instant d'après, la boule de feu venue du ciel s'est écrasée sur Akra, dans un boucan assourdissant, provoquant des vagues sur le sol qui sont venues jusqu'à Runh, qui s'est effondré de peur.

« Quand il s'est réveillé, Rana était levée depuis longtemps, et le hyro'en était déjà bien loin. Mais l'amil qu'il avait abandonné était toujours là, près de la lance qui avait manqué son but. Après toutes ces émotions, Runh se sentait étrange et voulait retrouver les siens. Il a pris avec lui son arme, l'amil mort et il est rentré à la grotte, pensant sur le chemin du retour qu'il allait être ridiculisé, car il avait failli, ne rapportant qu'un amil quand ses relk voulaient le hyro'en. Jamais il ne serait chasseur !

« Arrivé chez lui, il a raconté son histoire devant les Kalii ébahis. De leur grotte, ils avaient vu aussi cette lueur qui était tombée du ciel et l'avait illuminé comme en plein jour, et avaient tous craint pour Runh. Ils ont été ravis quand ils l'ont vu réapparaître sain et sauf.

« Mais au lieu de la honte attendue, le jeune Runh a reçu un statut particulier. L'ikon'en avait réfléchi et avait compris que cette boule de feu était un signe des Malak pour le garçon ; et l'amil, un cadeau du hyro'en.

« Depuis, Runh est devenu, comme vous le savez, le relk de mon ancien hakn.

Les paysages changeaient de jour en jour, les arbres perdaient leurs feuilles de feu, soufflées par un vent de plus en plus froid qui nous poussait toujours plus loin.

Avec le temps, mes pas devenaient plus lourds, je devais m'aider d'un bâton pour supporter le poids de mon ventre et garder l'équilibre. Mes affaires étaient portées par les chasseurs qui se relayaient et qui m'assistaient quand on devait traverser une rivière ou descendre un escarpement.

Nos pas nous avaient conduits dans un endroit regorgeant d'animaux. Il y avait beaucoup d'espèces différentes et des hakn nombreux, dans ce paysage étendu et ensoleillé, aussi on pouvait s'attendre à rencontrer bon nombre de prédateurs et très certainement aussi, des campements humains. Depuis que nous avions quitté notre montagne, nous n'avions croisé personne, et en y repensant, la dernière fois que nous avions eu un contact avec d'autres Kalii, c'était chez Alimali. Est-ce qu'on avait très envie de croiser la route de Sukr'in, je ne sais pas, mais pouvoir de nouveau parler avec d'autres des nôtres, ça nous l'espérions.

Nous avions le choix entre traverser ce secteur en prenant garde, mais de là où nous étions, ça semblait vraiment grand, ou bien nous installer pour la nuit et profiter de tout ce gibier. Je ne l'aurais certainement pas avoué, mais j'ai été ravie que Shaat'An appose son choix pour la seconde solution. Il fallait alors qu'on trouve un bon emplacement. Par ici, il n'y avait pas de falaise, même s'il y avait beaucoup de roches, et la possibilité d'une grotte était très faible. Le mieux était donc de se mettre à l'abri sous les grands arbres.

Au lieu de tente, pour ne pas avoir à en monter une pour une seule nuit, on s'est contenté de coincer les tentures d'une branche à une autre, pour se protéger du vent. Les peaux qui nous servaient de couches furent étalés par terre, sur un sol très douillet composé d'une belle épaisseur d'épines et de feuilles tombées des arbres.

Les enn nous regardaient faire ou fouillaient le sol alentour, les truffes sous les feuilles pour inspecter les senteurs.

Au-delà des arbres, c'était dégagé et on pouvait apercevoir entre deux petites collines un large hakn de daal. À voir la tête de Mo'An quand elle les regardait, elle avait faim. Je dois dire que depuis que j'avais ce petit dans le ventre, j'étais moi aussi constamment affamée, et le daal n'avait plus fait partie de nos repas depuis bien longtemps.

Kri, le campement monté, s'était rapproché de moi pour savoir si nous allions chasser. Au moment où il posait sa question, mon attention a été accaparée par ce qui venait de se passer sur la colline en face de nous. Mon enn avait repéré la même chose et tout son corps s'était tendu pour mieux percevoir ce dont il s'agissait.

Des taches sombres venaient d'apparaître en surplomb des daal, se déplaçant très lentement et furtivement. À leur démarche et leur tenue, il est bientôt devenu évident que c'était des chasseurs.

— Ils sont en train de chasser notre gibier ! a pesté Kri.

Intrigués, tous les Kalii se sont rapprochés de notre groupe pour voir ce qui nous accaparait. Ils ont observé en silence la scène qui se déroulait au loin, essayant, comme nous, de déterminer l'espèce des chasseurs.

L'un des leurs avait mal ajusté son tir et voir la lance se planter au milieu d'eux a suffi aux daal pour les convaincre de s'enfuir. Ils ont dévalé la pente pour rejoindre le sol plat, dans les hautes herbes, et leur course les a rapprochés de l'endroit d'où on les observait. Ils ont ensuite bifurqué à gauche mais leur fuite n'avait pas du tout découragé leurs poursuivants qui donnaient tout ce qu'ils pouvaient pour ne pas se faire distancer. Seulement, c'est arrivé nécessairement : ces animaux étaient trop rapides et les chasseurs visiblement n'avaient pas préparé leur coup. Les Kalii'Enn ont tous réalisé encore une fois où se situait leur force à la chasse.

Et ils ont vu également que ces chasseurs malchanceux étaient bien des Kalii. Ils étaient à présent suffisamment proches pour qu'on puisse reconnaître leurs formes, mais c'était lors de leur course que nous avions tous deviné.

Les enn, humant le vent, ont eu soudain très envie de sortir du bois pour aller les voir de plus près. S'il n'y avait pas eu Shaat'An pour les retenir, ils seraient déjà partis. De mon côté, je n'avais aucune réaction depuis qu'une sensation soudaine et inexpliquée m'avait traversé le cœur, me figeant sur place.

C'était ce que j'avais vu qui avait provoqué ça.

Même si ces Kalii étaient trop loin pour qu'on voie leurs visages, les couleurs de leurs habits, et plus particulièrement de leurs cheveux, étaient distinguables. Un groupe de trois des leurs, qui semblaient les plus jeunes à leurs attitudes, s'est détacha des autres. L'un des garçons avait des cheveux clairs comme les miens, tandis que l'autre garçon et la fille arboraient une chevelure pareille aux flammes.

Je ne pouvais plus attendre, et Shaat'An n'a pas pu me retenir. Je sentais les regards des Kalii'Enn derrière mon dos, puis j'ai entendu le galop des enn qui me suivaient. Ils allaient effrayer les Kalii, qui pourraient mal réagir, les armes à la main. Quand ils nous ont repérés, j'ai ordonné à mes compagnons de s'arrêter, et j'ai continué à seule.

À présent, c'était certain. Je voyais leurs visages. Et eux voyaient le mien.

— Horre !!
— Lu'Rii !!

Le visage dur de mon amie Ike'Atraín s'est illuminé dès qu'elle m'a reconnue. Puis, ses frères ont crié en chœur, suivis de près par le reste des chasseurs. Tous me sont revenus immédiatement en mémoire, comme si je ne les avais quittés qu'hier.

La Kalii rousse s'est jetée dans mes bras, m'étreignant si fort que j'en perdais le souffle. J'ai ensuite senti les bras d'Aa, puis de Parr serrés autour de moi.

Nous sommes restés ainsi longtemps, nous touchant et nous respirant, regardant nos visages un peu changés, tout en criant de joie.

Quand nous avons repris nos esprits, j'ai salué Kiisi, Fraé, Tro'Hi et Frina, tellement heureuse de les toucher à nouveau et d'entendre leurs voix. Ils étaient eux aussi parfaitement étonnés et extatiques.

— Akra t'a ramenée vers nous ! a chanté Kiisi.

— Alors, Oro'Rin avait raison ! a ajouté Tro'Hi.

Oro'Rin. Était-elle encore en vie ? Je craignais la réponse.

— Elle est très faible, Horre, m'a avoué Fraé. Cela fait bien longtemps qu'elle ne peut plus officier en tant qu'ikon'en. Elle ne va pas tarder à suivre Emi…

— Emi a rejoint Rana'Akra ?

Cette femme-là m'avait détestée, mais ça ne m'empêchait pas d'éprouver de la tristesse en pensant à sa mort.

Elle n'est pas la seule. Il s'est passé des choses depuis ton départ, m'a appris Kiisi. Nous aurons le temps de t'en parler plus tard. Ainsi, l'histoire qu'on raconte est bien vraie, tu vis avec des enn ?

Elle a dit cela tout en regardant mes compagnons qui attendaient assis un peu plus loin. Je leur ai fait signe de s'approcher.

— Vous les connaissez, et ils vous connaissent ! ai-je dit en m'amusant de leur réaction. Ils vivaient autour de notre clairière. Je les ai suivis quand je suis partie.

Quand les enn ont été là, ils ont salué les Ike'Atraín avec bonne humeur, tandis que le reste des Kalii'Enn s'était à son tour rapproché de nous.

Les présentations des deux hakn ont pris un certain temps, au bout duquel Fraé nous a demandé :

— Où est-ce que vous êtes installés ? Est-ce que ça fait longtemps que vous êtes dans les parages ?

— Nous venons d'arriver. Nous nous sommes mis juste là-bas, sous les arbres, vous voyez ?

— Vous devez venir chez nous à présent, notre caverne n'est pas très loin, et elle est spacieuse.

48

Sur le chemin, après avoir récupéré nos affaires, j'ai posé les questions qui me brûlaient les lèvres. Et les réponses que j'ai reçues ne me satisfaisaient pas vraiment. Kiisi m'a dit qu'après mon départ, un éclaireur Sukr'in de la tribu d'Elehenk avait découvert la grotte de la clairière, et qu'ils avaient été contraints de s'enfuir. Ils n'ont plus eu de problèmes par la suite avec des Sukr'in, qu'ils ont évités avec beaucoup d'habileté.

Ce qui m'a le plus attristée, c'est d'apprendre la liste des Ike'Atraín qui avaient rejoints Rana'Akra. Emi était donc morte de vieillesse, Olor avait été tué par un vloé, le bébé de Frina était mort quelques jours après sa naissance, et enfin mon amie Ro'Tto était morte en mettant son petit au monde, qui était lui-même sans vie. Mon cœur s'est serré en apprenant ça…

Puis Kiisi a voulu me faire oublier ma peine et m'a dit que le hakn comptait deux nouveaux membres. Aa avait reçu une compagne, Riya, qui avait eu un petit garçon.

Elle m'avait parlé de tous, à l'exception du plus important à mes yeux. Et malgré tout, je n'ai pas osé lui demander quoi que ce soit à son sujet.

— Nous arrivons.

L'endroit semblait excellent. Il y avait un grand lac, entouré par la forêt et surplombé par une colline rocheuse. Dans cette petite falaise, on devinait où se trouvait le campement Ike'Atraín : une large ouverture dans la grotte donnait directement dans le vide, au-dessus de l'eau.

Précédant nos questions, Parr nous a appris que l'entrée se situait par au-dessus, très facile d'accès.

On était assez loin encore mais on pouvait distinguer des formes Kalii par l'ouverture, nous observant elles aussi probablement en retour.

Arrivés en haut de la roche recouverte de verdure, on a découvert l'entrée, pas très grande, de la caverne, cachée derrière quelques buissons. Il y avait un petit couloir en forme de santek à parcourir avant de pénétrer dans une large salle, très impressionnante. Il y avait des piliers de roche à divers endroits et des piques de différentes tailles qui, soit montaient du sol jusqu'à hauteur de taille, soit descendaient du plafond. Les murs étaient très rugueux et pleins de creux, parfois très grands, qui créaient beaucoup d'ombres avec la lumière qui venait de l'ouverture.

De loin, cela semblait effrayant, ce très large trou qui donnait sur le ciel et le lac ; mais d'ici au moins, aucun ennemi ne pouvait entrer.

Quand mes yeux ont eu fini leur tour d'horizon, ils sont venus se poser sur les trois personnes qui nous regardaient les yeux grands ouverts, tout au bout de l'immense grotte. Fraé s'est adressé à eux :

— Nous accueillons un hakn ami. N'ayez pas peur des enn mais réjouissez-vous du retour de notre enfant perdue !

— Horre, c'est bien elle ?

Cette voix grave et lente qui résonnait dans toute la grotte était bien celle de Bi'Har. L'homme avait tellement vieilli. Mais quel bonheur de le revoir !

— Bi'Har, Ulis, Oro'Rin… c'est moi !

Je m'étais rapprochée d'eux en courant pour me jeter dans leurs bras. La joie que je lisais dans leurs yeux était égale à la mienne. J'ai salué les deux hommes tendrement, avant de me tourner vers celle qui était étendue sur sa couche, me regardant d'un air profond.

Notre étreinte a semblé sans fin. Tout en prenant garde de ne pas abîmer son corps usé, si fragile à présent, je la couvrais de caresses, tandis qu'elle ne cessait de répéter : « Je le savais, les elirha me l'ont dit... »

Lu'Rii s'est ensuite chargée de faire les nouvelles présentations, pendant que Frina, la compagne de Tro'Hi, nous offrait à boire et à manger. Nous avons pu tous nous asseoir et nous reposer, tout en faisant connaissance. Nos hôtes, grâce au lac, avaient une réserve de poissons, et j'ai été très contente d'en manger un frais. Mais je m'étonnais, car le compte Ike'Atraín ne semblait toujours pas bon.

— Le reste du hakn est parti à la cueillette, Horre. Ils ne devraient plus tarder, m'a dit Oro'Rin dans un souffle de sa voix.

— Comment te sens-tu, chère Oro ? me suis-je inquiétée.

— Ne t'en fais pas pour moi, ikon'en, je ne souffre pas.

L'entendre m'appeler ainsi m'a fait un pincement au cœur. C'était étrange, les rôles étaient inversés. Mais je voyais la fierté dans son regard.

— Est-ce que tu peux toujours marcher, te mettre debout ?

— Il n'y a plus grand-chose que je puisse faire, à part écouter les elirha et prier les Malak.

— Tu es toujours ikon'en, ils te parlent toujours.

— Oui, jamais ils n'ont cessé. Ils me donnent régulièrement de tes nouvelles. Je te voyais souvent proche d'un homme au regard noir. Je comprends à présent qui c'est.

— Mon compagnon. C'est moi qui ai accompli notre eproki, tu sais.

— Je le sais que tu es unique. Tu es capable de tout.

Notre conversation a été coupée brusquement par un brouhaha venant de l'entrée. Une voix surexcitée de petit garçon résonnait dans le couloir, puis s'est tue brusquement. « Ah, il vient de voir les enn ! »

En me retournant, j'ai découvert que c'était bien le cas. Face aux petits de Mo'An, curieux, se tenait un petit garçon roux qui hésitait entre la conduite à tenir. Alors, le compagnon de sa mère s'est levé pour le serrer contre lui et expliquer rapidement aux arrivants de quoi il retournait. Derrière le garçon se tenait une femme que je ne connaissais pas, et qui ne pouvait être que Riya. Je n'ai eu qu'un bref instant pour la découvrir des yeux, avant que Moono et Tro ne me repèrent au bout de la grotte, me découpant sur le ciel. Nous nous sommes enlacées avec plaisir, puis elles m'ont présentée à Riya.

Mon cœur battait très fort à ce moment, car je réalisais que tous les Ike'Atraín étaient enfin présents dans la grotte. Tous, sauf celui qui projetait cette ombre mouvante sur la paroi du couloir en ce moment-même, encore invisible derrière les pans du mur en zigzag et qui allait bientôt apparaître à notre vue.

Lu'Rii a capté mon regard et compris. Elle m'a fait signe de rester où j'étais. De toute manière, je ne pouvais pas bouger mes jambes tremblantes et ne pouvais qu'attendre, en subissant les coups de massue que m'assenait mon cœur.

L'instant d'après, un jeune garçon est entré dans la pièce et s'est figé d'étonnement. Pendant que Lu'Rii lui expliquait la présence des enn, je le dévisageais avec ardeur. Quel beau garçon ! De longs cheveux marron clair, presque blonds, encadraient son visage attentif, aux sourcils plissés, surmontant des yeux verts comme les feuilles au printemps. Il avait l'air fort et agile, comme un enn, prêt à bondir à chaque instant. Tout ce que lui disait Lu le faisait réagir par des tressaillements. J'entendais de loin où elle en était dans ses explications. Elle venait de finir la rencontre, et achevait en expliquant que les Kalii'Enn étaient leurs hôtes.

— Où est-elle ? a alors murmuré Chak d'une voix qui m'a fait frémir. J'ai perçu comme de l'impatience dans cette question.

Lu'Rii m'a désignée du doigt mais ce n'était pas nécessaire, car je venais de bouger pour m'avancer vers lui. Il a alors planté ses yeux vifs dans les miens, m'a jaugée, puis il s'est élancé en courant. Mes bras se refermèrent autour de lui, et les siens autour de ma taille, et plus rien n'a existé alentour.

49

— Est-ce que tu les voyais de là où tu étais ?

— Oui, Chak, elles sont partout, où qu'on aille.

Mon petit frère était bloqué contre le corps endormi de Mo'An et le mien. On était allongé sur le dos, en train de regarder le ciel noir tacheté de blanc qui nous dominait, et dont la vue m'avait toujours apaisée. Akil était réveillé, mais se montrait à nous de côté et ne nous envoyait pas toute la lumière dont il était capable, laissant sa place à l'obscurité.

C'était la deuxième nuit que je passais aux côtés de Chak. La veille, j'avais conté mon histoire dans les moindres détails aux Ike'Atraín, depuis que je les avais quittés. Ils avaient déjà entendu les rumeurs qui se passaient de hakn en hakn à mon sujet, et de celui des Kalii'Enn, mais jamais ils n'avaient cru qu'un jour je réapparaîtrais pour le leur raconter de vive voix.

Les enn aussi avaient été étonnés de rencontrer à nouveau ce hakn dont ils connaissaient les odeurs pour avoir longtemps rôdé autour de leur campement. Pour ma part, la joie d'avoir retrouvé à la fois mon ancien hakn et principalement mon frère bien-aimé a été presque trop forte. J'avais plus l'habitude de me laisser submerger par ma haine des Sukr'in. Et depuis que j'étais de retour parmi eux, je ne ressentais plus le besoin de courir après mes ennemis. J'allais rester auprès de ma famille aussi longtemps que nécessaire.

— Pourquoi tu n'es pas revenue plus tôt ? On me parlait souvent de toi, surtout Oro'Rin, et moi je te voyais dans mes rêves.

— Je ne savais pas où aller, Chak. Quand je me déplace, ce n'est pas vers une destination précise. Jamais je n'aurais pu retrouver la clairière, si tant est que vous y étiez toujours.

Akil a continué sa marche le long du ciel tandis que Chak et moi nous racontions tout ce que l'autre devait savoir, ce qu'il avait manqué, ce qu'il n'avait pas vécu. Peu à peu, une autre vie a commencé à m'appartenir, les souvenirs de Chak sont devenus des images précises dans ma tête, tout ce qu'il avait pu ressentir est devenu mes propres émotions. Il m'a tout confié, depuis leur fuite de la clairière, sa première peur des Sukr'in, leur recherche constante d'endroits sécurisés, la mort de Ro'Tto qui a été douloureuse et lente, l'amour de Lu'Rii et Oro'Rin envers lui après le départ de sa mère et sœur de lait, tous ces animaux étranges qui avaient croisé son chemin. Et les histoires qu'on lui racontait sur notre mère Mo'An et sur moi, qu'il ne pouvait qu'imaginer.

Il avait entendu mon histoire la veille, mais il ne savait pas ce qui dominait mes pensées et avait toujours laissé une épine dans mon ventre.

On avait fini par s'endormir où on se trouvait, après avoir épuisé tous nos mots.

— Non, ne sois pas si pressé Kri ! Tu vas les faire fuir avant même d'avoir préparé ta lance.

La journée était belle, même si quelques nuages commençaient à encercler le ciel, dans le lointain. Il faisait encore assez chaud pour qu'il soit agréable de se baigner dans le lac, même si cela refroidissait les bouts des pieds malgré tout.

Un petit groupe, mené par Tro'Hi et Frina avait choisi de pêcher, armé de piques, et apprendre la patience et la délicatesse à un hakn essentiellement chasseur n'était pas chose aisée.

Pendant qu'ils repéraient le poisson de leur côté, j'étais avec Lu'Rii, Riya et les deux frères, en train de nous laver en nous frottant la peau avec du sable. Dans l'eau, je ressentais moins la lourdeur de mon bébé, c'était mieux encore que de s'asseoir. Puis, avec la sensation de frais d'après le lavage, j'avais l'impression que tout était parfait.

En face de moi, Lu'Rii m'observait d'un œil avide, plein de cette ardeur que je lui connaissais.

— Horre, j'aurais tellement voulu être avec toi.. ! a-t-elle dit alors.

— Je n'avais pu emmener personne avec moi, Lu. C'était pire qu'une punition, comment aurais-tu pu vouloir venir avec moi ?

— Tu es partie sans nous prévenir, on a eu du mal à comprendre.

— C'est vrai, on a tous été choqués. Certains adultes t'en voulaient, mais nous, nous voulions que tu reviennes ! a dit à son tour Aa.

— D'ailleurs, on t'a attendue très longtemps, on espérait chaque jour ton retour ! continua Parr. Et puis, plus le temps passait, plus les adultes nous disaient que tu avais dû mourir. On était tous tristes, ça semblait si vide sans Mo'An et toi.

— Mais un jour, bien plus tard, un hakn que nous avions croisé nous a raconté une histoire fascinante. Tout le monde a été surpris et heureux d'apprendre que tu étais vivante. Et moi, Horre, j'ai depuis toujours rêvé que j'étais à tes côtés, dans ton hakn étrange… a avoué Lu'Rii.

— Nous aussi, nous t'aurions été d'une grande aide, et puis, nous sommes ta famille.

Ce que m'avouèrent les triplés m'a beaucoup touchée. Je les imaginais avoir toujours été près de moi, comme ça aurait été différent ! Je n'aurais jamais eu peur. Et je savais bien que le feu qui les animait était aussi ardent que le mien. Quelle force nous aurions eue ! Je les rassurai en leur disant qu'à présent nous étions ensemble.

En partant de la montagne, nous avions espéré échapper à la neige, ou tout du moins retarder sa venue, mais jamais un seul hiver ne s'était déroulé sans qu'elle ne vienne en tombant recouvrir Akra, et celui-là n'a pas été plus épargné.

Les flocons étaient arrivés par petits groupes, s'installant très lentement tout autour de notre caverne, jusqu'à ce que le lac devienne aussi dur que la pierre.

Nos journées s'étaient raccourcies et nos activités à l'extérieur se raréfiaient. On partait régulièrement en compagnie des enn pour tenter de débusquer les proies qui restaient dans le coin.

En vérité, je ne faisais plus partie de ces groupes de chasse à cause de mon ventre qui ne m'autorisait plus aucune sortie. Tout ce que je pouvais faire, c'était participer aux nécessités intérieures, tout en observant le lac gelé depuis notre grande fenêtre.

Mais ça ne me dérangeait pas tant que ça car je pouvais m'asseoir près d'Oro et profiter d'elle. On avait beaucoup de choses à se dire, et elle aimait particulièrement lorsque je lui racontais toutes les histoires que j'avais pu apprendre au contact de tous ces hakn. Elle réalisait que les connaissances d'une seule ikon'en n'étaient que peu de choses.

— Tu as appris beaucoup lors de ta vie. Tout ce que tu as pu voir, entendre, vivre, t'as rendue très forte. Tu en sais bien plus que moi à présent.

— J'en sais plus sur les Kalii, que j'ai pu parfois découvrir différents. Mais des Sukr'in, je n'ai rien vu de nouveau. Ce sont les mêmes partout.

— En es-tu certaine ? Après tout, tu n'as jamais pu parler avec eux ?

— Oro'Rin, tu n'as jamais regardé dans les yeux de cet Elehenk. Sinon, tu saurais.

Je ne savais pas pourquoi Oro'Rin parlait ainsi, mais cette conversation ne me plaisait pas. Les Sukr'in, je les avais effacés de mon esprit pour le moment. Je préférais m'intéresser aux miens. En voulant changer de discussion, nous en sommes arrivées à la question des unions. Lu'Rii et son frère Parr étaient tous deux sans compagnon et compagne, et il se trouvait que deux femmes Kalii'Enn et Kri étaient eux aussi seuls.

Les idées nous sont venues rapidement. Après avoir rassemblé Kiisi, Fraé et Shaat près de nous, l'accord a été conclu de célébrer des unions.

Je savais que Lu'Rii, pour compenser son caractère ardent, avait plutôt besoin d'un homme apaisé, mais si elle n'avait pas encore été unie, c'était parce qu'elle ne le désirait pas. Au final, elle ne pourrait qu'accepter un homme digne d'elle. Shaat et moi lui avions choisi Kri. Il était aussi ardent qu'elle et avait été très doux avec son ancienne compagne, Opro.

Restait ensuite Parr, qui serait très heureux avec la jeune Ixo.

Ces unions ont été célébrées quelques jours plus tard, autour de deux uiom que les chasseurs avaient débusqués. La fête fut somptueuse et plaisante. Nos deux hakn n'en formèrent plus qu'un, coincé dans la neige mais heureux. Je m'étais occupée de l'eproki sous le regard fier d'une Oro'Rin fatiguée.

L'événement suivant est arrivé deux Akil après, quand un cri aigu a transpercé le silence flottant de l'hiver. C'était moi qui criais, sous les douleurs déchirantes de l'accouchement. La souffrance a été si grande que ce qui se passait en moi et autour de moi m'échappa totalement.

La première chose qui me soit revenue clairement, c'est le visage tout rouge de ma petite fille.

Au moment de la célébration de sa naissance, je lui ai donné son nom : Iron. Shaat'An, tout contre nous, nous couvrait de son regard heureux.

50

Les jours suivants, en l'absence d'occupation, toute l'attention s'est concentrée sur la nouvelle venue, au point que je ne l'avais que lorsqu'elle réclamait à manger. Mais le plus souvent, c'était dans les bras de Chak qu'elle restait, ainsi tout était bien. J'en ai profité pour me reposer, reprendre des forces et me remettre à marcher. Me déplacer dans la neige n'était pas quelque chose que j'adorais, mais me retrouver à l'air libre après tout ce temps me semblait la meilleure des choses.

Ça faisait longtemps que l'hiver était installé, chaque année il semblait ne jamais vouloir partir et ne le faisait que de plus en plus tard. Je me disais que ça allait être la même chose cette saison. Il n'y avait vraiment que les enn qui y trouvaient leur compte. Tandis que je me dégourdissais les jambes, ils gambadaient autour de moi, jouant avec la neige ou entre eux. Depuis que nous étions arrivés, les petits de Mo'An avaient atteint leur taille adulte, mais ça ne les empêchait pas de jouer comme des bébés. À côté, certains des enn, dont Ka d'ailleurs, me semblaient assez vieux à présent.

Quelques instants plus tard, la plupart des Kalii'Enn et des Ike'Atraín étaient sortis me rejoindre pour profiter de Rana et jouer avec les enn.

La vie a ensuite suivi son cours à la caverne. Les Kalii'Enn étaient définitivement restés vivre près des Ike'Atraín, et les Sukr'in semblaient mis de côté durant toutes ces années. Aucun de leurs hakn n'avait franchi notre territoire reculé, et je pense qu'on avait un peu fini par les oublier.

Nous nous étions amusés à garder près de nous un petit sha'il dont nous avions chassé la mère, et que Lu'Rii voulait à tout prix tenter d'adopter, comme nos enn. J'étais curieuse de voir ce que ça allait donner et, à force de patience, le jeune sha'il est devenu l'ami de Lu. Il avait fini par accepter la présence effrayante des enn. C'était drôle de compter une nouvelle espèce dans notre hakn.

Et si le bébé avait donné des idées à Lu'Rii, c'était le corps de la mère qui en avait donné à Chak. Alors que la sha'il morte avait été déplacée vers un endroit plus pratique pour y être découpée, mon frère était resté immobile et soucieux devant le sol retourné et plein de traces.

— Qu'est-ce que tu fais, Chak ?

— Horre, s'il te plait, prépare-moi de la peinture.

— Pourquoi faire, tu as l'intention d'accomplir une cérémonie ?

— Tu verras plus tard.

Devant son air mystérieux, je n'avais plus qu'à satisfaire son désir si je voulais comprendre.

Avant d'avoir à en faire de nouvelles quantités, il fallait finir ce qu'il me restait, une petite poche de peinture rouge.

— Voilà Chak.

Il était à genoux devant l'empreinte qu'avait laissé le corps du cheval, en train de parcourir la forme du bout des doigts, totalement plongé dans sa réflexion. Est-ce qu'il essayait de rentrer en contact avec l'elirha de l'animal ? Il n'y avait qu'un ikon'en qui en était capable.

— Chak, il ne te répondra pas. Je lui ferai une offrande pour le remercier de son don, et aux Malak également, ne te tracasse pas.

Il n'avait même pas semblé m'avoir écoutée. Et plutôt que de me répondre, il s'est contenté de prendre le sac de peinture et d'y tremper sa main gauche, avant de la diriger vers la forme imprimée dans la poussière. Je l'ai regardé avec un intérêt grandissant en faire ressortir les contours en rouge. Quand il a eu fini, j'ai eu l'impression de voir la sha'il morte devant mes yeux. Puis, sans perdre un instant et se défaire de son regard intense, Chak s'est dirigé vers une des grosses pierres qui dépassaient du sol un peu plus loin. L'une d'elle a retenu son attention par sa platitude. Plus je me rapprochais de lui et plus ce qu'il faisait m'apparaissait nettement. Comme précédemment sur la poussière, un nouveau sha'il a pris vie sur la pierre, à partir de traits rouges immobiles.

Cet étrange manège avait attiré l'attention de tous et attisé leur curiosité, si bien qu'ils avaient tous mis de côté ce qu'ils faisaient pour venir s'attrouper autour de Chak, et son sha'il.

Après cela, poussé par son élan, mon frère ne s'est pas arrêté : toutes les pierres y ont passé. La grotte entière a été ensuite recouverte de traits de peinture, de charbon ou même de sang. Il avait commencé par représenter d'autres sha'il, puis, en prenant exemple sur les enn, il les a peints eux aussi, puis les Kalii et les animaux qui nous avaient offert leurs peaux et leurs cornes ; elles ornaient nos corps ou nous servaient de couches. Pour cela, il a dû se servir de ses souvenirs pour reconstituer leur image de leur vivant.

Quand ce fut fini, la grotte a été remplie d'animaux, de Kalii'Enn, de traces de mains ensanglantées et peintes ; on se serait cru à la chasse.

La nuit suivante, à la lueur du feu, je me suis rendu compte que c'étaient des elirha qui couraient sur les parois poreuses.

Shaat'An et moi nous occupions de nos deux jeunes, Chak et Iron, jusqu'à ce que mon frère a été assez grand pour participer à sa première chasse, qu'il a réussie avec panache. Le pandra'ki mâle, malgré sa taille gigantesque et sa puissance effrayante, n'a pas longtemps résisté à notre nouveau chasseur.

Sa cérémonie d'adulte a précédé d'un jour le retour vers Rana'Akra de ma regrettée Oro'Rin. Mais je savais qu'elle partait en paix et que son elirha'kra serait toujours près de moi. Quant au vieux Bi'Har, quelques Akil seulement plus tard, il s'éteignait à son tour.

Ces pertes m'ont rappelé toutes celles qui avaient précédé et augmenté la faiblesse des hakn qui avaient été les miens. Mais ce n'était plus le cas à ce moment-là, nous étions deux hakn, Kalii et enn mélangés et nous avions des enfants. Chak était devenu adulte et Uliba, Weerh ainsi que Dech'Nil – le fils de Riya –, le suivaient de près.

Ma petite Iron était une fille au tempérament doux. Elle me ressemblait de visage mais avait les cheveux noirs. Plus elle grandissait, moins je reconnaissais mon caractère en elle, car elle était calme, et n'aimait pas la chasse, entre autre choses. Son amour pour les enn, par contre, était identique au mien. Il n'y avait rien qu'elle n'aimait tant qu'être près d'eux et ressentir leur chaleur. Quand nous étions toutes les deux à leurs côtés, tout était parfait. J'aimais Iron autant que Chak et Shaat.

Un autre bébé était ensuite né. En réalité, il était accompagné d'un autre dans le ventre d'Ixo, mais celui-ci était mort avant de naitre. Le petit garçon survivant fut appelé Axe.

Puis, enfin, la dernière naissance, suivant de près celle d'Axe, a été celle de la fille de Lu'Rii, la petite Lili aux cheveux de feu.

Lili a été en effet la dernière à naitre car aucune femme n'est tombée enceinte dans les quelques années qui ont suivi.

Les hivers, comme je l'avais dit, étaient de plus en plus rudes et longs. Nous restions de plus en plus souvent coincés dans notre caverne car la neige arrivait sans prévenir, même durant les autres saisons, restait quelques temps puis finissait par fondre, avant de revenir inlassablement l'hiver suivant.

Puis, l'un deux a été plus violent encore que les autres.

Il nous a tous brutalement enfermés à l'intérieur de notre caverne, une nuit. La neige et le vent rentraient avec brutalité par nos deux entrées, nous coupant toute retraite. Bientôt, dans l'obscurité, on n'a plus été atteint par la lumière d'Akil, et on n'a pu que tenter de deviner ce qui se passait. La grotte s'est progressivement remplie d'une neige glaciale, nous recouvrant tous, Kalii, enn, et sha'il, qui n'ont rien pu y faire.

51

Ce qui a suivi ne fut plus qu'un amas de pensées. Mon corps ne bougeait plus, mais est-ce que j'en avais encore un ? La seule chose que je pouvais ressentir était mon elirha, qui s'est fait de plus en plus présent : je sentais sa chaleur en moi qui envahissait ma chair, qui me nourrissait, qui me parlait.

Je ne pouvais pas non plus ouvrir les yeux, mais je voyais malgré tout. Tout était blanc autour, lumineux, tels les reflets de Rana sur la neige propre. Aucune ombre, aucune couleur, c'était à la fois le jour et la nuit. Puis, peu à peu, à mesure que mon corps se réchauffait et s'allumait, des images me sont apparues. Ce n'étaient pas des formes, ni des couleurs, ni même de la lumière… c'était comme de la chaleur … du moins c'était ce que j'imaginais.

J'ai compris que c'était les corps des autres qui chauffaient comme le mien. Nos elirha s'éveillaient.

Rien ne bougeait. Rien ne se passait.

Et pourtant tout vibrait !

D'un corps à l'autre, la chaleur passait, et des pensées avec elle. Était-ce moi qui ressentais ça à ce moment-là ? Pourquoi me sentais-je vide et pleine à la fois ?

Dans ce blanc vide, les elirha bougeaient, dansaient, passaient d'un corps à l'autre.

Je courais. J'allais si vite. L'uiom se rapprochait. Déjà, j'avais mes crocs plantés dans sa patte.

Puis, soudain, je flairais le sol, la truffe dans la neige, mes pattes nues ne ressentant pas le froid.

La chaleur des elirha continuait de voler tout autour de moi. De nous.

C'était toujours aussi blanc, aussi chaud, puis parfois du rouge. Partout.

L'analap. J'avais déjà vu ça.

Si mon corps ne bougeait pas, je le sentais flotter, comme dans l'eau, comme une plume dans l'air. Et je voyais tout ça, tout le temps, des choses déjà vues, des choses déjà vécues, des choses jamais vécues.

Les enn, les Kalii, les Sukr'in… Tous repassaient devant mes yeux. Puis, ils s'écartaient, ils laissaient la place à cette femme. La femme de l'analap.

Ses cheveux brillaient comme ceux de Rana, était-ce elle alors ? Elle me regardait fixement, d'un air doux. Je n'avais plus peur d'elle. Je voyais bien qu'elle était différente, mais je sentais ses pensées en moi, son elirha, sa chaleur, sa lumière.

Elle se rapprochait de moi sans faire aucun pas, puis elle est venue se coller contre moi. Je regardais son image rentrer en moi sans rien pouvoir faire, mon corps devenu aussi lourd que de la roche.

Tout le blanc lumineux qui m'entourait, toutes les images des autres qui brillaient sans le faire ont disparu dans un souffle de vent.

La nuit venait d'arriver, de s'installer, de m'envahir, glacée et sombre.

Pourquoi devais-je ressentir cela à présent ? Pourquoi cette douleur ? Mon corps s'allongeait, s'étirait à l'infini, sans que rien ne cède, sans qu'aucun cri ne sorte de ma bouche. À cet endroit aussi j'avais mal, ça me tirait, me tiraillait, me transperçait sans jamais vouloir s'arrêter.

Le reste de mon visage a ensuite été tailladé et écrasé en même temps.

Mais est-ce que je sentais tout ça ? Est-ce que je le voyais ? Est-ce que je le savais ?

Ça se passait, c'était tout… !

Puis, cela a pris fin. Mon corps n'a plus parlé, ce sont mes pensées qui sont revenues.

La Sukr'in avait disparu, mais d'autres étaient venus. Grands, droits, étranges. Leurs longs cheveux cachaient leurs visages flous, je ne distinguais que leurs yeux. Des yeux jaunes d'enn. Puis, les enn eux-mêmes sont apparus à leurs côtés, ils se sont avancés devant eux et les ont effacés.

D'autres formes, colorées, ont pris leur place. Des Sukr'in marchaient tout autour de moi, si nombreux, si différents. Leurs habits, je ne reconnaissais rien.

Ils tournaient autour de moi, dans leurs vêtements bizarres, puis soudain, ils sont tombés. Mais pas vers le bas. Vers le haut. Dans le ciel, où étaient apparues les étoiles.

Quand les formes ont toutes disparu, les étoiles se sont allumées de toutes parts. Je pouvais bouger et nager au milieu d'elles. Il n'y avait plus rien d'autre qu'elles et moi.

Et cela a duré longtemps…

Une éternité.

52

La lumière venait de se rallumer. Rana était réveillée. Sa chaleur est devenue de plus en plus piquante et puissante.

C'était bon au début. Puis, c'est devenu trop fort. Et cette odeur ! C'était si chaud, si attirant, j'avais faim.

Je ne pouvais plus résister. Mon corps a immédiatement obéi à mes pensées, à celles de mon elirha. En un bond, j'étais sur lui, mes crocs plantés à travers sa peau. Le sang coulait dans ma bouche, sur mes lèvres, le long de mon corps. Il dévalait l'intérieur de ma gorge, si vite.

J'avais très chaud à l'extérieur, sur ma peau, ça me piquait, me grattait, mais je ne voulais pas bouger avant de m'être réchauffée à l'intérieur.

La chaleur m'envahissait peu à peu, traversant tous mes membres, jusqu'au bout, réchauffant et remplissant mon cœur en me faisant frissonner.

Je suis restée ainsi longtemps, les yeux toujours fermés, mes doigts resserrés dans la fourrure, à boire.

Puis, la douleur sur ma peau s'est faite insoutenable. Une pensée très rapide d'un besoin d'ombre m'a traversé l'esprit, et mon corps, encore une fois, a obéi dans la seconde. En quelques pas rapides, j'étais au frais, à l'abri de la lumière, loin du danger, et repue. Pendant ma course, j'avais rouvert mes yeux et ai pu apercevoir, furtivement, des formes indistinctes, comme vues à travers de l'eau, courir dans tous les sens.

Après cela, je me suis endormie.

À mon réveil, je savais qu'il faisait sombre. C'était la nuit et pourtant je distinguais tout. Je voyais tout. Et même plus.

En une seconde, mes yeux ont fait le tour de ce qui m'entourait. J'étais toujours dans la caverne, il y avait de la neige à hauteur des genoux mais en plus de cela, quelque chose semblait différent.

Au milieu de la grotte, il y avait un frola mort, totalement recouvert de sang, mais nulle part écorché.

Et dans chaque recoin de la caverne, des formes humaines et enn.

Face à moi, de l'autre côté, un des humains m'observait. Il était assis, presque prostré, mais mes yeux sont parvenus à y revoir net peu à peu, et j'ai fini par comprendre : cet homme était un Sukr'in.

En fait, c'était plus compliqué que ça. Et étrange. Ce que je voyais, dans son ensemble, était un Sukr'in. Mais je ne le ressentais pas ainsi. Je voyais les quelques différences subtiles entre cet être et mes ennemis. Et mes pensées me rappelaient que je connaissais ce visage.

Je sentais ma tête tellement vide… ! Je voulais me souvenir mais rien ne me venait autrement que par bribes indistinctes.

Combien de temps suis-je restée ainsi, à essayer de me souvenir et de comprendre ? Quand j'y ai finalement réussi, l'homme a réagi comme si c'était son cas également.

Des cheveux et une barbe noire, un corps fort, ces eproki. Je connaissais tout ça.

C'était Shaat'An.

Il s'est levé pour me rejoindre et cela ne lui a pris que le temps de cligner des yeux. Nous nous tenions face à face, amis et compagnons depuis si longtemps et pourtant, nous avions du mal à nous reconnaître.

L'homme qui me regardait était plus grand qu'avant, se tenait plus droit, son corps semblait plus plat. Ses jambes le portaient différemment et ses bras, accrochés autrement. Il y avait cette couleur de peau aussi : blanche comme la neige et transparente comme de l'eau.

Mais son visage… ! Je savais que c'était lui… et pourtant ! Un nez plus petit, un front tout plat, un menton poussé vers l'avant. S'il n'y avait pas ses yeux qui me regardaient toujours de la même manière, douce et profonde… !

Puis, il a essayé de parler. J'ai vu ses dents. Des dents d'enn. Mais qui le faisaient plus ressembler à un lehn ou un hyro'en. Il y avait les deux grandes d'en haut, et celles d'en bas, qui n'appartenaient pas aux Kalii et qui le défiguraient.

Qu'est-ce qui s'était passé ? Est-ce que j'étais pareille ? D'un toucher de ma main, j'ai immédiatement réalisé que oui. Puis, en me regardant, j'ai découvert que mon corps également n'était plus le même.

Nous étions devenus un mélange de Kalii, de Sukr'in, et d'enn !

Quand tous ont été réveillés, nous nous sommes observés, incrédules, puis avons accepté, sans parler. À tous les voir, face à moi, j'ai remarqué que certains manquaient. Étaient-ils partis ou n'avaient-ils pas survécu à la neige ?

Il manquait devant mes yeux Ulis, Moono et Tro.

Tous les enn par contre étaient présents. Ainsi que la sha'il.

Les animaux également avaient changé, quoique pas autant que nous, pas aussi radicalement. Ça se situait au niveau de leurs yeux : les pupilles étaient dilatées au maximum, on ne voyait presque plus le jaune chez les enn ; quant à la sha'il, elle semblait avoir les yeux entièrement noirs.

Et puis, il y avait cet air, indescriptible, qui émanait de nous tous et nous donnait une aura presque effrayante.

On ne savait pas quoi dire, se questionnant tous des yeux, incertains quant à la suite. Tout le monde s'était repu sur le frola, et nous avions repris nos esprits, aussi nous étions libres de sortir. Il y avait également cette énergie incroyable qui nous envahissait tous progressivement, nous donnant l'envie et le besoin de courir loin d'ici durant des heures, sans s'arrêter. C'est ce que nous avons fait. À ma suite, tous les Kalii'Enn sont partis en courant dans la nuit, coude contre coude, à une vitesse libératrice, qui nous faisait presque voler.

  — Qu'est-ce qui s'est passé ici ? s'est étonné Nu'Li'Pko, le compagnon de Wnehel, mère de Weerh.

  Alors que nous observions tous ce que nous avions autour de nous, avec nos pupilles énormes, nous tentions, comme Nu'Li, de trouver une explication.

  — C'était pourtant bien ici, a insisté Sak'Aín. On y est venu assez souvent pour le savoir !

  L'endroit où on se trouvait, et qu'on avait du mal à reconnaître, était l'immense plaine aux herbes hautes où les routes des Ike'Atraín et des Kalii'Enn s'étaient croisées. Ça se situait assez loin de la caverne mais c'était le meilleur endroit pour chasser, car il fourmillait constamment de gibier.

  Mais si la dernière fois que nous y étions allés, c'était toujours une plaine sans arbres entourée de collines et de bois, ce n'était plus, à l'instant où nous y étions, qu'une immense forêt.

  — Les arbres ont tout recouvert durant l'hiver. Comment est-ce possible ? a dit Frina, décontenancée.

  — Ce n'est pas possible justement…

  Personne ne comprenait. Personne n'aurait pu. À force de réfléchir, j'en suis venue à me dire que seuls les elirha pouvaient être en mesure de nous donner la réponse. J'allais avoir besoin d'analap. Ma première réaction a été de vouloir retourner à la caverne pour y dénicher ma besace de plantes, mais elle devait toujours y être emprisonnée dans la couche de neige.

— Je vais avoir besoin d'analap.

Toutes les têtes se sont tournées vers moi. Tous ces visages étranges, déformés ; est-ce qu'on s'y ferait jamais ? En quelques mots, je leur ai expliqué à quoi cette plante ressemblait. La plupart la connaissaient pour l'avoir déjà aperçue par-ci par-là, puis, quand ils se sont rappelé que c'était une plante interdite, ils ont eu une hésitation.

— C'est moi, l'ikon'en, qui vous permets, et même vous ordonne d'en trouver. L'interdiction ne vaut plus, c'est trop important. Nous allons partir chacun dans une direction, avec un enn, et nous nous retrouverons ici plus tard.

En une seconde, tous les Kalii'Enn s'étaient dispersés et avaient disparu dans la nuit à une allure effarante. Mo'An m'a suivie sur le chemin qui devait me mener à l'endroit où j'en avais cueilli la dernière fois. Il n'y avait jamais une grande concentration d'analap au même endroit, cette plante était dure à dénicher, et si tout le paysage avait changé, les choses n'allaient pas être plus simples.

Je ne reconnaissais rien ; la seule chose qui me permettait de me repérer était ma connaissance des lieux, l'habitude des pas. Pour être moins perdue, j'avais expliqué à Mo'An l'endroit que je cherchais et je me suis finalement reposée sur son flair.

La petite bosse était là, au pied des rochers qui n'étaient plus entourés des mêmes arbres, mais toujours de la même abondance de fougères vertes et humides. Y avait-il toujours les quelques plants d'analap, trônant sur le surplomb herbeux ? En un bond, j'y étais – et j'ai immédiatement ravalé un cri.

Rien. À part de la mousse, il n'y avait rien d'autre. Qu'est-ce que j'allais faire ? Je n'avais aucune idée d'où chercher. J'espérais que les autres auraient eu plus de chance que moi…

— Mo'An, où vas-tu ? Attends !

L'enn venait de partir en courant, m'abandonnant sur place, interloquée. Je l'ai vite rattrapée et l'ai suivie avec espoir, comptant sur ses sens bien plus développés. Elle m'a promenée ainsi durant quelques minutes, me faisant voyager entre les arbres, sans presque toucher terre. Puis, elle s'est figée sur place, sans que je m'y attende. La surprise m'a fait perdre pied, tomber lourdement sous les fougères, et rouler jusqu'à elle.

En reprenant mes esprits, alors que j'allais me relever, mes yeux sont tombés sur une petite plante cachée dans l'ombre des fougères. Un unique plant d'analap, merci Mo'An !

Il ne nous restait plus qu'à retourner au point de rassemblement.

Mais sur le chemin du retour s'est reproduite la sensation de la caverne : cette chaleur désagréable, qui se transformait en douleur. Ça ne faisait que gratter la peau au début, par petites piqures légères, mais ça ne se calmait pas, au contraire. La morsure devenait de plus en plus profonde, c'était insoutenable !

Et puis, cette lumière qui s'étalait tout autour, changeant les couleurs et la vision… Tout est devenu flou, mouvant. À travers les lignes des arbres, une boule de feu venait d'apparaître. C'était la cause, on devait s'enfuir avant de brûler !

Mo'An, à mes côtés, hurlait de douleur, elle était devenue écarlate et restait prostrée, la tête enfouie entre ses pattes, contre le sol. À force d'y frotter son museau, la même idée nous a traversé l'esprit et il ne nous a fallu que quelques secondes pour creuser un trou dans Akra, nous y enfouir et le refermer au-dessus de nous. La brûlure s'est arrêtée instantanément et la fatigue a pris le dessus.

53

En me réveillant, j'ai été prise d'angoisse en réalisant où j'étais. Que faisais-je sous terre ? Puis, tout m'est revenu en mémoire.

Mo'An venait de se dégager du sol et m'invitait du regard à faire de même. Autour, c'était de nouveau la nuit, fraîche et agréable. Je dis « fraîche » parce que c'était ce que mon esprit imaginait, en comparaison des sensations de la veille, car en réalité, je ne tremblais pas comme d'habitude sous le vent d'Akil. Je ne sentais rien, et je me sentais bien.

De retour au point de rassemblement, tous les Kalii'Enn étaient en train de revenir. Ça m'a rassurée car j'avais crains le pire.

En premier lieu, je leur ai demandé si l'un d'eux avait pu trouver la plante. Seule Lu'Rii avait par chance pu en débusquer.

— Est-ce que vous avez ressenti la même chose que Mo'An et moi lors du réveil de Rana ? ai-je ensuite demandé.

C'était le cas. Tout le monde avait subi cette sensation insupportable et avait pu trouver refuge sous terre.

— Mais comment as-tu fais avec Emi, Lu'Rii ?

Atil parlait de la sha'il de Lu, qu'elle avait appelée ainsi en souvenir de l'Ancienne Ike'Atraín, qu'elle aimait tendrement. Elle nous a expliqué :

— Ça s'est passé comme vous. J'ai dû creuser seule et lui intimer de ne pas bouger, puis, je l'ai recouverte de terre et de feuilles avant de faire pareil pour moi. Est-ce que vous comprenez ce qui se passe ?

— Rana nous a reniés.

C'était Iron qui venait de dire ça. Elle avait prononcé ces mots dans un soupir, le regard fixé dans le vide, comme ayant perdu tout espoir. Cet air qui mangeait son visage me prit en pitié, j'arrivais à lire la peur en elle, qui la paralysait… et qui s'est mise à gagner les autres.

— Iron a raison, la Malak du jour nous a bannis de sa vie, a fait Riya.

— Mais pour quelle raison ? s'étonnait Kal'Ika.

— Peut-être que c'est à cause des enn, a tenté Corbé. Elle refuse peut-être que des Kalii vivent avec des animaux, comme elle refuse que nous soyons amis avec les Sukr'in.

— Ça n'a pas de sens ! a tempéré Shaat'An. Sinon cela ferait longtemps qu'elle nous aurait punis.

— Alors, c'est probablement la venue de la sha'il dans notre hakn qui a été trop pour elle.

— Et tu crois qu'elle a uniquement voulu nous punir par la neige ? La neige appartient à Akra, c'est elle qui décide lorsqu'elle veut hiberner, et lorsque cela doit prendre fin.

— Eh bien, peut-être qu'Akra également nous a punis.

Corbé essayait de tout imaginer, de tout peser dans sa tête pour tenter de comprendre mais nous ne pouvions pas connaître les pensées des Malak.

Il n'y avait qu'un moyen d'en attraper une infime partie.

La décoction était prête, fumante, odorante. Rien qu'à la respirer, je sentais mon esprit partir. J'avais autorisé les Kalii'Enn à rester près de moi s'ils le souhaitaient, et certains l'avaient fait, tandis que d'autres préféraient attendre en allant marcher ou en faisant les cent pas, encore conditionnés par les interdictions qui entouraient le monde des ikon'en. Près du feu qu'on avait allumé pour préparer l'analap, j'avais créé un cercle de pierres pour m'entourer lors de mon rêve. Ce que j'espérais, c'était attirer l'attention de Rana, avec l'espoir qu'elle veuille bien me fournir des explications.

Tous autour de moi étaient impatients que j'inhale le breuvage pour revenir au plus vite vers eux avec la parole des Malak. Sans les faire plus attendre, j'ai bu le contenu de la gourde fabriquée en hâte avec un morceau de vêtement.

Comme d'habitude, il a fallu attendre quelques instants avant que ça ne fasse effet, puis enfin ma vision a commencé à devenir floue, vibrante, elle a perdu le contour des formes pour ne garder que les couleurs, vivifiées.

Mon corps est redevenu aussi léger que lors de ce rêve sans fin, sous la neige, qui m'avait apporté des sensations inconnues et étranges. Il y a même eu cette blancheur immaculée qui revenait devant mes yeux et s'étalait tout autour de moi, comme pour me noyer. L'espace d'un instant, j'ai ressenti une douce chaleur avant que celle-ci ne disparaisse progressivement, suivant la lumière qui s'écartait de moi, partait au loin, où que je regarde.

Ce qui la remplaçait, ce qui la chassait, était à nouveau le ciel étoilé qui est venu me bercer et m'empêcher de bouger. Je voulais voler jusqu'à la lumière lointaine mais ne pouvais pas. À mesure que je me débattais, de la lumière naissaient des formes connues : des Sukr'in, partout. Ils marchaient, se regardaient, se parlaient, se touchaient et finissaient par tomber au sol pour ne plus se relever, puis disparaître. Cela a duré longtemps, inlassablement, tant que je me débattais pour les rejoindre et échapper au noir.

Puis j'ai fini par m'endormir dans ce rêve, pour me réveiller au milieu des miens.

En me voyant me réveiller, suffocante, Chak et Shaat se sont précipités vers moi pour me réconforter. Les autres me regardaient avec inquiétude, à cause de l'image qu'ils avaient vue de moi lors de mon rêve, ou pour les paroles qu'ils attendaient, je ne le savais pas...

Mais avant de leur parler, j'ai eu d'abord besoin de retrouver mes esprits en marchant un peu sous la brise. Il fallait également que j'analyse et comprenne ce que je venais de voir. Ça avait été un rêve plutôt direct, je pensais l'avoir saisi. Ce que je n'avais pas compris en revanche, c'était la raison de tout cela.

— Raconte-nous, ikon'en.

Ils s'étaient finalement tous rassemblés autour de moi, à quelques pas du feu, à attendre mes explications avec hâte, et avec crainte. Je les ai regardés un par un et leur ai raconté tout ce que j'avais vu et ressenti. Ils ont écouté avec curiosité – et une totale incrédulité.

— Mais qu'est-ce que ça signifie ? Comment le comprends-tu ? m'a questionnée Kiisi.

— Je pense que Rana veut nous faire comprendre qu'elle sera à présent la Malak des Sukr'in.

Un cri de frayeur et d'incompréhension a secoué les Kalii. Ils étaient ébahis et refusaient d'y croire. Sauf ma fille Iron qui avait toujours à travers ses larges pupilles cet air de tristesse :

— C'est la vérité, dit-elle alors. Elle ne veut plus nous voir, nous l'avons déçue. Ce n'est donc pas à cause des enn qu'elle nous punit, mais à cause des Sukr'in.

Je n'y croyais pas, je savais que ce n'était pas la raison et je ne voulais pas que mon hakn croie de mauvaises choses.

— Non, ma chérie, tu te trompes, ta tristesse t'aveugle. Je peux t'assurer que ce n'est pas une punition.

— Mais pourquoi, ikon'en ? Qu'est-ce d'autre alors ? a objecté Expron, perdu.

Je leur ai expliqué la suite d'un ton calme, en espérant qu'ils s'apaisent :

— Rana ne sera plus notre Malak. Le jour nous est interdit à présent, mais c'est parce qu'Akil sera notre unique Malak du ciel. Les Malak savent que les Kalii et les Sukr'in ne pourront jamais être alliés, c'est pour cela qu'ils ont voulu se séparer, pour mieux veiller sur chacun de nous. Akil nous donne sa force afin qu'on poursuive la mission.

— Et Akra, elle aussi nous a reniés ?

— Réfléchis, Alimali : où t'es-tu cachée lorsque Rana s'est levée ?

Tous réalisèrent à partir de ce moment-là qu'Akra était plus que jamais notre Grande Malak, notre protectrice.

54

Il y en avait partout, de ces lueurs rouges. De tailles différentes, elles se déplaçaient derrière les arbres, sur le sol, ou bien le long des troncs ou encore dans le ciel. Quand on se regardait entre nous, l'effet était le même, quoique bien plus faible, mais c'était comme si une petite boule de feu brillait dans nos poitrines.

Ce qu'on voyait au loin, on l'a finalement compris, c'était des animaux. Des oliop et des afril dormaient tranquillement, tandis que leur sang s'agitait à l'intérieur de leurs corps, brillant comme des ruisseaux de pourpre.

On entendait même le battement de tous leurs cœurs qui venaient vibrer si agréablement en nous. Et cette odeur délicieuse ! C'était enivrant, plus on la respirait, plus on avait faim… Ça devenait quasiment impossible de se retenir !

C'est Kri, le premier, qui a donné totale liberté à son corps, qui l'a laissé le guider vers cette odeur attirante, dans un bruit aussi léger qu'un souffle de vent. On l'a regardé courir tel un enn, puis bondir à la manière d'un lehn sur une oliop endormie qui n'a pas eu le temps de réagir. Les autres, au contraire, se sont réveillés immédiatement, envahis par la frayeur. Ils menaçaient de disparaître, alors, à la seconde où ils ont bougé, nous avons tous fait de même en fonçant sur eux. En un clignement d'œil, je me suis retrouvée les bras autour du cou d'un mâle, qui s'est arrêté net sous ma force, succombant sous les attaques de mes quatre crocs acérés.

À travers les trous, le sang chaud s'écoulait par jets et rentrait dans ma bouche qui avalait tout, gorgée après gorgée, jusqu'à ce que le jet se raréfie, puis s'interrompe.

Tout allait parfaitement bien après ça. C'est presque impossible à décrire : c'était juste une sensation de perfection, de bonheur sublime ! Je l'ai savouré un long moment, avant d'avoir envie d'essayer quelque chose. Normalement, sur un animal chassé, ce n'était pas essentiellement du sang dont on se nourrissait, mais plutôt de la viande. Alors, pourquoi ne ressentait-on pas la faim en voyant toute cette chair ?

En arrachant un morceau des flancs de l'oliop, j'ai eu l'impression étrange d'être une enn, en me servant de mes quatre crocs. C'était bien plus facile ainsi.

Mais la viande avait un goût répugnant, je n'avais jamais senti une chose pareille. Aussitôt qu'elle a touché ma langue, je l'ai recrachée avec une mine de dégoût.

Je n'étais pas la seule à avoir essayé, comme je l'ai remarqué en regardant autour de moi. La scène était très impressionnante à voir : il y avait autant d'animaux morts que de Kalii'Enn, chacun s'étant jeté tous crocs dehors sur une proie. Ça me rappelait une scène de bataille contre des Sukr'in plutôt qu'une simple chasse.

Puis, plus amusant, mes yeux se sont posés sur mon amie Lu'Rii qui était en train de nourrir Emi, sa sha'il. J'ai alors réalisé que la pauvre bête n'avait pas de crocs ; comment pouvait-elle percer la peau de ses proies ? Eh bien, elle se servait après Lu, en aspirant à travers la plaie. Mais le plus amusant, c'était probablement de voir cette ancienne mangeuse d'herbe se repaître de sang.

— C'était délicieux !

Chak me faisait part de ses impression, le visage encore tout rouge de sang. Après l'avoir essuyé avec ma langue, je lui ai dit que ça m'avait rappelé les sensations de l'analap : faire un rêve tout en étant éveillée. Jamais on n'avait ressenti ça en mangeant de la viande.

— De l'analap ? Je comprends pourquoi les ikon'en gardaient cette plante pour eux seuls, alors… !

— Sak'Aín, je ne te permets pas !

Il avait dit ça sur un ton moqueur-amusé, et je lui ai répondu de la même manière. Peut-être que certaines choses n'avaient plus la même importance à présent.

Le jeune homme qui se tenait face à moi, planté dans son air mutin, semblait si différent.

— Tu es méconnaissable, Sak'Aín. Tu n'as pas seulement changé comme nous tous en ressemblant à un Sukr'in, il y a une force nouvelle en toi. Et pourtant, tu es toujours aussi pâle et encore plus maigre, je n'arrive pas à comprendre de quoi il s'agit.

— Je me sens plus fort, ikon'en, je n'ai plus mal à l'intérieur, je n'ai plus froid, et je peux faire toutes ces choses qui étaient trop fatigantes pour moi avant.

— Et quand nous buvons l'analap, comme Horre l'appelle, ça devient encore plus évident, plus puissant, ajouta Chak.

Nous ne pouvions pas mettre le doigt sur ce qui avait provoqué tout cela, mais nous comprenions peu à peu comment cela se passait.

— Qu'est ce qu'on va faire à présent ?

Fraé venait de me poser la question directement, dépassé par tout ça, attendant que je prenne la décision de la conduite à tenir, et que je les guide. C'était étrange de voir mon ancien relk se mettre sous mes ordres. J'avais besoin de voir avec Shaat'An ce qu'il convenait de décider pour la suite.

— Je pense qu'il ne faut pas se précipiter, mais d'abord s'habituer à tout ça. On sait qu'il faut fuir Rana et avoir accès à l'analap rouge. Donc, toujours avoir accès à Akra pour s'y enfouir, et rester près du gibier. On n'a qu'à continuer à se déplacer en faisant attention à cela, et nous verrons au fur et à mesure.

— Je suis d'accord, nous ferons cela, Shaat.

En attendant, Akil était prêt à céder sa place à Rana, alors il était plus sage d'aller se reposer et de repartir dès le lendemain. Chaque Kalii s'est enfoui à côté de son enn, qui était déjà son ami proche, ou qui l'est devenu après notre réveil de la neige. Il était impératif de rester proches et de s'entraider. Lu'Rii s'est couchée une nouvelle fois près de sa sha'il, et nos deux enfants Kalii, Axe et Lili se sont blottis près des derniers bébés de Mo'An. Les Kalii'Enn étaient décidément un hakn unique.

Quelques nuits ont passé donc comme Shaat'An l'avait souhaité, sans nouveauté, mais nous ont permis de nous améliorer et de gagner confiance en nos nouvelles capacités. On se repaissait de l'analap de tous les animaux qu'on croisait, prenant ainsi des forces tout en s'amusant.

Puis, à force de voyager, les premières tentes sont apparues. On avait presque fini par oublier leur existence.

C'est les enn qui ont réagi les premiers, sans attendre notre décision ou notre signal. Si notre instinct s'était développé, celui des enn l'était plus encore ; nous allions devoir leur imposer l'obéissance pour éviter les débordements. Mais pour cette fois, il était trop tard et la même envie irrépressible nous a également envahis à notre tour.

Plus je m'approchais d'eux et moins je voyais les détails ; je savais qu'il y avait beaucoup de tentes et beaucoup de Sukr'in. Tous n'étaient pas à l'extérieur et pourtant je pouvais tous les voir, les sentir à travers les tentures, cachés à plusieurs mètres de moi.

À présent, en peu de secondes, nous étions à l'intérieur du camp, au milieu d'eux, nous tenant droits : pour la première fois nos yeux étaient à la hauteur des leurs et nous avons pu y lire le plus effrayé des regards.

Ils nous fixaient, pétrifiés, écoutant nos grognements surgir d'entre nos crocs sortis, sans pouvoir faire le moindre

418

geste, ni pousser le moindre cri. Ils n'en ont pas plus reçu l'occasion quand nos dents pointues se sont refermées dans leur peau. L'épaule du Sukr'in qui se tenait devant moi palpitait tellement que je n'ai même pas réfléchi et ai une fois de plus laissé ma faim me guider.

Quelques jours plus tôt, j'avais comparé le sang des animaux à de l'analap. C'était parce que je n'avais pas encore goûté à celui des Sukr'in. Comment aurais-je pu deviner que c'était si différent ? Rien ne pouvait être comparé à ça, rien de ce que j'avais connu jusqu'alors.

L'espace d'un instant, j'ai eu la sensation de revivre ce long rêve étrange dans la neige, tout blanc ; c'était comme si mon elirha s'était réveillé et se mettait à vibrer et trembler de contentement à l'intérieur de mon corps et de ma tête.

J'espérais tant que cela dure à jamais. Mais ça s'est arrêté à l'exact moment où plus aucune goutte d'analap rouge n'a jailli de l'épaule du Sukr'in, après que les battements de son cœur ont cessé.

Ce sentiment si bon s'est envolé, mais il était parti avec ma faim, qui m'a rendu mes esprits. De retour à la réalité, je réalisais qu'il n'y avait pas le moindre bruit dans le camp, en dehors de ceux de succion et de sang qui coulait, aspiré, le long des veines.

Tous les Kalii'Enn n'avaient pas terminé de se sustenter, toujours à terre, écrasant leur Sukr'in, ou bien l'enlaçant pour ne pas qu'il chute. Juste à côté de moi, c'était Shaat qui était accroupi sur un homme allongé au sol, les crocs plantés dans sa poitrine, lui aspirant l'analap directement du cœur.

Et, un peu plus loin, celle qui retint mon attention fut ma fille qui restait assise près de son enfant inerte, avec cet air que je lui avais déjà vu, plantant ses yeux humides dans les miens. Ces yeux tout noirs brillant de rouge auraient pu être effrayants, mais c'était en réalité tout le contraire. J'ai eu besoin de courir jusqu'à elle pour la serrer contre moi dans l'espoir de l'apaiser.

Elle n'a pas dit le moindre mot jusqu'à ce que nous ayons repris la route et qu'elle me questionne :

— Horre, pourquoi haïssons-nous autant les Sukr'in ? Jamais je n'en avais vu auparavant ; tout ce que je savais d'eux était ce que le hakn m'a raconté. Ceux-là ne nous voulaient aucun mal, as-tu vu cette peur dans leurs yeux ? Et pourtant, je n'ai pas pu m'en empêcher...

La détresse d'Iron était grande, ça me dépassait. Elle ne ressentait pas les mêmes choses que moi car elle n'avait rien vécu de tel et n'arrivait pas à imaginer. Je savais qu'elle m'aimait et qu'elle faisait tout ce que j'attendais d'elle mais la haine ne l'habitait pas. Jamais ma fille n'allait connaître ce sentiment.

Je devais tout de même lui expliquer, il fallait qu'elle comprenne et qu'elle accepte.

— Ceux-là ne nous avaient rien fait, c'est vrai. Pas encore. S'ils en avaient eu l'occasion, tu sais que ça aurait été différent. Ils sont nos ennemis, nous ne pouvons pas les laisser vivre. Et ce n'est pas que ma volonté de relk, Iron, c'est celle des Malak.

Iron a acquiescé : elle en avait bien conscience et ne pouvait que se plier à leurs ordres.

— Et puis, tu l'as bien senti comme moi, l'analap des Sukr'in est le meilleur, et c'est pour une raison.

Encore une fois, elle n'a pu qu'être d'accord et se ranger à mon jugement.

La vie après cela est devenue presque monotone : nous dormions sous terre le jour, mangions et voyagions la nuit, et nous amusions sans jamais nous lasser de nos nouvelles possibilités. Il y avait une chose qui faisait plaisir à Iron, c'était que principalement nos repas étaient faits d'analap animal, car les hakn humains se faisaient rares. Les quelques fois où on en trouvait, c'était de grands rassemblements de Sukr'in, vivant dans d'immenses et beaux campements.

Mais on ne leur sautait pas toujours directement dessus, on pouvait prendre le temps et le plaisir de jouer avec leur peur, ou les regarder se débattre inutilement. Le plus fort pour les effrayer était Sak'Aín, et il n'avait presque rien à faire pour cela. Il lui suffisait de s'avancer seul au milieu du camp, les yeux grands ouverts et fixés au loin, si noirs qu'ils semblaient transpercer sa peau aussi blanche qu'Akil qui la faisait d'ailleurs luire plus encore lorsqu'il la touchait de sa lumière.

Quand les Sukr'in voyaient cet étrange être, qui leur ressemblait en tant de points mais avait cette couleur de peau et de cheveux, si claire comparée à eux, ils restaient pétrifiés en assistant à la scène. Le Kalii'Enn marchait tout doucement, le pas si léger qu'il semblait flotter, et continuait ainsi jusqu'à ce qu'il soit au milieu du camp, pour s'arrêter et ne plus bouger un cil, aussi droit qu'un arbre.

Alors, les Sukr'in avaient moins peur, ils hésitaient un peu avant que les plus braves osent s'approcher de quelques pas, suivis un peu plus tard par les autres. Quand ils étaient tous rassemblés autour du Kalii, nous pouvions tous passer à l'attaque, aussi furtivement que les enn. Seule Emi, incapable de faire cela, devait attendre patiemment que son amie Lu l'appelle pour venir boire.

Ainsi, quelques hakn sukr'in s'étaient retrouvés sur notre route, pour notre plus grand plaisir, mais aucun hakn kalii, ni même le moindre individu. Ils avaient donc tous émigré ? Ils avaient fui la neige ? Mais pourquoi pas les Sukr'in également ?

Nous n'arrivions pas à trouver de bonnes raisons à cette absence qui n'avait pas de précédent. Nous ne pouvions comprendre qu'en se le faisant expliquer. La décision a donc été prise de partir à la recherche des Kalii.

Nuit après nuit, nous découvrions de nouveaux paysages, de nouvelles plantes et de nouveaux animaux. Les pics enneigés succédaient aux plaines arides sans que nous ressentions la moindre fatigue ou le moindre écart de température dans notre corps. Les distances que nous avons parcourues sont devenues peu à peu énormes, bien supérieures à tout ce qu'on avait pu faire auparavant. Toutes les terres, tous les paysages passaient sous nos pas, nos seules limites étaient les mers, que nous longions, les seuls humains que nous rencontrions étaient des Sukr'in, qui réagissaient toujours de la même manière face à nous.

Ce voyage nous avait servi à une chose – la destruction d'un nombre incalculable de nos ennemis –, mais pas à celle que nous espérions. Il nous a fallu une nuit pour nous rendre à l'évidence : les Kalii n'étaient plus là !

On était fatigués de chercher, et avions perdu espoir. Plus aucun Kalii'Enn n'a voulu continuer à chercher.

55

Le temps passant, nos vêtements s'étaient désagrégés et étaient tombés d'eux-mêmes, sans qu'on cherche à les réparer ou à en fabriquer de nouveaux. Nous n'en avions ni le temps ni l'envie et il fallait bien dire que ça ne nous était plus d'aucune utilité. On s'est donc retrouvés tous peu à peu aussi nus que nos compagnons animaux sans que cela nous manque. Et, à vrai dire, quand on réalisait qu'on n'avait plus non plus besoin de transporter sur nous ni arme, ni ustensile, ni nourriture, ni sac ou tente, on se sentait bien plus légers et plus libres. C'était très agréable.

Il nous semblait alors qu'un monde venait de disparaître, que nous avions changé et que peut-être nous pouvions envisager la vie autrement.

Une discussion autour de ce sujet nous accapara toute une nuit. Les enn et Emi vadrouillaient dans la prairie alentour tandis que nous nous étions rassemblés après notre repas, en haut d'une colline qui nous offrait une vue imprenable.

— Les Kalii ont disparu. Peu importe la raison, ils ne sont plus là , a commencé Tro'Hi.

— Qu'est-ce que cela change pour nous, après tout ? s'est questionné Wnehel. Si on y réfléchit bien, leur aide ne nous est plus vraiment utile.

— Tu as raison sur ce point, mais au fond, nous ne les cherchons pas vraiment pour ça. On se demande où est passé notre peuple, a dit Ixo.

— Peut-être que les Sukr'in ont fini par tous les tuer…a murmuré alors Kal'Ika.

L'idée nous avait tous traversés. C'était évidemment une explication plausible, mais comment savoir réellement ? Atil, lui, y croyait, et ne voyait qu'une manière de réagir.

— Nous devons les venger, que plus aucun Sukr'in ne vive !

Non, ça n'était pas la solution, ça devenait évident. Pour la première fois, au vu des circonstances, je voyais ma mission différemment.

— Atil, réfléchis. Si nous les tuons tous, comment nous nourrirons-nous ?

— Les animaux.

— Tu accepterais de te nourrir uniquement d'analap sukr'in ?

Cela a fait réfléchir tout le monde. Pour soutenir cette idée, Iron a avancé autre chose :

— Imaginons qu'il n'y ait vraiment plus de Kalii, et que nous tuions tous les Sukr'in. Pourriez-vous vivre sur une Akra déserte d'humains, même si ce sont nos ennemis ?

La décision a été prise de les épargner et de changer de mode de vie. C'est un endroit bien placé qui nous a donné des idées, basées sur ce que nous connaissions de notre effet sur les Sukr'in. Il y avait une colline entourée par les bois, qui dominait une plaine où vivaient deux grands hakn sukr'in, l'un de chaque côté, certainement alliés. Ils nous fournirent l'occasion d'essayer quelque chose de nouveau.

La première nuit, nous nous sommes installés en haut de la colline, et l'un de nous fut chargé de prendre un Sukr'in dans chaque hakn et de nous les ramener. Nous nous sommes nourris dessus, acceptant de rationner notre part d'analap pour la première fois. Il fallut ensuite ramener chaque corps dans son hakn. Nous espérions en faisant cela leur faire peur et signaler notre présence.

La deuxième nuit, pour qu'ils comprennent qu'il ne s'agissait pas d'une bête, nous en avons de nouveau enlevé deux, mais sans les tuer. Pour pouvoir résister à la tentation nous avions d'abord éteint notre soif sur des animaux. Les Sukr'in, atteints de ce regard d'épouvante habituel qui nous rendait plus forts, ont été ramenés vivants chez eux. Ils allaient alors tout raconter aux autres. Il ne nous resterait plus qu'à descendre devant eux et leur expliquer ce que nous voulions. Il avait été convenu de ne s'en tenir pour le moment qu'à l'analap animal, car nous ne voulions plus les détruire.

Notre hakn a été scindé en deux, d'un côté dirigé par Shaat, d'un autre par moi, et après avoir tué quelques oliop, nous les avons transportées jusqu'au deux hakn.

Quand nous sommes arrivés en lisière de leur campement, un petit groupe armé montait la garde. En nous découvrant, ils ont tellement tremblé de peur que seul l'un deux a finalement réussi à trouver la force de hurler. Cela a rameuté tout le camp, comme des dao qui foncent vers un cadavre, et bientôt, nous les avons tous eu devant les yeux.

Je ne sais pas ce qu'ils ont vu en nous en cet instant : des bêtes humaines accompagnées d'animaux furieux, des elirha'kra, ou bien même des Malak dans leur totale nudité auréolée d'une lueur immaculée, mais, de mon côté, je ne voyais en eux que des porteurs d'analap et j'ai dû me faire violence pour ne pas leur bondir dessus.

— Sak, Kri, Nu'Li'Pko, déposez les oliop.

Les Kalii'Enn se sont exécutés, provoquant l'hystérie chez certains des Sukr'in, lorsqu'ils se sont approchés d'eux. Pour ne pas les faire tous s'enfuir, ils ont reculé, immédiatement leur fardeau posé à terre.

Alors, un vieil homme s'est approché, très vieux, très courbé ; dans ses yeux, j'ai eu la surprise de retrouver la même lumière que dans ceux d'Oro'Rin. Très lentement, appuyé sur son bâton, il a fait les quelques pas qui le séparaient des oliop. Puis, il s'est courbé et les a inspectés. Qu'y voyait-il ? Juste des animaux morts ? Il a mis ses doigts dans les marques de crocs, d'où s'échappait un filet de sang.

Ma réaction a été immédiate, et il l'a saisie. J'avais trésailli nerveusement et fais un pas en avant, tandis que lui levait ses yeux sur moi.

— Analap.

Il a entendu le mot sans le comprendre.

— Analap ! j'ai fait encore.

Est-ce que le répéter l'aiderait à saisir ? Je ne m'étais pas rendu compte que je m'étais rapprochée avant de me retrouver les yeux dans ses yeux, et ma main touchant la sienne. Le vieil homme n'avait pas réagi. Tous les autres derrière lui avaient reculé ou levé leurs lances. Lui ne cillait pas : il a même plongé son regard dans le mien, comme pour lire ce qu'il allait y trouver. Un long moment s'est déroulé ainsi, sans que personne ne fasse le moindre mouvement, puis l'ancien a reposé ses doigts sur le sang de l'animal, les a levés, rougis, devant mes yeux et a dit :

— Analap.

Il avait compris. Il ne restait plus qu'à lui expliquer, par gestes, ce qu'on attendait exactement. Je lui ai montré les oliop, mes crocs – qui lui ont arraché le premier frisson de cette nuit – puis l'orée de notre forêt. Pour me prouver qu'il avait saisi, il a refait les mouvements à sa façon, en insistant jusqu'à ce que j'acquiesce.

Ce Sukr'in m'avait surprise. Sa vivacité d'esprit me semblait étonnante. Puisqu'on avait si bien réussi, je voulais tenter autre chose.

— Kalii'Enn. Kalii'Enn… ai-je fait alors en pointant chacun des miens.

Il a répété le son sans trop de peine, ni de différence. Puis, il a montré son hakn du doigt et a dit :

— Brhavoyah.

Du moins, c'est ainsi que le l'ai perçu. Je l'ai répété du mieux que j'ai pu et l'ai vu acquiescer. Puisqu'on y était, je pouvais lui apprendre mon nom. En pointant cette fois ma poitrine, j'ai dit : « Horre. » Après l'avoir répété, il m'a dit pour terminer son nom à lui : « Ylhrokia ».

Après cela a commencé une nouvelle vie où nous nous sommes tous un peu apaisés. Chaque nuit, on se réveillait avec une offrande d'animaux déposés à la lisière de la forêt et, s'il n'y avait plus le plaisir de chasser, il y avait celui d'être servis par des Sukr'in. Les premiers temps, on a préféré rester à l'abri dans notre colline, à observer les deux hakn de loin, lorsqu'ils mangeaient autour du feu, ou qu'ils s'amusaient ou bien montaient la garde quand tous les autres dormaient.

Eux avaient fini par s'habituer à notre présence invisible, obligés de chasser bien plus, mais pour leur survie immédiate. Parfois certains, surtout les enfants, se figeaient sur place après avoir cru apercevoir un Kalii nu, ou un enn aux yeux sombres à travers les arbres.

Puis, une nuit, contre toute attente, au milieu des proies mortes a été déposé un amas de vêtements et d'étranges bijoux. Certains Kalii'Enn se sont amusés de cette attention, et la jeune Uliba a même tenté d'en poser un sur ses épaules. Elle n'a eu que le temps de s'enfuir devant ma rage et mes crocs, et n'a réapparu que la nuit suivante.

Entre temps, j'avais fait brûler ces habits.

56

En dehors de cet incident, les voyages d'Akil se poursuivirent dans le ciel sans que rien ne vienne nous déranger ni troubler notre vie.

Jusqu'à cette nuit où, en allant nous nourrir, nous avons repéré au loin un nouveau campement.

— Mais qu'est-ce qu'ils font là ? s'est étonné Parr.

— Ils viennent nous offrir leur analap. Ils sont fous !

— Non, Aa, je ne pense pas qu'ils soient venus pour mourir, ai-je dit, songeuse. Je crois savoir pourquoi.

Pour la première fois depuis le début, j'ai eu envie d'aller voir les Sukr'in. Ils venaient de faire quelque chose d'étrange et la curiosité m'a attirée vers eux. Mo'An m'accompagna chez les Brhavoyah, après que je lui ai répété l'interdiction de se nourrir sur eux. Ils m'ont vue distinctement sortir de la forêt car, lorsque je suis arrivée à leur campement, le vieux Ylhrokia m'y attendait. Il avait tant vieilli ! Combien de temps cela faisait-il que nous vivions sur cette colline ? Mais malgré tout ce temps, il n'avait pas oublié, et m'a accueillie par mon nom. J'ai vu dans ses yeux qu'il avait remarqué que j'étais toujours nue, et que je n'avais donc pas accepté leur cadeau ; il a semblé attristé.

Mais je n'étais pas là pour ça. Par gestes, je lui ai fait comprendre ce qui m'intriguait mais il devait déjà s'en douter. Ce que j'ai compris de ses explications, c'était que les deux hakn avaient requis plus d'aide pour pouvoir nous nourrir. Je savais que pourvoir aux besoins d'un hakn aussi grand que le mien requérait beaucoup de moyens, mais comme jusqu'à présent ils s'en étaient très bien sortis, je ne m'étais pas inquiétée. Après tout, si leur nombre augmenté ne devenait pas une menace, je pouvais bien leur accorder ça.

Ce nouveau hakn s'appelait Uuniralin. Ila avaient profité de la journée pour installer leur camp, aussi grand que ceux de leurs voisins. Certains étaient déjà endormis, à l'abri sous les tentes, tandis que d'autres profitaient de la chaleur du feu, en grande discussion, plutôt bruyants par rapport à des Kalii.

Tandis que j'entrais, accompagnée de ma fidèle Mo'An, dans la lumière dansante des flammes, les voix de ceux qui m'avaient repérée s'éteignaient dans un souffle, bientôt suivies des autres, à qui ils avaient fait signe.

On s'est jaugé, immobiles, durant quelques minutes, pendant lesquelles ils ont pris la mesure de ma supériorité, et moi celle de leur bonne volonté. Ils étaient venus ici par eux-mêmes, après avoir appris notre existence par l'un ou l'autre des deux hakn, et ils venaient à priori apporter leur aide. Ça m'a semblé probable. Dans leurs yeux ne brillait rien d'autre que la peur fascinée, il n'y avait pas de place pour quoi que ce soit d'autre, comme de la tromperie.

Comme c'était moi qui m'étais donné la peine d'aller les voir, j'attendais qu'ils soient les premiers à rompre le silence, à faire un geste. Me voyant rester toujours parfaitement immobile, ils ont fini par comprendre et oser, d'abord respirer, puis se détendre. Ce fut un homme grand, me dépassant largement, qui a fait le premier pas en avant. Par sa stature et ses habits, j'en ai déduit qu'il était le relk. Dans un silence toujours aussi tendu, il a marché lentement vers moi, mesurant ses gestes et sa respiration, pour ne faire aucun mauvais mouvement, sans jamais me regarder dans les yeux mais bien vers le sol et il est venu ainsi se poster à quelques petits pas devant moi. Aussitôt, toujours en gardant ses yeux vers le bas, il a plié ses genoux pour se mettre dans une position de soumission. Ce geste m'a arraché un sourire, intérieurement. J'avais hâte de connaître la suite. Mais elle a été brève car le Sukr'in avait juste prévu se poster devant moi puis étendre ses deux bras, paumes levées, en avant vers moi et a fini en basculant sa tête en arrière, comme s'il m'offrait son cœur. Mais que voulait-il ? Qu'attendait-il ?

Est-ce qu'il m'offrait son corps à dévorer ? Il croyait donc que j'étais une enn ?

Ou peut-être que non. Peut-être savait-il. C'était son sang alors, son analap.

Le long de son cou ses veines battaient à tout rompre, et en suivant leur chemin, je croisais toutes les autres, qui formaient un enchevêtrement de lignes rouges et brillantes tout le long de son corps, tout en finissant par rejoindre le sac de sang dans sa poitrine qui brillait si fort à travers sa peau que je me suis sentie partir…

Quand je suis revenue à moi, j'ai ressenti la présence de trois des miens dans mon dos et je me suis rendu compte que j'étais en train d'aspirer l'analap à travers les quatre trous que j'avais faits dans le cou du Sukr'in qui s'était offert à moi. Je pouvais arrêter avant qu'il meure, c'était ma dernière chance – et je l'ai saisie.

Il ne fallait pas détruire ces Sukr'in qui nous servaient. Mais on pouvait malgré tout se nourrir dessus, et ne pas boire que de l'animal. Dans un regard vers les faibles Sukr'in, j'ai lâché l'homme qui est tombé dans un bruit sourd, puis j'ai rejoint mes compagnons.

Lu'Rii, Chak et Sak'Aín m'attendaient un peu plus loin et semblaient réfléchir à ce que je venais de faire.

— Si tu avais vu les regards des autres tandis que tu buvais ! me dit Chak. On aurait juré qu'ils venaient de voir leur Malak !

— Est-ce que l'analap Sukr'in est toujours aussi bon ? a demandé Lu.

— Encore plus !

J'avais de nouveau goûté à l'analap, et si j'avais eu envie d'oublier cette sensation, je n'aurais jamais pu. Et en tant que relk je n'avais pas le droit d'empêcher mon hakn de se faire plaisir alors que je me l'autorisais, ce serait revenu à les punir alors qu'ils ne le méritaient nullement. L'autorisation a donc été accordée à tous de se nourrir une fois par Akil sur un Sukr'in, à la condition de ne pas le vider plus de la moitié de son analap, afin qu'il reste en vie. Évidemment, les Sukr'in devaient continuer leurs offrandes en animaux tous les jours ; leur propre analap n'était qu'un petit plus que l'on s'accordait.

Ainsi, nous avons pu commencer à nous mêler régulièrement à eux, à sortir de la forêt pour nous nourrir mais aussi pour les observer. Au début, la plupart d'entre eux étaient déjà endormis quand on arrivait mais, poussés par la curiosité et une peur de plus en plus mesurée, ils sont restés à veiller de plus en plus tard, et de plus en plus nombreux.

Les Kalii'Enn n'allaient jamais au sein des hakn tous ensemble. On ne le faisait pas car on savait que tous réunis côte à côte, on avait toujours du mal à se dominer, et on était d'autant plus effrayants ; il valait donc mieux qu'on y aille chacun notre tour, uniquement accompagnés de notre enn, ou sha'il.

D'ailleurs, en repensant à Emi, j'avais la sensation, quand je l'observais au milieu des Sukr'in, près de Lu'Rii, que c'était elle qui les passionnait le plus. Les Kalii et les enn les effrayaient, mais la sha'il semblait plutôt les fasciner. C'était probablement dû au fait que son espèce n'a jamais été effrayante. Mais ils n'avaient jamais vu Emi aspirer de l'analap directement sur un corps.

Je me suis une nuit demandé si nous aurions pu avoir d'autres espèces au sein des Kalii'Enn. Si les enn en faisaient partie, c'était parce qu'ils m'avaient adoptée. Puis, bien plus tard, partant de cette idée, Lu'Rii avait tenté d'amadouer un tout autre animal. Je n'aurais personnellement jamais pensé à un mangeur d'herbe. Avec les enn, ça semblait évident depuis, parce que nous sommes très proches en beaucoup de points, mais les sha'il ? Nous n'avons aucun lien avec eux. Lu'Rii avait voulu essayer avec le bébé qui s'était retrouvé devant elle, je savais qu'elle avait de la fascination pour ces animaux, aussi je l'avais laissée s'amuser. Et à mon grand étonnement, à force de patience, elle avait réussi à devenir amie avec le bébé sha'il.

Est-ce qu'il était donc possible d'établir un tel lien avec tous les animaux ? Pourquoi alors les Sukr'in ne l'avaient jamais fait ? Ils devaient vraiment voir beaucoup moins de choses que nous…

— Je voudrais qu'on offre des enn aux Sukr'in.

Les Kalii furent abasourdis. Cette idée m'était passée par la tête simplement, comme un nouveau jeu. Je ne savais pas pourquoi, mais j'avais envie de tenter une nouvelle chose.

— Les Sukr'in ne savent pas apprivoiser les animaux. Montrons-leur. On pourrait leur offrir leur premier hakn d'enn.

— Mais, pourquoi faire une chose pareille ? s'est écrié Ixo, les yeux ronds.

Je ne pense pas qu'on soit aussi doué qu'avant pour apprivoiser des animaux, puisqu'on les fait tous fuir à présent. Il n'y a guère que les prédateurs qui cherchent d'abord à comprendre. Et pourtant, j'aimerais savoir si tous les animaux d'Akra pourraient être amis avec des humains.

— Tu voudrais que ce soient les Sukr'in qui essayent ça pour nous ? a demandé Atil sous ses sourcils plissés.

— Mais les animaux sont une force, ikon'en. Pourquoi la leur donner ?

C'était la petite Lili qui venait de faire cette remarque. Si la sha'il Emi me fascinait, ce n'était rien à côté de nos deux enfants, Lili et Axe. Ils étaient si petits, si jeunes, et pourtant quelle force en eux ! Plus rapides, plus agiles, plus invisibles que nous les adultes. Leur apparence n'avait rien à voir avec leur réalité. Mais même s'ils étaient aussi forts que des adultes, ils ne réfléchissaient toujours que comme les enfants qu'ils étaient, derrière leur air ingénu et interrogatif.

— Ma petite Lili, même avec tous les hakn de prédateurs d'Akra, crois-tu qu'ils puissent nous vaincre ? D'autant plus que les enn seront toujours des nôtres.

— Ça n'est pas si fou que ça, a fait Kri après y avoir réfléchi. Les enn qu'on leur offrirait pourraient… les surveiller pour nous. Durant le jour, par exemple.

L'idée du Kalii blond a fait son chemin parmi les autres membres du hakn. Ça partait de ma réflexion étrange pour devenir quelque chose d'utile. Alors, pourquoi pas ?

Les plus à même d'aller chercher des enn et leur enseigner ce qu'ils doivent apprendre me semblent être nos propres enn, a dit alors Shaat'An.

— On les enverra à notre prochain réveil.

Ça ne leur a pas pris longtemps pour revenir accompagnés d'une suite trottinante, et à leurs ordres. Ces nouveaux enn semblaient tout frêles comparés aux nôtres, mais ce n'est pas ce que j'aurais pensé si je les avais croisés quand j'étais petite. Il allait falloir que les Sukr'in arrivent à les voir du bon côté eux aussi, et qu'ils ne les prennent pas pour les nôtres. Pour leur expliquer et leur montrer, j'ai composé des petits groupes de Kalii'Enn et de ces nouveaux enn pour aller voir chacun des campements sukr'in. J'ai choisi celui que je préférais, toujours le même, et j'y suis allée accompagnée de Mo'An, Shaat'An, ainsi que de Chak et Chali, sa femelle enn. Les relk et deux de leurs enn sont venus avec nous.

Contrairement à ce que nous pouvions croire de l'intelligence des Sukr'in, ceux-ci ont vite saisi le but de notre visite. Ils ont fait le lien entre la particularité de notre hakn au niveau de ses membres, et les nouveaux arrivants qu'on venait leur présenter. De l'un et l'autre côté, ça s'est très bien passé, chacun étant curieux de découvrir les êtres en face de lui

Évidemment, je ne savais pas ce qui se passait dans la tête des Sukr'in, s'ils comprenaient une partie de ce qui nous avait poussés à faire ça, mais si ce n'était pas le cas, je n'avais pas vraiment les moyens de leur expliquer tout. J'avais envie de les laisser faire, finalement ils étaient peut-être moins stupides que ce que je voulais bien croire.

Au fil du temps qui passait, j'en ai appris davantage sur les Sukr'in, qui s'étaient mis à beaucoup vivre la nuit, plus longtemps, et je les voyais évoluer dans leur monde, directement, les uns avec les autres, au milieu de leurs activités, de leurs chasses, et avec les enn. Ceux-ci semblaient ravis de leur nouvelle vie, ils étaient toujours libres d'aller où ils voulaient, de partir en chasse quand ils le désiraient, mais le plus souvent, ils le faisaient aux côtés des Sukr'in. Ils appréciaient particulièrement la présence des enfants, pour leurs caresses et leurs jeux. Et la mienne aussi. Ou était-ce seulement de l'obéissance ? En tous cas, lorsque j'arrivais dans l'un des campements, ils venaient tous immédiatement me saluer. Leur chaleur, contrairement à celle, inexistante, de Mo'An et des autres était très agréable.

Les Sukr'in n'avaient toujours pas eu l'idée d'approcher d'autres animaux, mais je me disais que ça viendrait probablement plus tard. Je sentais que je n'étais pas pressée.

Je n'étais pressée à propos de rien. Les deux uniques choses qui, chaque nuit, devenaient urgentes étaient la prise d'analap et la fuite devant Rana. Mais en dehors de cela…

Je le voyais en regardant les Sukr'in que quelque chose se passait, tout le temps, inexorablement. Le vieux Ylhrokia était mort cela faisait déjà longtemps, il avait

434

rejoint Rana'Akra, et n'était pas le seul. Dans les trois hakn, des vieillards et des nouveau-nés ou encore des chasseurs mouraient régulièrement. Puis, il y avait des naissances. Si on ne connaissait pas les visages de tous ces gens, on aurait pu croire que rien ne se passait, il y en avait toujours autant, seulement ce n'étaient pas les mêmes.

Puis, quand je regardais les miens... ma belle Iron était toujours la même, dans ce corps fin auquel on s'était tous au fil du temps habitué, pour nous tous. Chak avait été un enfant, je m'en souvenais, mais ça faisait longtemps qu'il était ce jeune adulte fort qui me souriait toujours. Sak'Aín, lui, donnait toujours l'impression de pouvoir mourir à chaque instant et pourtant... Et Axe et Lili, depuis combien de temps étaient-ils des enfants ?

Je n'y avais jamais pensé et pourtant je ressentais toujours cette barrière invisible qui nous entourait, nous séparant des Sukr'in. Il y avait quelque chose qui existait, qui ne nous touchait pas mais qui m'avait semblé l'avoir fait avant.

57

— Iron, tu ne vas pas pouvoir refuser l'analap toute ta vie. Regarde-toi, tu as l'air si faible…

Ma fille refusait encore de m'accompagner chez les Brhavoyah pour le repas mensuel. Elle ne cessait de me répéter que le sang des animaux lui suffisait amplement, et pourtant son corps blanc était le plus froid de nous tous.

— Laisse-la donc, ikon'en, elle a dû tomber amoureuse de l'un d'eux, et refuse de toucher le moindre de ses cheveux, ou de sa famille. C'est émouvant ! a lancé Atil qui, de loin, ne pouvait s'empêcher de nous faire part de son avis.

— Tais-toi, imbécile ! Tu n'as pas à te mêler de ça. Iron est la fille de la relk, je te le rappelle. » lui a alors glissé Lu'Rii en l'agrippant par le bras pour l'éloigner.

— Oui, elle est intouchable et je lui dois le respect. Mais pourquoi serais-je le seul à respecter les relk dans ce hakn ?

Les yeux de Lu'Rii se sont soudain exorbités après cette remarque, avant que le reste de son corps ne se mette à pousser plus vivement le Kalii brun qui semblait s'amuser lui-même de ses propres dires.

— Attends, Lu ! Que veux-tu dire Atil ? ai-je demandé d'un ton soupçonneux.

Obéissant à mes ordres, il s'est rapproché de moi pour venir me parler à l'oreille :

— Nous savons tous l'effet que l'analap à sur toi, comme sur nous tous d'ailleurs. Enfin, presque tous. Et quand c'est ton tour d'aller boire, ça t'occupe un bon moment, t'évitant de voir ce qui se passe dans les autres hakn. Je plaisantais pour Iron, mais ce que j'ai dit pourrait s'appliquer à d'autres.

Qu'est-ce qu'il cherchait à me dire ? Il jouait avec mes nerfs et se moquait de moi, mais c'en était trop. Sans même qu'il s'en rende compte, il s'est retrouvé plaqué contre le sol, incapable du moindre mouvement, mes crocs juste devant son visage qui ne souriait plus.

— Ne t'énerve pas Horre, tu n'as qu'à aller voir par toi-même !, a-t-il lâché péniblement entre deux souffles affolés.

Shaat'An, qui s'était rapproché pour comprendre ce qui se passait, m'a suivie à la vitesse de l'éclair jusqu'au premier campement. Aucun Kalii'Enn. Seulement des Sukr'in plus épouvantés que jamais devant mon air enragé. Dans le deuxième campement, il n'y avait que Chak qui se nourrissait.

Le dernier devait être le bon… !

Quelques Kalii'Enn s'y promenaient ou observaient les Sukr'in. Puis, plus loin, autour du feu, se tenait un grand rassemblement. Que fêtaient-ils ? Ils étaient en train de s'agiter autour de quelqu'un. En me rapprochant, j'ai reconnu Nu'Li'Pko, Alimali et Uliba, tous trois debout au milieu des Sukr'in, en cercle autour d'une autre Kalii'Enn. C'était Wnehel, assise, qui se faisait toucher la peau par une femme aux mains colorées.

Il ne nous a fallu qu'un instant à moi et Shaat qui observions la scène pour comprendre : Wnehel se faisait peindre le corps par la Sukr'in. L'instant d'après, j'étais sur la Kalii, tous crocs dehors, plus enragée encore qu'avec Atil, bien plus. La seule chose qui a alors guidé mon esprit a été la volonté de la vider de son sang. J'allais trouer sa peau lorsqu'une main m'a agrippé l'épaule et m'a tirée en arrière. Le Kalii'Enn qui avait osé ce geste n'avait pas eu assez de force pour me repousser loin de Wnehel, mais ce fut suffisant pour retenir mon geste. Qui avait fait ça ?

— Lu'Rii, comment oses-tu ?

Tous les Kalii'Enn s'étaient à présent rassemblés autour de nous, alors que les Sukr'in s'étaient enfuis à la lisière du campement. J'étais tellement hors de moi que j'en avais la vision brouillée, toute jaune des flammes qui brûlaient devant mes yeux, et rouge de tous les cœurs emballés que je voyais battre. Mais je n'ai pas laissé le temps à Lu de répondre, avant de me tourner vers une Wnehel morte de peur.

— Et toi ! Qu'est-ce que c'est que ça ? Tu oses te rapprocher d'eux et les laisser te toucher ! Et par-dessus tout, tu souilles tes eproki, la marque des Malak, et la preuve de ton alliance avec Nu'Li'Pko, l'un des autres ! Tu t'es abaissée, toi, une Kalii'Enn, aussi bas que ces minables Sukr'in ! Tu ne mérites plus d'être l'une des nôtres !

— La peur et la surprise dans les yeux de Wnehel avait laissé la place à l'effroi le plus total. Jamais je n'avais vu cela, même dans les regards des Sukr'in. Et son corps, c'était impensable, était recouvert de poudre blanche et rouge qui créait des lignes, de ses hanches jusqu'à son front, salissant sa peau et ses marques sacrées.

Je n'étais pas la seule à être effarée. Visiblement, certains étaient déjà au courant, peut-être même que d'autres avaient déjà osé, mais les autres, comme Shaat'An, n'en croyaient pas leurs yeux et montraient les crocs.

— Je suis très en colère Wnehel. Tu mérites la mort.

Si celle-ci avait pu montrer plus de peur, ou s'évanouir, elle l'aurait fait sur-le-champ. Mais la seule qui a réagi alors a été Lu'Rii. Je n'avais rien dit quand elle avait arrêté mon geste par la force, mais si elle ne s'arrêtait pas...

— Ikon'en, je t'en prie...

Elle s'est plantée devant moi et m'a regardée droit dans les yeux de ses immenses pupilles, implorantes, avant de se mettre à genoux, plus bas que moi.

— Tu ne dois pas la tuer. Nous sommes un hakn, une famille, nous ne devons pas nous faire de mal entre nous. Tu n'agirais pas différemment qu'une Sukr'in en faisant cela.

— Lu'Rii, je ne te permets pas. Et puis, que tu parles des Sukr'in, je te rappelle que c'est Wnehel, et probablement d'autres, qui ont osé s'en approcher.

— Ce n'est que de la curiosité. Ça fait longtemps qu'on habite près d'eux. Et je suis certaine que Wnehel ne pensait pas trahir ses eproki et son compagnon. Jamais ça ne se reproduira, nous avons tous compris.

Ma tête allait exploser. Comment pouvais-je écouter Lu qui me défiait, et accepter ses paroles ? Est-ce que vraiment je me comportais comme une Sukr'in ? J'avais besoin d'y réfléchir et de partir d'ici. Après avoir lâché Wnehel, qui a eu une lueur d'espoir dans le regard, je me suis éloignée par le passage que m'ont ouvert les Kalii'Enn.

Puis, tout s'est passé en une fraction de seconde. Dans mon dos, un bruit de bourrasque m'a indiqué qu'un Kalii'Enn venait de bouger. C'était Shaat'An qui avait saisi Wnehel par la gorge pour la traîner jusque devant moi, au beau milieu du campement, sous les regards effarés des Sukr'in devant et des Kalii'Enn derrière.

La traîtresse n'a même pas eu le temps de crier avant que mon compagnon ne lui transperce le cou de ses crocs et ne la vide de son sang. L'instant d'après, elle gisait à terre, totalement blanche, comme Akil, les yeux révulsés, inerte. Le relk a alors levé ses yeux noirs vers moi et m'a regardée intensément.

Était-elle morte, alors qu'on la laissait derrière nous, plantée au milieu des tentes, dure comme de la pierre ? En tous cas, elle l'était le lendemain lorsque nous y sommes retournés. À l'endroit où on l'avait laissée était une forme de terre noire, brûlée par le feu, où restait encore un fin amas de cendres qui se dispersait peu à peu au gré du vent…

C'était Rana qui l'avait rappelée à elle par ses propres moyens.

— Voila comment Rana se fâche !

— C'est terrible. Wnehel est donc bien morte.

— Elle a été punie, ne la plaignez pas.

Tous les Kalii'Enn étaient rassemblés dans la forêt, à parler de ce qui s'était passé. La discussion était houleuse et les Kalii, tendus. Je n'avais pas l'intention de dire quoi que ce soit, aussi je ne faisais que les regarder et les écouter échanger, dans leur énervement.

— Ces maudits Sukr'in ! Ils ont encore réussi à tuer l'une des nôtres.

— Que dis-tu ? Ils ne sont pas responsables.

— Mesure tes propos, tu sais bien ce que je voulais dire. Les relk n'ont fait que leur devoir.

— Les Sukr'in ne sont pas aussi terribles qu'on le dit.

— Je n'en sais rien. Mais ce que je sais, c'est qu'à présent, ils ont découvert que nous pouvions mourir, et comment.

Nous en étions tous venus à cela et c'était probablement la raison qui nous faisait perdre notre calme. La situation était en effet préoccupante.

— On ne peut plus rester ici, on ne sait jamais… !

— Ils pourraient devenir un danger.

— On devrait tous les tuer !

— Parce que tu crois qu'ils n'ont pas prévu cela ? Dès qu'ils ont vu Wnehel brûler, ils ont dû envoyer des chasseurs dans d'autres hakn pour chercher de l'aide.

— Partons d'ici sans tarder. De toute façon on a fait le tour de cet endroit… et de ces Sukr'in !

Ils avaient raison. On devrait d'abord s'enfuir et, s'il y avait besoin, reparler de tout ça, on verrait plus tard. À présent que la décision était prise, Shaat'An et moi devions les guider.

— Allons-y, Kalii'Enn. Suivez-moi !

Mais alors que j'entamais le premier pas, une voix s'éleva dans mon dos :

— Je ne partirai pas avec toi !

Lu'Rii. Elle semblait fâchée.

— Vous n'aviez pas à tuer Wnehel ! Elle ne méritait pas une telle punition ! Et si tu penses le contraire, alors tu devrais tuer tout le monde, car nous nous sommes tous intéressés aux Sukr'in. Nous avons des points communs, et tu l'aurais vu si tu avais ouvert les yeux !

— Lu'Rii, ça suffit ! a grondé Shaat'An entre ses dents, les poings serrés.

— Relk Shaat'An, je ne cherche pas à bafouer votre autorité. Et j'aime trop Horre pour lui vouloir quoi que se soit de négatif. Mais je ne continuerai pas ma route dans vos pas !

— Lu, pourquoi cela ? Tu sais que nous devons rester ensemble, c'est notre force… ai-je dit, attristée.

— J'ai besoin de m'éloigner du hakn pour quelque temps. Ça fait trop longtemps qu'on vit les uns sur les autres. C'était peut-être la vie Kalii Ike'Atraín, mais cette nouvelle vie, je ne veux pas qu'elle soit pareille, j'ai besoin d'espace !

— Je suis désolée d'apprendre que je t'ai déçue et que tu ne te sens plus bien dans ton hakn. Tu es libre d'aller où tu veux.

— Merci, Horre. J'emmène ma fille Lili, et Emi avec moi.

— Et moi !

— Moi aussi !

Les deux frères de Lu'Rii venaient de la rejoindre. Eux aussi allaient nous quitter, leur fratrie était trop forte. Après s'être dit adieu, on les a regardés s'éloigner aussi vite que le vent vers l'horizon sombre, avant de disparaître. Tout cela m'a fait réfléchir. J'étais terriblement triste, mais je comprenais. Je savais pertinemment ce que la liberté et la justice représentaient. Ce n'était pas évident pour moi, mais je sentais que je devais le faire :

— Si quelqu'un d'autre désire s'éloigner du hakn pour le temps qu'il désirera, il est libre.

Nous étions tous ensemble pour la dernière fois. Le hakn s'est divisé pour ne former plus que des petits groupes, libres d'aller où ils le voulaient.

Les frères Kri et Atil sont partis avec Kal'Ika et Sak'Aín, qui n'aurait jamais abandonné celle-ci. Corbé a disparu dans la nuit aux côtés de son compagnon Expron et de sa fille Uliba, qui a refusé de partir sans son ami de toujours, Weerh, qui n'avait dorénavant plus sa mère. Kiisi et Fraé ont voulu rester près de leurs amis Tro'Hi et Frina. Les deux compagnes des frères de Lu, Ixo et Riya, ont emmené leurs enfants Axe et Dech'Nil. Les deux femmes qui n'avaient pas de compagnon, Dimal'Ouké et Alimali, se sont rapprochés pour inviter Nu'Li'Pko.

Eux tous partis, il ne restait plus que ma famille autour de moi, Shaat, Chak et Iron, ainsi que nos quatre enn. Un hakn de huit membres, ça semblait bien peu, mais peut-être était-ce mieux. La perte de responsabilité m'allégeait les épaules…

58

Plusieurs nuits plus tard, on avait fini par se faire à l'idée qu'ils étaient réellement partis, pour de bon. Dans l'espoir que certains choisissent de revenir, j'avais préféré que nous restions près de notre colline, pendant quelques jours, contre toute sécurité. Shaat'An, quant à lui, n'était pas vraiment d'accord, il laissait parler sa rancune et estimait que les autres n'étaient plus des Kalii'Enn. Je comprenais sa rage mais je n'approuvais pas. Et de toute manière, qu'on le veuille ou non, nous étions tous du même sang.

Les nuits d'attente écoulées, il n'y avait plus de raison de rester traîner dans le coin et de ressasser de mauvais sentiments. On pouvait à nouveau repartir voyager.

— Attendez !

Le regard fixé au loin, Iron était devenue aussi immobile que son enn, qui grognait entre ses crocs.

— Stim'i a senti quelque chose, a expliqué ma fille.

— Tu as vu ce que c'est ? lui a demandé Chak en la rejoignant à pas d'enn.

Nous sommes tous restés un instant sur le qui-vive, attendant que quelque chose ou quelqu'un se matérialise. Mais il n'y avait rien, aucun cœur qui brillait à la ronde, comme d'habitude ; les animaux nous fuyaient.

— Il est temps d'y aller. Même s'il y a réellement quelque chose, ça ne nous rattrapera pas.

En une seconde, on était tous partis, filant comme le vent au-dessus de l'herbe couchée, faiblement baignée de blanc nacré par un Akil timide. Mon esprit commençait à s'alléger, vidé par la course, quand un bruit sourd derrière moi m'a arrêtée net. Ma fille venait d'être plaquée au sol par une femme qui avait le visage caché derrière ses cheveux noirs, toujours allongée sur Iron. Se pouvait-il que… ?

Il n'avait pas fallu longtemps à Stim'i pour se remettre de sa surprise et bondir sur l'attaquante. Sous la force de l'attaque de l'enn, elles ont roulé toutes deux sur le côté, libérant Iron qui s'est relevée d'un bond, déboussolée. Tous les autres Kalii'Enn avaient bondit à la suite de Stim'i pour emprisonner l'intruse qui se débattait en poussant des cris gutturaux, tous crocs dehors.

Ce n'était pas une Sukr'in. Je l'avais bien senti. Et ce visage, il me disait quelque chose, au plus profond de moi. Il m'a fallu retourner dans mes souvenirs pour le reconnaître, venant de si loin dans le passé.

— Noup !!

— Noup ? a répété Shaat, éberlué.

Comme il la tenait fermement, il n'avait pas pu apercevoir son visage effrayé, mais, en entendant son nom, il a lâché prise pour la regarder dans les yeux.

— C'est toi ?

— Oui Shaat'An, c'est bien moi, Noup.

— Je vous ai cherchés pendant plusieurs nuits depuis que j'ai su.

Nous étions tous pendus à ses lèvres, ne comprenant rien mais attendant ses explications.

— J'ai vécu proche des Sukr'in ces derniers temps, comme vous d'ailleurs, et vous savez pourquoi. Et à force, j'ai fini par comprendre un peu de leur langage. Puis, la nuit dernière, d'autres Sukr'in sont venus au camp près duquel j'habitais et ont annoncé une chose incroyable : des Malak sanguinaires qui vivaient auprès d'eux avaient montré leur faiblesse et ces chasseurs étaient venus rechercher de l'aide pour en venir à bout. J'ai entendu ton nom dans la conversation, Horre, et je ne pouvais pas le croire, il fallait que je voie si c'était vrai. Et évidemment, moi non plus, je n'étais plus en sécurité, ils ont vite fait le rapprochement entre vous et moi.

— Noup, j'ai du mal à croire que c'est bien toi. Pas seulement à cause des changements physiques mais parce que jamais je n'aurais cru qu'il y en avait d'autres comme nous.

— Je pensais être la seule. Tu ne peux pas imaginer à quel point je suis heureuse de vous avoir trouvés. Et quelle chance que ce soit vous particulièrement ! Quel hasard aussi, ça faisait si longtemps !

— Où est le reste des Limoni, Noup ? s'est interrogé Shaat.

— C'est bien triste, je ne sais pas s'ils s'en encore en vie. La dernière fois que je les ai vus, c'était lors d'un combat avec des Sukr'in. Ils étaient trop forts, et j'ai eu l'occasion de m'enfuir. Je voulais avoir le temps de trouver un moyen de les tuer par surprise, mais la neige tombait de plus en plus fort. Je me suis vite perdue dans la tempête, loin des miens et de mon enn. À un moment, je ne sais pas où j'ai posé le pied mais toute la neige sous mon poids s'est détachée, et j'ai dévalé une pente, emportée par la poudre blanche !

Je ne sais plus ce qui s'est passé ensuite. Je me suis réveillée parce que ma peau me brûlait. J'ai dû me dégager de la glace qui m'emprisonnait les jambes, puis, je suis partie me réfugier à l'ombre. J'avais dû dormir tout l'hiver parce que la neige avait déjà bien fondu.

— Donc tu ne sais pas si les autres ont survécu ?

— Vous êtes les premiers que je croise.

— Ils sont peut-être toujours en vie, comme nous, dit Iron. On devrait partir à leur recherche.

Il allait être difficile de retrouver le lieu où Noup avait été ensevelie par la neige, puisqu'elle ne se souvenait plus du chemin qu'elle avait parcouru après son réveil, aussi déboussolée que nous l'étions au début. C'était plutôt sur la chance que nous allions devoir compter.

Mais après tout, on se doutait bien que, s'ils avaient survécu, ils se seraient déplacés. Un peu au hasard, nous avons alors marché à travers les paysages sans trop savoir où et comment chercher d'autres êtres comme nous.

59

Je m'étais réveillée après les autres. À ma sortie de terre, ils se tenaient tous debout, à quelques pas, à observer l'horizon. Non, en fait, il manquait quelqu'un : Noup était peut-être partie chasser car son trou était vide. Mais, en croisant les regards inquiets des autres, j'ai compris que ça ne devait pas être le cas. Iron m'a fait signe de regarder par terre, pour découvrir quelque chose de perturbant. J'ai vite réalisé de quoi il s'agissait : autour du trou où Noup s'était enterrée la veille, la terre était tassée plus qu'elle ne le devrait. Partout alentour étaient imprimées des traces de pas qui montraient que plusieurs personnes avaient piétiné.

Mais il n'y avait aucune chance que ce soit l'un de nous car ces pieds étaient chaussés. Et cette odeur, quand on mettait le nez dessus à la suite des enn aux babines retroussées, c'était celle de Sukr'in.

— Où est Noup ? me suis-je alors affolée.

— Ils sont venus pendant le jour. Je les ai vus, ou sentis, dans mon rêve, dit Shaat'An.

En y repensant, j'avais également eu des spasmes durant le jour, et de brèves visions de Sukr'in. Qui étaient-ils et comment avaient-ils pu nous trouver ?

— Même s'ils ont marché toute la journée, on pourra vite les rattraper, a fait Chak, prêt à partir.

— Suivons leurs traces, vite !

J'avais à peine fini ma phrase que nous nous étions tous élancés aussi vite que nous le pouvions sur la trace des ravisseurs de Noup, nous fiant aux marques qu'ils avaient laissées dans le sol et à l'odorat des enn, caracolant en tête.

Le vent sifflait à mes oreilles et les arbres se succédaient les uns aux autres à une vitesse folle tandis que les traces que nous suivions nous menaient tout droit vers notre amie.

Au bout d'un moment, une apparition singulière nous a donné la certitude que nous étions arrivés : en face de nous, sur notre chemin s'élevait une colline au sommet de laquelle un piquet était planté, droit vers le ciel. Il n'y avait rien autour, aucune trace humaine, aucune trace de camp ou de vie. En se rapprochant, on a pu s'apercevoir que le piquet, taillé dans un tronc d'arbre, était à moitié carbonisé. À sa base, il y avait des restes de cuir qui avaient probablement servi de cordes, et tout autour, il y avait une flaque de cendres.

Exactement au moment où on faisait cette découverte, des cris stridents ont percé le silence d'Akil, provenant de toutes parts. Trop attirés par l'étrange piquet et notre mauvais pressentiment, on n'avait ni repéré ni senti tous ces Sukr'in qui avaient dû trouver une parade pour nous surprendre et étaient à présent tout autour de nous, armes dans toutes les mains, nous encerclant en criant.

Sans qu'on ait eu le temps de réagir, ils ont chacun lancé tous les épieux qu'ils avaient, de toutes leurs forces, dans un sifflement effrayant. Un bond sur le côté m'a évité d'en prendre certains, mais je me suis fait transpercer par bien d'autres. Je me suis retrouvée en un instant clouée au sol, ma chair brûlant de chaque blessure. Combien y avait-il de lances fichées dans mon corps ? Ça faisait mal, et pourtant, bien moins que ce que j'aurais pu imaginer.

La tête couchée sur le sol près des cendres qui voletaient de partout, j'ai eu l'occasion de voir l'action de Ka qui, dans sa rage, a réussi à esquiver la plupart des traits en ne cessant de bondir de tous côtés. Cela l'avait mené tout près de l'un des Sukr'in qui n'avait plus qu'un gourdin sur lui. S'il s'était agi de n'importe quel autre enn que le grand noir, peut-être cet ennemi enragé aurait-il eu une chance ?

Seulement, son coup a frappé dans le vide et il s'est trouvé démuni devant les crocs de l'enn qui s'étaient fichés autour de son cou. En un battement de cils, la tête du Sukr'in s'est retrouvée détachée de son corps, qui est tombé comme une pierre sur Akra. Mais Ka a été à son tour transpercé à la tête par une lance. Pendant que j'essayais, comme les autres, de me dégager, retirant pique après pique de mon corps, nullement aidée en cela par nos assaillants qui tentaient de les garder en place en mettant tout leur poids dessus, tout en évitant soigneusement le périmètre de mes crocs, mes yeux restaient fixés sur une chose étonnante. Le corps décapité du chasseur se vidait peu à peu de son sang qui s'enfuyait par giclées et venait former une mare qui s'étendait progressivement vers la base du piquet.

Plus l'analap venait recouvrir les cendres qui gisaient sur le sol et plus il se mettait à bouillonner. Quand j'ai vu ce qui s'est passé ensuite, j'ai relâché mon corps et cessé de repousser les Sukr'in et leurs lances, parfaitement stupéfaite.

L'analap qui s'agglomérait avec les cendres se mettait à former des boules, de plus en plus grosses, qui se rejoignaient pour former un immense amas rouge. Ça ne semblait pas vouloir s'arrêter et bientôt, cette forme qui donnait l'impression de sortir d'Akra est devenue reconnaissable…

Un corps humain venait d'apparaître devant mes yeux, à partir de rien ou presque et, quand la peau a fini de recouvrir ce corps sanglant et lui a redonné un visage, bientôt encadré par des cheveux noirs, Noup s'est éveillée.

Il ne lui a fallu que quelques instants pour se remettre debout, tuer tous les Sukr'in, jusqu'au dernier, et nous délivrer.

Tout ce que nous avions vécu depuis notre réveil dans la neige avait été vraiment étrange, mais revoir Noup devant nous toute entière alors qu'on l'avait vue morte et décomposée avait bien été le plus incroyable !

Akra était et serait toujours près de nous, tant qu'on la toucherait. »

60

Le silence qui emplit la pièce confinée après toutes ces heures de vibrations au son de la voix pénétrante d'Aurore était presque assourdissant, et gênant. La « relk des Kaliens », telle que j'ai envie de l'appeler à présent, a fermé ses yeux, probablement remplis d'images, de souvenirs, agréables ou déchirants. Après un tel récit, je me sens moi aussi passablement secouée, comme si j'avais besoin de reprendre mon souffle et mes esprits. J'avais écouté de bout en bout sans jamais bouger la moindre partie de mon corps, totalement focalisée sur ce que j'entendais, et pourtant je ne me suis à aucun moment sentie inconfortable, et n'avais pas forcément eu envie de bouger. Par contre, autour de moi, les Kaliens n'avaient cessé de virevolter, venant tour à tour, seuls ou à plusieurs, écouter une partie de l'histoire qu'ils connaissaient déjà. Et si je n'avais pas vraiment fait attention à eux alors que j'écoutais, maintenant que j'en connaissais certains à travers les mots de l'Originelle, en croisant des regards, certains me paraissent familiers. Trois Kaliennes n'étaient pas encore là quand j'étais arrivée ; il me paraît évident qu'il s'agit de Kiisi, Noup et Lili.

La dernière avait été une évidence : une enfant vampire. Ça semble incroyable et irréel. Presque effrayant même. Pourtant, le sourire qu'elle me lance, même s'il n'est pas du tout enfantin, me prouve qu'elle est loin d'être un monstre. Puis, les deux femmes également m'adressent un salut agréable.

— Bien deviné ! Alors, qu'as-tu pensé du récit de nos origines, jeune Kalienne ?

— Ça me semble incroyable. Je vais avoir besoin de temps pour tout intégrer !

— Ne t'en fais pas pour le temps, tu vas en avoir ! dit en riant Noup, avant de me demander mon nom.

— Elle s'appelle Maïa. À présent peut-être que notre Moïse pourrait nous expliquer la raison qui l'a poussé à la transformer ? lance Aurore.

Parce qu'il faut une raison ? Est-ce que l'ancienne n'est pas satisfaite de moi ?

— Ikon'en, si tu veux une raison logique, comme nos chers Sukr'in en sont friands de nos jours, tu n'en auras pas. Je n'ai aucune idée de ce qui m'a pris, fait alors Moïse avec une voix narquoise.

À cette réponse, personne n'a été plus avancé, mais Aurore fronce les sourcils en me regardant, ce qui suffit évidemment à me faire détourner les yeux. Déjà qu'elle m'impressionnait avant, mais maintenant que je sais tout d'elle, je ne m'imagine pas rester seule avec elle dans une pièce fermée.

— Lili, ma chérie, montre à Maïa où elle peut dormir, elle est épuisée.

Maintenant qu'elle le dit, c'est vrai, je sens tout mon corps ployer sous son propre poids. Après un salut de tête vers tous les Kaliens, je suis les pas de la toute petite fille qui m'ouvre la voie. Elle me guide à l'étage jusqu'à une des salles attenantes de l'immense salle principale où l'horloge indique qu'il est près de midi. Le Soleil – Rana – doit taper dur là-haut.

— Voila Maïa, tu peux t'installer sur ce lit. Repose-toi bien, tu en as besoin. Est-ce que tu as besoin de quelque chose d'autre ?

— Eh bien, dis-je alors avec hésitation, j'ai un peu faim, mais j'imagine que vous n'élevez pas des chameaux ici-bas.

L'enfant âgée de dizaines de milliers d'années rit à ma remarque et s'excuse aussitôt :

— Tu as raison, pardonne-moi, je n'ai pas pensé à ça. Attends-moi là.

Je m'assieds sur l'un des lits, très confortable, et la vois revenir quelques minutes plus tard, tenant dans ses mains un grand verre rempli de nectar. Mon air effaré lui arrache un nouveau rire :

— Nous avons des litres en réserve dans des frigos. On pourrait tenir un blocus !

C'est de l'analap animal, je suis rassurée mais toujours pleine de questions :

— Lili… est-ce que tous les Originels ont la même vision que Horre ? Je veux dire, cette haine envers les humains ?

— Moi qui n'ai pas connu cette guerre entre Kalii et Sukr'in, je ne sais pas ce dont il s'agit. J'en ai tué beaucoup, Maïa, mais je devais me nourrir. Pour nous tous, ce qui nous attire vers eux, c'est notre instinct de survie. Horre, ainsi que Shaat'An et quelques autres avaient une histoire particulière envers eux. Ce n'est pas le cas des autres.

— En parlant de Shaat'An… après avoir entendu l'histoire, je l'aurais imaginé toujours près d'elle. Où est-il ?

— Tu n'imagines pas que nous avons pu tous survivre ?

— Shaat'An est mort ?

— Est-ce que son nom ne te fait penser à rien ?

Je réfléchis… oui, peut-être :

— Tu voudrais dire que… qu'il serait… « lui » ?

— Il a été assassiné, brûlé, il y a bien longtemps par ceux qui se faisaient appeler les Inquisiteurs.

— Quelle horreur !… Alors, ils ont vraiment cru qu'ils avaient tué le Diable ?

— Du moins l'un de ses avatars…Ils ont créé leur stupide mythe à partir de notre relk. Les imbéciles voient ce qu'ils veulent voir, mais ils n'ont jamais compris que le Diable n'était pas uniquement Kalii'Enn, et qu'ils ne l'ont pas forcément éradiqué.

Je prends quelques instants pour digérer cette information, toute aussi incroyable que ce que j'ai pu entendre plus tôt.

— Est-ce que d'autres Originels sont morts ?

— Kri a été le premier... après Wnehel bien sûr. Quand j'ai recroisé le chemin d'Atil bien plus tard, après la « dissolution » du hakn, il était seul, uniquement accompagné d'Enn, son enn donc. J'ai appris que son frère et lui s'étaient séparés de Sak'Aín et Kal'Ika, puis que Kri avait été tué par des Sukr'in. Puis, plus tard, au fil des ans, on a perdu la trace de certains, et pour d'autres, on a su avec certitude : Dimal'Ouké, Nu'Li'Pko, Fraé et la douce Iron, si chère à sa mère, nous ont quittés. Puis, évidemment, il y a eu d'autres pertes depuis, incalculables, au milieu des nouveaux Kaliens, ceux qui ont été transformés.

— Est-ce que ... c'est une question stupide mais, est-ce que la mort d'un Kalien est grave ? Ce que je veux dire, c'est si elle punie ?

— Un Kalien n'a en aucun cas le droit d'en tuer un autre. Quand il s'agit d'un meurtre perpétré par un Sukr'in, c'est différent. Avant, évidemment, on le vengeait. Mais de nos jours, on n'a plus le droit non plus de tuer de Sukr'in de sang froid. As-tu d'autres questions ?

— Je vais arrêter pour aujourd'hui et aller me coucher. Merci pour tout, Lili.

— Dors bien !

Mon sommeil fut rempli de rêves « préhistoriques », de Kalii, de Sukr'in terrifiants, de mammouths et autres créatures extraordinaires d'un autre temps. J'avais l'impression d'avoir été lâchée à l'époque de Horre, sans filet, et sans une trame d'histoire qui me guiderait quelque part. C'était un peu perturbant...

Heureusement, j'ai fini par me réveiller et par sortir de ce rêve. Mais pas en douceur. Il y a quelqu'un qui crie dans le hall, tout en courant. Sa voix qui se déplace ne cesse de répéter le même nom : *« Horre, Horre ! »*

En sortant de la chambre, je m'aperçois à sa carrure, ses eproki et ses cheveux qu'il s'agit d'un Originel. Un homme roux. Se pourrait-il que ce soit… ?

— Aa, que se passe t-il ? Pourquoi ces cris ?

Aurore vient d'apparaître par l'escalier, sortie de sa retraite par cet appel déchaîné.

— Aurore, c'est Parr ! Il est retenu prisonnier !

— Comment ça ? Qu'est-ce que cet idiot à encore fait ? Où est-il ?

— Le temple de Kali.

— Est-ce que je n'avais pas dit qu'il fallait les oublier ? Ce n'est pas un jeu !

Je n'ai rien compris mais, à voir les têtes des Kaliens, c'est plutôt grave. Aurore se met à réfléchir très rapidement mais est bientôt coupée dans ses pensées par Moïse, qui annonce :

— Je vais y aller, Aurore.

— Je l'accompagne, dit à sa suite Nefer.

La relk se donne une seconde pour peser tout cela et finit par dire à Lu'Rii :

— Tu les accompagneras, après tout c'est ton frère. Et tu emmèneras avec toi la nouvelle, Maïa. Je veux qu'elle apprenne, et voir de quoi elle est faite.

Est-ce bien une bonne idée ? Je ne vois pas en quoi je pourrais aider.

— Aie confiance en toi, me souffle Aurore qui vient de croiser mon regard apeuré.

Sans attendre plus longtemps, Lu'Rii m'agrippe le bras et me tire vers la sortie, Aa, Moïse et Nefer sur nos talons. Dehors, il fait nuit et la lune apparaît entre les pyramides. Un magnifique spectacle que je n'ai pas le temps d'apprécier, à la vitesse où on s'enfuit.

— Mais où est-ce qu'on va ? je réussis à crier à l'adresse de quiconque peut m'entendre. C'est Moïse qui me répond à travers le sifflement de l'air :

— Parr a depuis longtemps établi contact avec des moines en Asie, qui nous vouent un culte. Mais visiblement, il s'est fait piéger.

En Asie ! Rien que ça. Ça va faire une trotte !

Puis, avant que j'aie pu imaginer l'idée même d'aller dans ce lointain continent, les Kaliens devant moi se retrouvent plaqués au sol en une demi-seconde, aussitôt suivis par moi. Le sable frais me rentre par la bouche et le nez, je ne peux rien voir, uniquement sentir la frayeur des miens, qui ne fait qu'augmenter la mienne. La seconde d'après, je ne comprends toujours pas plus ce qui se passe et ce qui m'emprisonne, mais des cris de victoire s'envolent dans le silence désertique.

Les voix sont humaines.

Des Sukr'in.

Fin du premier tome

LEXIQUE KALII des animaux

ad'en : mouflon

amil : lapin

amré : limace

apk : corbeau

daal : antilope

elm : libellule

frola : ours

hyro'en : lynx

ishti: chat

laki: lemming

lapr'im : bouquetin

muari : oie

oliop : cerf, biche

pandra'ki : mégalocéros

propos : bison

sha'il : cheval

urtan : perdrix

vrali : hyène

waani : marmotte

afril : sanglier

amil'ap : écureuil

amr'in : escargot

craman : blaireau

dao: fourmi

enn : loup

halio: daim

iprokal'in : mammouth

kluka : aurochs

laliop : chamois

lehn : panthère

nol : mouche

patr'il : renard

pmono : baleine

santek : serpent

uiom : renne

vloé : rhino

wonna : lion

yeri : mouette